山崎隆治
YAMASAKI RYUJI

INDUCED EARTHQUAKES

文芸社

正邪の人災

誘発地震

目次

主な登場人物

澤山《さわやま》隆志《たかし》　九州日報編集センター次長
田《た》所《どころ》与《よ》一郎《いちろう》　同報道センター次長（社会担当）
林《はやし》　素子《もとこ》　同報道センター経済担当記者
森川《もりかわ》雄治《ゆうじ》　警察官僚、公安調査庁特任部長
王寺《おうじ》世紀《せいき》　公安警察、森川の部下
青木《あおき》英二《えいじ》　セイスイ建設の一級建築士
星《ほし》　一郎《いちろう》　東西大学教授、ホシ研究所所長、地質・地震学者
鑓水《やりみず》美樹《みき》　元外資系投資銀行のキャリアウーマン、市民活動家

ジョン・ウォーカー・スペンサー　米重工ワールド会長兼CEO
バレーラ・トュデラ・ロンベルュット（ロベルト、ロン）
　米重工ワールド副社長兼南アメリカ社長、元ゲリラ戦士
ヒロシ・ボイトラー　米重工ワールド船舶事業本部次長、船長
アントニオ・マリーノ　同船舶事業本部技師、一等航海士
クルト・ザイラー　同機械事業本部技術研究員
阿川《あがわ》幸子《さちこ》　米重工ジャパン情報部員
リチャード・ミル　米重工マテリアル社長
テール・ロドリゲス　同南米支社銅事業部、ボーリング技師
ソン・イージュウ（宋一柱）　同南米支社加工事業部員

ガルバン・モンテス・コチ　墓地管理人、ロベルトの戦友の子
富田《とみた》雄一《ゆういち》（トミー）　革命家
ムハマド・アサド・イブラーヒム　イラン生まれ、ロベルトの同志
アクラム・アリー・マフムード　イラク生まれ、ムハマドの部下
サヤカ・ビン・サイド　レバノン生まれ、富田の同志
サバ・サイード　イラク生まれ、建築技師

この物語は妄想であり、

実在する人物、団体、企業、地名等とは全く関係はありません。

とはいえ地球は容赦なく牙をむきます。ご用心、ご用心を。

誘発地震

正邪の人災

プロローグ

日没寸前、福岡市沖の玄界灘《げんかいなだ》で小さな漁船が一回目の網入れを始めた。父親と息子が操業する小型底引き網漁の親子船である。魚市場でせりが始まる午前三時までには帰港しなければならない。その間が勝負どころだ。夜のとばりが降りた静かな海を、網を引きながらゆっくりと走った。

一時間ほど経っただろうか。投光器の下、ウインチがうなり、海底を引っ掻いた爪付きの網が勢いよく上がる。先端の袋部分が見えてきた。この瞬間がたまらないと親子は言う。高級魚の車エビは、ヒラメは、果たしてかかっているだろうか。

網を引き上げて袋状の底を開いた。

さあ選別作業だと思ったその瞬間、親子は目を丸くした。

「こ、これは！」

若い息子は驚き逡巡《しゅんじゅん》した。父親がすぐさま警察に連絡すべく携帯電話を取った。

二〇X一年五月、月の光が黄砂でかげったある日の夜であった。

1　不審な数字――Several years ago・6〜9（SANFRANCISCO）

日本から太平洋をまたいだ米西海岸のサンフランシスコは霧深い夏の季節を迎えている。摩天楼が霧の中から頭を出したフィナンシャル地区に、米国屈指の多国籍企業、米重工ワールド社（ＡＨＩＷ）の本社ビルがある。三五階建ての白亜の殿堂。市民の一部からは贅《ぜい》を尽くした「白ブタの館」と揶揄《やゆ》されている。

その最上階の会長室で代表取締役会長のジョン・ウォーカー・スペンサーはこの日郵送された一通の封筒をしげしげと眺めていた。ジョンは創業者の血筋を引くオーナー経営者であり、最高経営責任者（ＣＥＯ）も兼ねている。

秘書が手渡したその封筒にはタイプ文字の宛名はあるが、差出人名は記載されていない。ジョンは老眼鏡のフレームを少し持ち上げて、安全検査済みのマークを何度も確認してから封を切った。

取り出したレター・ペーパー（便箋）を一目見るなり、うめき声をあげた。

「一体、何なんだ、この数字は」

古ぼけた便箋が六枚。紙面には手書きの数字だけが整然と、延々と並んでいる。紙は黄ばんでかなり古い。ジョンはこわごわとめくった。六枚目の余白に、震えたよう筆跡の文字があった。

「極秘の実証実験の数値メモです。
巨万の富を手にすることができるでしょう。
お会いいただければ残りの六枚を手渡します。
残り六枚がなければ黄金の扉は開きません。
ローガンの友より」

最近書き添えたのであろう、この文字のインクが新しい。文末にはマックス・ロドリゲスとのサインがあり、電話番号が記されている。

ローガンの友？　あのノッポのマックスか。なんでこんなものを。

彼は不審に思いながら便箋にまた目を落とした。よく見ると各上部にローマ字らしい小さな記号があるが、かすれて読めない。興味がますます募り、遠い過去のその先にある幼いころの記憶を手繰《たぐ》り寄せた。

ローガン市はロッキー山脈西麓のユタ州にある人口五万人足らずの街である。ここにニューヨークから転居してきたジョンを温かく迎えたのがマックス・ロドリゲスだった。世界大戦後間もない朝鮮戦争時代、わずか四年程度の付き合いだったが、雄大な自然の中で思いっきり戯れ合った無比の親友であった。

あれから随分と経つな。ジョンは何気なく窓辺に目をやった。霧が晴れてビルの谷間にシスコ湾が姿を現している。潮の香りをほのかに感じながら、ここにはない荒々しい内陸の息吹《いぶき》が恋しくなった。あの山、あの谷、あの緑の鼓動が。そういえば、あの時、マックスは……。ジョンは再びローガンでの思い出に身を浸した。

それは一九五二年、ワサッチの山々の残雪が消え、日差しが一段と輝き始めた六月ごろだった。赤黒い地肌から突き出た高い木立《こだち》の下でマックスが泣いている。「ダッドが死んだ。ミグ戦闘機にやられた」としゃくり声をあげながら。

彼の父親は大戦時、日本軍と戦った空軍のパイロットだった。戦後も日本の九州・福岡の米軍基地に赴き、連日、朝鮮半島に飛び発《た》っていた。国のために闘う自由の戦士。彼はそんな父を誇らしく思い、よく自慢していた。そのマックスの父が戦死したのだ。ジョンは涙で濡れた彼の手を取り何度も握り締めた。その時、右手の甲に一セント硬貨ほどのアザがあったのを今でも覚えている。

机上のインターコムが鳴った。

「財務長官との夕食会に行く時間です。ビジネス・ジェットをシスコ空港に待たせています」

乾いた声は秘書からだった。

「分かった。それから、ある男の身元調査を情報担当のタイロン本部長に依頼してくれ。名前はマックス・ロドリゲス。机上にメモを置いておく」

ジョンはそう告げて、再度、便箋の余白に書かれた文言を一瞥《いちべつ》した。「巨万の富を手にすることができる」とあるが、本当だろうか。彼はそれを封筒に戻し、執務机の引き出しに入れ鍵をかけた。

それから二週間後の朝、ジョンの秘書から連絡を受けたマックスは早速、杖を手に外へ出た。裏通りには相変わらずホームレスが多い。目にするにつけ、職がない息子の姿と重なる。激しい格差社会に怒りを覚えながら、彼は米重工ワールド社へと向かった。

ジョンのビルは大理石で覆われ、まばゆいほどに豪華である。マックスはピカピカに磨かれたフロアを歩き、受付の案内で会長専用のエレベーターに乗った。最上階に到着すると警備員が最敬礼し、秘書が笑顔で出迎えてくれた。

通された広い会長室は一見、美術館のようだ、と彼は感じた。ダークブラウンの壁、淡いベージュ色の高い天井。壁際の飾り棚に各国の美術品がずらりと並び、壁には著名な印象派の絵画が照明に浮かんでいる。

「マックスさんですね」奥中央から眼鏡をかけた気品ある男が声をかけた。黒光りする執務机を前に黒革の肘掛《ひじかけ》椅子に座っている。白髪混じりの頭とふくよかな体形は幼いころのジョンとは全く違うとマックスは思った。ただ、青い瞳と鷲鼻《わしばな》に昔の面影が漂っている。

そのジョンが「ようこそ」と座ったまま顔を上げ、手を差し伸べた。立ったままのマックスは広い執務机に身を乗り出して彼と握手した。

「時間がありません。あなたのメモ、残り六枚を見せてくれませんか」

ジョンがいきなり一方的に言った。違和感を抱いたマックスは条件を切り出した。

「その前に確約してほしいことがある。俺の息子を雇ってくれ。底辺をさまよい苦労しているが、穴を掘るボーリング技術の腕は確かだ。必ず役に立てる」

椅子のジョンはこれがマックス本人かどうか訝《いぶか》った。この男は貧相で、かつてのどっしりとした面影はない。しかし、握手した彼の右手の甲には印象深いあのアザがあった。

部下を使って取り寄せた経歴調査書はジョンの目を引いた。マックスは米空軍デンバー研究所時代、事故に遭い右足首をなくしていた。その後妻と離婚し、最近、医者から末期癌《がん》の宣告を受けている。息子のテール・ロドリゲスは三五歳、独身。失業中だが、ボーリング技師の資格を持っていた。

ジョンはしばらく口を閉じた。回答を促すようにマックスの視線が何度もこちらに向かってくる。病のためか、目に勢いはないが、必死さが伝わり請《う》け負いたくなった。

「分かりました。息子さんの件は一〇日以内に採用するよう手配しておきます」

ジョンの返答にマックスは小躍りし、上着の内ポケットから残り六枚の便箋を取り出そうとした。ジョンはその所作をちらっと見て「足が不自由そうですね。かけてください」とやっと彼に椅子を勧めた。腰を下ろしたマックは執務机を挟んでジョンと向き合い、便箋を手渡した。

ジョンがそれに目を落としつつ親しみのある言葉を吐く。

「この便箋も手書きだね。この数字、実験の数値というが、何の実験かね」

「言えない。ペンタゴン（米国防総省）の藪《やぶ》の中に消えたからな」

「ペンタゴン？　軍の実験だね。風の便りで聞いた話だが、君はミサイル開発に携《たずさ》わっていたんだって？　この数字はそれに関した記録かね」

風の便りではない。これも調査書の情報だった。ミサイル開発には我が企業も関わっており、この線から私がここにいることを知ったのだろう、とジョンは思った。

「そうだ。担当は制御部門。といっても新米のころには、他分野の手伝いを結構やらされた。例えば放射能汚染水の処理とかね。実験メモはそこから生まれた超トップシークレットだ」

マックスは彼の表情を探るように見た。ジョンの青い目が輝く。

「えっ、本当か！　何の記録だ。教えてくれ」

「それは言えない。ただ、記録係をやっていた時、奇妙な現象が起きてね。事態が急変したよ。その後、任務を外されたが、実験は続いていた」

「その奇妙な現象とは何なんだ。私は君の要求を飲んだ。今度は君の番と思うのだが」

「残り六枚の便箋は手渡したよ。それであいこだ。内容説明までは約束していない。研究次第では巨万の富を生むことだけは保証する」

「そうか。では、この数字は現象についての記録だね。正確だろうか」

「正確だ。記録データの中から重要な数値だけを頭に刻み、その日の夜に宿舎でメモしたんだ。世紀の大発見と思ってね」

当時、マックスは奇妙な現象を一過性の珍事と見ていた。しかし、実験を繰り返すたびに同じ現象が起き、大変な状況に向かっていることに気付いた。発生の原因探りに力を注いでいた軍上層部も同じだった。あまりにも巨大な破壊力に恐怖を覚え、実験をわずか一八カ月で中止し、これまでのデータを永遠に封印した。

「だが記録のコピーまがいにしては一般に見受ける書式とは違うな」

「手書きだからな」マックスはとぼけた。誰かに見られたら大変と思い、上官に手渡した記録表とは全く別のスタイルに組み立て直した。謎の元はそこにあった。

しかし、いずれ数字の意味は分かるだろう。この企業には優秀な頭脳と豊富な資金がある。現象の解明ができれば黄金の扉を開く画期的な手段が手に入る。レントゲンが発見したX線のように。数字はその糸口なのだ。

マックスは「息子を雇う」と即断したジョンにさらなる情報を伝えたくもなった。だが、待て！　との別の声が心に響く。落ちぶれたとはいえ、かつては軍のエリートではなかったか。規律を堅持するのが軍籍にいた者の誇りである。これ以上何もしゃべるな。

マックスは揺れる心を抑えながら壁際の大きな置時計に目を向けた。予定の時間はとうに過ぎている。ジョンが重々しく口を開く。

「時間になりました。またお会いしましょう。数字は吟味《ぎんみ》してみます」

その口調は出会いと同様、事務的だったが、もはや違和感はなかった。マックスは杖を握り、弱々しく腰を上げながら別れの挨拶をした。

「息子をよろしく頼む。そうそう、ウオーター（水）とエアー（空気）それからプ――」

その時机上のインターコムが鳴った。ジョンが受話器を取ると、マックスは会釈を残して会長室を後にした。


癌は既に体内をむしばんでいた。マックスの葬儀が行われたのは三カ月後だった。そこにはジョンの姿はなかったが、彼の名で白や薄紫の小さな花束が届けられていた。

それはユタ州の州花「セゴユリ」である。この日のシスコは霧深かった。

2　特別サミット――20X1・5（FUKUOKA）

月の明かりがかげったその日、九州北部は例年になくひどい黄砂《こうさ》に包まれていた。太陽が赤々と燃えて水平線に沈むサンセットの玄界灘にはいつものような黄金の輝きはなく、沖から見える島影といえば、博多湾の出入口に位置する玄界島だけだった。日没寸前に親子船が網入れをしたのは、その島の北西七キロの漁場である。

父親が携帯電話を口に当てた。

「人の頭と思われる骨などが網にかかりました。白骨化しています」

親子船から緊迫した声で博多臨港警察署に報告が入ったのは午後九時を過ぎていた。

白骨発見のニュースが福岡市の都心、天神にある九州日報社編集局の澤山隆志《さわやまたかし》に届いたのは深夜の午前一時半過ぎ、最終版社会面の大刷りゲラができ上がったころだった。

澤山の職場は編集センターという名の新聞づくりの部門。原稿の価値を瞬時に判断し、見出しを考え、レイアウトをする編集記者集団である。澤山はその集団のデスク（次長）の一人だ。

大ゲラのチェック作業に取りかかったところ、取材部門の報道センター社会担当デスク、田所《たどころ》与一郎《よいちろう》から声がかかった。田所は澤山より二歳年上だが、同期の入社であり、澤山とは長崎支社で共に過ごした親友だ。

「澤ちゃん、すまんが短い原稿、入れてくれんか。小さな扱いでいいけん。頼む」

澤山は困った。原稿の締め切り時刻はとっくに過ぎている。だが、田所は「そこを何とかしてくれんね。新人が書いた初の原稿やけん」と一方的に原稿を手渡した。

それは「玄界灘で白骨体の一部発見」の記事で、県警が頭蓋骨《ずがいこつ》等を鑑識に回し身元などについて調査するとある。澤山は無理をして載せるほどの価値はないと判断したが、新人の初原稿ということで、突っ込むことにした。

午前三時過ぎ、輪転機を通して刷り上がった真新しい新聞が編集局に届く。福岡地区の読者に早朝届けられる最終版の朝刊だ。白骨記事は社会面の片隅に小さく扱われている。メーンのニュースは午後の編集会議であらかた決まっていた「特別サミット、福岡誘致へ」であった。

初の開催となるこのサミットは従来の主要国首脳会議（G8サミット）の参加国にGNP世界第二位の中国を加えた新たな会合である。開催は数年先のことだが、紙面では大きな扱いとなっていた。

「特別サミットをわざわざ福岡で開催する必要があるのかな」

仕事を終えた編集局員らが三々五々、本社前の屋台にやってくる。

「あるわよ。当然でしょ」

紙面論議に花を咲かせているのは経済担当の連中。この固まりの近くに澤山と田所がいた。自宅送りの社の車が出発するまでのささやかな未明の歓談、いつもの光景だ。経済担当のベテラン記者、林素子《はやしもとこ》が酔った勢いで若手を相手にあれこれ講釈している。

特別サミット創設の提案国は米英である。二年前の準備会合では第一回の開催地はアジアとしていた。中国の顔を立てたものだが、その中国が自国開催を辞退したため、日本が名乗りを上げていた。G8が年一回、定期的に開くのに対しG9は不定期である。議題は地球規模の経済問題。とくに国際化と自由化の課題に限定している。参加国の中には『決議』や『宣言』等に国際法的な強制力を持たせようとの動きもある。

林のそんな講釈に若手が茶々を入れた。

「つまりは、彼らをリーダーとした世界政府の経済版を見据えたような会合というわけですね。一握りの国による一握りの国のための世界か、いいな」

連中のやりとりを聞きながら澤山は福岡誘致が気になってきた。一握りの大国同士による会議に反対する組織や団体は多い。テロが発生したケースもある。福岡のお隣さんは朝鮮半島だ。南北の対立は今も緊張状態にある。拉致《らち》事件や核開発をめぐり日本と敵対関係にある北朝鮮はどうみるだろうか。

澤山は隣でビールを飲み続ける田所にそれとなく聞いてみた。田所がコップを置いて、だみ声をあげた。

「大丈夫、大丈夫。昔、韓国ソウルで開いたG20サミットは何ら問題なく無事に終わったというばい。もちろん警備は大変ばい。議長国（開催国）の責任だからね」


翌朝も黄砂が舞っていた。ぼやけた太陽の下、福岡県警本部の鑑識課員が検視官らと共に博多臨港警察署に入った。遺体安置所には四つの骨が青いシートに並べられている。近くの机上には小さな金属板二個と合成樹脂のようなボードの切れ端もあった。いずれも透明のビニール袋に入っている。

彼らは合掌し一礼した後、それらを調べ始めた。白骨は人骨の一部で、頭蓋骨、大腿骨《だいたいこつ》、それに胸椎《きょうつい》のかけらが二つ。頭蓋骨には大きな損傷はなく、一見、事件性は薄いようだ。詳細は科学捜査研究所や大学の法医学教室に委ねることになる。

次に金属版二個を鑑識課員が手にした。一つは小さな二センチ四方の正方形、もう一つはひし形のようだ。裏面にはピン止めの跡があり、胸に付けるバッジと判断した。特殊液で汚れや錆《さび》を落としていくと、二つの金属版から肖像らしい輪郭が現れた。

北朝鮮の故金日成《キムイルソン》国家主席――金日成バッジだ！　驚いた彼らの机上にはまだ手付かずのボードの切れ端が横たわっている。

それから八日後の夕暮れ、夕刊業務を終えた澤山隆志はスーパー銭湯の湯船に浸かり、仕事の疲れを癒していた。福岡市の都心、天神から西鉄大牟田《おおむた》線で一つ目の駅、薬院《やくいん》沿いの薬院新川を渡ったところにその施設はある。「地下三千メートルから湧き出る天然温泉」がうたい文句で店の名は「城の湯」という。周囲に竹塀を張りめぐらせた和風づくりの平屋建てで、都会のオアシスとして評判はよく、この日も客が結構多い。

そろそろ内湯から露天風呂へはしごしようと澤山が思っていたところ、新たに熟年の二人組が入浴し、近くで豪快に顔を洗った。湯しぶきが澤山の額に少しかかったが、本人たちは気にする風もない。

「きょうの会議は疲れたばい。海底の探し物には参ったね。君のところはどうするとね」頭にタオルを載せた細身の男が隣の大柄な男にぼやいた。

「しかたなかばい。県警の要請やけん。不審物がどれだけあるか分からんばってん」薄毛の頭を片手でさすりながら大柄男が答えた。

漁業関係者らしい。「県警」や「不審物」との言葉が気になり、澤山は耳をそば立てた。

「スパイ船の疑いもあるというけん、やっぱり協力せんといかんちゃろうね。忙しい時期だけに、しろしか（つらい）ばい」タオル男がまたぼやいた。

スパイ船？「何かあったのですか」澤山は思わず声を出した。

「いや」彼らは急に無口になり、湯槽から出て露天風呂へ行った。

澤山は気まずくなり露天に移るのを控えた。さっきの二人の会話、事件臭さが湯気に漂う。一応、報道センターに知らせておくか。澤山はそう思い浴槽から出た。

澤山が住むマンションは西鉄大牟田線の大橋駅近くにある。「城の湯」の薬院からさらに南に下った三つ目の駅だ。通勤時、彼は高架を走る電車の窓から沿線の街並みをよく見る。空き地があったころは見晴らしもよく、自然の息遣いを感じたが、今ではビルの壁が左右に連なり息苦しくもある。開けた所といえば学校のグラウンドか、鎮守の森か、それに「城の湯」ぐらいだ。

澤山は「城の湯」を後にし、薬院駅から大橋駅に着いた。そして、例の会話を報道センターの田所に知らせようとズボンのポケットから携帯電話を取り出した。その時、着信音が鳴った。通話ボタンを押し耳に当てるとリズミカルな低い声が鼓膜に届く。

「あのう、澤山様ですか。鑓水《やりみず》美樹《みき》です」懐かしい声、学生時代の先輩からだ。

「やあ、お久しぶり。美樹先輩お元気ですか」

澤山は東京の大学で、美樹とは専攻学科は違っていたが、ワンダーフォーゲル部で苦楽を共にしていた。美樹はインド生まれで年齢は二つ、学年は一つ上。演劇部にも所属し何事にも積極的で快活な女性だった。独身主義者で市民活動にはことのほか意欲を燃やし、反捕鯨や反原発デモに澤山をしつこく誘っていた。彼女は澤山をタク君と呼ぶ。彼がたまにはサワヤマと呼んでよ、と言うと「タクの方が親しみある響きよ。素敵じゃない」と意に介さない。

「何年ぶりかな、タク君とは。新宿で開いたワンゲルOB会で会って以来かな。あれから六年近くになるんじゃない。キミはまだ同じ新聞社に勤めているの？」

「はい。相変わらずですよ。先輩は確か外資系の投資銀行に勤務していましたね。英米語、スペイン語、フランス語がぺらぺらで、本も出されて大活躍ですね」

「いや、いろいろありました。今はＮＧＯ（非政府組織）法人・地球の会をやっているの。いわばフリーよ。ところでタク君、来月の第一金曜日空いている？　お偉いさんのお世話で福岡を訪れるの。よかったら午後お茶でもいかが」

澤山は胸が高鳴るのを感じた。早速、手帳を開くと幸い第一金曜日は深夜の勤務明け、つまり自宅待機という名の非番である。

「いいですね。楽しみにしています」

澤山は三八歳、妻とは離婚し今は一人暮らしの毎日である。若いころの美樹の言葉が思い出される。「タク君、大切なのは生活力よ。料理もできる？　勉強しなさい」

今夜の手料理は豚肉のミラノ風ピカタとするか。澤山は浮かれ気分でスーパーに直行した。湯船で耳にした二人の会話は頭から消え、田所への連絡も吹っ飛んでいた。


これより三日前、県警の科学捜査研究所では、玄界灘で見つかった白骨等の鑑定を終えていた。協力したK大法医学教室の解剖医の見解はこうであった。

四つの骨は同一人物のものである。推定年齢は四〇代前半。性別は男性で身長は約一七五センチ。死後二、三年は経過しており、死因等の特定は困難である。

彼らが迷ったのは人種の判断であった。歯列弓《しれつきゅう》（歯並び）の様態はV字形に近く、眼窩《がんか》の形態はナス状だ。統計上では、これらの特徴はヨーロッパ系に多い。しかし、時代の経過と共に血の交流が進み、また食生活が様変わりしている中で、同じような形態にある日本人もいる。鑑定では人種を断定せず「非アジア人の可能性」とした。

一方、金日成バッジについては錆や腐食の状態から海水内の滞留期間は二年前後と判断した。しかし、バッジが本物であるかどうかは確認できなかった。

ボードの切れ端はガラス繊維を入れた強化プラスチック板の船材と分かった。表面に残っていた黒っぽいゴム状のシート片から炭素粉を検出した。炭素粉は電波を吸収し反射波を減らす電波吸収体の一種であり、ボードはレーダー網をかいくぐるステルス機能を持つ製品と判定した。製造年については、材質等の劣化検査から「比較的新しい」としたが、船の形状等については不明であった。

県警は工作船の疑いもあるとして、現場海域の調査に踏み切り、秘密裏に警察庁と協議した。金日成バッジの真偽については、過去の工作船事件で本物を押収した海上保安庁に照合を依頼することになった。ステルス機能のボードは造船技術の専門家や防衛省によるさらなる分析を待つことになった。ただ、警察庁とのやり取りの中で、関心を呼んだのは人種の項目であった。「非アジア人の可能性」――これが金日成バッジとどのような関係にあるのか、奇妙な謎として残った。

3　再会と出会い――20X1・6（FUKUOKA）

六月の第一金曜日の午後、澤山隆志は福岡市博多区にあるホテル「グランドハイアット福岡」のロビー喫茶室で鑓水美樹を待っていた。いつものぼさぼさ髪は整えられ、無精ひげもなく、こざっぱりしている。

普段は服装や体の手入れには無頓着で、かつての妻に何度もたしなめられる有り様だったが、仕事柄、室内での深夜勤が多く、周りも同じような連中ばかりで、おしゃれとか、ファッションとか、ブランドとかは無縁である。

だから、こんな時は困る。まずは髪を整え、ひげも丁寧に剃《そ》り、爪も切って、靴もぴかぴかに磨き、歯も再度磨き上げた。少ない服の中から黒のスーツを選んでアイロンをかけた。ワイシャツも無難な白ではなく、色つきを探した。美樹はどんな色を好むのだろうか、ドキドキしながら、さわやかな淡いブルーを選んだ。だが、ネクタイ選びは果てしない難渋と試行錯誤の末、ノーネクタイとした。これでいいのだろうか、何度も鏡に向かった。

約束の午後二時になって、見覚えがある美樹の細身の姿が目に入った。背筋をすっと伸ばし、やや肉厚の口元は引き締まっている。口紅は健康的なサーモンピンク色に見えた。隙《すき》のない姿勢を保ちながら、大きな透き通った目が辺りをうかがっている。澤山は思わず「美樹先輩、こちらです」と手招きした。向こうもこちらに気付き微笑《ほほえ》んだ。室内の光線のせいか、うりざね顔のほりが一層深くなり、エキゾチックなつくりに見えた。

美樹はお偉いさんのお供で来たと言っていたが、その人物らしき姿は見当たらない。多分どこかに出かけたのだろう。部活のOB会で会って以来、六年ぶりの再会。当時は集団での会合だったが、今回は正真正銘の一対一だ。澤山の胸はことのほか、ときめいていた。

しかし、そんな彼の心模様を察する風もなく、美樹は席に着くなり「あら、タク君、早かったのね。コーヒーでいいわね」と澤山がまだ注文を済ませていないのを見て取って一方的にオーダーした。ウエーターが去った後、「タク君、相変わらず色白ね。でも元気みたい」と言った。苦労した身支度についてのコメントはその後だった。

「そのシャツ、お似合いよ。青春の輝き、ってとこかな」

うれしかったが、おほめの口調には、男女の仲というより姉が弟へ、先輩が後輩へという〝上から目線〟を伴っている。だが、アルトに近い声質の歯切れの良い響きは聞いていていやみがなく、立ち居振る舞いもさっそうとして、有能なキャリアウーマンらしく見えた。快活で先手、先手の彼女の言動は学生時代そのままで、好意を寄せる澤山には美樹のすべてが心地よいゆりかごのように思えた。

澤山は自信なげに美樹の服装について口を開いた。

「先輩は相変わらずおしゃれですね。黒いスーツに黒いズボン。ベージュのブラウスかな。パールのネックレスがとてもお似合いですよ」

「あら、お世辞がうまくなったのね。ちなみにズボンとは言わないの、パンツなの。それにこれはブラウスではないの。カットソーなの。Tシャツみたいなものね。覚えておきなさい」

グランドハイアット福岡は若者に人気の複合商業施設「キャナルシティ博多」の一角を占めており、そのロビーの喫茶室奥正面は全面ガラス張りで、そばには運河が流れ、時折、噴水ショーが行われている。

「美樹先輩、お偉いさんのお供で来たと聞きましたが、何か特別な用件でもあったのですか。それとも僕に会うための口実で、実は一人旅では？」

「あら、そうあってほしいの。残念でした。九州に来たのは、米重工ワールド社の副社長と米重工マテリアル社銅事業部社員のお供。通訳兼ガイドというわけ。先日、東京で日米経済協議会主催の財界人会議が開催されたでしょう。副社長らはその会議に出席するため来日し、会議後はプライベートで大地震に見舞われた東北地方を回り、昨日、福岡入りしたのよ。今日は二人だけで市内見学。朝から出かけたわ。九州訪問後は韓国、中国にも足を延ばすみたいよ」

「へぇー、大変だな。米重工といえば、あの超一流の多国籍企業ですか。船舶、機械、航空宇宙の巨大企業ですね。日本にも米重工ジャパンがありますね」

「そう。確か、総資産は三千億ドル超で世界の三〇位内に入っていると思うわ。総従業員数は約三二万人だったかしら。シーメンスやウォルマートより少ないけれど、傘下の金融、資源、貿易企業などを含めると優に五〇万人を超えるのではないかしら」

「すごいなー。そんな企業の副社長を相手にお世話するとは、先輩の語学力は相変わらず抜群ですね」

「またまたお世辞。東京でのお世話は米重工ジャパンがしたのよ。私はプライベート視察の担当。米重工ジャパンから頼まれたのよ。まあ、アルバイトね」

「先輩は相変わらず顔が広いですね」

「そんなことないわ。数年前、南米に赴任する堅物の学者がいて、彼にスペイン語を教えたことがあったの。私を米重工に紹介したのは、その学者さんみたいよ。ありがたい縁ね。出会いびとを大切にしなくちゃ。ところでタク君は英語のほか、何語がしゃべれるの」

英語さえもしゃべれない澤山はハタと困った。「いや、全くダメです。しいていえば博多弁ですかね」と笑ってみせ「お相手の二人はいつホテルに戻られるのですか」と話の先を変えた。

「夕方には戻ってくる予定よ。ところでタク君、福岡空港が朝鮮戦争の前線出撃基地だったって知ってた？」

「ああ、知っていますよ。当時は米軍の板付《いたづけ》基地ですね。それがどうかしたのですか」

「福岡に来たのはね、若い方の彼、あら失礼、マテリアル社のテール・ロドリゲスが是非訪れたい、と言ったからなの。彼の祖父が板付基地にいたんだって。空軍のパイロットでね、朝鮮戦争時、福岡から出撃して帰らぬ人となったそうよ。テールは祖父を知らないけど、父親からよく聞かされていたので、どんな所か見てみたいと思ったわけね」

「ルーツ探しかな。そんなたいそうなことでなくても分かる気がしますよ。祖父を知らない、だから、その面影もない。でも、祖父の足跡が刻まれた場所に立って、周囲の空気を全身で受け止め感じ取ることで、自分なりに祖父の面影を心に創り浮かべる。そんなことでしょうか。しかし、かなり前の話でしょう、朝鮮戦争は。福岡は大きく変わったし、米軍基地を偲ぶようなものはありませんし、まあ、いいことではありますが」

「そうね。いいことかも知れない。でもね、朝鮮半島は当時のままといえるんではないかしら。朝鮮戦争は米ソ冷戦の幕開けでしょう。ベルリンの壁が崩壊して何十年も経つというのに南北は38度線で分断され、依然、冷戦状態なのよ。そんな半島に近いのがタク君の住むここなのね。一衣帯水《いちいたいすい》の玄界灘は大丈夫かしら」

平穏ですよ、と即座に答えようとした矢先、意に反して澤山の口から「あっ、そうだ」との声が出た。

「何か?」美樹は疑問の目を向けた。

「先輩、ちょっと失礼します。急用を思い出しましたので。すぐ戻ります」澤山は席を立った。長い期間途切れっぱなしの記憶が急によみがえったのだ。「城の湯」で耳に挟んだ海底の探し物情報。報道センターの田所与一郎に連絡せねばならない。

怪訝《けげん》な表情のまま、独りぽっちとなった美樹のそばでバサッという音と共に噴水ショーが出現した。ガラス越しの運河から水柱が勢いよく噴き上がり、軽快な音楽に乗ってリズミカルな舞いを始めた。しばらく見入っていると、背後に人の視線を感じた。振り向くと数メートル離れた席にサングラスをかけた青年と緑っぽい色のハンチング帽を目深《まぶか》にかぶった中年男が無表情でこちらを見ている。「私を監視しているのかしら」美樹は一瞬、嫌な気分になったが、「きっと水の舞を見ているんだわ」と自分に言い聞かせた。


市内の中央を流れる那珂《なか》川沿いの「キャナルシティ博多」から北東二キロの福岡県警本部ではこの日の午後、二階堂本部長自らが招集した極秘の幹部会議が開かれていた。

玄界灘で発見された白骨体のその後の調査で、現場近くの海底から小型艇の残骸が見つかり、分析の結果、それが軍事用の半潜水艇であることが判明したからである。

半潜水艇は船体の大半を水没させて航行する小型の特殊な船である。北朝鮮はこの船を多数保有しており、韓国に対してスパイや特殊戦闘員を送るツールとして活用してきた。韓国軍に発見され、撃沈された事例もある。

報告は警備部長の飛江田警視正が担《にな》った。

「船体の多くは分解し流失していましたが、骨格部分に高性能爆薬で爆破した痕跡がありました。周囲にはエンジンやスクリュー等、さらに人骨片も散乱していました」と現場の状況を述べた。

報告書には刑事部をはじめ防衛省や海上保安庁、さらに専門家等の分析結果や意見も反映されている。飛江田はそのことを踏まえながら核心部分に入った。

「これらの人骨片は網にかかった白骨と同一人物のものと分かりました。また漁民が回収したステルス性のボードはこの半潜水艇の材質と一致しました。例の金日成バッジも照合の結果、本物との報告を受けています。白骨体は北朝鮮の工作員とみて間違いないようです」

飛江田はここで一拍置いた。そして、さびのある声で自らの見解を述べた。

「以上のことから、北朝鮮の半潜水艇が福岡沿岸に侵入、何らかのトラブルに見舞われ自爆自沈したと推論できます。これまでの鑑定の結果から約二年前の出来事といえますが、福岡海上保安部によりますと、当時は大雨や台風の影響で流木情報が相次いでいたそうです。半潜水艇がこれらの流木か何かに接触、航行不能になり自爆した、と考えられます」

しかし、一方では腑《ふ》に落ちない点もあった。半潜水艇の本体が発見されたわりには人骨が一体と少ない。武器類が見当たらないのも気になる。飛江田はこれらを指摘し、さらにこうも言った。

「広い海での出来事だけに疑問点をつぶすのは厳しいと思われます。要は半潜水艇が領海深く侵入したという事実に尽きそうです。それからもう一つ、我々が謎と思った白骨体の人種――

鑑定が示した『非アジア人の可能性』はクリアできました。冷戦時代に北朝鮮に帰化した欧米人らは結構いて、彼らの子孫が工作員になったとしても何ら不思議ではないとのことでした。何か質問はありませんか」

誰も応えなかった。飛江田警備部長は「では、本部長、お願いします」と発言を促した。

温泉施設「城の湯」で聞いた玄界灘の探し物情報、それを田所に報告するのをすっかり忘れていた澤山は、グランドハイアット福岡のロビーから外に出て、やっと用件を済ました。それからトイレに立ち寄り、鏡を前に容姿を整え、美樹が待つ喫茶室へ再び向かった。途中、見覚えのある年配の男と目が会った。

「おっ、澤山さんじゃないですか」相手が声をかけてきた。澤山は「やあ、森川《もりかわ》さん、こんなところで。お仕事で福岡へ?」と微笑んだ。

「ちょっと警察に用がありまして、これから佐賀市に行く予定です。上京の際は、ご連絡ください」森川は名刺を手渡し、そそくさと別れた。

森川雄治《ゆうじ》とは山口県警本部で出会って以来の付き合いだ。といっても、ここ数年は年賀状で挨拶を交わす程度である。駆け出しのころ、澤山は山口市の支局で警察回りをやっていた。森川は当時、県警本部の捜査二課長で澤山より一回りほど年上のキャリアだった。趣味が同じで、近くの山によく一緒に登っては、情報を得たりもした。法規や国際情勢に明るく、その後、大阪府警、警視庁を渡り歩き、韓国の日本大使館勤務を経て警察庁に戻っていた。

澤山は、ロビーを出て公用車に急いで向かう森川を見送ろうとした。その時、部下と思われる二人の男があわてたかのように脇をすり抜け、森川に寄り添った。いずれもスーツ姿で一人は濃いめのサングラスをかけ、もう一人は背が高く、淡い緑色のハンチング帽をかぶっている。その帽子男の耳たぶは仏様のようにふくよかであった。

澤山は手にした森川の名刺に目をやった。そこには警察庁ではなく公安調査庁の文字が刷り込まれている。裏面には英語でＰＳＩＡ。パブリック・セキュリティー・インテリジェンス・エージェンシー。部局名や役職名は記載されていない。情報機関らしいな、と澤山は思いながら美樹の席へ足を速めた。

美樹は、なおも気になる不審な男の視線を避けるように、繰り広げられる水の競演に見入り微動だにしなかった。突然、背後から「遅くなってすみません」と澤山の声がした。半ば驚いたように「あら、タク君？」と言って振り返った。その先には、これまでいたと思われる二人の男は消えていた。美樹は急に姿勢を正し、安堵の表情を見せた。

「僕は本日休みですが、先輩は時間いいのですか」と澤山は聞いた。美樹は腕時計を見て「お偉いさんがホテルに戻るまで、あと一時間はかかる」と口早に返事し「ついさっき、変な男が私を見張っていたのよ。あの席から」と一拍もなしに手先で方向を示した。澤山はその席に目を向けたが、客はいなかった。「気のせいではないですか」

「いや、確かに。サングラスの青年とハンチング帽の中年男がいたわ。気味が悪くて」

澤山は咄嗟《とっさ》に気付いた。脇をすり抜けたあの二人に違いないと。それにしても森川の部下がなぜここにいたのか。多分、ここで森川と落ち合ったのだろう。澤山は美樹を安心させるため、森川と偶然、ロビーで出会ったことを話した。

「そうなの、公安調査庁の方ね。雰囲気がなんとなく、その方面の人って感じがしたな。うーん、タク君の知人の部下か」と言ってはみたものの美樹の心は穏やかではなかった。福岡で彼らと出会うとは、東京から尾行されていたかも知れない。不安が募った。でも、気を引き締めて平静さを保った。

「タク君の話を聞いて安心したわ。やっぱり気のせいか。急にお腹がすいちゃった。何か食べない？　そうね、私はクラブサンドでいいわ。それにしましょうよ」とまた一方的に注文した。素敵な美樹とまだ話ができる。澤山はうれしくなった。

　彼は美樹のことをもっと知りたかった。以前、OB会で会った彼女は「金融は社会に未来を届ける血液なのよ」と言って勤務先の外資系投資銀行「AIBC」の意義を熱っぽく語っていた。閉鎖的な日本市場にも言及、経済環境の改革や規制緩和の必要性を強調し「メディアはもっと自由化の重要性を指摘しなさいよ」と説教していた。

　経済には全くうとい澤山だったが、世界各国を飛び回り、取引先との交渉をまとめる苦労話などを聞くに及んで美樹のキャリアウーマンぶりに魅力を感じた。三〇代前半で年収二三〇〇万円、ＯＢ会切っての高給取り、と仲間から聞かされもした。そんな輝かしい美樹が会社を辞めた、という。澤山は話しかけた。

「美樹先輩、なぜ会社を辞めたのですか。もったいない」

確かにもったいない。年収二千万円を超える平社員なんて澤山の周りにはいない。もちろん上には上がある。同じ投資銀行のゴールドマンサックスの従業員年収が平均六八〇〇万円、パートナー（幹部）の場合は七千万円以上という。

「もったいないか。よく言われるわ。でもね、お金ではないの。生き方の問題なの」

「やりがい？　ですか。今は金融の時代、やりがいは十分あると思いますが」

この言葉を聞いた美樹は、澤山には分かりづらいだろうなと思った。非正規の契約社員が増えているとはいえ、日本ではまだまだ終身雇用制が残っており、年功序列的賃金体系にある。これらは、自然と共生し、和をもって尊し、とする日本の精神文化の反映でもあるが、助け合い、支え合うムラの風土にたっぷり浸かった澤山が、神との契約を旨とした米英の個人主義的企業文化をどれほど理解できるだろうか。美樹が選んだ外資系金融企業で繰り広げられるのは、食うか、食われるかの市場原理主義が支配する風土なのだ。人間の価値はカネ、カネ、カネ「稼いでなんぼ」で評価される。

美樹は多少、いらついた。「米国では会社の都合で首を切るのはまあまあ普通ね。成果が出なければ即終わりといった雇用契約だもの。私がいた銀行でも毎年数十人は辞めていくのよ。

入れ代わり立ち代わりよ。タク君分かる?」と述べた声には棘《とげ》があった。

美樹はクラブサンドを口に運んだ。同時にイライラも胃に収めた。

「もちろんゾクゾク感はあったわ。企業の合併や買収（M&A）。交渉を成功させた時の報酬は目が飛び出るほどよ」

澤山にとっては全く別の世界の話である。日本の企業も国際化の名の下に、米英並みの成果主義を取り入れているところもあるが、即クビになるケースはないだろう。

澤山もクラブサンドを口にしながら、彼女の話の続きに耳を傾けた。

「でもね、そんなこと一〇年以上もやると、自分の心の中にあった仕事の社会的意義みたいなものが薄れていくのね。困った客がいれば、助けるというより、商機を生むカモと思うようになるの。仕事の対象はカネを生むカネなのよ。カネの先にある社会の姿なんか見えなくなる。格差是正というじゃない。そんな政治は利潤を低下させるのよ。本当にそう思えてくる。そんなカネづくりの文化が恐ろしくて」と言葉を詰まらせた。

美樹は「資本主義の栄養源は自由にある」とある本で学んだ。体験からしてまさにそう思う。規制がなければないほど、自由が大きければ大きいほどカネが稼げる。しがらみが多い日本のムラ社会から飛び出したのは大いなる自由を求めたからにほかならない。だが、その自由が制御されずに世界を闊歩《かっぽ》している。グローバル資本主義、すべてを市場原理に委ねればうまくいくという新自由主義の台頭。その結果はどうか。富める者はますます富み、貧しき者はますます貧しくなる社会が出現し始めたではないか。こんな状況が続けば、人々の絆で結ばれた社会は粉々になり、日本のすばらしい共同体意識も温もりのある企業風土も崩壊するだろう。それは日本人の特異な共助の精神文化を否定する。日本のアイデンティティー消滅にもつながる。美樹にはそれが恐ろしく思えたのだった。美樹はなおも言葉を吐いた。

「金融の自由化というのは、所詮、お金持ちやエリートたちの屁理屈よ、儲けるためのツールね。カネでカネを稼げる自由な状況ができればそれで十分。しかも富裕層たちの儲けた大金は他国に移すのよ。税逃れのために。彼らはますます太るはずだわ」

二人のそばで展開する水の舞はクライマックスを迎えている。幾筋もの透明な線が次々と頂《いただき》に伸び、無数の水滴が風を受け乱舞する。美樹には水滴が札の踊りに見えてならない。一方の澤山は話を聞きながら日本も同じ道筋にあるのではないかと不安に思った。

「勤めた世界が日本人のＤＮＡと合わなかった。だから美樹先輩は辞めたわけだ。でもこんなにグローバル化が進むと、ＤＮＡうんぬんなんか言えなくなるんじゃないですか。国家融解の時代ですよ」

「そう、国家は融解の方向にあるわ。多国籍企業なんて、とっくに国家を超えているからね」

と美樹はうつむき加減に応えた。

「多国籍の大企業は、世界で約六万社あったかしら。世界の総生産の約半分を占めているわ。例えば、従業員八万人のエクソンモービル社の年間売上高は、人口約六五〇〇万のタイの年間国内総生産額よりはるかに多いのよ。そんな会社ばかりよ。世界を乗っ取る勢いにあるわ」と言い、一息ついて「ねえ、タク君、別の話をしない？」と澤山の目を見た。

「先輩、あと一つ聞きたいんですが、ＮＧＯ地球の会って何をやるんですか」

「あら、そのこと、お遊びみたいな組織よ」と言ってロビーの出入口に目を向けた。

「まだ、こられないようですね。で、明日の予定はどうなっているんですか」

「大分の地熱発電所を訪問するの。車をチャーターしているんだけど、ここから九重《ここのえ》まで何時間かかるの」

「約三時間ですかね」

「米重工は自然エネルギー事業にも手を出しているみたいで、福岡に行くからには、地熱発電を視察したいと思ったらしいの。あのマテリアル社のテール・ロドリゲスがボーリング技師とかで、穴掘りに興味があるらしくて。鹿児島の知覧《ちらん》にも行く予定なのよ」

「知覧といえば、旧日本陸軍の特攻隊基地跡でしょう。外国人の観光客も多いのかな。面白い方々ですね」

「そうね。こちらの方は副社長の指定。日本をいろいろ知りたいんじゃないかしら。八〇年代だったかしら、日本経済の勢いがすごく、世界一になるのではと思われた時があったじゃない。諸外国の企業家が日本の経営哲学を学びにやってきた時代ね。米重工ワールドのボスも、当時、来日した一人だそうよ。今は代表取締役会長兼ＣＥＯだけど。名前はえーと、ジョン・ウォーカー・スペンサーと言ってたっけ」

　澤山や美樹がまだ少年、少女のころの話である。ジャパン・アズ・ナンバーワンの本が売れ、日本製品が世界を席巻、大企業が海外のビルや土地、高級絵画を買いあさっていた。澤山は父親の給料がマン円単位で上がっていたのを記憶している。

「だけどバブルがはじけて終わりですね。そして日本の経営は米国流になったわけだ」

「でもね、米重工には当時の日本型経営が残っているみたい。人間や現場を大切にすると副社長が言っていたわ。本当かどうかは分からないけど」

「へぇー。で、その副社長の方の名前は」と聞く澤山に「それが、発音しづらい名前なのよ。私はロベルトと呼んでるけど、正確には、バレーラ・トュデラ・ロンベルュットよ。米重工ワールド社の副社長で、ブエノスアイレスにある米重工南アメリカの社長でもあるのよ。といっても一八人いる副社長の末席の位《くらい》だって。担当は地球資源開発とかいっていたわ。素敵な方よ。志が真っ直ぐで」

「志？」澤山は疑問符付きの言葉を投げた。

　美樹は一瞬戸惑い、伏し目がちに言い足した。

「いや別に。彼、ボリビア人なの」

「ボリビア人？　いろんな方がいるんですね。名前だけでも覚えるのは大変ですね」

「だから、社内ではニックネームで呼び合うみたいよ。キミの場合、タクだったらバッチリよ。

多国籍企業に入ってみてはどう？　あちらこちらに行けるわよ。副社長のロベルトなんか、アルゼンチンにいるのが一年のうち三分の一程度、残りはアメリカと海外出張が半々と言ってたわ。自分の人生日程はワールド本社の担当秘書が握っているって」

「そんなところ、僕には無理ですよ。先輩と違って能力もないし」と澤山が笑ってみせると、美樹もほんのりと微笑んだ。そして「もうそろそろ帰ってくるはずだわ」と言いながら席を立ち、化粧室へ向かった。しばらくして戻ってきた美樹がいきなり澤山に告げた。

「お偉いさんがタク君も一緒に夕食でもどうかって聞いてきたわ。さっき副社長に連絡したの。間もなく戻るって。ヤクインにいるみたい。ヤクインには何か見物する所があるの？」

「薬院？　昔は薬草園があったらしいですが、今はスーパー銭湯ぐらいですかね」

「おかしいわね。道に迷ったのかしら。で、タク君どうする？　ディナー」

澤山は戸惑った。自分には対話を重ねるだけの知識も教養もない。

「いや、挨拶だけで失礼します。ところで、今度、先輩とはいつ会えますか」

「会いたいの？　奥さんがいるのに」と独身の美樹は半ば冗談に流した。

「実は僕、離婚しました。バツイチです」

「そうなの。知らなかったわ。でも、バツイチといわないの。マルイチというの。バツがつくのは二回目からね。覚えておきなさい」

間もなくして二人の紳士がやってきた。米重工ワールド副社長兼南アメリカ社長のバレーラ・トゥデラ・ロンベルュット（ロベルト）と米重工マテリアル南米支社銅事業部のテール・ロドリゲスである。副社長のロベルトは丸顔で、背が低く、額が禿《は》げ上がり、老眼鏡をかけていた。一方、面長のテールは背が高く、端正な顔立ちである。多分、我々と同世代だろうと澤山はあたりをつけた。

美樹の通訳で挨拶と夕食の招待をやんわり断った。副社長はにこやかに述べた。

「それは残念ですね。福岡は特別サミットの開催候補地だとか。お隣の中国も参加するそうですね。是非実現してください。応援しますよ」

澤山は彼らと別れ外へ出た。空がどんよりと曇ってきた。急ぎ足でバス停に向かっていると携帯電話が鳴った。田所のうわずった声が耳に入る。

「澤ちゃん、特ダネばい、特ダネ、例の海底での探し物、北の工作船と関係あるごたぁー。今から本部長を急襲して裏を取る。君のおかげばい。朝刊が楽しみやね」

澤山も心が弾んだ。そうだ、これから「城の湯」へ行って温泉を楽しむかと薬院方面行きのバスに乗った。薬院といえば、美樹が副社長に連絡した際、彼らはその辺りにいると言っていた。観光スポットではないのに。澤山は多少不思議に思ったが、気には留めなかった。

翌朝は雨だった。一台の黒塗りハイヤーが九州高速道を走っている。九重方面へ向かう車の中で、美樹は九州日報の朝刊に目を走らせていた。一面トップに「玄界灘に北の工作船？」「半潜水艇の残骸を発見」等の見出しが躍っている。美樹はこのスクープ記事を米語に翻訳し、後部座席の二人に伝えた。

副社長のロベルトは笑みを見せた。好運とはこのことだろう。福岡を訪れたこの時に半潜水艇事件が発覚した。日本政府は非難声明を出すに違いない。会長へのすばらしい土産《みやげ》を手にすることができた。

「セゴユリがやっと芽吹きましたね」隣のテールが密かにささやく。

「次はアメリカだな」副社長が耳打ちした。

助手席の美樹は黙って前方に顔を向け、時折、バックミラーを眺めた。背後に不審な車はいないようだ。強くなる雨脚《あまあし》にワイパーが一段とせわしくなったころ、福岡県警では、工作船についての緊急記者発表が始まった。

4 想定外の実験結果――20X1・7（SANFRANCISCO　TRINIDAD）

北の半潜水艇事件を機に、ここ一カ月、日朝関係がさらに険悪になってきた様子を東京から特集番組で報道していたCNNニュースのテレビ画面が、突然ワシントンDCのペンシルベニア通りからの映像に切り替わった。官公庁ビルから戸外へ飛び出す多くの職員の姿が画面に現れ、ブロンドの女性レポーターが口早に報じた。

「東海岸で本日二三日午後一時五一分（東部夏時間）地震が発生しました。首都ワシントンではビルから路上に避難する人たちで混乱状態になっています。けが人も出たもようです。周辺の空港が閉鎖されました」「USGS（米地質調査所）によると、地震の規模を示すマグニチュード（M）は5・8、震央はバージニア州リッチモンドの北西約六〇キロのミネラルで、震源の深さは6キロ……」

米重工ワールドの会長、ジョン・ウォーカー・スペンサーは午前のやわらかい日差しを受けながら次男が運転するトヨタのレクサスLSで、サンフランシスコ近郊のワイン産地ナパバレーへ向かっていた。地震のニュースを目にしたのは、この私用車内のテレビからだった。隣の席には副社長のバレーラ・トゥデラ・ロンベルュット（ロベルト）が付き添っている。ナパへのドライブは、副社長のアジア訪問と福岡での「セゴユリ発芽」を慰労するためのささやかな贈り物だ。

ジョンはこの地の北はずれにある静寂な場所に石造りの山荘付きワイナリーを所有している。経営は次男の嫁がやっているが、「オーパス・ワン」や「ロバート・モンダビ」のように一般に公開しているわけではない。もちろん四〇〇前後ある醸造所の一つではある。試飲しながら宿泊できるのは、ジョン一族に選ばれたごく限られた客だけであった。副社長の要職にあるとはいえ、ボリビア人のロベルトにとっても、会長のワイナリー訪問は今回が初めてである。

ニュースはスタジオに切り替わり、さらに続いた。

「前日の二二日早朝には、コロラド州南部のラスアニマス郡トリニダード近郊で同規模の内陸型地震が起きたばかりです。二日連続の地震ですが、本日の東部地震とは関連性はないようです。なお、トリニダード近郊では一カ月ほど前からM1未満の体に感じにくい極微小地震が発生していました」

状況を伝える男性アナウンサーの声は甲高《かんだか》くなっている。震度については、二つとも「VERY STRONG」（非常に強い揺れ）と述べていた。

「二つもかね。手掛けたのは」車内のテレビ画面から目を離したジョンは隣のロベルトに向かって問いかけた。ロベルトは即座に「いや違います。昨日、会長室でお知らせしたトリニダードの件のみです」と答えた。

昨日の早朝に発生した地震の震源域、コロラド州南部のトリニダードは人口わずか九千人の小さな町。「性転換手術の首都」として有名なこの町から十数キロ離れた荒地には米重工マテリアル社の試掘訓練場が広がっている。多様なボーリング機器をはじめキャタピラ付きの掘削機や特殊車が配備され、随所に土木資材が山積みされている。建物といえば二階建ての事務所兼宿泊施設のほかは車庫、倉庫、質素な修理場がある程度で、岩石混じりの赤茶けた敷地だけがやたらと広い。遠くには大小のやぐら数本がかすんで見える。

この広大な土地の一角に中型のコンテナ一個が運び込まれたのは二カ月前だった。ブエノスアイレスから来た星一郎《ほしいちろう》研究所長の指揮の下、スタッフの米重工ワールド本社機械事業本部のクルト・ザイラー技術研究員とマテリアル南米支社加工事業部の宋一柱《ソンイージュウ》部員が新しい地殻起振装置を使って地震（弾性）波による地質調査の実験を行っていた。やたらと水を使う装置は珍しいが、他のドリラーたちは誰も実験場に立ち入らなかった。頼まれれば手伝いをするが、そうでなければ、むしろ無関心なのが普通である。

起振装置による地震波実験は三回行った。極微小地震（マグニチュード1未満）を狙った二回までの実験は、ボーリングした地下三千メートルの穴（試すい孔）を利用し、一回目は毎分30リットルの水を圧力をかけながら連続注水した。設定した注水時の圧力は7ＭＰａ（メガパスカル）。注水開始から二五時間後にはＭ（マグニチュード）０・３前後の極微小の地震が地下の狭い範囲に多数発生した。そして開始から四九時間後に周辺に振動波（地震動）が表れ、体にかすかな揺れを感じた。計測器のデータはM０・５、震央は試すい孔から北方五〇メートルの地点、深さは３０５３メートルを示していた。

予測どおりであった。連続注水を中断し、一〇日間実験を休止した。大地は以前の落ち着きを取り戻した。二回目は注水量を増やし、圧力もやや上げて実施した。Mは０・９と上昇、揺れの範囲も広がった。すべてが想定内であり、実証実験は順調そうにみえた。

二回の成功に気をよくした星は三回目の目標を「極微小地震」から「微小地震」にワンランク上げることにした。M１からM３未満の範囲だ。トリニダード周辺の地盤は固く、この程度であれば、揺れを感じたとしても物的被害はないとみて、次の要領を示し、細かい数値入力はクルトと宋に任せた。

流量＝毎分50リットルからスタート、徐々に増やし二四時間後に最大量を１２０リットルとする。

圧力＝孔口での設定値はスタート時10MPa。流量の増加に比例し増圧、マックス40MPaとする。

連続注水＝四日間。二四時間後には最大流量と最大圧力による連続運転を行う。

慎重には、慎重を期したつもりだった。しかし、実験開始から七六時間後の早朝、想定外の地震に見舞われた。宿泊所で仮眠していた星は、強い揺れで飛び起き、車で現場に走り込んだ。

揺れは二〇秒ほどで収まったが、夜通し装置を見守っていたドイツ生まれのクルトは、青ざめた表情で地殻起振装置に異常がないか確かめていた。

「ドクター・ホシ、びっくりしました。言われたとおりに入力したのですが、こんなことになろうとは、装置は自動停止しています。もう大丈夫です」

星はクルトの話を聞きながらも観測機器のデータが気になり、近くの移動式のプレハブに入った。そこには中国生まれの若い宋がいた。震えた表情で数台のラップトップ画面を見つめている。

「こんなのは初めてです。でも機器類には、異常ありません」

星は、やっと一息つけた。画面にはさまざまな数字が並んでいる。起振装置の出入力データをはじめ、広い敷地内に配置した地震、震度、電磁波計など日本製の諸計測機器からリアルタイムで送信されてきた記録である。

記録データによるとMは5・3だった。これは、目標値の微小地震の範囲を突き抜け「中地震」（M5－7未満）の域に入る。揺れは日本の気象庁仕様で震度4であった。米国仕様の震度階級では「STRONG」「VERY STRONG」に当たり、実験は大失敗だった。予測ハズレは震央の位置や震源の深さにもあった。当初、震央は試すい孔の周囲一キロ以内、震源の深さは3－3・5キロと読んでいた。計測機器は、これとは違い、東方二・四キロ、深さ4・24キロと記録している。

被害状況を把握するためドリラーや職員たちがやってきたが、機器等は無傷と聞くと、すぐに去っていった。被害の方は倉庫屋根の一部が破損した程度だったが、震源から一二キロ離れた国道「87」沿いの店舗では、棚から商品が散乱、一部で停電するなどの被害が出て、地元メディアの餌食《えじき》となっていた。

米地質調査所によると、震央は試掘訓練場から約二キロ東方で、震源の深さは4キロ、Mは5・3とのことだった。実験の記録とほぼ一致しているが、同調査所は実験とは無縁の「自然地震」として揺れを捉えている。

レクサスLSは小高い凹凸《おうとつ》のある田園地帯をひた走っている。テレビはなおも地震のニュースを放映している。二人の視線は今や映像ではなく、フロントガラス越しに展開する緑豊かな大地に延びていた。ジョンが再び声を出した。

「大成功だな。ご苦労だった。セゴユリはトリニダードでも芽を出したわけだ。実証実験はまだ続くのかね」

「数値の解析次第でしょうが、一、二回は必要かと。研究所長は頑張っています」

「あの化石のような無愛想な所長だね。名は何と言っていたかな。あ、そうそう、ドクター・ホシだったね。任期は今年いっぱいと聞いたが。彼によろしく言ってくれ。でも北緯37度線域での植えつけは避けてくれんかね。偶然とはいえ、疑り深い神がかりの連中がこの世にはわんさといて、探りの目を向けられると迷惑するからね」

37度線？　ロベルトには何のことか理解できなかった。

「いや、年寄りのたわごとかも知れないが、念には念を入れたいと思ってね」そう言いながら、ジョンは話し続けた。

「アジアの市場へ向けて本社をニューヨークからサンフランシスコに移転した際、何となく緯度を調べたことがあってね。シスコは北緯37度線に位置することが分かった。シスコといえば対日講和条約が結ばれた場所だ。市庁舎の近くに戦争記念オペラハウスがあるだろう、そこが会場となり、条約締結で日本は米占領から解放された。だが、当時、朝鮮戦争は継続中で、南北の休戦協定が成立したのは、それから約二年後だよ。その交渉の場であった板門店の緯度が37度なのだ。それから米ソ冷戦、本格的な核の時代に突入するわけだが、核開発を担ったネバダ実験場も37度、シスコと極東は37度線で結ばれている気がしてねぇ」

ジョンはここで一息し、間を置きながら「偶然は重なるものだな」と言った。

「というのは、大事故を起こしたフクシマ第一原子力発電所も37度線上にあるねぇ。これも世界が注視している核問題だな。その引き金となった日本の3・11巨大地震の震源域にも37度線が入る。以来、地震も目立ってねぇ。五月一一日だったかな、スペイン南東部ムルシア州で死者一〇人を出した地震は同じ場所で二回発生した。確かM4とM5クラス。震源はロルカ近郊で深さは10キロと記憶している。多くの建物が倒壊したロルカも37度ラインだ。先ほど発生した東海岸の地震、震源地はリッチモンド北西のミネラルと言っていたが、これも37度域だ。CNNが緯度、経度を伝えていたよね。北緯37度線地震には昨日のトリニダードも加わる。そういえば、シスコも昔、大地震に見舞われたねぇ」

そう言って「ワッハッハ」とジョンは笑った。自らの奇弁がおかしかったのだろう。だが、こんなにも偶然が重なると背後に見えざる意図が働いていると勘ぐりたくもなる。ロベルトは真顔を装いながら軽く言った。

「分かりました。これからは南半球の南緯37度線を利用します」

「ちょっと待て！　あのチリ大地震は南緯37度線ではなかったかな」

ジョンの返答に車内は哄笑《こうしょう》の渦と化した。車窓からブドウ畑が見えてきた。緑の細い帯が等間隔に並び、大地をうねりながら駆け登っている。

「年内にブエノスアイレスに行く予定だ。その時に改めて研究所のドクター・ホシには礼をいうつもりだが、副社長からも十分、労をねぎらってほしい。彼のおかげで、地下に眠る未知の財宝を発見できそうだと」

「ええ、もちろん。それから海の件に携わった仲間の労も」

「当然だ」と会長は応えた。

それにしても私の勘は当たっていた、とジョンは自らの強運を振り返り自賛した。

数年前、今は亡きローガンの友、マックス・ロドリゲスが届けた一二枚の古ぼけた便箋には得体の知れない数字が並び、ローマ字らしいかすかな文字があった。だが、マックスとの会話、さらに彼が帰り際に発した言葉には私の勘の冴《さ》えを生むヒントがあった。「例えば放射能汚染水処理……」「奇妙な現象」「ウオーター（水）とエアー（空気）それからプ」その意味をじっくり考えながら、便箋一二枚を何度も見直した時に第六感がひらめいた。

それは、七枚目以降の古い紙にあった判読し難い文字の中から、ｄで始まる五つの文字を見つけ、それが「depth」（深さ）だと分かった時だった。

コロラドの大地での実験、そこに登場する「深さ」とは「地下の深さ」だ。「……それからプ」は何を表す言葉か。Ｐではじまる単語は簡単な辞書に載っているだけでも三千語近くある。水や空気、そして地下の深さとも関連があるＰは「pressure（圧力）」に違いない。水圧、空気圧、地圧。水と空気と圧力を利用して地下深くに放射能汚染水を処理する作業、そこで発生した奇妙な現象。それは、地殻の変動、岩石破壊、言い換えれば地ぶれの現象かも知れない、と思った。

私の勘は地震波による画期的な探査法――「整然と並んだ数値」は地下を探る貴重な情報だということに至った。便箋には、なおも記号があったが、あとは地質学のプロの出番となる。そのとおりであった。あの研究オタクのホシが登場して私の勘をみごと立証したのだ。

「ホシを選んだサチの目に狂いはなかったな。彼女にも礼をせねば」ジョンは、ドクター・ホシを紹介した、少女のような初々《ういうい》しさが残るサチの顔を思い浮かべながら隣のロベルトにつぶやいた。彼は黙ってうなずいた。サチは阿川幸子のことである、彼女は米重工ジャパンの若い情報部員として政官財の組織や大学、研究所の懐《ふところ》に入り、情報を取る任務をなりわいとしていた。数年前、ジョン会長が訪日した際の世話係でもあった。

車内は静かである。テレビからは映像だけが流れ、音声は消えている。隣のロベルトは目を閉じ無言だった。ジョンは再び記憶の中に我が身を置いた。

地球の内部は宝の山だ。それを探る手がかりをあのマックスが授けてくれた。彼と私を結び付けたユタ州ローガン。その州花セゴユリは、昔、西部に新天地を求めた開拓者たちの飢えや命を救ったというではないか。球根は乾いた体に潤いをもたらす薬であり、栄養源にもなった。今、世界は資源に飢えている。飢えをしのぐ第二のセゴユリを探さねば、との思いから、新探査法の研究プロジェクト「セゴユリ」を密かに立ち上げた。しかし……。

「あと一〇分ほどで着きますよ」突然の次男の声で思索が途切れた。隣のロベルトがハッとして目を開き、外の景色をまぶしそうに眺める。ジョンは「そうか」とひとこと言った。だが、脳裏を支配しているのは、やはり当時のシーンである。

……しかし、軍は、なぜ実験を中止したのだろうか。表は放射能汚染水の処理研究だが、実態は奇妙な現象探りと言ってよい。マックスは何も言わなかったが、軍にとっての現象探りは、地下構造や資源を把握する探査法ごときの研究ではないはずだ。とてつもない新兵器の開発を頭に描いての研究実験だったに違いない。でっかくて恐ろしいがゆえにすべてをお蔵入りにしたのだろう。もし軍の後を継いで我々の手でわずかでも開発ができれば、地下資源の発見以上に世界に大衝撃を与え、真の意味での「巨万の富」を得られるかも知れない。プロジェクト「セゴユリ」に裏の顔というべき別の意図が、力強いマグマとなって全身を包み込んだものだった。

「真の巨万の富か」ジョンはかすかにつぶやき、車のシートから身を起こし、背筋を伸ばした。顔から温和な表情が消え、眼鏡のレンズ越しに眼光だけがギラギラと輝く。年を取ったとはいえ、野心への挑戦が再び燃え始めた瞬間だった。

富を生む環境は無限の自由にある。これこそが未来を拓く最高のバイブルであり、真の巨万の富である。事業の命運は経済活動の自由度によって大きく左右される。それをウォール街の野獣どもが壊しやがった。おかげで非難の矛先が自由放任を基本とする「新自由主義」に集中、規制の暗雲が漂い始めたではないか。報酬にも国際基準を、との声が出る始末だ。

もちろん金融界のカジノまがいのやり方は許せない。株主至上主義を唱え、企業を支配し、転売する企業ころがしの連中ばかりだ。彼らは強欲に目がくらみ企業の社会性が見えなくなったのだろう。多くの企業経営者は株主の代表であっても、彼らの操り人形ではない。我々は社会に責任を負っているのだ。ジョンは、オーナー企業主としてアメリカの理想を追い求めた祖父の言葉を何度も心に刻んだ。「企業活動は社会に対し真摯《しんし》な責任感を伴う公正な行動であらねばならない」と。

しかし、しかし、である。それを逸脱したからといって、経済活動の自由を制度的に制限するのは死をも意味する。そんなリーダーはこの世から退場させなければならない。例え金融に限った規制であっても、規制が規制を呼び、一般の企業にも波及しかねない。国家の干渉はお飾り程度が望ましい。このままだと「さらなる自由」への道は先細るだろう。火の粉《こ》は早いうちに払わねば、とジョンは心に改めて誓ったのだった。

無限の自由をつかむ戦い。それは着実に進行している。福岡の海で、そして、昨日のトリニダードで。セゴユリは二つ芽生えた。これからが「世直しへ」の第一歩を踏み出すことになる。抜かりなく、慎重にやらねば。それにしてもドクター・ホシの存在が気になる。彼はしょせん傭兵《ようへい》の身だ。セゴユリの裏の顔に気付かねばいいが。

ジョンが思索から解放されたのは、レクサスＬＳがその走りを玄関ポーチの石畳の上で止めた時だった。彼はいつもに戻った。

「着いたか。副社長、大いにくつろいでくれ」

5　ゲリラ戦士の子――20X1・7～8（BUENOSAIRES）

コロラド州トリニダードでの実証実験を終えた星一郎は一週間後、スタッフより一足先に、南半球のブエノスアイレス・サンテルモ地区に戻っていた。冬とはいえ美しい街路樹が続く幅広い一六車線の幹線道「7月9日大通り」南から二ブロック東の小さな通りにホシ研究所はある。六階建ての古いビルの一室で、広さは百平方メートル足らずだ。パーテーションで仕切った応接コーナー以外はゴミの砦《とりで》とみまがいそう。事務机には、ほこりまみれの書類が散乱しており、ラップトップ等のＩＴ機器が見え隠れしている。フロア中央の長机には土壌を採取した数々のボーリングコアや顕微鏡《けんびきょう》が乱雑に置かれ、土や岩石の破片があちこちに転がっていた。半ばかび臭いにおいも漂う。

星は、そんな部屋の片隅でぼやいていた。本棚に囲まれた狭い机のラップトップを前に厚いレンズの眼鏡をかけ、数値を見ては独り言を吐き、多くはない頭髪を掻いている。

「どうしたものか。地殻に個性がありすぎる。未知の部分ばかりだ。ううーん」

実験は地殻の事前調査を十分行ったうえでのことだが、三回目は無残な結果に終わった。星は再び頭髪に手を当てた。今度は両手で思いっきり攪拌《かくはん》した。フケと共に数本の毛がキーボードの上に落ちてきた。それを息で吹き払い、「あー」とため息をついた。

トリニダード地震が起きてからは実験を継続するかどうか、迷っていた。もう一回との思いはあった。しかし、三日後、米重工マテリアル本社から撤収の要請と慰労のメッセージが社員の手によって届けられた。重要な連絡手段は、ガードが甘いハイテク通信よりもアナログ手法の方が確実で安全というのがトップの考えである。厳封された封筒には、親愛なるドクター・ホシで始まった書状が入っている。

「貴殿の惜しみない研究のおかげで、実験は成功した。今回の目的は二つ。一つは、当社が開発した資源探査のための地殻起振装置の検証実験。もう一つは、水の流量と圧力とマグニチュード（M）の関係究明。起振装置はトラブルもなく順調に稼働した。流量と圧力とMの関係については、共に連動していることが判明した。これは画期的なことである。今後の課題は連動数値をさらに解明し、地震力をコントロールできるかどうかだが、今回の実験では、予測の範囲内に収まったケースもあり、一部は制御できた、とみてよい。ご苦労であった。当地での実験終了をお願いする。貴殿の労に敬意を表したい」

文末に米重工ワールド会長兼CEOのジョン・ウォーカー・スペンサーと研究所を開設したマテリアル社長のリチャード・ミルのサインがあった。アイルランド出身のリチャードは四〇代後半で、ジョンの腹心の一人であった。書状にワールド本社会長自らの署名があることに、星は半ば驚き、その心配りに感謝した。しかし、封書に添えられた名刺大の押し花には興味はなく、くずかごに放り込んだ。花はセゴユリの白い花弁だったが、星には知る由《よし》もない。

押し花を捨てたとの情報は、スタッフによって直ちにジョン会長にもたらされた。

「ドクター・ホシは何も反応しなかったということだな」

ジョンは安堵《あんど》した。彼はいまだプロジェクト名を知らない、ましてや裏の顔なんぞ知るはずもない。「もう実験はよいのではないか。ドクター・ホシの任期は残りわずかだ。あとは遊んでもらって、お引き取りいただくように」とスタッフに告げた。


スタッフのクルト・ザイラーと宋一柱がブエノスアイレスの研究所に戻ってきたのは星所長より四日遅れであった。二人は実験現場の後片付けのため、遅い帰任となったわけだが、クルトは検証結果を踏まえて地殻起振装置のさらなる改善と小型化に取り組むことになっている。一方の宋は多様な計測機器が収録したデータを解析し、地殻の変動や拡散状況、さらには岩盤の透水性や間隙《かんげき》水圧なども調べる予定だ。

彼らは帰任の挨拶をしたが、星はうなずいただけで視線はひたすらラップトップ画面に集中、時折、ため息混じりの奇声を発している。かなり落ち込んでいる彼の様子が二人は多少、気になりだした。だが、しばらくして、いつもの寡黙《かもく》で物静かな所長に戻った。耳にイヤホンが……。旧型のウォークマンからは日本の歌謡曲が流れているようだ。頭をバッタみたいに上下に振っている。クルトと宋はその見慣れたホシの挙動に「ドクター・イヤホン、思考停止」と互いに目配せしながら、ほくそ笑んだ。

ドクター・イヤホンが思考停止に陥っていたころ「7月9日大通り」の北はずれ、レコレータ地区にある高級墓地では丸顔の小柄な男が紺色の作業服を着た年下の男に声をかけた。

「コチ、久しぶりだな、待たせてすまなかった」

「やぁ、ロン兄貴、ここは自分の仕事場、待つってことはないですよ」

二人は肉親と再会したかのように、互いに手を握り、肩を寄せ合った。ロンと呼ばれた丸顔の男はバレーラ・トゥデラ・ロンベルュット（ロベルト）、あの米重工ワールド副社長兼南アメリカ社長である。作業服姿の男はガルバン・モンテス・コチ。五〇歳そこそこの背が低いペルー人で、墓地の管理人であり、ロベルトの「戦友の子」だ。

二人は石のベンチに並んで腰を下ろした。前方のアロカレアの木々に真冬のやわらかい光が降り注ぐ。風が運ぶ葉擦れの音を聞きながら、ロベルトはコチにささやいた。

「ハポン（日本）の海でセゴユリが芽を出した。コチ、君のおかげだ。まさか、あの人骨はこのじゃないだろうな」

豪華なこの墓地には歴代の大統領や大富豪たちが眠っている。整然と並んでいる各墓の規模は七－一〇平方メートル、高さ四メートルほどで、いずれも贅を尽くした石造りのミニハウスだ。地下に防腐剤を施した遺体が安置されている。

「とんでもない、兄貴。南のマルデルプラタ沿岸で発見された身元不明の遺体の一部だ。地元の共同墓地に葬られる前に引き取った。鮫《さめ》か何かにやられ、骨だけになっていたよ。ポリシア（警察）は一応調べたが、事件性はないと言っていたそうだ」

その後、人骨は近郊のラ・プラタ川河口に停泊中の新造船に届けられた。届けたのはコチだ。だが、それから先の経緯を彼はよく知らない。コチは兄貴に聞いてみた。

「骨は丁寧に葬ってくれたんでしょうね」

「もちろん。しかも半潜水艇をお伴につけてだ」

「半潜水艇とは何やら大掛かりですね。そいつを教えてもらえれば」

「そうだな、俺とお前は一心同体みたいなものだ。話せば少し長くなるが」

ロベルトのささやきが始まった。その内容は船舶事業本部次長兼船長の日系人、ヒロシ・ボイトラーから聞いた体験談なのだが、コチには一部をぼかして伝えた。

三年前の一二月、コチが人骨を届けた新造船は米重工ワールド船舶事業本部が建造した韓国企業発注の多目的海洋調査船だった。夏のラ・プラタ川河口を出港した調査船はパナマ運河を経由して真冬の東シナ海へ入った。乗組員は一五人。社員は船長のヒロシと一等航海士の資格を持つアントニオ・マリーノ技師、さらに船舶事業本部のもう一人の技師と機関長の計四人。それ以外は、期間雇用の船乗りである。ヒロシはポケットに「貴重なバッジ」を忍ばせていた。

かつてボスのお伴で「ある国」を訪問した際、幹部からもらった「記念品」である。

船には小型艇を積み込んだ。ホロをかぶせた艇内には救命いかだと大事な人骨も収めた。船乗りたちには、この小型艇は救助用ボートの試作品であり、航海中にテストすると言い聞かせており、彼らはそう信じていた。

出港から約四〇日後、調査船が日本の玄界灘に入って間もなく小型艇のテスト航行を始めた。ヒロシから「記念品」を受け取ったイタリア出身のアントニオ技師が潜水スーツ姿で乗り込んだ。万が一に備えた装いだ。一帯は日本の領海内。しかし、船には国際法上の無害通航権がある。彼はそれを楽しむかのように夜明け前の波間に消えて行った。

ボートのアントニオから位置を示す暗号が無線を通じて船長のヒロシの耳に入ったのは、日が昇り始めたころだった。ヒロシはその位置へ向けて船をスムーズに走らせた。そこには小型艇はなく、救命いかだに乗っていたアントニオがいた。

幸い周囲には船影も無く、朝日に照り映える銀色の海面だけが広がっていた。乗組員の拍手の中で迎えられたアントニオの演技は上出来だった。「流木に激突した。申し訳ありません」と何度も謝った。船長のヒロシも台本どおりに叱責《しっせき》した。それから船首を韓国南東部のウルサン港に向け、海洋調査船を発注元の「近代グループ」に引き渡した。

話に聞き入るコチの瞳は周囲を警戒し絶えず動いている。その日焼けした彼のごつい顔を見つめながらロベルトは「以上だ」と言った。ただ、小型艇の時限式起爆装置がアントニオ救出から三〇分後に作動したことは伏せた。人骨の弔《とむら》いとしてはむごい。それを届けたコチの気持ちをおもんぱかってのことである。

「迷惑をかけたな。あの骨に宿った神のおかげで、すべてはうまくいった」

「タイミングがよかっただけだ。兄貴」コチがやっと口を開いた。

二人はベンチから腰を上げ、散策し始めた。狭い路地の左右に連なる各墓壁面には数々の彫刻が施され、屋根には大理石の十字架やマリア像などが飾ってある。エビータの愛称で有名なエバ・ペロン（ペロン元大統領夫人）もこの墓地の住民であり、敬慕の花束が絶えない。これら重厚な建物群に警戒の視線を送りながらコチが再度聞いた。

「海洋調査船のヒロシ船長だったかな、自分が骨を届けた際、甲板上で見せてくれた小型艇が半潜水艇だったのか。あれは兄貴が造った？」

「そうだ。ある国が我々の技術を盗んで建造した半潜水艇をこちらがパクってこしらえた。もともとエンジンや通信機器類は、米国や日本の製品だし、ステルス性の材質も我々が開発した八〇年代のコピーだ。海洋調査船の方は本物の受注品。ワールド本社の船舶事業本部がすべてを担った。いずれもボスの天の声だ」

ロベルトはそう答えながら、ポケットから小切手を取り出し「戦友の子」コチに手渡した。

「すげーや」とコチは二万USドルの額面を見て驚いた。かつて極貧のどん底にあえいでいた自分を救ってくれたのは兄貴だった。気にかけてくれる彼の好意に体がほてった。

「コチ、気にするな。セゴユリ発芽への報酬だ。この権力者たちの墓のような立派な石碑を解放闘争で倒れたパデュレ（父親）のために建ててやってくれ。ではな」

ロベルトはコチに背を向け足を速めた。が、急に止まり、振り返って言葉を投げた。

「体験談にはその後があってね。ヒロシ船長とアントニオ技師は、ワールド本社から厳しい減給処分を受けた。監督責任と流木を回避できなかった操縦ミスというのが理由だ。試作品といえどもカネがかかったからな」

コチは彼の大声に驚き、シィ！　と言って口元に指を立てた。幸い周囲に誰もいない。それを確認して別れの手を挙げながら、兄貴の言葉は、当然だ、と思った。話からすると、人骨の件を知っているのはヒロシとアントニオの二人。同じ社員の技師と機関長は蚊帳《かや》の外だ。彼らが不審に思わぬための措置だろう。それにしても何のために。「ある国」とはどこだろう。関心を抱きながらも詮索をしない掟《おきて》はわきまえていた。

コチは作業服のポケットから緑の野球帽を取り出し頭に乗せ、遠ざかるロベルトの後ろ姿を消えゆくまで見送った。彼の背中には無数の傷跡があるのをコチは知っている。圧政と貧困からの解放を求め政府軍と戦ったゲリラ戦士の証《あかし》である。ボリビアの山中でコチの父は銃弾に倒れ、若きロベルトは囚《とら》われの身となった。一九六七年、チェ・ゲバラ（エルネスト・ゲバラ・デ・ラ・セルナ）率いるボリビア人民解放軍わずか四〇人が過酷なアンデスの地で死闘を繰り広げていたころの出来事である。

ハポンの海か、コチは心でつぶやいた。ゲバラの死後も南米各地では反政府活動が続き、七〇年代に入っても政情は不安を極めていた。彼のつぶやきは、そんな当時の自分をなぞっている。ペルーで起きた軍事政権とデモ隊との衝突。首都リマでの騒動に巻き込まれた日本人母子との一〇代の記憶だった。デモに参加し投石を繰り返している当時の自分が脳裏に浮かぶ。催涙弾や石の応酬は激しさを増し、実弾が飛ぶに及んで、群衆はクモの子を散らすように、われ先に商店やビルに逃げ込んだ。しかし、少女は「ママ」「ママ」と叫び、路上で立ちすくんでいる。母親とはぐれ、大きな目から恐怖の涙を流して。

ハポンの海か、今度はかすかに声がもれた。助けた少女は生きているだろうか。

研究所の星一郎は、思考停止から解放され、中央の長机を挟んでスタッフ二人と次の実証実験を再開するかどうか協議している。若い宋は反対した。

「実験は成功しており、もう十分じゃないですか。トリニダード地震の二の舞はごめんですね。我々の実験は人工地震ではなく、でっかい誘発地震ですよ」

誘発地震――人為的行為で自然地震の引き金を引く。地震は断層や滑りなど地下の岩石破壊現象によって発生する。地下約一〇〇キロまでは硬い岩盤の岩石圏（リソスフェア）いわゆるプレートが覆っている。この下には流動性があるマントルの岩流圏（アセノスフェア）があり、地球内部でゆっくりと対流、プレートは、これに乗かって移動し固有の動きをしているのだ。

不幸？　なことにプレートは「一枚岩」ではなく、いくつにも分かれ絡《から》まり合っている。その数は主なもので一二以上。お互い衝突し合ったり、引っ張り合ったり、プレートの下に密度が高い他のプレートが潜り込んだり、と多様で複雑な動きをする。このためプレート同士の境界域では常に地殻が変動、そのエネルギーはプレート内部のあちこちにひずみを生んでいる。誘発地震の研究は地下に溜まったこれらのひずみを解消するきっかけをつくる。つまり地震発生への環境づくりである。

息子のような年の若造から言われなくても、プレートテクトニクス論や我々の実験の危険性は十分知っていると星は少し頭にきた。だが、若造は「実験は成功した」と言った。会長もそうだった。本当に成功したといえるのだろうかと星は自問した。

研究所開設の目的は水と圧力と地震の関連性を研究することにあった。表層地滑りや深層崩壊などは雨水などが原因であるように、地下の岩石破壊現象も水が関係している。地球のあらゆるものには水であれ、石油であれ、ガスであれ、流体が含まれている。プレートを構成している頑丈な岩盤には無数の亀裂や細かなクラックなどの割れ目があり、これらの隙間には流体、例えば水が潜む。岩石に水を加圧して押し込めれば間隙水圧が上昇、割れ目を押し広げて岩盤を破壊する。あるいは、岩の隙間に大量の水を注入すれば、摩擦が小さくなり滑りを伴う。透水性の度合いも絡むが、理論上は確かにそうだ。果たして水を圧入して自然地震が起こるかどうか、大掛かりな実証実験はなされていない。あの古びた便箋を見るまでは。

星は赴任早々、一二枚の便箋に目が釘付けとなった。要返却を条件にロベルト南アメリカ社長から手渡されたものだった。数字がやたらと並んでいたが、その桁数や depth（深さ）の単語から何であるか、見当がついた。さらに桁数を手がかりに数カ月かけて読み込んだ。数字の意味が自然と浮き出てきた。

一、二頁は月日と時間だった。三頁は孔口圧力、四頁は注水経過日数、五、六頁は流量と一日単位の総注水量、七頁は注水から地震発生までの時間、八頁には注水の深度（depth）といった具合だ。深度の最高は三六七一メートルだった。肝心のマグニチュード（M）の項は一一頁にあった。便箋の端に書かれた判読不明の記号は各便箋の項目を示す頭文字であることが想像できた。なぜ、こんなパズルのような数字配列をしたのかが不可解だった。だが、これらから導き出された結論が誘発地震の実験結果の数値と分かり、全身に稲妻《いなずま》が走ったものだった。

もし、この数値を参考に自然の地震を誘発できれば、地震波の透視力によって資源の存在を鮮明に捉えることができるはずだ。資源なき日本から我が身をブエノスアイレスにまで運んだのも、理論上の誘発地震の実証を夢見てであった。今、それが、あの便箋のおかげで現実のものとなりかけている。今回の実験で水と圧力とMの連動は確認できた。その意味では成功したのかも知れない、と星は宋の意見に傾きかけた。でも研究は道半ばだ、再度やらねばと意欲も出る。もう一度やるとなると確かにリスクを伴う。

資源探査は安全が第一だ。人工地震もその一つだが、浅い深度にダイナマイトを仕掛け、火薬の力で岩石を一気に破壊するやり方で、自然の力を利用する誘発地震とは全く異なる。エネルギーも小さく、いつ、どこで発生するかは明らかである。

しかし、安全であればあるほど地下透視の力は弱まる。この点、誘発地震は自然の地震であり、より強力に地球内部を見て取れる。難点は三つ「いつ、どこで、どの程度の規模か」だが、これらは地下に溜まったひずみと深く関わる。

星は急に立ち上がり、二人から離れ、自分のデスクに向かった。そしてラップトップを前に、便箋の数値と今回の実験結果を整理した画面を再び開き、共通項を探った。

「いつ」—連続注水を開始して二日から四日までに地震発生。

「どこで」—震央は孔口から半径五キロ以内。深度は試すい孔の深さ、またはそれ以上。

「規模」—流量と圧力の加減でコントロールできる安全圏は極微小地震（M1未満）まで。ただし便箋の数値は微小地震（M1－3未満）、小地震（M3－5未満）も制御の可能性を示唆《しさ》している。

腕を組み、星は考え込んだ。なぜM5以上のトリニダード地震が発生したのか。実験とは無縁の自然地震がたまたま起きたのではないか。しかし、実験を行ったコロラド州は地震が極めて少ない安全地帯だ。星は発生時刻を見つめた。実験開始から七六時間後に起きている。それは共通項の二日から四日の範囲内。予測が外れた震央にしても半径五キロ以内に収まっている。「いつ」「どこで」に問題はない。あるのは「規模」だ。もしかしたら流量と圧力の数値を指示以上に高く入力したのではないだろうか。クルトがそんなミスをするはずはない。入力記録は間違いなかった。多分、想定外のひずみの蓄積や未発見の活断層があったのだろう。

　なおも考え込む彼にクルトが声を出した。

「ドクター・ホシ、悩むことはないですよ。地殻起振装置の改良試験があります」

　クルトの言葉に救われた感じの星がやっと顔を上げた。

「だが、新装置は任期内に完成するだろうか。あと四カ月だが」

「大丈夫です。もしダメなら、見届けるまでいらしたらどうですか」

　実験中止を進言していた宋は驚いた。会長からは「お引き取り」と指示されているのに見届けるまで滞在することを勧めたクルトの発言が信じられず、腹を立てた。だが、数十秒後、宋は思い直した。クルトはよくやった。指示以上の流量と圧力の数値をためらうことなく入力してトリニダード地震の引き金を引いたではないか。入力データは地震直後、こちらで改ざんしたが、クルトのおかげでうまくいっていると自分を戒めた。

　その時、ドアが開き、明るい声が響いた。

「ブエノス・タルダス！（こんにちは）」

　宋ら三人は一斉に出入口に目をやった。紙袋を手にしたテール・ロドリゲスが突っ立っている。思わぬ訪問者に協議は吹っ飛んだ。クルトが彼を応接コーナーに招き入れた。テールは微笑みながらソファに腰を下ろし、後から来た星と向き合った。

「これはロベルト副社長のお供で日本を視察した時のお土産です」と紙袋の中身をテーブルに並べた。ラーメン、インスタント味噌汁、パック入りの漬物や緑茶……。多くが日常の食料品だ。美味とはいえガウチョ（牧童）が育てた牛肉料理、アサードにあきあきしていた星にとってはまさにうれしい限りである。

「こんなにたくさん。ありがとう」

「ガイドのミキが選んでくれました。ドクターが紹介したヤリミズ・ミキです」

「あー、彼女ですか。元気でしたか？」

「もちろん。いろいろ面倒を見てくれました。キュウシュウ視察にも行きました」

「九州にも？　関東や東北地方を訪れるとは聞きましたが」

「はい、各地方を視察しました。勉強になりましたよ」

テールは視察、視察と言う。お遊びではないのか。星は皮肉を込めて言い返したい衝動に駆られたが、適切な言葉が見つからず、しばし口を閉じた。

もともと星は仕事以外で人と話すのが苦手である。シャイなのではなく、研究に没頭する方が快感を得られるからだ。実家がある新潟県長岡市の高校から名古屋大の理学部に入学、卒業と同時に大阪大の大学院に進学する。専攻は宇宙地球科学で、地殻破壊のメカニズムについて研究した。助手や講師をやりながら何とか食いつないでいたのだが、博士号をとってからは、運が上向いてきた。博士論文は「岩石の変形に伴うＡＥ（アコースティック・エミッション＝

弾性波、微小破壊音）の解明」。ミクロの破壊音を捉えることによって地震の準備過程を究明するとの内容だ。准教授に昇進、数年経ったころ、恩師の推薦で関東にある私立の東西大教授に就任した。

だが、一〇年後には、日本の大学に疑問を抱く。心地よさを感じていた象牙の塔は、産学連携や大学制度改革が深化するにつれ瓦解《がかい》し、世間におもねる曲学阿世《きょくがくあせい》の輩《やから》がもてはやされるようになってきた。自己変革ができない星は時代に取り残されたまま定年を控えていた。

そこへ一本の電話が入った。米重工ジャパンからだった。

「ミスター・テール、情報部員の阿川幸子さんに会いましたか」星が口を開いた。

「アガワ・サチコ？　その方は知りません。何か気になることがあれば南アメリカのロベルト社長は知っていると思いますので聞いてみましょうか」

「いや、いいです。彼女には大変お世話になったものですから。視察と聞いたので重工ジャパンも視察されたのではと思い、つい」とあえて視察の言葉を使った。

しばらくして、若造の宋がマテ茶入りのコップを両手に「飲むサラダはいかがですか」とテーブルに置いた。気配りの宋ではある。その温かいマテ茶のコップをテールが片手にかざし「ドクター、おめでとう」と乾杯の仕草をした。星は、なんで？　と思った。

「コロラドでの実験、成功したそうですね。ロベルト社長から聞きました。研究所開設の目的を達成されたようで、心からお祝いいたします」その声には、こびた響きはなかった。会長、宋、そして彼までもが成功という。トリニダード地震という大失態があったのに。

「そのことで先ほどスタッフと協議しました。あと一回、実験をすることになりました。コロラドでは想定外の地震が起き、研究はまだ道半ばでして」

「えっ？　頑張られるのですか。研究一筋、さすがですね。ところで実験はどこで」

「コロラドの実験場は撤収しましたし、これから実験場所を探さねばと思っています。起振装置の改良が出来次第、やりたいのですが」

「どれほどの規模ですか。コロラドのように地下三千メートルですか」

テールは心配した。セゴユリは芽を出し、成功したではないか。今更、何を研究するのだろう。浅い井戸ならいいが。

「いや、改良装置のテストが主でして、地下一千メートル、それ以内でもいいと思います」

星の言葉にテールの心配は解消した。

「それだったら、銅事業部で探してみます。確か、ペルーで開発中の鉱山に五〇〇メートルほどの試掘跡があると聞いています。他企業の鉱区だったと思いますが、ボーリングを請け負った地区ですし、使用はできると思います。ボスに相談してみます」

星一郎は大喜びし「実験場の選定、お願いします」と述べ、お礼の握手をした。机上に並んだ土産品が目に入る。しゃれた包装パックに「博多」「九重」「知覧」の文字が。このルートでお遊び、否、視察か、と思った。

6　玄界灘警備の日――20X1・10（FUKUOKA）

民自党政権が冠猛《かんたけし》から枝末幸彦《えだすえゆきひこ》首相に代わって間もない一〇月上旬、九州日報編集センターデスクの澤山隆志は、久々の夕刊編集を終え、昼食時間を迎えていた。昼食といっても午後三時ごろ。多くの店がランチタイムを終了しており、編集部員たちの昼食は割高メニューとなる。でも、この日はいつもとは違う。報道センター社会担当デスクの田所与一郎のおごりである。政府が北朝鮮を非難するまでに至った特ダネ記事「玄界灘に北の工作船？」に対し、先日、編集局長賞が贈られたからだ。遅い賞ではあるが、四半期ごとの区切りでの表彰のため、先日となった。

「澤ちゃん、金一封をもろうたばい。あんたのおかげでもあるけん、豪華な昼めしでも一緒に食おうか。上限は一万円、部員をさそうてきんしゃい。足が出たら自腹ばい」

あっけらかんと話す田所の好意に甘えて、部員二人を連れて、天神から地下鉄空港線で一駅目の中洲・川端駅近くにあるステーキハウスに足を運んだ。

「局長賞おめでとうございます」と月並みの乾杯をし、雑談に花を咲かせた。

「四カ月も経つというのに、北朝鮮は完全無視だな」と澤山は、とろけそうな肉やパンを交互に頬張《ほおば》りながら田所に聞いた。

ワインを手にしていた田所は「うん、うん」とうなずいた。「目下の重大問題は震災と原発ばい。取材の目はそちらの方向に向いとる。半潜水艇の件は、政府が非難声明を出したことで冷めとるごたぁーばい。わしらメディアも熱しやすく、冷めやすいけんね」

コースメニューはメインディシュを終え、デザート、コーヒーへと移っていく。話題の方も半潜水艇から東日本大震災、そして福岡県西方沖地震へと流れていった。

地震大国の日本にあって福岡の魅力の一つは、地震が少ないことにあった。しかし、二〇〇五年三月に発生した震度6弱の西方沖地震が、その神話を覆した。震央は福岡市の北西三〇キロの玄界灘で震源の深さは9キロ、マグニチュード（M）は7・0。福岡市周辺でM7クラスの地震が起きたのは初めてで、誰もが一時、パニックになった。死者一人、重軽傷者一一八六人、住宅被害は一部損壊を含め九六八五棟。とくに博多湾の出入口に位置する玄界島は二三〇世帯あまりのうち二一四棟の家屋が被害を受け、住民約七〇〇人は島外避難を余儀なくされた。

地震が話題になると、博多っ子の多くは西方沖地震のことを語り出す。

「福岡都市圏には北西の海から南東の陸にかけて活断層帯（警固《けご》断層帯）が走っているね。西方沖地震の震源は北西部の海底で、南東部の陸地とは少し離れていたからよかったものの、陸地だったら大変なことになっていたな」

そう言った澤山に部員が口出しした。「でも、その可能性が高まったというではないですか。西方沖地震によって断層のひずみがさらに増したと」

もう一人の部員が彼の後を継いだ。

「日本列島は地殻の大変動期にあると多くの学者が指摘していますよ。陸地の断層だったら、間違いなく都市直下型大地震となります。県のシミュレーションによれば死者は千人を超えるとか。東日本大震災は、その比ではないですね。千年に一度のひどい惨状。まさに国難ですよ、国難。復興は道半ばですが……」

自然の脅威に話が移りかけたところで、コーヒーも飲み干し、豪華な昼食会はお開きとなった。帰り際、レジ前で田所が急にそわそわし始めた。ワインでほてった顔が青ざめている。そばを通り抜けようとする澤山を「ちょっと、ちょっと」と呼び止めた。

「澤ちゃん、足が出た。すまんばってん二千円出して。部員は五百円でよかけん」

澤山らは快くカネを出し合い、彼に礼を述べた。そして、ケヤキやクロガネモチの並木が茂る「明治通り」を歩きながら本社へ向かった。

西方沖地震では、この辺りのビル群もかなり揺れ、割れた窓ガラスが地上に降り注いだ。昼食で話題となった陸地の警固断層帯は、この通りの北西、金印で有名な志賀島《しかのしま》辺りから南東方向へ延びる。その距離は二七キロ。北西の海域部まで含めると約五二キロに及ぶ。澤山が利用する薬院のスーパー銭湯「城の湯」も活断層のそばにある。

午後六時、仕事を終えた澤山は久々に「城の湯」で汗を流すことにした。高級な昼食を得たのは「城の湯」のおかげである。数カ月前、浴槽で聞いた「玄界灘の探し物」が発端で田所が特ダネ賞を手にすることができたのだ。当時を思い出しながら澤山は前庭の門をくぐって室内に入り、受付カウンターで入浴手続きをした。その時、受付の背後の壁に「お知らせ」の張り紙があることに気付いた。

「当店は年内をもって営業を終了致します。ご愛顧いただき感謝申し上げます」

澤山は驚いた。受付で理由を聞くと「急なことで、分かりません」という。彼は一抹《いちまつ》の寂しさを感じた。最後の別れと思って内湯と露天のはしごを三回繰り返した。

翌朝、彼は各紙に釘付けとなった。半潜水艇事件の関連記事が久方ぶりに紙面に登場しているではないか。前日の昼食会で、社会担当の田所は何も言わなかった。多分知らなかったのだろう。

各紙によると、六月に発覚した半潜水艇事件を受けて福岡、佐賀、長崎の九州北部三県は一月と七月の一五日を「玄界灘警備の日」とし、県民への警戒PRと各県警による沿岸部の重点パトロールを実施するという。実施は来年一月からだが、玄界灘の警備を担当する第7管区海上保安本部も巡視船艇を通常以上に出動させ、不審船の取り締まりを強化するとのことだ。

さらに記事は「不審船事案について海保と共同対処訓練を行っている海上自衛隊は、今回の領海侵犯船が軍事用の半潜水艇であることを重視、佐世保《させぼ》基地の艦艇を中心に対馬《つしま》海峡の監視行動を一段と徹底することにした」とある。

澤山は「今ごろになって」と多少訝ったものの、海自までもが参加するとなると、北朝鮮は何らかのリアクションを起こすかも知れないと懸念した。しかし、北からの反応は数日経っても依然出てこない。

そんなある日、朝刊早版の作業が一段落した澤山のところに報道センター経済担当の林素子がやってきた。「澤山さん、例の件、一応、調べてメモしました。暇な時に読んでください」と小さな紙を手渡した。昨日、好奇心から林に頼んでいた「城の湯」閉店の件だ。澤山は「恩に着ます」と言って紙切れをポケットに突っ込んだ。メモに目を通したのは、すべての作業を終えた午前二時半、熱気が冷めた編集局内であった。

・「城の湯」の経営母体は鹿児島市に本社がある城田観光（株）
・メインはホテル事業と遊技事業で前年度の年間売上高は約七〇〇億円
・問い合わせの「城の湯」の経営は安定していたが、東京の東都エステートが買収
・東都エステートは企画、開発会社で、不動産業界では準大手。主に外資の依頼を受けビル事業を展開
・事業の対象地は関東、関西地区が中心で、九州進出はこれが初めて

箇条書きの文章が続いていた。最後の「なお書き」にたどり着いた時、澤山は一瞬、目を疑

った。「東都エステートによる『城の湯』買収の資金元は米重工ワールド社との説が有力。買収額は不明だが、温浴施設は取り壊し、跡地利用については、いずれ発表するとのこと。外資による不動産取得は、リーマンショック後、下火となったが、最近、中国勢を中心に復活の兆《きざ》しが見えている。以上です」

澤山は再度読み返すうちに胸騒ぎがした。なんで米重工が絡むのか、金融機関でもないのに。そういえばグランドハイアットで美樹と会った時、米重工のお偉いさんが薬院をうろついているといっていたな。観光施設があるわけでもなく不審に思ったが、このメモからすると買収物件の調査だったのかも知れない。だとすれば、知覧にまで足を運んだのは、鹿児島市の城田観光を訪問するためだったのか。美樹はかつて米国の投資銀行に勤務していた。買収交渉はおてのものだ。美樹が取りまとめた？　そんなことはなかろう。カネづくりの文化にうんざりして、飛び出したではないか。そんな彼女が……。

メモを届けた林を求め、局内を見渡したが姿は見当たらない。多分、屋台で一杯か。まずはお礼の水割りを捧《ささ》げねばと澤山はエレベーターに乗った。同乗者はなく独りぼっちだった。なぜか急に美樹が恋しくなった。会いたい、会って話がしたい、無性に。慕る思いが澤山の胸を突いた。美樹は東京にいるはずだ。

7　消える温浴施設——20X1・10～11（TOKYO　FUKUOKA）

「地球の会」事務所から自宅に戻った鐙水美樹は漠《ばく》とした不安の中にいた。グローバル化の先に見えるのは、地球を覆う富者と貧者の二つの層、その中で多国籍企業群がますます勢いを増し、国家の役割は日ごとにしぼみ始める——そんな未来が脳裏をよぎった。普通の暮らしをしている人々にとって国際化とは一体何なのか、その功罪をもっと探らねばとの思いが募った。

不安は、しかし、そんな未来に向けたものではなかった。現実の身の回りに漂う得体の知れない影にある。参加した反格差集会の「オキュパイ東京」（東京を占拠せよ）もそうだったし、新宿や明治公園で開かれた「原発やめろ」運動も、帰り道に何かしら尾行の気配を感じた。ストーカーまがいのいたずらだろうか、それとも右翼の脅しだろうか、あるいは公安関係者だろうか。外資系投資銀行を辞めてから、時折、真綿で首を絞められたような息苦しさを感じるのだった。

美樹が主宰するＮＧＯ法人「地球の会」は環境をテーマに世界市民の交流と貧困撲滅を目的とした組織である。新橋の外堀通り沿いにあるビルの一室を事務所にして、会報誌の発行や環境イベントの開催等を行っている。といっても国内会員は千人足らずで「運営費はかつかつよ」と美樹はよく口にする。だが、この会の強みの一つは語学力にあった。数か国語を話せる会員が結構いて、イベント相談や通訳の依頼が多い。とりわけ投資銀行で活躍した美樹の豊富な海外人脈や企業買収の知識を頼りに接触してくる企業幹部もいて、断るのに四苦八苦した経験は何回かあった。

九州旅行を終えたある日のこと、小柄な若い女性が事務所を訪ねてきた。ショートカットの髪型にダークブルーのパンツスーツ、縁なし眼鏡をかけたやや丸顔の初々しい薄化粧の容姿から、いかにも知的で意欲満々なOLといった感じだった。

「ここは、市民組織の団体なのよ、企業相談はお断りですが」と早合点し、一方的に言ったのがまずかった。彼女は、一瞬、きょとんとして、不機嫌な顔となった。

「入会しに来たのですが、その応対は何ですか。ボスの鑓水さんを出してください」

「私が、そのボスの鑓水ですが」

この眼鏡女性とはそんなトラブルまがいの出会いであったが、今では、美樹のよき相談相手の一人となっている。彼女の名前は阿川幸子、米重工ジャパンの情報部員だ。自然エネルギー推進の立場から個人的に手伝いたいというのが動機だった。話し合ううちに、二人の間に共通する顔見知りの名が出てきた。米重工ワールド社のロベルト副社長と星一郎教授だ。このことが二人の間をさらに近づけた。

美樹は不安な気持ちを幸子にこぼしたことがある。彼女は「気のせいではないかしら」と言いながらも「いっそのこと、米重工ジャパンに来たら」とスカウトめいた言葉を吐いた。「市民活動を反体制運動ととらえ、敵視する勢力がいるのは事実よ。これら偏執者はどうしようもないわ。すべてを清算しジャンプしてはどうかしら。米重工ワールドは環境や貧困問題にも深い理解があるわよ」

ぬぐい去ることができない、この陰鬱《いんうつ》な気分は一体何なのか。美樹は自宅の窓辺にたたずみながら、物思いにふけっている。がらんとした広い空間が寂しさを誘う。

都内中央区の隅田川沿いにある四五階建ての賃貸マンション。その二七階の一室が美樹の住まいだ。商社を退職した父は母と共に北海道に住んでいた。しかし、母が二年前に他界、一人暮らしとなった父親を呼び寄せようと広めの3LDKを借りた。だが、父は実家から離れたがらず、美樹にとっては広い中での孤独な暮らしが続いている。窓からは、眼下の隅田川をはじめ、東京タワーやレインボーブリッジが見渡せ、遠くには東京湾が広がる。だが、この日の夕暮れは秋雨《あきさめ》でモヤって、ビルや施設の灯りがほんのりと目に入る程度だった。

幸子が言ったジャンプなる言葉が心の底に残っているのに美樹は気付いた。ホップ時代の投資銀行を経て、今はNGOのステップ人生。かつて弱肉強食の米国に身を置いていた美樹にとって、仕事上、他人から恨みつらみをかうことがあっても、日常的にはドライな社会にあり、気にかけることはなかった。

しかし、島国日本に戻ってから感じる、監視下に置かれたような重苦しさ。「私って危険人物なのかしら」と思ったりもした。友人や知人には外国人が多い。彼らの仲間の相談に乗ったことも多々ある。騒乱や弾圧から逃れてきた人、働く道を断ち切られた人々。悩みはさまざまだが、ベースには貧困の二文字が常に横たわっている。それは投資銀行時代とは全く違う、どす黒いぬかるみのような日常。そんな彼らの力になろうと活動すればするほど、なぜか白い視線と監視の風を感じるのだった。

先ほどから机上の携帯電話が鳴っている。彼女は取る気にもならず、ただ窓枠に寄り添ったままだった。外はすっかり暮れ、雨が降りしきる。水滴が流れる窓ガラスには己の顔が映っている。憂いに満ちた孤独な、その顔が美樹に問いかけた。「もしかしたら、貴女には知りすぎた過去があるからかしら」

彼女はこれまでの企業交渉で、贅肉だらけの我欲にまみれた人たちの言動を目にしたし、聞きもしてきた。問題になるのでは、と思う場面も少なくはなかった。「でも私は守秘義務を一度たりとも犯したことはないわ」とささやいた。そしてガラスに大きく息を吹きかけた。一瞬、窓が曇った。数秒後、ガラスに顔が浮かんだ。彼女に向かって美樹は言った。「こんなイヤな気分は神が与えた試練かも知れない。やるべき次に向かっての」

幸子が勧める「清算」「ジャンプ」なる単語が鮮明に頭をもたげた。その時、テーブルの携帯電話がまた鳴り始めた。やり過ごそう、と思ったものの、気を取り直して電話を手にした。目が覚めた。澤山隆志の声だった。

「美樹先輩ですか。お忙しいところ申し訳ありませんが、電話しました。声が聞きたくて、と言うより、ちょっとお聞きしたいことがありまして。今よろしいでしょうか」

「いいわよ、タク君。福岡ではお世話になりました。北朝鮮の問題もあり、お仕事大変でしょう。尋ねたいことは何?」と言ってはみたものの、「声が聞きたくて」の後に甘い誘惑の呪文を唱えてくれれば、今の自分は、その言葉にすがりついたかも知れないと美樹は思った。彼との会話は、大概が事務的なのだ。

「知覧に行かれましたね。鹿児島市の城田観光にも寄られたのではないですか」

「ええ、城田観光ホテルに泊まったわ。目の前に錦江湾《きんこう》と雄大な桜島、曇り空でしたが、素敵なホテルでしたよ。それが何か」

「実はですね、僕がよく利用していた福岡市の温浴施設が取り壊されるんです。経営していた城田観光が東京の会社に売ったといいます。そのカネの出所《でどころ》が米重工ワールドと聞いたものですから、米重工の副社長と一緒だった先輩がご存じないかと思いまして」

美樹はピンときた。あの時、通訳として出席した交渉がまとまり実現の運びとなったのだ。でも澤山と何の関係があるのだろう。

「なんで、そんなこと聞くの。記事のネタ探し?」

「いや、美樹先輩が昔取ったきねづかで交渉のお世話をされたのでないかと気になりましたので。それとなんで重工が手を出すのか分からなくて」

「タク君、変よ。九州旅行は単なるガイドよ。金融の世界から身を引いた私がやるはずないじゃない。それに、どんな企業だろうと商取引はするものよ。ＷＩＮ・ＷＩＮの関係であれば。新聞社だって、本業以外のいろんな業種に首を突っ込んでいるんじゃない」

そう言われれば、そうである。澤山は戸惑った。もともと、電話したのは彼女の声を聞きたい一心からだった。話題は何でもよかった。きっかけがほしかったに過ぎない。

「先輩、申し訳ない。そのとおりです。ところで、知覧はどうでした？」

「いい所ね。武家屋敷は風情があって。でも、特攻隊基地の跡地見学は沈痛でもありました。平和記念館の展示品を前にロベルト副社長なんか目は潤みっぱなしだったわ。出撃前の若い隊員が書いた家族宛の遺書や手紙を翻訳して伝えると、ハンカチで涙をぬぐっていたわ。自分の体験と重なるんだって」

「へぇー。彼も兵士だったんですか。ベトナム戦争かなんかで」

「彼はボリビア人、その逆よ。アメリカ帝国主義と戦ったゲリラ兵だったと言っていたわ。私たちは戦争を知らないでしょう。でも体験者は人として何かしら共感するところがあるみたいね」

「その彼が今では米重工の大幹部か。人生なんか矛盾だらけですね」

「そうでもないわ。日本だって同じじゃない。敵として戦ったアメリカにしっぽを振って。それが、生きるうえでベターな選択ってことよ。むしろ副社長は国家なんかあまり意識していないと思うわ。タク君がいう国家融解の時代だからね。恐ろしくもあるけど」

「……………」

「タク君聞こえる？」

会話が途切れた。しばらくして、澤山の口から熱い思いがほとばしり出た。「美樹先輩、会いたいです。明日にでも上京したいです」それは唐突であった。

美樹は驚いた。でもうれしかった。彼の口調から真摯な思いを感じ取った。私もよ、と答えたかった。だが、それは飲み込んだ。

「ありがとう。残念ながら仕事で米国に行かなくてはならないの。来月、東京・上野の韻松《いんしょう》亭《てい》でワンゲルOB会があるでしょう。そこで会いましょう。それまでには戻れるから。是非、出席してね。一一月二六日、覚えておきなさい」

二日後の午後、成田空港第二ターミナルのビル三階に鑓水美樹はいた。ニューヨーク行きの日航便に乗るためだった。そばに阿川幸子が付き添っている。透き通った鮮やかなピンク色のネックレスが幸子の胸の辺りで揺れていた。ジョン会長からのプレゼント、星教授を引き抜いた謝礼として贈られた天然石のインカローズである。アルゼンチンやペルー産が有名だが、彼女が着けているのは数少ないコロラド州産の高価な品であった。二人はチェックインカウンターでスーツケースを預け、国際線出発口から中へと向かった。

搭乗口から十数メートル離れた所に一人の男が立っていた。美樹と幸子の姿が消えたのを見届けた、そのジャンパー姿の男は、手にした携帯電話を太い耳にあてがった。「女性二人だけです。男性の同行はありません。以上」行確（行動確認）の男は目深にかぶったハンチング帽を整え、その場を立ち去った。


それから間もない福岡市は小春日和《こはるびより》の陽気に包まれている。一一月に入ったというのに、天神にある市役所周辺のイチョウ、桜、モミジの落葉樹は日光浴を楽しむかのように、いまだに元気な葉を付けている。その緑の木々を眼下に望むエルガーラビル七階の会議室では東都エステートの長谷社長がビア樽《だる》みたいな巨体を壇上に運び、細い目をさらに細めながらメディアやビル事業関係者ら数十人を前に、九州初進出の抱負を語っていた。

「弊社は明治以来、関東、関西を拠点に事業を展開してきましたが、アジア市場に最も近い九州、とりわけ福岡市の天神地区と博多地区の二カ所でオフィスビル事業を初めて展開します。ご案内のとおり、福岡都心部を起点に千キロの日帰り圏内を設定した場合、東に東京、大阪が入り、北には大連《だいれん》、ピョンヤン、ソウル、釜山《プサン》、西には上海《シャンハイ》と有数なメガシティーが点在します。足を少し延ばせば、北京《ペキン》、台北《タイペイ》、香港《ホンコン》ともつながり、その市場規模は一億人以上です。アジアの都市需要を狙った事業拠点としては、福岡市の地の利は最適で、都市の整備、機能等も整っています。外資を呼び込む機会は多大とみています」

ごたくが一段落した後、会場の照明が減光し、プロジェクターによる説明が始まった。

「規模は天神地区のビルが地上七階、博多地区のビルが地上一四階で双方とも地下二階建てです。福岡空港が都心に近いため航空法による高さ制限があり、弊社が得意とする超高層ビルは建設できません。総投資額は土地購入も含め約二百億円で……」

背後のスクリーンには、総ガラス張りのビルの概要やワンフロア三〇〇坪から七〇〇坪のオフィスの内容が次々と映し出される。画面が変わるたびに長谷社長の力強い声が場内に響き渡った。二つのビルの着工、竣工《しゅんこう》の予定を語った後、これらの建物が中国を加えた特別サミットが開催された場合にも役に立つだろうと大いに主張した。そして「ハイ次」と部下に言ってプロジェクターのコマを進めた。

画像が二つ出てきた。一つは博多地区ビルの最上階に設けた国際会議室のイメージ映像、もう一つは天神地区ビルの地下に建設予定の洞窟状の温浴施設の映像だった。

しばらく説明が続いた後、照明が元に戻り、質疑応答の時間となった。九州日報経済記者の林素子は早速手を挙げ、長谷社長に質問した。

「二点ほどお聞きします。一つはビルのオーナーについてですが、御社ですか。それとも他企業に売却されるのか。二つ目は天神地区のビル、つまり薬院の『城の湯』跡地のビルについてですが、地下に建設予定の温浴施設は『城の湯』当時の地下三千メートルの湯水を再利用されるのかどうか。近くには活断層帯があります。ビルの耐震性能についてご説明ください」

事前の取材で林にはある程度回答が分かっていたが、トップがどう答えるか、生の声を聞き確認を取りたかった。

「えーと、博多地区のは自社ビルとし、天神地区のビル、ご指摘の『城の湯』跡地のビルは売却予定です。既に外資から問い合わせがあります。それから二つ目の質問ですが、『城の湯』当時の地下温水は利用したい、と思っていますが、湯量や温度等に陰りがあり、さらに一千メートル、ボーリングしてみようと思っています。その結果をみて温浴施設の詳細な設計をする予定です」

「ほかに何でしたかな」と長谷社長は一瞬、間を置き、長身の林に目を細めた。彼女が再度、質問すると「そうそう、地震対策の件でしたね」と言い、再び口を開いた。

「これは、既に説明したと思いますが、二つのビルとも横揺れ防止に抜群の効力を発揮する最新の免震構造を採用します。とくに天神地区のビルには免震構造に加え縦揺れを緩和する新技術も取り入れます。企業秘密のため詳細は明らかにできませんが、イメージ的にはビルを水の上に浮かすような工法です。世界初の仕様であり、中低層の七階建てにしたのも実証実験を兼ねてのことです。ゆくゆくは超高層ビルにも適用できると確信しています。ご指摘のように、『城の湯』跡地のそばには活断層がありますし、地震対策には万全を期します。いずれにしても世界一の免震ビルになるでしょう」

林は外資からの問い合わせについてさらに問いかけた。長谷社長は「米国の多国籍企業」とだけ答えた。

話を聞き終えた林は一千メートルの延伸掘削が気になった。既存の三千メートルに加え一千メートルのボーリング。都心の地下をこんなに深く掘削してよいものかどうか。林は会見後、県庁を訪れ担当部署に疑問をぶつけた。しかし、返答は意外なものだった。

「温泉地区に指定された場所では掘削の深さ制限がありますが、福岡市内にはそのような地区はなく、なんぼ掘ってもいいわけです。でも掘削する場合は県の許可が必要ですし、増掘の場合も同じです。全く野放しではありません」

帰り際、林は職員にもう一つ質問をしてみた。

「『城の湯』の跡地にビルを建てる計画があります。地下四千メートルまで掘削し、洞窟状の温浴施設を設けるそうですが、近くには警固断層帯（活断層帯）があり、心配なのですが」

職員は笑顔で言った。

「その件は掘削許可の問い合わせがあり、承知しています。地震が心配ですか。大丈夫ですよ、掘削ごときで発生することはありませんよ。むしろ温泉は断層近くに多いんです。雨水は断層沿いに浸透しやすく、水が溜まりやすい場所ですからね」

8　愛しき人の蒸発――20X1・11～12（TOKYO　BUENOSAIRES　ICA）

鑓水美樹の姿が見えない。覚えておきなさいと言われた一一月二六日、東京・上野の韻松亭で開いたワンゲルＯＢ会。三一人の仲間が集まったが、澤山隆志が夢見た甘美なゆりかごは、そこにはなかった。

「鑓水先輩から何かメッセージはありませんでしたか」

宴会の中締めが終わったころ、澤山は幹事役である先輩の迫田《さこた》に聞いた。

「えーと、一週間ほど前になるかな。メールで欠席すると伝えてきたよ。なんでも米国にいるとかで、しばらくは日本に帰れないと言っていた」

「ただ、それだけ？」

「うん、それ以外は何も。彼女はいつも多忙だからな」

あっけないメール。出席を約束したのに彼女から澤山への伝言はなかった。迫田から二次会への誘いがあったが断った。美樹がいないＯＢ会での語らいは、すべてが海中で聞く船のスクリュー音のようにくぐもって聞こえる。面白くもない。

翌朝、美樹が主宰する新橋の「地球の会」を訪ねた。明るいスーツ姿の若い女性の事務職員がこびた微笑もなく、迷惑そうに応接した。

「何でしょうか。ここは市民組織の会ですが」

澤山は名刺を差し出し「鐺水美樹代表と連絡をとりたいのですが」と願い出た。

「代表ですか？　先月から海外に出張しています。それ以上のことは分かりません」

「分からない？　会の運営はどうされるのですか」丁重に聞いてみたが、彼女は「副代表が代表の役を担いますので問題はありません」と答え、話を打ち切った。

木で鼻をくくったような対応に澤山は多少憤《いきどお》りを感じた。だが、もしかしたら美樹先輩から「連絡先を誰にも知らせるな」と厳命されていたのかも知れない。福岡での先輩は何かにおびえていた。グランドハイアットの喫茶室で感じた不審な男の視線。二人連れの男が澤山の知人、公安調査庁の森川雄治の部下と分かり、一応安心した様子だったが、東京でも監視の目を浴びていたのだろうか。警戒しての「消息不明」だとしたら、正確な返答は「お伝えできない」ではないか。いや、本当に「分からない」のかも知れない。

室内をのぞいた。棚のあちこちに書類が山積みされ、奥の部屋では外国人数人がテーブルを囲み、額を寄せ合って何やら協議している。事務職員が嫌な表情を澤山に向けた。彼はすぐさま外へ出た。その後、美樹のマンションにも足を運んだ。ここでは「地球の会」以上にガードが固く、何も聞き出すことはできなかった。携帯電話は解約され、迫田から聞いたメールアドレスも該当なしだった。

鐺水美樹は蒸発したのか。二泊三日の東京滞在はただただ海中をさ迷っていたに等しかった。帰途についた澤山は水圧に押しつぶされたように疲れ果てていた。今の僕を覚えておいてください、そう先輩に告げたかった。


師走《しわす》に入り澤山の心が日常を取り戻したころ、世界に衝撃が走った。北朝鮮の偉大なるトップが死去したとの報は、ブエノスアイレスを訪問中のジョン・ウォーカー・スペンサー米重工ワールド会長兼ＣＥＯにも届いた。重厚なゴシック建築のアルベアール・パレス・ホテルの一室で、ブエノスアイレス・ヘラルド紙に目を通しながらジョン会長はこぼした。

「あの国の必死さは伝わるが、これからどうなることやら」

ソファに身をうずめた会長の前には、副社長のバレーラ・トュデラ・ロンベルュット（ロベルト）とマテリアル社長のリチャード・ミルが、こげ茶色の革椅子に腰を下ろしている。独り言とも取れる会長のつぶやきに足を組んだリチャードが応じた。

「日本は情報収集に躍起ですよ。ＣＩＡにもまともな情報はなく、ただ監視を強めるほかはないといった状況です。日本政府は新年から玄界灘警備の日を設けるそうです」

「ほー、そうか。先進的な取り組みだな。いい話だ。セゴユリが芽を出し、北の指導者が逝去した。玄界灘はどうなるか。日本の関心は当分、外を向くな。望みどおりだ」

ジョン会長は、そう言いながらも敬愛の的を失った北朝鮮の悲しみにも心を寄せていた。かつて財界人らと訪朝したころの平壌《ピョンヤン》市民の姿を思い出し「もう、この話はよそう」と述べ話題を変えた。「ところで、ドクター・ホシはまだいるのかな。研究所の役目は終わった、と思えるのだが」

「小型化した地殻起振装置実験のためペルーに行っています。本人は滞在延長を希望しているようですが、来月末までには研究所は閉鎖します」かくばった顔を緩め、リチャードが返事した。ジョン会長は眼鏡越しに彼を見据えダメを押した。

「長居はよくない。ホシに早めの帰国を促すことだ。それと装置には揚水機能も組み入れているのだな。抜かりなくやらねばセゴユリは開花しない」

「もちろんです。日本搬入時には水を地下へ圧入する装置をはずし、揚水パーツだけにします。注水部分は現地で取り付けます。圧力増強装置も同様です。ホシには実験が終わり次第、契約切れを理由に帰国を命じます。ご安心を」

ジョンは窓から差し込む夏の陽光が白髪に当たり始めたのに気付いた。その日差しをチラッと見上げて、再び、目をリチャードの四角い顔に向けた。

「帰国命令？　それはよくない。彼には自らの意志で妻子の元へ戻りたくなるようにせねば。彼はよくやってくれた。直接会って礼を言いたいが、ペルーに居るんじゃどうしようもないな。君から別れの報酬を手渡してくれ。それから副社長、日本での準備はどうかな」

今度はロベルトの番だ。彼はそっと席を立ち、レースのカーテンを閉め、席に戻ってから答えた。

「東都エステートとの協議はほぼ満足いくものでした。建設会社は会長が推薦した日本のセイスイに決まりました。設計・監理、ボーリング工事は我々が担当します。プロジェクト推進の世話係については目下、選考中です」

「世話係？　何のことかね。新たに人を雇うのか。重工ジャパンの連中に頼む手もあると思うのだが、ダメなのかね」

　ここは慎重に話さねば、とロベルトは背を伸ばしてゆっくりと口を開いた。

「建物が完成するまでは、日本側との共同作業となり、トラブルが生じるかも知れません。文化の違いや言葉の壁もありますし、規則にうるさい日本の官公庁も控えています。作業を円滑にするための潤滑油的な人材、多言語を話せ、交渉力にたけた世話係が必要です。しかし、重工ジャパンの手を借りるとなると、かえって危険ではないかと。組織の人間は猜疑《さいぎ》心が強く、本社の動向に探りの目を注ぎます。セゴユリの裏の件を勘ぐられる可能性もあるでしょう。その確率は一パーセント以下とはいえ、用心に越したことはありません」

「だが、東都エステートとの交渉は米重工の名を出してやってきたんじゃないかな。本社マターの案件ではあるが、いずれ重工ジャパンも嗅《か》ぎ付けると思うのだが」

「それは成り行きまかせでいいんです。世間はブランドに弱い。重工というブランド企業がビル建設に投資したことを不審に思う人はいないはずです。逆に、重工ジャパンがそのことを知らないとなると、かえっておかしく思うでしょう。施主は東都エステートで工事は大手のセイスイですので、何の疑惑も生じません。ただ我々が直接手を下す肝心な部分の工事でトラブルが発生した場合が心配です。万が一の場合、スムーズに日本側と交渉できる人物は、工事の素人《しろうと》、しかも一匹狼が適任といえます。玄人《くろうと》には怪しいと思うことも素人には分かりませんから」

軍の秘密工事ではよくあることだとジョンは思った。専門家が見れば何を造っているか推測できるが、素人は与えられた仕事をこなすだけで、輪郭すらつかめない。折衝ごとでも同じだ。折衝で知りえた内容から策略を感じ取る奴とそうでない奴と。素人の良さは知らないがゆえに興味もなく、深読みしないことにある。そんなことだろう。

「ポイントのみ秘密裏に、というわけだな。そして、万が一の一匹狼か」

「そうです」

ジョンは「うーん」となって、丸顔のロベルトを凝視した。周囲を威圧する動物的な眼光と警戒心、ゲリラ時代の余熱が冷めていないのを再認識し、しばらく黙した。

ボリビアの山中で、政府軍によって囚われた少年兵が今や私の右腕とは……。立派に育ったものだ。確か、特赦《とくしゃ》を受け路上をさ迷っていたな。父に頼んで鉱山労働者として拾い上げた甲斐《かい》があったというものだ。表情こそ温和になったが、物怖《ものお》じしない態度とナイフの刃先のように冷たく光る鋭い目は、私がほれた当時のままで頼もしい。好奇心旺盛で努力家、あのチェ・ゲバラも彼を見れば一目置《いちもく》いていたかも知れない。

「ロベルト副社長。で、そういう人はいるのかな。君が言う交渉力抜群の人物が」

「心当たりはありますが、私としてはアガワ・サチコ（阿川幸子）に頼み、ヘッドハンティングを試みています。今、アメリカに来ているはずです」

「アメリカに？　誰かね、その人物は」

「申し訳ありません。アガワ・サチコにすべてを託していますので」

ロベルトは一瞬、冷や汗をかいた。だが、腹の底には白羽の矢を立てた人物の名前が張り付いている。密かに中東の同志に頼み、彼の部下が既に身辺を洗った。今もダメ押しの情報を集めているはずだ。これまでに寄せられた中東経由の「トウキョウ情報」によれば、正義感が強く、戦士の素質を備えていそうだ。将来、我々にとって欠かせない人材となろう。沈黙が少し流れて、ボスの声が耳に届いた。

「アガワ・サチコ？　えーと、あのホシを紹介したサチのことか。彼女の鑑定眼は確かなようだが若すぎるのが心配だ。セゴユリに秘められた志は我々だけのものだ。機密保持に世直しの成否がかかっている。その意味でもドクター・ホシの長居は困る」

そう言い終わってジョンはソファから立ち上がり「今日はこの辺で終わるとしよう。知人らとの昼食会があるからね。明日、シスコに戻る」と述べ、秘書の入室を促した。

知人との昼食会。それは彼しか知らない秘密結社「干渉なき企業同盟」の定例会である。あいまいな返事を突かれると覚悟していたロベルトは、ほっとしながらリチャードと共に部屋を出た。ドクター・ホシについての会長の言葉をかみ締めながら。

三人を乗せた赤いサンドバギーが猛スピードで尖《とが》った砂丘を飛び越えた瞬間、むき出しの座席から体が外へ飛び出し宙を舞った。一瞬、星一郎の意識が途絶えた。幸いメガネは顔にあった。彼は片手でそれを定位置に戻した。厚みのあるレンズにひびが走り、白砂の大地がずれて見える。近くには砂だらけのクルトと尻もちをつき天を仰ぐ宋がいた。

「ドクター・ホシ、大丈夫ですか」

クルト・ザイラーが砂を払いのけながら、星のそばにやってきた。

「頭から血が。ちょっと待ってください。止血します」

大丈夫だ、とは思ったが、星はクルトの言うままに従った。傷口を押さえるタオルの感触を確かめ、やっとのこと立ち上がった。数メートル先の谷底に横転したバギーが見える。

ペルー南西部のイカ県にあるマルコナ鉱山での実験は予想以上の成果をあげた。米重工マテリアル南米支社のテール・ロドリゲスが世話したこの鉱山は、県都イカ市から南東一七〇キロ離れた荒地にあった。ここに小型化された地殻起振装置を設置、さまざまなテストを実施した。星、クルト、宋ら研究所メンバーのほか、テールも若い部下二人を伴って協力した。

事故は県都イカ市近郊のリゾート地「ラス・ダナス・ホテル」近くの砂漠で起きた。成功を祝って皆で休暇をとり、バギー遊びを楽しんでいた時である。

星は頭に手を当てた。血は既に止まっているように思えた。しばらくして事故を起こしたペルー人のドライバーが谷からはい上がってきた。彼の左まゆ毛の上には肉厚の線があったが、古傷のようで異常はなさそうである。彼は星らに詫びた後、携帯電話で仲間のドライバーを呼んだ。

間もなくして黄色いバギーが現れた。そこにはテールと彼の部下二人が乗っていた。事故に驚いたテールらは星ら三人をこのバギーに乗せ、急いでホテルへ引き返した。

彼らが去って行くのを見届けたドライバーがひとりごちた。

「うまくいったな。誰も故意とは思わないだろう」レコレータ墓地の管理人、ガルバン・モンテス・コチの任務はここで終わった。

ホテルが手配した医師によれば、星ら三人のけがはいずれも軽傷で、柔らかい砂がクッション代わりとなり大事に至らなかった。「バギー遊びではよくある事故だ」医師はこともなげにそう言った。

しかし、宙を舞った恐怖が時折、星を襲う。もし、これが硬い道路だったら……。思い出すたびに身が震え、鼓動と呼吸の乱れが雪だるま式に膨らんでいくのを感じた。そんな不安な精神状態の中で星はいつしか望郷の念を強く抱くようになった。

「もういいだろう。実験は成功した。正月は日本で過ごそう」と。

9　ヒューマニスト――20X2・1（FUKUOKA）

年明け早々、澤山隆志は公安調査庁の森川雄治らと昼食をとっている。森川から突然、「会えないか」との誘いの電話があったのは三日前、当初、「一杯やろうか」と思ったが、あいにく、相手が指定したこの日は夜の朝刊勤務があり、昼食会合とならざるを得なかった。森川は初の「玄界灘警備の日」を二日後に控え、その準備状況把握のため福岡を訪れ、明日からは、佐賀、長崎を訪問する予定と電話で言っていた。

天神近くの西鉄グランド・ホテルのロビーで待ち合わせし、「明治通り」を一つ隔てたオフィスビルの地下にある店に足を運んだ。森川は部下一人を伴っていた。「同席させてよろしいでしょうか」と言って、彼を澤山に紹介した。王寺世紀《おうじせいき》と名乗った。一八〇センチほどの長身で胴回りがやや太めにみえた。四〇歳前後だろうか、黒色のスーツに暖色系のネクタイ、紺色のコートをはおった姿はビジネスマン風であり、テレビや舞台に登場する野暮な服装をした中年の刑事や公安職員とは違った様相だ。むしろノーネクタイの澤山の身だしなみの方が汚れ気味である。

カタクチイワシの小魚が群れを成して泳ぐ水槽のそばを通り抜け、掘りゴタツの狭い個室に入った。三人はまずビールで乾杯した。澤山が森川に聞いた。

「昨年六月ごろでしたかね。博多区のグランドハイアットでお会いしたのは。相変わらずお忙しいようですね」

「半潜水艇の問題が起きてから忙しくなりました。情報収集ってのはきりがないですからね。おかげで、登山とは縁がないですよ。澤山さんは山の方いかがですか」

「ええ、似たようなものです。年に一回あるかないかです。行くにしても近場の山です。昔の山口時代が懐かしいですね。あのころは若かった。森川さんに出会って、いろいろ学びましたよ。当時は二〇代、今は三八歳になります」

「じゃ、王寺と同じ世代かな」森川はそう言って隣にいる彼の横顔に顔を向けた。

「私は三九歳ですから、澤山さんよりちょっぴり上です」サザエの香草バター焼きをつまみながら王寺が答えた。目筋はやや細長いが、穏やかな傾斜を持つ鼻筋が美しい。澤山は、どこかで会ったような気がした。もう一度眺めた。視線が耳に届いた時、記憶がよみがえった。特徴あるふくよかな耳たぶ。

「王寺さんには以前お会いしたような気がしますが。例のグランドハイアットで。あの時、ハンチング帽をかぶっておられませんでしたか」

彼は「えっ！」と一瞬、目を見開いたが、意外とあっさり認めた。「よくご存じですね。当時は若い同僚と一緒でした。もちろん、横にいる森川のお供で参りました。顔を知られるようでは公安失格です。参りました」

「澤山さんが王寺と顔見知りとは、驚いたな」森川が笑った。

「顔見知りとは言えませんよ。チラッと見ただけですよ」澤山も微笑んだ。

「それにしてはよく覚えていらっしゃいますね。これも何かの縁、王寺をよろしく頼みますよ」森川は胡麻《ごま》サバに箸をつけながら王寺に目配《めくば》せした。王寺が待っていたとばかりに「ところで澤山さん」と声をかけた。

食事のメニューを選んでいた澤山は「ところで」の言葉を聞き、いよいよ本題だな、と思い、王寺に目を向けた。親しいとはいえ多忙な森川らがメディアに接触するのは、情報収集以外にはない。「玄界灘警備の日」について市民はどう思っているのか。安全保障上の問題だけに国内世論、とくに地域の反応は詳細に知りたいのだろう。

澤山は多少、身構えて王寺の次の言葉を待った。

「ところで澤山さん、鐀水美樹さんをご存じでしょうか」

意外な質問に肩透かしを食らい、のけぞりそうになった。予想していた地域の動向ではなく、全く私的な交友、しかも彼女についての問いだ。やはり彼らは美樹先輩を監視し探っていたのか。なぜだ。

「ええ、知ってはいますが、唐突に聞かれても、どう答えていいか、困りますね」澤山は一瞬、語気を強めた。そして「食事、何にしますか」と二人に投げかけ「煮魚か茶漬け、刺身、天ぷらもうまいですよ」と言い足した。王寺が戸惑った表情を見せて「そうですね、えーとアラブの煮付けでも」と注文した。メニューを見ながら森川は「タイ茶漬けをいただこうかな」と述べ、再び美樹の件に話を戻した。

「澤山さん、王寺が突然お尋ねしてすみません。我々も仕事ですので、ついついご存じの鑓水さんについてお伺《うかが》いしたわけです。もちろん彼女がどうのこうのというのではないのです。彼女が主宰している地球の会についてちょっと気になる情報がありましてね」

「気になる情報？　地球の会は環境や貧困と向き合う真面目な団体と聞いていますが」

「ええ、掲げている活動方針は立派です。ただ集まってくる人の中にはこの会を隠れミノとしている外国人もいるようでして……。当然、鑓水さんは知らないと思います。知らないがゆえに利用されているのではないかと」

「具体的に話してくれませんか」澤山は森川の回りくどい言い方に注文を付けた。

「例えば、不法入国者や不法就労者をかくまったり、密出国や密入国を手伝ったり。会そのものがやっているのではなく、一部会員が人助けと勘違いして、その道のベテランに紹介するなどしているようです。もちろん、何人かは政治信条に共感して確信的に不法行為を手助けしている可能性もあります」

「だったら、そういう人を検挙したらいいのでは」と澤山は突っぱね気味に言った。食卓に配膳された昼食には誰も箸をつけていない。それに気付いた彼は「何はともあれ、冷めぬうちに食事しましょう」と前の二人を誘った。森川、王寺そして澤山の三人は一斉に舌鼓を打ち始めた。しばらくして王寺が箸を止め、口を開いた。

「もちろん警察等が検挙していますよ。被疑者から地球の会会員の話がよく出てくるんです。幇助《ほうじょ》の疑いで彼らを拘束したケースもあります。ただ根っこの部分が」

「根っこといいますと、黒幕のことですか」澤山は飯を口に含んだまま尋ねた。「そうです」王寺に入れ替わり森川が顎《あご》を引いて答えた。

「言い忘れていましたが、王寺は警察庁警備局からの一時的な出向、新しい試みの協力機関員でして、かつて警視庁公安部にいました。いわば公安警察官です。主にイスラム圏を担当していました。彼が検挙した不法入国のイラン人から地球の会の話を聞き出し、注意を注ぐようになったといいます。王寺、そうだね」

王寺はうなずき、鐺水について語った。

「鐺水さんは気が付いていないと思いますが、彼女を利用している誰かがいるのでは、とみています。彼女は確か、学生時代、反捕鯨活動に熱心でしたね。運動を通して世界の仲間との結びつきが強固となったようです。当時の仲間の誰かが黒幕かも知れません。そこで我々は彼女に関心を持ったわけです。誰か接近するのではないかと」

「よく分かりませんね。その程度の理由で彼女を監視するなんて。反対運動は誰にでもある権利ですし、思想、信条、表現の自由は憲法で保障されていますよ。反捕鯨活動の世界ネットがあったとしても別に問題になるわけでもないでしょう」

「そうです。法を犯さない限りでは」と今度は森川がしゃべり始めた。

「地球の会をよりどころに一部の者が不法行為の手伝いをしている。この空気が問題です。これが充満すると反社会的団体となり、規制の対象となります。会員誰もがそれを望んでいないでしょう。オウム真理教事件の二の舞は避けねばなりません。地球の会はカルト集団でもないし、マフィアまがいの集団でもありません。インテリ層や企業人に人気があると聞きますし、どちらかというと政治的というか問題提起型、世直しを求める善良な市民団体です。でも多様な人種の集まりだけに個々人の思想までは把握できないでしょう。他国からの工作員も関わっているかも知れないし、テロリストとの連絡役もいるかも知れません。我々が恐れているのはこのことです。鑓水さんにそれとなく伝えてくれませんか。北朝鮮から脱走したと偽って一時、会員宅に身を寄せた工作員がいたことも。そんな人たちが一部とはいえうごめいていることを懸念します。入会者の動向に注意していただきたいと」

森川はここまで述べて、食事に専念した。澤山は、入脱退が自由でボランティアみたいな不特定多数の人々の思惑に目配りするなんて無理に決まっていると反論したくなった。でも、森川の説明は納得できないわけでもなかった。米国で起きた9・11同時多発テロ以来、森川たちがテロリストや過激派の動向収集に躍起となるのは当たり前であろう。

しかし、鑓水美樹の地球の会までもが情報収集の対象とは驚きである。先輩は地球の会を「お遊びみたいなもの」と言っていた。多分、何も知らないに違いない。

「我々は鑓水さんを助けたいのです」と森川がささやいた。

「助けたい、とはどういうことですか」と澤山が突いた。

「彼女は正義感が強い方で、人に優しいヒューマニストでおありのようです。悪くいえば洗脳されやすいタイプではないでしょうか。反捕鯨運動に関して彼女に接触した公安職員の調査によりますと、彼女は幼いころから世の矛盾に目覚めたといいます」

「幼いころから？　僕が知っている彼女はインドのムンバイで生まれ、商社マンの家庭に育ったごく普通の女性、日本より海外生活の方が長かったということくらいですが」

「ええ、経済的には恵まれた環境にあったといえます。父親の仕事の関係上、発展途上国での生活が長かったようです。インド、東南アジア、南米などで暮らしたそうです。教育は日本人学校ではなく赴任国の学校に通ったといいます。貧しい国々の様子を目《ま》の当たりにして感じることが多くあったに違いないと思います。小学校時代、友達の父親や親戚が反政府運動やゲリラ活動に従事し、政府軍によって殺された事例を話したそうです。彼女の正義感や世直しへの情熱は、少女のころの体験があるからでしょう。人生観の主要な部分を形成するきっかけになったかも知れません」

森川はここで熱い茶を一口飲んだ。それから思案げな顔を見せた。次なる発言を躊躇《ちゅうちょ》しているようである。しばらく間を置いて「こんなこと述べていいものかどうか、とは思いますが」と前置きして静かに言った。

「実は母親は彼女を身ごもっての再婚でして……。本当の父親は学生運動の闘志だったとのうわさがありますが、誰なのかは分かりません。知りたい気もしますが。残念ながら母親は亡くなられたとか」

　だから何だっていうんだ。澤山は心の中で腹を立てた。人の来《こ》し方や生き方にまで土足で入り込み調査するとは、仕事とはいえ許し難いと思った。いや怖くもある。しかし、一方では「助けたい」との言葉が胸に突き刺さる。洗脳、マインドコントロールか。アラフォーの彼女がいまさら洗脳されるとは。ありえないと胸中で否定した。

「森川さん、で、彼女の周りに出没する黒幕っていう人はいましたか」

　澤山の質問に今度は王寺が答えた。

「半年ほど前から調査していますが、見当がつきません。グランドハイアットで彼女に接触したのはあなたでして。そんな具合です」

　あのハンチング帽の男、王寺は東京から美樹先輩を尾行していたのか。本当に怖い奴らだ。黙りこむ澤山に森川が声をかけた。

「いやな気分にさせたかも知れませんが、ひとつ鑓水さんに今日の話の内容を伝えてください。お願いします。もしできれば王寺を彼女に紹介していただければ、何かとお役に立てると思うのですが。王寺もあなたと同じ大学出身で、鑓水さんと同様、海外暮らしが長かったようで、相通じる点が多々あるかと」

大学の先輩か。澤山はまたも衝撃を受けた。学生時代はヨット部に所属し勉学より海のキャンパスに通う日々だったと王寺は微笑んだ。生まれたのはイランだが、郷里は長野で父親は美樹と同じく商社で働いていたとのことだ。会社は別々だが、貿易立国を目指し官民一体で海外市場を開拓してきた高度経済成長期の総合商社マンである。父母は数年前、他界したという。

「私には世に不満を持つ鑓水さんの気持ちは分かるような気がします。主にアフリカや中東諸国に長く居ましたので。当時は貧しい人々が多くて、子ども心に理不尽さを感じていました。鑓水さんの件よろしくお願いします」そう言って王寺は頭を下げた。澤山は迷った。内容を伝えるにしても肝心の美樹先輩がいないではないか。

「実は、彼女の行方《ゆくえ》が分からないのですが」

「承知しています。米国に行かれたみたいですね。米重工ジャパンの阿川幸子さんという方と。成田空港で見かけました。いずれ戻られるでしょう」

一体、彼らはどこまで調べているのだろうか。澤山は王寺の細く切れた目をしげしげと見つめた。彼はその視線を避けながらタバコに火をつけた。食後の一服である。

「いやー、おいしかった。博多の茶漬けはうまいですね」食事を終えた森川がとって付けたかのようにお世辞を述べた。「澤山さん、玄界灘警備の日、うまくいくと思いますよ。これから関係機関をめぐります。上京の際はご一報ください」

二人と別れ仕事場に着いた澤山は、編集会議を控えて事前に配信された数多くのニュースメニューに目を通し始めた。東京支社からのトップ候補は「G9特別サミット、福岡開催が最有力」とあった。久々に目にするサミット記事だ。これまでの報道は「福岡誘致へ」から始まって「候補地に浮上」までだった。それが「最有力」とはかなり前進している。世界初の特別サミットだけに編集会議ではこれを目玉として推すデスクが多いだろう。

そう考えながらも、頭の大半は昼食会での森川らとの会話の方を向いている。彼らは美樹先輩を泳がせて、接触する人物を探っている。しかし、ヒットしない。そこで地球の会の管理についての注意、いや警告めいた言葉を発し、僕から彼女にその旨を伝えてほしい、という。直接、当局が注意すればいいと思うのだが、先輩がハム（公安）嫌いなのは想像できる。権力の介入を警戒する会員も多いのだろう。事を穏便に運ぶためのお願いかも知れない。

半ば不機嫌になった澤山のもとに報道センター社会担当デスクの田所与一郎がやってきた。

「澤ちゃん、本日のイチ押しは玄界灘警備の日と思うばい。前打ち記事ばってんトップとしてすわりがいいと思うよ。初めてのことでもあるし、よろしく頼むばい」

しかし、澤山は上の空である。美樹先輩が心配でたまらない。彼女は本当に利用されているのか。「助けたい」という森川らの言葉が胸を突く。やはり彼らとの情報交換は必要であろう。

澤山はいつしか森川らと同じ土俵に上がっていた。

二日後の一五日、初の玄界灘警備の日を迎えた。街中に点在する大型の街頭ビジョンからは「警備の日を成功させよう」とか「不審な置物を見たら110番」との映像が音楽入りで流れている。ここ天神地区は東西に貫く「明治通り」と南北に走る「渡辺通り」が交差する福岡市一五三万人の商都心で、半径五百メートルほどの空間に商業ビルがひしめく。

人々の雑踏の中でビラを手渡す中高年の集団がいた。「玄界灘警備の日」と黒字で書かれた白いタスキ、行政機関の関係者である。ビラには「テロを許すな」とか「領海を守ろう」との文字が躍り、裏面には半潜水艇事件の概要が記されていた。

このタスキ集団が陣取る「明治通り」とは別に「渡辺通り」の歩道では、十数人の男女が横断幕を掲げて「過剰警備の暴挙を糾弾する」と異を唱えている。近くにはボリュームいっぱい、軍歌を流す政治団体の街宣車がいて、都心の喧騒《けんそう》は沸点を迎えようとしていた。

福岡、佐賀、長崎三県による動員二万人規模のデモンストレーションが一斉に始まったのは午後一時から。海沿い地帯を各県警のパトカーやヘリが監視し、道路の要所、要所には模擬の検問所が設けられた。海上では漁船が船団を組み、横断幕やのぼり旗を掲げてのパレード。「不審船を見逃すな」「我々の海を侵すな」との文字がはためく。その沖合いには第7管区海上保安本部の巡視船艇八隻が列をなし、航行している。空には多くのヘリや双発機が見て取れ、博多湾では、不審船拿捕《だほ》の公開演技が行われた。

とくに原子力発電所がある佐賀県玄海町周辺では、核テロに備えて県警や海保艇による大規模な警備訓練が実施された。対馬沖では海上自衛隊の艦艇四隻が示威航行、P3-C哨戒《しょうかい》機二機も参加した。

夕方、編集センターに次々と届けられる写真を見ながら、澤山はグラフ面を追加しなければと思った。二日前は仕事どころではなかったが、今の頭には鑓水美樹の件はなく、あったのは北朝鮮がどう反応するかにあった。

その情報が入ったのは翌日、澤山が自宅のベッドで目覚めた昼のテレビニュースからである。各局の報道によると、朝鮮中央テレビが「厚かましくも自作自演の笑劇を繰り広げた愚かな行為」と初めて日本政府を非難していた。その矛先は来月下旬から始まる米韓合同軍事演習にも向けられ、言葉の激しさは、こちらの方に集中していた。動員兵二〇万人にのぼる演習を「無言の宣戦布告」として捉えている。

澤山は半島情勢の厳しさを思い知った。しかし、北の脅しや警告に対しては「またか」と感じる程度で「戦争なんてありえない」と思うのが日常である。

ただ「地震」は違った。非番のこの日も列島二カ所で中規模地震が発生している。

10　我利の輝き――20X2・3〜5（LASVEGAS　FUKUOKA　CHIBA）

首都ワシントンのポトマック河畔の桜が満開を迎えたころ、米西部のネバダ州ラスベガスではセゴユリ・プロジェクトの会議が始まろうとしていた。といっても裏の顔、夕暮れ時の秘密会合である。会場はブルーバード通りに面したベネチュアン・ホテル一三階のスイートルーム。カーテンを閉めた広い室内に三々五々集まってきた男たちは、ドリンクを手にしてソファや椅子に腰を下ろし、談笑しながらボスの到着を待っていた。定刻より十数分遅れて、白髪混じりのふくよかな老紳士が入ってきた。男たちは私語をやめ、誰ともなく席を立ち、にこやかに彼を迎えた。

「やあ、待たせて申し訳なかった」米重工ワールド社・会長兼CEOのジョン・ウォーカー・スペンサーは重厚な革の安楽椅子に身を置いてから、詫びを入れた。会長を取り囲むように皆思い思いの場所に腰を下ろす。ジョンは一人ひとりを見回した。

本社からは「バレーラ・トゥデラ・ロンベルュット（ロベルト）」「クルト・ザイラー」「ヒロシ・ボイトラー」「アントニオ・マリーノ」の四人。配下のマテリアル社からは「リチャード・ミル」「テール・ロドリゲス」「宋一柱」の三人。いずれも気概溢《あふ》れる面々、部下というより心を分かち合った仲間たちだ。確認し終わるとジョンの口元から満足の笑みがこぼれた。

「皆そろっているようだ。では始めるとしよう。まずは私から」彼はそう言って、内外情勢をはじめ多国籍企業がかかえる諸課題について語った。とりわけ経済活動に対する国家の横暴や政治家の偽善性に触れ、地球の民を救うためには、いかにグローバルな自由が大切か、を諄々《じゅんじゅん》と説いた。「国家なき自由」への憧れが見て取れる。

「もちろん経済活動の世界ルールは必要だ。そのルールづくりはエゴ丸出しの国家群に委ねるのではなく、国家を超えた多国籍企業群が核とならねばならない。私たちは一歩前に出た。さあ、二歩目を踏み出そう。慎重にな」口ぶりには自信に裏打ちされた穏やかさがあった。

二歩目についての話はロベルト副社長が請け合った。

「ご存じのように新しい資源探査装置が完成した。このためセゴユリ・プロジェクトは解散する。もちろん表の顔だ。我々が担っている壮大な計画はこれから次のステップに入る。プロジェクトが解散してもコードネームは変えない。以下、第二幕の概要を伝える」

一瞬、室内が水を打ったかのように静まり返った。

作戦項目は一〇近くあった。プロジェクターやボードを使っての説明もあったが、肝心の主要な部分は口頭である。

「以上、全体像を共有できたと思う。各項目の詳細については、割り当てた任務ごとに後日、個別に知らせる。何か質問は？」ゲリラ時代の名残だろうか。声には終始、簡潔な響きがある。ただ違うのは、その響きに仲間への誠意が共鳴していることだ。

数十秒経ったところで、安楽椅子のジョンが声を出した。

「質問はないようだね。では終わりとしょう。カーテンを開けてくれないか」

窓が瞬時に明るくなった。不夜城カジノが本番の夜を迎えている。

「さあ街に散ってくれ」ジョンの言葉を受け、男たちは一人また一人と部屋を出た。最後になって椅子から腰を上げようとしたロベルトにジョンが声をかけた。

「君の説明に仲間の目が輝いていたね。輝くというより燃えていた。あれは怨念《おんねん》の炎だよ。計画はうまくいくと確信した。多くが心に傷を負っているからな」

「私もそう思いました。国家権力による忘れがたい傷。何人かの心の中には、肉親や親族らが犠牲となった過去のうずきがありますからね」

「君もつらい体験をしたようだな」ジョンは静かに言った。

「会長はすべてご存じでしょう。社会にうとまれ無力感と孤独の中にいた私たちに生きる居場所を与えてくれたのだから」ロベルトの言下に仲間の昔がちらつく。

ベトナム反戦運動（一九六〇年－一九七五年）で母を亡くしたクルトや天安門事件（一九八九年）で兄を失った宋。リチャードの父は北アイルランド紛争（一九六九年－一九九八年）で英国軍と戦い爆死し、ヒロシの叔母は全共闘学園闘争（一九六五年－一九七二年）で不自由な体となった。いずれもが既存の体制や不条理な政策に非を唱え戦い破れた悲哀を背負っている。それだけではない。クルトは母の死に加え、米軍のイラク侵攻（二〇〇三年）でバスラに里帰り中の愛しい妻と娘が犠牲となっていた。

ただアントニオやテールは異なる。孤児院にいたアントニオはマフィアに引き取られた。大学を卒業するころ、育ての養父が獄死した。テールの亡父はエリート軍人、体制派の守衛だった。そして目の前のジョン会長はその巨大なシンボルである。

そのジョンの口元から声が流れた。「大切なのは怒りだな」かすかではあったが落ち着きを伴っている。ロベルトはうなずきながら黙って腰を上げ窓辺に向かった。

眼下に広がる多彩な電光色が宝石のようにきらめく。その一つひとつがアンデスの大地に散ったゲリラ戦士の崇高な輝きにも見えた。しかし、光源は明らかに違う。ここにあるのは我利の輝きであって、他利の輝きではない。公正を旨としたグローバル・ジャスティス、弱者の主権を確立する世界の正義こそが俺たちが追い求めた永遠なる光であり、我々はそれをやり遂げなければならない。ロベルトは亡き同志の戦友に強く誓った。誓いの底には抑圧者への果てしない憎悪と復讐心が横たわっている。それはクルトも同じであった。

真意を隠した長い旅になりそうだとクルト・ザイラーは思った。母や妻子を奪った権力者やその背後でうごめく強欲な連中を倒すには機会が訪れるまで忍耐強く静かに待つほかはないだろう。彼はこれからの任務に意識を戻し、タクシーで東京ビッグサイトに向かっている。四月二八日から開く三年に一度の国際機械見本市。米重工ワールドも資源分野でブースを構える。

会場に到着したクルトは早速、重工ジャパン社員らの準備作業に加わった。屋内外のステージには運び込まれた弾性波観測機器類をはじめ、各種ドリル、最新鋭の油圧や水圧ユニット、低燃費のコンプレッサー、さらに掘削重機や起振車などが並んでいる。これらに混じって「地殻起振装置」もある。多機能型の揚水補助装置と名を変えて。展示される何点かは新たに設立した会社「テクノザイオン」が買い取る手はずとなっている。

クルトは周到な準備に満足し、汗ばんだ額を拭こうと黄色のヘルメットをはずした。その時、背後から「エクスキューズミー」との声がした。振り向くとマスクを付けたスーツ姿の日本人がいた。頭には来客用の青いヘルメットが載っている。

「ちょっとお聞きしたいのですが、阿川幸子さんはいらっしゃいますか。重工ジャパン本社にお聞きしたところ、こちらの作業を手伝っていると聞いたものですから」

流暢《りゅうちょう》な英語だった。クルトは辺りを見回した。離れた所に灰色の作業服を着た彼女がいた。阿川幸子はブースの出来具合を点検していた。「重工ジャパンの阿川さんですか」と突然、背の高い見知らぬ男から声をかけられ、一瞬、戸惑い、身構えた。

彼女の不安な表情を察知してか、男は「風邪気味でして」と言ってマスクをとり、微笑んだ。

「初めまして。私は王寺世紀という者です。申し訳ありませんが、数分ほどお時間をいただけませんか」周囲の仲間がその場を離れた。

「実は鑓水美樹さんの行方を探しています。彼女とは友人でして、地球の会でお聞きしたところ、貴女と米国に行かれたと聞きましたので。ご存じないかと思い、参りました」

作り話を織り込みつつ王寺は紳士的に尋ねた。その丁寧な言葉遣いに阿川の警戒心が緩んだ。

「ええ、私の米国出張と美樹さんの視察旅行の日がたまたま同じだったので、一緒に旅立ちました」阿川もウソを交えつつ答えた。

「そうですか。でも彼女は戻っていらっしゃいません。米国ではいつ別れたのですか」

「ニューヨークに行って三日後だったと思います。彼女は反格差闘争を取材するため、滞在すると言っていました。私はシスコに移動したので、その後のことは分かりません」

「美樹さんとは地球の会で知り合われたのですね」

「はい、彼女と私は星一郎教授を」阿川はあわてて口を手で塞いだ。「いや、お互いに知った人がいたことから親密になりました。こんなことってよくあることでしょう」

「そう、そ、ハッハッハックション」王寺は突然くしゃみをし、気まずそうにティッシュを取り出して鼻をかんだ。その哀れな顔に阿川は「いずれ戻られるのではないかしら」と半ば慰めの言葉を投げた。

「私もそう思います。彼女から連絡がありましたら、お知らせ願えませんか」

彼は上着のポケットからヒモの付いた黒っぽいチョコレート色のパスケースを取り出した。

そして二つ折りのケースを開き、身分証を見せた後、さらに名刺を出して、ゆっくりと手渡した。まるで職業と名前を覚えておいてほしい、と念を押すかのように。

それらを見て阿川は驚いた。「警察の方？　捜索ですか」

「いや違います。友人として鑓水さんの行方が気になったものですから。ご多忙な中、ありがとうございました」一礼した彼は再びマスクを顔にあてがい展示場を後にした。

彼が立ち去るのを見届けた阿川は、得体の知れない影に悩んでいた当時の鑓水を思い出した。影はこの男かしら、と勘ぐりながら、王寺の名刺を作業着のポケットに無造作に突っ込んだ。


同じころ、福岡市の西鉄大牟田線薬院駅そばの工事現場から西方二五キロ近く離れた糸島半島にあるゴルフクラブの駐車場に銀色のワンボックスカーが止まった。

「相手は時間を守る奴か」フロントガラスから差し込む太陽の光線を手で覆いながら、年配のヒロシが助手席のアントニオに顔を向けた。

「もちろん。時間厳守も掟の一つですから。間もなくです」

アントニオは腕時計に目をやり、サングラスをかけて外に出ると背伸びして右手をあげた。数秒して黒塗りのベンツが横に滑り込み、運転席の窓ガラスが下げられた。

ドライバーの若い男一人だけが乗っている。アントニオが窓枠越しに握手し、黄色のゴルフボールを手渡した。彼は右下のロック解除ボタンを押し、後部トランクを開けた。アントニオはトランクから太めのゴルフバッグ二個を取り出した。それを地面に置いて、運転席に向かって右手の親指を突き立てた。ベンツが駐車場から消えていった。

この間、わずか一分足らず。その手際よさに感心したヒロシが、助手席に戻ってきたアントニオに「さすがだね」とほめた。

「マフィアの養父から鍛えられましてね。手はずが整えば、成功したのも同然だ。後は無言で手早くやれとね」彼はそう言ってサングラスを外した。

「ところで、バッグの中身を調べなくていいのか」

「身の破滅は疑いから、とも養父は言っていました。大丈夫です」

自信たっぷりの言葉にヒロシは「うちのボスは、慎重に、が口癖だ。見てくれ」と再度、促した。アントニオはしぶしぶ後部に移ってゴルフバッグを開けた。手はずどおり錆びついた武器類で埋まっている。六六式拳銃をはじめ分解状態のカラシニコフ自動小銃ＡＫ‐74や携帯式ロケット砲ＲＰＧ‐7、それに手りゅう弾三個と若干の弾薬類だ。

「鉄くずばかり、ＯＫです」その返事にヒロシはアクセルを踏んだ。

「例の古ぼけた野球帽はあるな。野犬にかませた緑色の切れ端が」

「もちろん。でも何のためですかね」

「俺にも分からない。しかし、指示どおりにやれ」

「イエッスサー」

車内には小さな古いゴムボートもあった。

五月の連休が終わった七日、ＪＲ千葉駅のタクシー乗り場近くにある喫煙場所で、王寺世紀はショートホープを吸いながら自問を繰り返している。鑓水美樹は一体、何者だろうかと。先日、関東地区で一斉に実施した不法外国人摘発では地球の会会員と関係があった容疑者はいなかった。これまでの摘発では必ず何人かはいたのだが……。王寺は奇異に思えた。それも鑓水がいなくなってからだ。監視しているのがバレたのだろうか。

タバコを吸い終わると、ハンチング帽をかぶった。それからネクタイを整え、タクシーに乗った。「Ｔ総合病院へお願いします。あっ、その前に花屋に」

阿川幸子がふと漏らした星一郎なる人物の住所は、自動車運転免許証の登録データから拾った。家族の話でＴ総合病院に入院していることを突き止めた。星の経歴も調べたが、鑓水との接点は何も出てこない。星は話せる状態ではないようだ。しかし、家族から鑓水の手掛かりとなるヒントが得られるかも知れない。王寺は淡い期待を抱いて入院病棟を訪れた。

「星さんですか。面会謝絶となっています。奥様がいらっしゃいますので、よろしければ」七階のナースステーションで看護師がそう伝えた。しばらく待つと痩せた小柄な婦人がやってきた。

「家内です。わざわざお見舞いに来ていただきありがとうございます」

「電話で連絡した王寺世紀です。親友の鑓水がご主人に大変お世話になったそうです。彼女は海外にいるものですから、私が代わりに参りました」そう言って王寺は花束を手渡した。バラ、カーネーション、ラナンキュラス。

「まあ、きれいなお花」妻の彩夏《さやか》は一瞬、目を輝かせ、お礼を言ったが、肌の荒れた顔は精彩を欠いていている。看病疲れだろう。二人は窓脇にある長椅子に腰かけた。

「ご主人は、一体、どうされたのですか」王寺が聞いた。彩夏は「それが」と言ってうつむき加減に静かに経緯を語った。

南米から三年ぶりに帰国した星は正月を長岡市の実家で過ごし、しばらくはスキーや温泉旅行を楽しんでいた。しかし、二月の下旬、母を残し千葉市の自宅に戻って間もなく頭部に痛みを感じるようになった。本人はあまり気には留めなかったが、三月の中旬になってから、めまいがしたり、つまずいたり、記憶が途切れたり……。

T総合病院で診てもらったところ慢性硬膜下血腫《けっしゅ》と分かった。医師はCT検査の画像を見せながら彩夏に説明した。右側頭部の硬膜と脳の間に血腫が見られ、これが脳を圧迫して障害を生んでいる。早急に手術して血腫を取り除かなければならないと。

「硬膜下血腫？　何が原因で起きたのですか」王寺は思わず彩夏に尋ねた。彩夏がか細く答えた。

「この種の病気の大半は頭の外傷が原因で、軽傷であっても数カ月後に症状が表れるそうです。

出血がじわじわとゆっくり進むため、しばらくは気付かないようです。交通事故か何かの事故に遭ったのではないか、と先生は言っていました。主人は南米にいましたし、頭をどこで打ったかは分かりません。すぐに手術をしていただきましたが……」彩夏はそう述べてため息をついた。

「オペはうまくいったのですか」と王寺は聞いた。

「脳ヘルニアを併発していたようで……。お見舞いの件は伝えますが、本人が分かるかどうか……」

脳ヘルニアとは血腫などによって、柔らかい脳の組織が頭蓋内の隙間に押し出された状態を言い、呼吸困難になるケースもある。

「それは大変ですね」王寺はしばらく間を置いた。そして「ところで、奥さんは鑓水をご存じないでしょうか」と問うた。

「仕事のことは何ひとつ話しませんし、生徒さんや仲間の方はよく知りません。主人は南米の研究所にいましたので……」

「研究所では何を？」

彩夏は、相次ぐ王寺の質問に疲れを感じ始めた。

「何も分からなくて申し訳ありません。主人がしゃべれれば、お答えできるのですが。何かにうなされているようで、出る言葉といえばうわごとばかりで……。とりに、みす、とか」彼女の口から、また、ため息が漏れた。

「そうですか。ご心配でしょう。とりに、はなんでしょうかね」

「さあ。鳥の煮物を作って出したのですが、違うようでした。筆談もできませんし」

うなだれて話す彩夏の声は終始弱々しく、王寺に同情の念が募る。

帰りの電車の中でも「とりに」と「みす」は何のことか、王寺は考えたが、さっぱりだった。

それより鐺水の件は、結局、手掛かりがつかめない。彼女の父親も「知らない」の一点ばりだし、やはり阿川幸子にもう一度アタックするしかなさそうだ。

霞が関の公安調査庁に戻り、早速、上司の森川雄治に報告した。森川は言った。

「地球の会がおとなしくなったのなら、鐺水の件はもういいんじゃないか。深入りは避けるべきだろう」

しかし、王寺の頭の中には別の言葉が膨らんでいる。彼女の素性と心の真髄を確かめなければならない。それは「別筋からの指令」でもある。

11　ひげもじゃ男――20X2・5～6（FUKUOKA　TOKYO）

公安警察の王寺世紀が鑓水美樹なる人物の調査にこだわっていたころ、西鉄薬院駅近くの工事現場「城の湯」の跡地には高い鉄製の井戸やぐらが立ち、地下四千メートルに向けての掘削作業が始まった。周囲を囲った白い軽金属パネルの壁には看板が掲げられている。

商業ビル建設現場。施主＝東都エステート（株）、設計・監理＝テクノザイオン（株）、施工＝セイスイ建設（株）

その看板から道路一つ隔てた幅一〇メートルほどの薬院新川は五月晴れの陽光を受け、底のヘドロを隠すかのようにキラキラと輝いている。そばを通る人々は川面のきらめきには目もくれず、頭上高くそびえる建造物を見上げては通り過ぎていく。高さ約三〇メートルのやぐらは威容を誇っていた。

工事の出だしは順調だった。現場から地下鉄七隈《ななくま》線で一駅の薬院大通駅近くにあるマンションの一室で、宋一柱は、この分なら半年内に掘削は完了するだろうと思った。コーヒーを口に含みながら宋は製図用の机上に広げた図面に目を落とした。

部屋は3LDK。仮事務所兼憩《いこ》いの場所として新会社「テクノザイオン」が借りている。ここを「兵舎」と呼ぶことにしたが、すべてがコンパクトにまとまっており、狭いながらも快適である。

ドアが開け放たれ水色の作業服を着た二人の男が入ってきた。振り向くとクルト・ザイラーとテール・ロドリゲスだ。

「やあ、ご苦労様。冷えたコーヒーでもいかがですか」気配りの宋である。

「ありがとう。いただくよ」クルトがヘルメットを壁のフックにかけて答えた。そばでテールが「暑い、暑い」と連発し、冷房機のリモコンを操作した。彼にとっては二度目の九州入りだ。時期もほぼ同じころだが、昨年とは違って今年の五月は最高気温二五度以上の夏日が多い。ブエノスアイレスの感覚では夏真っ盛りといったところだろう。

それ以上に彼の容姿が暑苦しく見える。頭は長髪、顔には鼻ひげが口の周りをはって、あごひげとつながっている。そのフサフサの黒いヤギひげを指先で整え、コーヒーを一気に飲み干し、肩にかけたタオルで顔の汗をぬぐった。それから二人はシャワーを浴びて奥の部屋に移り、いつものようにソファに座って雑談に入った。

「今日は八メートル掘れた。一〇日間で七五メートルか。一日、平均七、八メートルってとこかな。ロータリー掘削法は適切だったな」とテールは自らが採用した工法に満足げである。

これは、やぐら内の駆動装置に掘削パイプをつなぎ回転させながら掘り進む工法だ。パイプの最先端は掘削ビット。工業用ダイヤモンドを付けたイボイボ状の超硬カッターである。ノズルもあり、地上からパイプの中を通して送られてくる泥水を噴出しながら岩盤に穴をあける。

「岩盤の状況は当分変わらないだろうね」テールが期待を込めて宋に聞いた。

「何とも言えません。深くなればなるほど古く硬い地質になりますので。高温、高圧状態の掘削が続くでしょう」

大学で地球物理学にも触れた宋は、事前に福岡市の地盤に関する資料を取り寄せて調べている。ボーリングの資格を持つテールもおおよその知識は得ているが、宋ほどではない。

「やはり厳しそうか。成否はドリル先端のビット次第だな」テールはそう言ってメカに強い年長のクルトに目を向けた。「ビットの交換は何回予定している?」

硬質な岩盤を掘進するだけにビットの磨耗《まもう》は避けられず、取り替えが付きまとう。そのたびに地下に潜ったすべての掘削パイプを地上に引き揚げなければならない。

「超硬質のビットを採用しているので、まあ六、七回程度かな。岩盤の質しだいだが」

東京での国際機械見本市に参加していたクルトはテールや宋とは別に一足早く福岡入りしていた。セイスイ建設の案内で既存の温泉井戸を事前に調べてもいる。

地下三千メートルの温泉井戸は可燃性天然ガスの噴出はなく、保存状態は良好だった。井戸の入口は直径80センチ、これが地下四〇〇メートルまで続き、その後、径は60センチ、40センチと細くなり地下二千メートル辺りから20センチとなっていた。これより一回り小さい口径15センチの掘削パイプを使えば延伸は十分できる。

「ところで、ドクター・ソン、例の活断層は確認した?」クルトが地質学に詳しい宋にドクターの称号を付けて尋ねた。「ドクターはやめてくださいよ」と宋は照れた。

「図面どおり工事現場の西方約一五〇メートルの地点をほぼ南北に走っています。念のためセイスイ建設がボーリング調査をしてくれました。二カ所で試掘した結果、礫《れき》層や砂泥層が重なった地層に断層の活動跡を認めたといいます。このマンションからは東方近くになります」

彼の説明を聞きながらクルトとテールは警固《けご》断層という活断層の位置を図面を見ながら確認し合った。夏前になれば「テクノザイオン」の社長、リチャード・ミルが設計陣を伴って来福する。それまでに活断層の位置を明確にし、掘削作業を安定軌道にのせなければ……。彼らの胸中に使命感が漂っていた。

六月中旬になっても鐺水美樹の調査は続く。姿を消して半年を超えているのに、王寺世紀はマイカーで隅田川沿いにある彼女のマンションに向かっていた。

佃島《つくだじま》へと続く中央大橋を渡る辺りで小雨模様の空にかすんだスカイツリーが見えた。だが、ほんの一瞬で、それを隠すかのように高層マンション群が現れた。その一角に彼女の住まいはあった。玄関ホールにある小奇麗な小部屋から制服を着た若い管理人が王寺をにらんだ。用件を話すと訪問の理由を根掘り葉掘り聞かれた。やむなく王寺は身分を明かした。

「警察の方？　鐽水さんの部屋ですね。ちょっと待ってください。私は警備員でして、賃貸関係は本社が管理しています。調べますから」

男は急に制帽をかぶって机上の電話を取った。しばらくして制帽男が窓越しに言った。

「鐽水美樹さんでしたね。もうここにはいません。四月末で解約されたそうです」

「えっ！　引っ越されたのですか。どこに」王寺は半ば驚き、半ば落胆した。

「分かりません。引っ越しといっても鐽水さんが借りていたのは家具等付きの３ＬＤＫで、寝具等はレンタルですし。清算は代理の方がなされたみたいです」

「代理の方？」

「そのようです。メガネをかけた若い女性とか言っていました。親戚の方か友人ではないですか」

代理の女性とは誰だろう。帰りの車を運転しながら王寺は考えた。もしかしたら阿川幸子ではないだろうかと思った。その阿川も今、日本にはいない。

「阿川は米重工ワールド本社に異動しました。どの部署かは本社の規定により言えません。ただ、しかるべき手続きをとっていただければ別ですが」

数日前のことだ。重工ジャパンに電話で接触を試みた際、情報チームの主任と名乗る男が電話に出てそう告げた。ワールド本社は重工ジャパン以上に個人情報の管理が厳しいということだった。

鐙水美樹を監視しながら、結局は黒幕どころか、彼女の実体さえもが分からなくなった。一体、自分は何をしているのだろうか。地球の会の活動がおとなしくなれば、それでいいのではないか。深入りは避けるべきだろう。上司の森川が言った言葉を思い出す。彼女に違法性がはっきりしない以上、強制捜査はできないし、情報収集にしても限界がある。木を見て森を見ずとはこのことだろうか。

しかし、それはともかくと王寺は思った。彼女の裏取り調査はしなければならない。本当に市民組織との縁は切れたのだろうか、変な機関や団体との交わりはなかったのだろうか。まだまだ情報の確かさを押さえなければならないのだ。

王寺は新橋方面に車を走らせた。地球の会事務所を訪ねてみようと決意したのだ。

事務所内に入るのは初めてである。整頓された室内には気品ある高齢の女性が一人、机を前に読書にふけっていた。こちらに気付き「どちら様でしょうか」と微笑んだ。

「河辺というものです。知人の鐙水さんを訪ねてきました」王寺は本名を避けた。

「鐙水さん？　ああ、代表の鐙水美樹さんですか。お辞めになりましたよ」

「辞めた？　いつですか。彼女は主宰者と思いますが」

「ええ、もちろんですわ。彼女がこの会を立ち上げられたのですが、何らかの事情で組織の運営を副代表に譲られ、自らは脱会なされました。もう一、二カ月になりますかしら」

「そうですか。で、彼女はどこにいらっしゃいますか」

高齢の女性は「私には分かりません」と言いながら、そっと椅子を後ろに引いて、静かに立ち上がり、そばまでやってきた。脂粉《しふん》のにおいがほのかに香る。こちらにお座りになりませんか、と入口脇にある応接コーナーをしなやかな手先で示し「お茶でも入れましょうか」と言い足した。

「いや、ここで結構です」王寺は立ったまま質問を続けた。鑓水は今年四月末に辞めたという。四月までに帰国できなければ、そうする旨の文書と手続き書類を事前に副代表に渡していたとのことだ。阿川幸子も脱会していた。米国への転勤が理由のようだった。

明るい事務室には生け花が飾られている。鑓水の後を継いだ新代表の趣味だそうだ。「せっかくおいでいただいたのに、新代表はブラジルに出向いていまして申し訳ありません」と彼女は気の毒そうな顔をした。国連の持続可能な開発会議にＮＧＯとして参加するためであった。王寺は脇の応接コーナーをのぞいた。壁に付けられた液晶テレビからは青い地球や数々の豊かな自然映像がクラシカルな曲と共に流れている。

遠目で監視していたころとは違うと王寺は感じた。昨年までは、多くの外国人が出入りし、活発で、硬そうで、理屈っぽい会のように思えた。時には排他的になり、ギスギス感も漂っていた。だが、初めて足を踏み入れた室内の空気は、あまりにもしとやかである。これが監視していた市民組織かと半ば疑った。想像していた痛烈な政府批判のポスターや過激なスローガンなどは見当たらない。会の雰囲気も濃厚な政治色が薄まり、穏やかになったと高齢の女性は語っていた。

前とは違うこの落差がかえって美樹の実像を裏付けていると王寺は確信した。

民族を問わずに向き合う弱者への想いや行為は本物である。たとえ、その行為に違法性があって警告を受けたとしても彼女の信念は揺るぎないだろう。来月には二度目の玄界灘警備の日が訪れる。澤山に会って、これまでの話をしよう。そして鐙水美樹の件とはバイバイだ。王寺は自分にそう言い聞かせながら車に戻った。

12　謎のうわごと——20X2・6（SANFRANCISCO　FUKUOKA）

とにかく怖かった。ペルーの首都リマ。一〇月ごろだったと思う。母に連れられてアルマス広場（現マヨール広場）近くの商業施設に向かう途中であった。広場の周りには大統領府や市庁舎等があり、それに通じるラ・ウニオン通りの車道にはすすけた衣服を着た人々が赤旗や横断幕を掲げて、何やら叫び広場へ向かって行進していた。

遠くの方でドン、ドンという音がして発煙筒のようなものが空を走った。大統領府そばにあるカテドラル（大聖堂）辺りに白い煙が立ち込める。その煙を阻止するかのように無数の投石が宙を舞う。それを見た母は私の手を握り締め、今来た道を足早に後戻りした。

しばらくして背後から逃げ惑う人々の気配がしてきた。激しい騒音と共に人々の群れが激流となって道路いっぱいに溢れ、こちらに迫ってきた。大人たちの殺気だった顔や怒号がすごい勢いで私と母のそばをすり抜ける。何度も押し倒されそうになった。

握っていた母の手が離れた。駆け寄ろうにも大人たちの壁に阻まれ母の姿は見えなくなった。遠くから悲鳴やパン、パンという乾いた音がする。左肩に何かがかすったように思えた。「ママ、ママ」と泣き叫び、大人たちの流れを追った。左肩の腕が少しヒリヒリしてきた。右手で触った。衣服に湿気を感じた。触った手先に血が……。
　私は走るのを止めて思いっきり泣きわめいた。


　鐺水美樹の話に阿川幸子が熱心に聞き入っている。カラッとした日差しが続く六月下旬のサンフランシスコ。二人は市中心部のユニオンスクウェア広場で顔を合わせていた。

「それから、どうなったのですか」幸子が金属製の丸テーブルに両手を置き、椅子から身を少し乗り出すように美樹に尋ねた。そしてもう一度「それから先は」と言った。

　美樹は手にしたコーヒーカップを受け皿に戻した。そして、前にいる幸子に「それからね」と間を置いて「インカのお兄さんが現れたわ」と微笑んだ。テーブルそばのコーヒーショップには飲み物を求めて、数組の若い男女が並んでいる。こぢんまりした広場は数は少ないがヤシや広葉樹が茂り、芝生もあって、ちょっとした都会のオアシスだ。

「インカのお兄さん？　先住民（インディオ）の方ですか」

「ハーフかも知れないわ」

　時折、木々を見つめて話す美樹の顔面に風を受けた丸い葉影が横切る。そのやわらかい揺らぎの陰が遠い過去へ彼女を誘っているかのようでもある。

「ママ」「ママ」と一段と涙声を張り上げた。エスカパオス（逃げろ）！　アジューダメ（助けて）！　ジャ・パスタ（やめろ）！　切羽詰まった恐ろしい声があちこちから轟音《ごうおん》のように聞こえた。ヘルメットをかぶった制服姿の一群が棒を振り上げる姿が見えた。喧騒の中、白煙が近くに上がった。目が痛くなった。

その時だった。体が浮いた。みすぼらしい服装をしたお兄さんが私を抱きかかえ、狭い石畳の道を右に左に走った。パン、パンという音が背後に聞こえた。涙が涸《か》れ、声がかすれて、気が付いたのは、小さなビルの一室だった。薄暗い室内にはうずくまっている人々がいた。怖くて体中が震えた。

「その方が救ってくれたわけですね。よかったわ。命の恩人みたいな方ですね」

「ええ。鮮明に覚えているのは、彼が私の左肩の傷を見て、笑顔で大丈夫のOKサインをしてくれたこと。顔立ちはごつくて、左まゆ毛のそばに切り傷みたいな痕《あと》があって、当初は恐ろしくも思えたわ。でも褐色の顔肌からのぞく整った真っ白い歯がとても印象的、輝くような笑顔が恐怖を打ち消してくれたと思う。何というか、闇夜に光って感じかな。騒ぎがやっと収まって、彼は私を連れて母を捜し回ってくれた。母も必死で私を探していたようで、しばらくして再会できたわ。うれしくてまた大泣きしたみたい」

「すごい体験。彼はその後どうなったのですか」

「母が何度もお礼を言って名前と住所を聞いたけど、何も言わず立ち去ったのよ。彼は活動家ではないかと父は言っていたわ。何しろ政情不安な時代でしょう。武装ゲリラが山中にいて、都市部でも反政府活動が頻発していたから。活動家は逮捕されるのを避けるために表に出ないんだって。幼い私には何のことか分からなかったけれど、現地の小学校で学ぶにつれ、彼らには崇高な志があることが分かったわ。つまり革命の戦士ってとこかな」

「そうですか。彼とはそれっきりなんですね」と幸子はつぶやき気味に言った。

風が長い黒髪を頬に運ぶ。それを手で払いながら、なんでこんな会話になったのだろうと美樹は思った。久々に幸子と会ったというのに。

そうだわ、こんな会話になったのは……。最初は幸子が語った日本の情報だった。私の居所をさぐりに来た王寺世紀なる公安警察の件。次に星一郎教授が入院した話、それから地球の会について。私の方はニューヨークで取材した反格差社会運動を話したっけ。警官隊とデモ隊の衝突現場を目撃して、幼いころの出来事を連想したのがきっかけかしら。

「ところで、ケガは何だったのですか」と幸子がまた問いかけた。

「警官隊が発砲した流れ弾がかすったの。この辺ね。傷跡が少しあるけど」美樹は右手で位置を示した。それは左肩付け根の下の上腕で、ブラウスに隠れて見えないが、袖をめくれば見えそうな位置にある。

「大変な思い出ですね。人生観が変わったんじゃない？　そんな国にいらして」

「そんな大げさなことはないわ。ただ言えるのは既成の体制に抵抗する人たちにもそれなりの社会的理由があるということね。その思いに寄り添うことも必要かも知れない。むしろ、そう思うようになったのは投資銀行に勤めてからよ。人生観が変わった点では、金づくりの文化に浸ったことが大きいと思う。一握りの富裕層が我欲のために世界を牛耳《ぎゅうじ》るのは許せないわ。それを助長する政治体制にはヘドが出ると感じたりして」

そこまで言って美樹は急に黙り込みうなだれた。でも心の奥深いところには言葉があった。だから私はここに来た。やるべき行動に向けて。それは精神の核のようでもある。

軽い気持ちで質問した幸子は、美樹の真剣そうな険しい表情に多少たじろぎながら「変なことをお尋ねして、ごめんなさい」と言った。「いや、別に。そろそろ戻らなくちゃ。仕事、仕事」二人はパウエル通りに出て、米重工ワールド本社に向かった。

「本当ですか。美樹先輩が地球の会を脱会したというのは」

澤山隆志は公安警察の王寺世紀から鑓水美樹についての話を聞きながら、あまりにも予想外であり、驚いた。

「鑓水さんが去って以来、活動も静かです。事務所を初めて訪問しましたが、市民活動の拠点というより、しとやかで趣味の会みたいな雰囲気でした。想像とは違い戸惑いましたよ」王寺は夜の川面に揺れる対岸の東中洲の光に時折、目をやり語った。

福岡市を南北に貫く那珂川。その川を挟んで東中洲と西中洲の歓楽街が広がる。二人は西中洲にある川沿いの小料理店で再会していた。

「僕が事務所を訪れた時は外国人もいて、活発そうに見えたのに。ただ、職員の応対は無愛想でとっつきにくく、いい印象は持ちませんでしたが」

この激変ぶりは一体なんだろうと澤山は思った。明らかに美樹の脱会と関係している。企業でもトップが代われば空気も変わる。当たり前のように思えるが、わずか数カ月でこんなに変化するだろうか。澤山は芋焼酎《いもじょうちゅう》のお湯割りをちびちびやりながら王寺に聞いた。

「なぜ辞めたのでしょうかね。地球の会はお遊びみたいなものと言ってはいましたが」

辛口の冷酒を飲んでいる王寺はちょこを置いて答えた。

「私には分かりませんが、彼女は独身ですし、気軽な一匹狼的なところがあるんじゃないですか。あるいは、やるべきことが見つかったとか。帰国はまだ先でしょう」

「今後も彼女の居所探しにご協力いただけますか」澤山は彼のちょこに冷酒を注ぎながらお願いした。王寺は、あっ、どうも、とそれを飲み干した。そして「その件ですが」と言って、細長い目を澤山に向けた。

「鑓水さんの動向には関心があります。しかし、彼女は海外ですし、私としても限界を感じている次第です。そのうえ、ご存じのように武器の件もありますし」

武器の件、確かに多忙であるに違いないと澤山は思った。それは一〇日前の出来事である。

博多湾出入口の海底で港湾工事中に旧日本軍の爆弾や砲弾が見つかったことが発端だった。場所は糸島半島の東側、福岡市西区宮浦から北二、三キロの沖合いで水深は一五メートル。広範囲に分散しており、工事を発注した福岡市は念のため他の海域でも磁気探査を実施した。その結果、糸島市との境界、二見ヶ浦《ふたみがうら》の北方一キロの玄界灘で人骨の一部と武器類が発見された。それは、旧日本軍のではなく、旧ソ連製のものであった。

「武器は、県警が発表したように、やはり半潜水艇事件の遺物ですかね」

「そのようです。カラシニコフ自動小銃AK-74や携帯式ロケット砲RPG-7は工作船必携の品々で、海中での滞留期間も自爆した半潜水艇の遺物と同じようですから」

王寺が来福したのはこのためである。彼は冷酒を喉に注ぎ、タバコを吸った。ゆったりと紫煙を吐き出す彼の穏やか表情を見て澤山は「うまそうですね」と微笑んだ。

「ええ、イライラやモヤモヤが霧散したみたいで。そういえば、県警の飛江田警備部長も同じ心境でしょうね。半潜水艇事件から一年あまりになりますが、疑問に思っていた人骨の数の少なさと武器が見つからなかったことが解消されたわけですから」

「県警では、発見された武器は工作員が上陸する前に放棄したとみていますね。難なく上陸のメドが立ったので、武器は不要になったとか。海岸の岩陰には小型のゴムボートが埋められていたというではないですか。半潜水艇の領海侵犯は彼らを日本に送り込むための事件ということになりますね。大問題ですよ」

「もちろん大問題ですが、何しろ潜入は数年前のことですので、彼らの捜索は難航するかも知れません。潜入者は三人とみていますが、面倒な事件を抱えましたよ」

王寺はそう言いながらゴムボートにあった遺留品に思いをはせた。

緑色をした布切れ。鑑定の結果、野球帽の一部と判明した。ツバの形状は不明だが、本体は丸みを帯びたアメリカンタイプ、区切り数は六方で、素材はオールニットのウール混。県警は有効な手掛かりになるとみて、推測混じりに複製したが、この件は捜査上の秘密であり口外できない。

「そんなわけで、鐔水さんの件は、中断したいと思っています。組織の人間としては、当面の課題に精力を傾けざるを得ません。お分かりいただけると思いますが」

そこまで言われるとあきらめるほかはないと澤山は思った。それにしても居所探しの強力な助っ人を失うことは、残念である。それがかえって恋慕の情をかきたてる。友人が言うように自分は「女々しすぎる」のだろうか。

澤山の口ごもった声に王寺は「ん？」と声をたてた。

「澤山さん、飲みすぎではないですか。そろそろ軽い食事でもしましょうか」

「いや大丈夫です。ところで、調査で何か気になることがありませんでしたか」

「気になること？　そうですね」王寺は太い耳たぶを手で触りながら「そういえば」と言い添えて、星一郎教授を見舞ったいきさつと夫人の彩夏から聞いた教授の「うわごと」を伝えた。

「それが気に掛かりました。とりに、みす、が何なのか」

澤山は初めて星一郎なる人物を知った。美樹と阿川幸子の共通の知人で、地質学の教授という。阿川と教授の出会いは彼女が南米の研究所を紹介したのがきっかけだが、美樹と星との関係は不明と王寺は言った。

澤山は考えた。もしかしたら接点はスペイン語ではないか。グランドハイアットでの美樹との話。確か「南米に赴任する堅物の学者がいて、彼にスペイン語を教えた」と言っていた。もしかしたら。

「あー、そんな会話があったんですか。教授と鐘水さんの接点も気にはなっていましたが、彼女がスペイン語を教えたとは初耳です。教授は堅物のようですし、間違いないと思います。私もモヤモヤの一つが消えました。先ほどのうわごとについては何か心当たりみたいなものはありませんか」王寺は再度、尋ねた。

酔客が増え店内がざわつき始める。澤山はやや大きめの声を出した。「とりに、みす、ですか。連想ゲームみたいですね。頭に描くのが漢字なのか、平仮名なのか、カタカナなのかで異なりますね」王寺の話では、奥さんは「とりに」を鳥煮と思った。「みす」は水ではないか、と王寺は感じたが、いずれも違ったという。

「教授は南米にいましたね。カタカナで連想してみますか。まずトリニから。トリニトロトルエン、トリニダード、トリニダードトバゴ……」

大きめの声がしだいにしぼんで、念仏のような重い響きを伴う。王寺も思いつくまま言葉を並べた。といっても知識の数は限られている。製品名や会社名も出てきた。例えばソニーが開発したブラウン管のトリニトロンなど。これらを除去していくうちに重要な単語を思い出した。それはトリニティである。父と子と聖霊が三位一体となるイエスキリストの意味。澤山はクリスチャンではない。詳しくは知らないがトリニティをコードネームにした実験は知っている。

トリニティ実験。第二次世界大戦時に米陸軍がニューメキシコ州のアラモゴードで行ったプルトニウム原子爆弾の爆発実験名だ。それは人類初の核実験であった。数週間後には同型の原爆が長崎市に投下された。これより先に広島市を襲った原爆、リトルボーイはウラン型で、実験は行われていない。

「トリニティですか。なるほど。実験に際しては地質調査も必要でしょうね」

「ええ」と澤山は答えた。「悪魔の火球を目の当たりにして、我は死なり、世界の破壊者なり、とうなった科学者もいたそうです。地質学者の星一郎教授も何かそんな体験をしたとか。彼は南米で何の研究をしていたのですか」

「よくは分かりませんが、大学の同僚の話では資源探査の方法に興味を抱いていたといいます。多分、新しいボーリングの研究ではないですかね」

「だが、資源探査には爆薬も使うと聞いたことがあります」と澤山は言った。王寺もそれは知っていた。「人工地震による調査ですね。地震波による地下診断。トリニはトリニトロトルエン（TNT、強力爆薬）かも知れませんね。もう一つのうわごと、みすがミスだとしたら、何らかの爆破実験で過《あやま》ちを起こしたとか。この辺で何か腹に入れますか」

おかみさんが焼きおにぎりを載せた茶碗と特性スープ入りの急須をテーブルに置いた。王寺は茶碗にスープを注ぎながら「トリニダードも無視できませんね」と顔を上げた。澤山が「トリニダードトバゴも」と付け足した。「共に地名ですが、南北アメリカにありますよね。南米にいた教授がその地を訪れ、ミスによる忘れ難い事件や事故に遭遇したとか。うわごとは意識下の言葉でして、重大な悩み事や体験が基になっているようです」

「そうなのですか？　それは、あなたの説では」王寺は疑いの目で彼を見た。

「はい私説です。でたらめです」と澤山は笑った。だが、すぐに真顔になった。

「ただ教授のうわごとは何回も同じ言葉を繰り返したというではありませんか。よほど気になる何かがあったからでしょう。重要なメッセージを秘めているのかも知れません」

王寺はふと箸を止めた。しばらく黙考してから口を開いた。

「話が元に戻りますが、米重工幹部の九州視察を世話したのは鐺水さんでしたね。彼女を通訳として推挙したのが星教授。その星教授を南米の研究所に紹介した阿川幸子は重工ジャパンの社員ですね。その阿川は地球の会で知り合った鐺水さんと米国へ。こう考えると米重工ワールドを舞台にした関係のように思えてきます」

「しかし、企業活動を背景に新たな出会いや人々の糸が絡みあうのはよくある話で、珍しくもないと思いますが」そこまで述べたとたん澤山は「あっ」と発した。

「米重工か、そういえば」声が出るか出ないうちに、王寺もハッとして、端正な鼻頭を澤山に突き出した。どちらからともなく唇が動く。「かつての巨大な軍需産業」「そう、原爆関連兵器や核ミサイル」「〝とりに〟はトリニティ実験」「またはTNTが収まりはいい」そして二人は互いに声を重ね合った。「そこで何らかのミスが」

会話が途切れ、彼らは思考の中に入った。星一郎のうわごとは、これらと関連があるのだろう。もちろんトリニティ実験そのものではない。それに近いとんでもない事柄に遭遇したのではなかろうか。

沈黙があった。店内の陽気な会話が耳に入るにつれ、二人の頭に否定のささやきが生まれた。兵器生産は昔のことである。冷戦後の米重工は名だたる多国籍企業だ。軍需から民需へ重点を移し世界に貢献しているではないか。民に役立つインフラ事業の巨人でもあるのだ。勝手な空想に取り付かれた己に気付いた澤山が目を細めて声を出した。

「何だか、わけが分からなくなりましたよ。美樹先輩については帰国を待つほかないというのが本日の結論ですかね。さあ、食べましょう」

「そうですね」王寺も微笑んだ。だが、笑みの下からポロリと言葉がこぼれた。

「澤山さん。事実は小説よりも奇なり、かも知れませんよ」

「ん?」今度は澤山が箸の動きを止めた。

「もし、私が探していた黒幕が鑓水さん自身だとしたら」

13　ある地質学者の死――20X2・6〜8（FUKUOKA）

単なる仮説ではないか。美樹先輩が黒幕だなんて。一夜明けた午後、社へ向かう通勤電車の中で、澤山は昨夜の悪酔いした王寺の勝手な推理を思い出していた。

王寺は、鑓水自身が地球の会の不穏な動きに手を付けていたのではないかと言った。「彼女は投資銀行時代に交渉等で法に触れるか触れないかのぎりぎりの場面を体験したはずだ。違法を合法にカムフラージュする手法を学んだかも知れない。その知恵を弱者のために使った」と。そして、その会を鑓水が辞めたのは「公安の監視もさることながら世直しの活動に限界を感じたからだ」と。そんな中で何がしかの団体からヘッドハンティングを受けたとしたら……。王寺は声をひそめながらこう推測した。

「引き抜いたのは米重工ワールドというのが、これまでの話からして自然な流れだ。この企業は環境や貧困問題にも熱心だからね。重工ジャパンの阿川がその役を担った。しかし、環境や貧困対策のためだけに引き抜いたとは思えない。何かほかの目的があったのではないか。そこで気になるのが星一郎教授の件だ。彼を研究所に紹介したのも阿川。その教授のうわごとが

『とりに』と『みす』。そう、トリニティ実験、ＴＮＴ爆薬、ミス。何かモヤモヤした黒い霧を感じないか。それに……」

このころの王寺はかなり酔っていて言葉遣いが先輩目線になっていた。

「鑓水が消息を絶ったのは、ＯＢ会を欠席した昨年一一月以降だったな。その約一カ月後に星は帰国している。米国、あるいは南米で二人が会っていた蓋然性はある。鑓水から君に連絡がないのも不思議でならない。知られてはまずい事情があると見るのが妥当だろう」

「黒い霧？　美樹先輩は世直しに心血を注いでいたではないですか」

澤山がそう反論すると、彼は正義の御旗《みはた》は時として目くらましの旗にもなると強い口調で指摘した。「御旗の下で別の意図を持った巨悪たちがうごめいている。彼らは個人とは限らない。国家も企業もあり得る。正義面《づら》して理不尽な世を育てる」

最後に王寺が酔いに任せて叫んだ言葉がいつまでも残っている。

「澤山！　鑓水の周辺で何か変なにおいを感じるぞ。だからさあ、鑓水なんか忘れっちまえ。彼女の心にもはや君は存在しない。彼女は父親やごく一部の人とはコンタクトしていると私は踏んでいる。そこに君は入らなかったわけだ。はかない片思いだぞ。澤山、追うのはあきらめろ！　追うと大変なことになるぞ！」

通勤電車の澤山はいつものように三両目の座席に腰かけている。彼が言い放った「大変なこと」についてあれこれ考えたが、何の意味かは分からない。それより、王寺は酔いからちゃんと醒めて今日は無事仕事をしているだろうか。澤山は気になり、薬院駅で途中下車しホームで携帯電話を取り出した。呼び出し音を五回ほど待った。元気な彼の声が届いた。

「やあ、澤山さん、昨夜はお世話になりました。今、武器が発見された現場近くの二見ヶ浦を視察しています。ここから玄海原子力発電所は近そうですね。三六、七キロといったところですか。それにしても穏やかな海ですね。海底にどっしりと腰を据えた不動の夫婦《めおと》岩が何ともいえませんね。せわしく動き回っている私にとっては羨望の的ですよ」

西鉄薬院駅からそう遠くはない「兵舎」と呼ばれる仮事務所兼憩いの場にテクノザイオンのリチャード・ミル社長（米重工マテリアル社長）が訪れたのは博多の街が夏祭りの祇園山笠一色に染まった七月一〇日の昼過ぎであった。昨夜、福岡入りした彼は女性を含む三人を伴っていた。一行は空港で出迎えたクルトの案内でホテルで・ニューオータニ博多に投宿している。地下鉄七隈線・渡辺通駅そばのこのホテルから工事現場までは一駅、「兵舎」までは二駅と近い。この日は朝から皆で東都エステート福岡営業所、セイスイ建設九州支店を訪問、その後、設計・監理担当の二人と女性はセイスイ建設側との協議に出向いた。

彼らと別れてクルトの先導で「兵舎」入りしたリチャードはテール・ロドリゲス、宋一柱らと固い握手を交わし、奥の部屋のソファに腰を下ろした。低めのテーブルに用意された冷えたビールを飲みながら、リチャードが口を開いた。

「工事は順調なようだね。地下水利用には行政の許可が必要と聞いたが」

「ええ、水保護のため揚水ポンプの性能調査があります。事前の書類審査は許可済みですが、竣工時には実地検査が行われます。でも大丈夫です。圧入関連の配管等は検査後に設置しますので。水が足らない場合はそばの河川水やセイスイ建設が開発した免震システムの水もあります」宋一柱が確信ありげに答えた。

「そうだったな。パーシャルフロートシステムだね。よく考えるな」

この浮体免震構造システムは水の浮力と粘性を利用して振動エネルギーを減衰する方法である。大きな貯水槽にビルを浮かべた格好で、基礎部分は従来の積重ゴムによる免震構造。横揺れはこれで防ぎ、縦揺れは水の力で緩和する。揺れに伴う波エネルギーを防ぐ波消装置付きである。ビルの重さの半分を浮力で支え、貯留水は非常用水としても役立つ。

「この新構造が幸いしました。うるさい行政は地震対策なら協力的ですからね」

リチャードは安心した。ジョン会長が東都エステートの長谷社長を口説きセイスイ建設を指名させたのもうなずけた。彼は足を組み直して横のテールに目をやった。

「その長髪とヤギひげ、変装にしては暑苦しそうな感じだね」

先ほどから黙っていたテールはぎこちない作り笑いを浮かべて言葉を返した。

「暑苦しく見えるのは地震の影響ですよ。東日本大震災後、日本の原発はいまだに一部が停止状態でして、節電のため冷房は通常より弱く設定しています」

「そういえばホテルもそうだった。フルに再稼働してほしいものだな。海の件に携わったヒロシ・ボイトラーとアントニオ・マリーノのためにも。陽動作戦に成否がかかっているからね」

これにはクルトが応じた。

「その件でしたら心配には及びません。再稼働がどうであれ原発そのものがリスクの対象ですから。そこに北朝鮮が絡むとなると日本人は集団ヒステリー症状を示します」

「そのようだな。我々の策もそこを突いた」

日朝間に横たわるとげとげしい不信感。それは陽動策には最適の環境にある。小さな石を投げ込むだけで、すべては思惑どおりに動く。情緒的で観念性が強い国民気質が幸いしているのだろうとリチャードは思った。クルトが続けた。

「武器が発見された時、日本のメディアは北による原発テロの可能性に言及するほどでした。近く行われる二度目の玄界灘警備の日は玄海原子力発電所の訓練に重点を置くそうです。帰国したヒロシとアントニオに伝えてください」

「分かった。それから設計と監理担当の二人は純粋のカナダ人技術者だ。交渉相手はセイスイ建設であり、何の勘繰りも入れずに仕事をこなすと思う。私らは三日後には帰国する。この間、例の活断層帯と国際会議場にふさわしい施設を下見する予定だ」

「一緒に来たレディーは留まるのですか」空港で出迎えた時に会った女性である。

「ああ彼女？　リサ・ノムラ・カーニックだね。彼女は北海道に立ち寄ると言っていた。工事が本格化するころには再び来福すると思う。さてと、工事現場を見るとしよう」

リチャード社長ら一行が福岡を離れた翌一五日の玄界灘警備の日は記録的豪雨に見舞われ、規模を縮小せざるを得なかった。しかし、玄海原子力発電所での訓練だけは予定どおり行われた。今回の想定は外国人の工作員が原発内に侵入、職員を人質に不正操作や爆薬などで原子炉を破壊するという内容だ。二見ヶ浦沖での武器発見で工作員の侵入が現実味を帯びてきたからである。

片山警察庁長官をはじめとして同庁の国際テロリズム緊急展開班（ＴＲＴ-２）や原発を抱える各県警、海上保安庁、自衛隊、消防庁らの幹部、それに数人の国会議員らが訓練を見守った。実技の中核は地元佐賀県警の特別警戒隊。いつもはサブマシンガンを手に二四時間体制で原発の警戒警備に当たっている。この日は隣接の県警からも特殊部隊（ＳＡＴ）や化学防護隊が特殊車両やヘリを伴って出動、参加した第7管区海上保安本部の巡視船艇には大阪基地から派遣された特殊警備隊（ＳＳＴ）が乗船していた。

訓練はテロリストの制圧、人質の救出、爆発物の発見除去、原子炉の安全確保など手順どおりに行われた。しかし、破壊災害が発生した場合、被曝を避けながらどう対処していくか、周辺住民の避難手順やその範囲などを含めた総合的な対策不備が浮上した。

この日の朝刊編集は、原発警備の訓練以外、めぼしいニュースもなく比較的平穏である。午前零時過ぎ、澤山の手元に学者の死亡原稿が届いた。北陸新聞から共同通信経由で流れた悲報だ。彼が勤務についてから七人目の定型原稿である。死亡記事については社の掲載基準がある。現職の教授は研究実績もさることながら教え子らが多いため、原則掲載である。しかも地元関係者であれば、掲載率は高まる。

七人目の学者は九州とは無縁の元教授だ。掲載を見送ったが、名前が気になりだし、もう一度読み直した。思わず絶句した。あの彼ではないか。

星一郎氏（ほし・いちろう＝元東西大学教授、地質学者）18日午前9時10分、脳ヘルニアのため千葉市内の病院で死去、66歳。新潟県長岡市出身、自宅は千葉市青葉区×××。故人の遺志により密葬。喪主は妻の彩夏（さやか）さん。地震波による資源探査に精通。長岡市で国が実施した二酸化炭素の地下貯留実証実験には異を唱え反対運動を展開した。

驚いた澤山に疑念が湧いた。なぜ孤高のような堅物の学者が社会運動に手を染めていたのか。原稿にはそのくだりがない。発信元の北陸新聞に後日問い合わせてみようと思い、ボツにした星の死亡原稿をポケットに突っ込んだ。

北陸新聞の渡辺という年配記者から澤山の携帯電話に連絡が入ったのは四日後の午後、自宅で手作りの朝食兼昼食を済ませたころであった。「連絡が遅れて申し訳ありません。問い合わせの件についてです」と言って丁寧に説明してくれた。

星教授が地下貯留実験に反対したのは「地層構造が十分把握されていない中での二酸化炭素圧入は地震を誘発する引き金になる」ということだった。長岡市岩野原のガス田跡地で行われた実証実験は二酸化炭素を地下約一一〇〇メートルの地中に圧力をかけて押し込め、貯留するというもので、その年度は一日二〇トン、翌年度は四〇トンのペースで圧入した。圧入場所は水分を含んだ砂や小石が岩盤状になった帯水層で、透水性は良い。教授が指摘したのは圧入された二酸化炭素ガスが地中内の水を遠くまで押しやり、圧入ガスと共に他の岩盤を破壊する危険性だった。

「教授の意見を聞き周辺住民は不安になったんでしょうね。反対運動が起きました。でも、ご存じのように地球温暖化の元凶である二酸化炭素を回収し、それをどう処理するかは大きな課題でして、地下貯留の音頭《おんど》をとった経済産業省や他の学者の相次ぐ安全宣言で反対運動は影を潜めました。しかし、実験開始後から一五カ月後にマグニチュード（M）６・８の新潟県中越地震が発生、教授の指摘との関連性が問われました」

「そんなことがあったんですか。実験はその後も続いたのですか」

「地震直後から長期間中断し、結局、翌年一月に終了しました。中越地震の震央は実験場所の圧入井戸から二〇キロしか離れておらず、地震学的には震源の広がりの中に位置するといわれています。教授の指摘は全くのデタラメではなさそうです。しかし、こればかりは証明のしようがありません。この種の警鐘はもっと時が経たねば本物かどうか、分かりませんね。ただ、東北の大震災で学んだことがあります。津波にしろ、原発事故にしろ、想定外を想定して警鐘を鳴らしていた人がかつていたことを。でも彼らの意見は当時しりぞけられました。国や行政がやる施策には利権集団ができがちでして。既得権益を守るために世論操作をやりますからね。ところで教授とはお知り合いですか」

澤山は突然の質問に面食らった。これには適当に答えたが、星教授の説はよく分からない。本当に地震が起こるのだろうか。

「論理的には可能です。星教授の研究は自然の地震を科学の力によって誘発し、地下の状況を探ることにありました。もちろん安全でなければなりません。そのためにも実験が必要不可欠だったと思います。誘発地震のメカニズムを解明することは、地下の活用に安全な道を開く画期的な研究でもあるのですが、政府や企業の理解を得られなかったようです。何しろ影響が計り知れませんから。これを阻む勢力も巨大かと」

渡辺記者はそう言いながらも誘発地震とみられる現象は枚挙にいとまがないと述べた。それはダム建設、資源の開発、汚水の地下処理等。規模も大小さまざまだそうだ。インド西部のコイナダムでは一九六七年、貯水量の急激な増加でM6・5の地震が起き、住民二〇〇人近くが犠牲となった。この種の地震は米国、ヨーロッパ、アフリカでも確認されているが、国や企業は認めたがらないという。日本でも長野県松代町で群発地震を研究するため、一八〇〇メートルの井戸を掘り、水を圧入したところ地震が起きた。注水圧力が弱かったため小さな揺れにとどまり、事なきを得たそうだ。

澤山はわずか数行の死亡記事の裏にそんな事実があったことにびっくりした。渡辺記者に感謝し携帯電話を切った。握り締めた手の平には汗がにじみ出ている。

誘発地震。それは彼が初めて知った衝撃的な用語であったが、頭の中には依然、半信半疑のモヤが残っている。しかし、そのモヤが晴れるにはそう長くはなかった。


八月下旬、朝刊勤務を終えた澤山は田所を誘って本社前にある例の屋台に行った。深夜の店内には久方ぶりに経済記者の林素子の顔がある。隣に腰かけ、声をかけた。

「林さん、姿が見えなかったようですが、どこかに行かれていたのですか」

田所もつられて「よっ！　お嬢さん、久しぶり」とだみ声をあげた。林は二人に軽くおじぎして「エネルギー事情の取材で二週間ほど米国にいました」と明るく微笑んだ。

「取材の方はどうでしたか」澤山はほてった彼女の目元を見ながら聞いた。

「えー、なんとか。米国はシェールガスやオイルの採掘が盛んでした。中部ではガス田や油田が次々に開発され、旧来の石油やエタノールに替わる新エネルギー源となっていましたよ」林は両肘を台上について両手で水割りの焼酎グラスを包む。

シェールガスやオイルとは、古生代や中生代の頁岩《けつがん》（シェール）に含まれる天然ガスや油のことで、その存在は昔から知られていたが、水圧破砕技術の登場によって一気に普及した。この技術は頁岩層に採掘井戸を掘り、水をベースにした流体を高圧力で注入し岩石に亀裂を入れ、ガスやオイルを取り出す仕組みである。

「でも、採掘には危険な側面があるようです。地下水の汚濁や地震です」

地震？　澤山は口に運ぼうとしたお湯割りをあわてて止めた。グラスから焼酎がこぼれた。

林は「あら、あら」と言って一息入れ、澤山に目を向けた。

「取材で得た資料によれば、米大陸中部で発生したM３以上の地震は年平均二〇回前後だそうです。それが昨年は一二〇回以上。シェールガスの採掘が盛んになって急激に増え始めたといいます。米地質調査所は開発による断層の変化で地震が起きたと指摘しています。広大な米国だけに人家は少なく被害はないようですが」

「えっ！　そんなバカな」黙ってビールを飲んでいた田所が急に口を挟んだ。

「田所さん、本当のことですよ。欧州のスイスでは地中深くに水を圧入する新タイプの地熱発電所を建設中に地震が起き、中止に追い込まれたそうですよ」

誘発地震！　澤山の背筋を冷気が襲い、頭脳が一気に星一郎教授に向かう。うわごとの「とりに」は地名かも知れない。そこで誘発地震の研究を行っていたとしたら。

14　交差点での遭遇——20X2・9〜12（SANFRANCISCO　FUKUOKA）

リチャード・ミル社長らとの福岡訪問後、東京や北海道を回り約一カ月後にシスコに戻った鐘水美樹はリサを装い続けた自らの演技にほぼ満足していた。面識があるテールでさえ、しばらくは美樹とは気付かなかった。そのテールもひげもじゃで別人と思うほどだったが、変装の精度は自分が上、とひそかに自負していた。といっても、別人を演じることには、かなり戸惑いがあった。米重工ワールド本社でバレーラ・トュデラ・ロンベルュット（ロベルト）副社長兼南アメリカ社長の面談を受けた時のことである。

「リサ・ノムラ・カーニック。この名前を使っていただけないか。サチコ（阿川幸子）の話だと、あなたは日本で監視されていたようだし、当局は今も行方を捜しているかも知れない。名前と容姿を変えて他人になってみてはどうだろうか」

本来の勤務先はワールド本社の付属機関である社会政策研究所である。ここで南米地区を担当、グローバル経済の弊害と改善点について調査研究をすることになっている。だが、ロベルトは、本業のかたわら、日本でのビル建設の手伝いもしてほしいと申し出た。主に交渉業務でビルが完成するまでの間という。訪日は数回程度とのことだった。

美樹はそのビルの建設地がかつて買収交渉に関わった「城の湯」の跡地と知り、引き受けることにしたが、訪日に当たって別人格への変身を求められるとは思いもよらなかった。身の安全のためという。確かに一理はある。幸子によれば、王寺と名乗る公安警察が尋ねてきたということだったし、澤山という新聞記者が地球の会を訪れて行方をかぎまわっていたとも聞いた。澤山、そうタク君の件は幸子が地球の会事務職員から仕入れた伝聞情報だったが、彼が私の行方を心配しているのは申し訳なく思った。でも王寺の件はやはり不気味である。

そう思った時、澤山と出会った福岡での光景が覚醒した。私を監視していたサングラスの男とハンチング帽の男は、確かタク君の知人である公安調査庁幹部の部下だったではないか。王寺なる人物が、その部下の一人だとすれば……。日本での息苦しい体験が一気によみがえった。タク君と王寺がタッグを組んで私を捜索している可能性はゼロではない。

美樹はロベルトが言った変身への提案を受け入れた。学生時代、ワンゲル部にいた彼女は演劇部にも所属していた。別人を装うことに大きな抵抗感はない。とはいえ、それは舞台上の演技であり、日常が舞台となるのとはわけが違う。自信はあまりなかったが、それ以上に過去と決別した新しい自分を大切にしたいとの思いが勝った。

そして臨んだ最初の演技で自信が芽生えた。東京の同志はテール以上に気付くのに相当時間がかかった。次回の福岡公演は秋。ロングランになりそうだがやれる気がした。美樹の心に余裕が出始めた。

澤山隆志は、勤務表どおりに出社して帰宅するという機械的な流れの中にいた。しかし、心は穏やかではなかった。星一郎教授の死を通して学んだ誘発地震というおぞましい知識がいつもの流れに逆らって浮沈している。澤山はためらいを捨て、大学の先輩でもある公安警察の王寺世紀に思いきって電話した。王寺は可能性ある話として静かに聞いてくれた。だが、美樹の捜索に手足までは動かせない、と言い添えた。起こり得る話への対応よりも起こった話への解決が重要なのだろう。目下取り組んでいる北の工作員探しは難渋しているようだった。


薬院の穴掘り現場のやぐらが撤去されたのは一〇月初めである。中旬になると、大小の重機が入った。杭《くい》入れ山留め。そして土を掘っての根切り工事。いよいよ基礎造りに入る。

「兵舎」では宋が製図用の机に向かって掘削結果の報告書に目を注いでいる。

延伸部分の千メートル掘削に要した期間は一六六日。一日平均六メートル、まあまあの出来である。湧水量は毎分六〇リットル、孔口の水温は三四・七度、泉質は単純温泉。以前の「城の湯」と比べ、温度こそやや高めであるが、他は大差がなかった。温浴施設はどうにか可能であり、地殻起振装置の設置に支障はない。

宋は分厚い設計書を取り出し、装置の設置場所を確認した。

その場所は敷地の北西端にある源泉井戸の掘削地点から南東方向へ三〇メートルほど離れたビルの基礎部分近くに位置する。もちろん図面には地殻起振装置ではなく揚水補助装置と書かれている。それは、地下一、二階をぶち抜いた温浴装置室の床下、といっても体形の三分の二が床の凹面に入り込んでいる程度で、上部は室内にあり、ボイラー設備と連結している。装置室にはボイラー設備のほか、複数の送水ポンプ、貯湯槽タンク、泉源ポンプの制御盤など多様な設備があり、分厚いコンクリートの壁で囲まれている。温浴装置室の北隣は二層吹き抜けの電気・機械室、南側には温浴プールが広がる。

宋は網の目のように書かれた配水管の線を眺めた。

源泉井戸と揚水補助装置（地殻起振装置）は地下五メートルに埋設された配管で結ばれていた。配管は縦横一メートルの四角いコンクリ製のトンネル内に架設されている。トンネルは保守点検用も兼ねている。

揚水補助装置からは、ほかに数本の配管線が描かれていた。温浴プール、パーシャルフロートシステムの貯水槽、それに近くを流れる薬院新川へ向けての三つのラインだ。これらは水を補給し合う配管である。例えばシステムの水が不足した場合、源泉井戸の水を揚水補助装置経由で送ることができる。もちろん、システムの水についてはセイスイ建設が掘った、深さ二三メートルの専用井戸があるのだが……。

もう一つ「図面にない配管」がある。宋は、そのことを頭に描いた。源泉井戸には表の管に加え、裏の管が予備ラインと偽って設置される予定だ。

井戸の孔口から深さ四〇〇メートルまでは直径八〇センチの穴。この大きな空間に揚水用の水中ポンプを付けた口径二〇センチ、長さ三五〇メートルの管が挿入される。ここから温水を汲み上げるのが表の管で、当然、図面には記載されている。

宋が頭に描いた裏の管は地下四千メートルに達する圧入パイプである。口径二〇センチは揚水管と同じだが、三千メートル地点からはボーリングの延伸口径に合わせ一五センチと一回り小さい。

揚水と水の圧入、二つの管の上部先端は地殻起振装置に直結する埋設管に連結されており、弁の自動操作で圧入と揚水が切り替わる。

工事はうまくいくに違いない。確信した宋は設計書を閉じて目を報告書に戻した。

そのころ、クルト・ザイラーはリサ・ノムラ・カーニックを伴ってタクシーを拾い福岡市近郊の物流センターに向かっていた。リサとはリチャード・ミル社長が来福した際、空港で出会ったのが最初だった。当時の彼女は、外出用の青色系のサングラスをかけていたが、今回は淡い茶系のサイズ感がある眼鏡で化粧はやや濃いめに見えた。ペルー出身の日系米人とのことだが、話す米語にはなまりがなくネイティブに近い。快活な明るい性格と相まって「兵舎」の誰もが彼女に信頼を寄せている。リサは眼鏡の中央を指先で軽く押し上げて隣のクルトに聞いた。

「要は保管物の点検と今後の段取り、それに契約の再確認ですね？」

「そういうことだ。東京の国際機械見本市で仕入れた最新鋭の揚水補助装置が倉庫に保管されたままだ。もう半年は経つかな。点検しておかねばならない」

三階建ての保管倉庫は物流センターの一角にある。女性職員の案内でテクノザイオンが借りている倉庫へ足を運んだ。シートに包まれ木枠に収まった三個の機械と大小さまざまな木箱やダンボールが一五畳程度の空間に整然と置かれている。三個の機械は合体させればワゴン車ほどの大きさになろう、とリサは目測した。クルトはこれらの品々を丁寧に確認し始めた。三パーツに分けた「地殻起振装置」のセゴユリは保存状態もよく、問題はなさそうだ。点検を終えた一行は事務所に向かった。応接室に通された二人は椅子に腰掛け、担当者を待った。目の前の壁にポスターが貼られている。手りゅう弾や短銃の写真と共に見慣れた数字110。クルトは気になってリサに聞いた。

「あのポスター、何と書いてある?」

リサを演じていた美樹には一目で分かったが、出た言葉は違っていた。

「読めない漢字があり、聞いてみます」

しばらくして小太りの熟年男性が入ってきた。姓は山下、肩書きは管理主任だった。彼は日本語を反復しながら丁寧に話した。保管上の問題はなく、契約確認も長くはかからなかった。

帰り際、リサは山下にポスターの件を尋ねた。彼はチラッと壁に目をやった。

「あれですか。県警、ポリスからのお知らせです」と言って説明した。

「外国の方はご存じないと思います。最近、北九州市、ここから東へ五〇キロ近く離れた都市ですが、そこにある戸畑区の倉庫から武器、ウェポンが出てきました。拳銃や実弾のほかロシア製のロケット砲（ＲＰＧ）もあったそうです。暴力団、マフィアみたいな組織ですが、その武器庫ではないかといわれています。このポスターは手りゅう弾、手で投げるボールのような爆弾ですが、見つけたら警察に連絡してほしいとのＰＲです。発見者には報奨金、お金がもらえます。一個、一〇万円です。私の話、分かりますか」

リサがうなずくと、さらに話を続けた。「今年は玄界灘でも兵器類が見つかりました。昔の日本軍の弾薬と半潜水艇事件絡みの武器です。半潜水艇事件はご存じでしょうか」

「知っています。米国でも報道されていました。日朝関係は厳しいようですね」

リサはそう言ってクルトと共に事務所を出た。

ゴールデンゲートブリッジを北に渡ったソーサリトの高級住宅地。対岸の夜景が一望できるロベルトの邸宅に一通の電子メールが届いたのは、米大統領に民主党のヘンリー氏が再選されて間もないころである。ロベルトはヒロシ・ボイトラーとアントニオ・マリーノを小高い丘の自宅に呼びつけた。二人は書斎に通され丸テーブルの椅子に腰を下ろした。テーブル上にはラップトップからプリントアウトされた数枚のペーパーが置かれている。クルトが発信した「戸畑の武器庫」に関する情報だ。ロベルトは厳しい表情で二人にペーパーを手渡し「読んで感想を聞かせてほしい」と告げた。

しばらく沈黙があった。口を開いたのはアントニオだ。

「結論から言えば、問題はありません。半潜水艇の武器、我々が仕組んだ玄界灘の武器とつながるような証拠は見当たりません」

「そう断言できるだろうか」日ごろは冷静なロベルトの丸顔が少し歪んだ。

「このメールによればトバタ（戸畑）で武器庫が発見されたのは六月二八日である。玄界灘での武器発見は、その二カ月ほど前に過ぎない。しかも、ロシア製のＲＰＧ（携帯式ロケット砲）が含まれているではないか。警察は双方の関連を調べていると思うが」

 ロベルトはやや語気を強め詰問した。そばにいたヒロシは「アリの一穴、天下の破れ」の警告かな、と思った。しかし、アントニオはたじろぐことなく答えた。

「警察がどういう情報を得ているかは分かりませんが、このペーパーに書かれたトバタの武器は海の武器とは全く種類が違います。例えばロシア製のＲＰＧ。型式は不明ですが、我々が調達した旧ソ連製のＲＰＧ-７とは口径や長さが違い別物です。しかも、こちらが依頼した協力者はキュウシュウには居を構えていません。トバタの武器庫を利用したとは考えられませんが、念のため調べてみます」

「当然だ。是非そうしてくれたまえ。容疑者二人が逮捕されたとある。事件の解明は近いだろう。探りを急いでくれ」

アントニオから「調べる」との言葉を聞き、ロベルトの歪んだ顔が元に戻った。しかし、再び眉間にしわが寄った。それにしても数カ月前の情報が今ごろ届くとは何たる怠慢か。「兵舎」にゲキを飛ばさねばならないと内心、怒った。

福岡でのロングラン公演が続く一一月下旬のある日、順調な美樹の演技に突然、動揺が走った。それは交差点での遭遇だった。

福岡市早良区の百道《もも ち》浜にある総合図書館に美樹は向かっていた。TKC（テレビ九州）放送会館辺りの歩道で信号待ちしている彼女にボサボサ髪の男性が急ぎ足で近づいてきた。当初は気にもしなかったが、男の姿が鮮明になるにつれ、澤山と分かった。あわてて顔を信号機に向けた。彼の気配がそばまで届いた。信号はまだ赤色だ。じろじろ見つめられているようで「タク君、私よ」と告げたい気持ちが芽生えた。しかし、じっとこらえて、その衝動を何度も払いのけた。「私は新たな道を踏み出したの。タク君ごめんなさい」彼女は何度も心の中で別れのサインを送り続けた。信号がやっと青になるや、逃げ出すように道路を渡った。無言のメッセージが通じたのだろうか、彼の気配が遠のくのを背中に感じだ。

二人がニアミスした百道浜を含む一帯は市制百周年を記念して開かれたアジア太平洋博覧会（一九八九年）の跡地であり、福岡市の新しい顔として発展してきた。ドーム球場や博物館、総合病院やオフィスビルが都市計画に沿って整然と造られた新地区である。電波塔を兼ねた正三角形の福岡タワー（高さ二三四メートル）がそびえ立ち、民放テレビ局五社のうち二社が近くにビルを構えている。

澤山はその一つ、ＴＫＣの編成局と新聞のテレビ番組欄について協議するため放送会館を訪れていた。話を終えてビルから歩道に出た彼は交差点に向かって歩き出した。十数メートル先に信号待ちをしているパンツ姿の女性が目に入った。背筋をすっと伸ばした中背のその女性がこちらに顔を向けている。わずか数秒程度だったが、大きめの色眼鏡をかけた、ほりの深いうりざね顔が美樹先輩に何となく似ているような気がした。もしかしたら――澤山は急いで近寄った。彼女は無視するかのように信号を見つめたまま不動の姿勢をとっていた。その容姿はしなやかで気品が漂っている。横目でうかがった。茶系の色眼鏡が目元をさえぎっていたが、美しいカーブを描いた鼻筋とサーモンピンクの口紅。肉厚の下唇が小春日和の陽光を受け光って見えた。

美樹先輩！　澤山の体が一瞬震えた。高鳴る胸の鼓動を感じながらもう一度眺めた。しかし、髪形が違う。漆黒のロングヘアではなく栗色で長さはやや短めだ。「残念、人違いか」と落胆しながら再び確認の目を向けた。その時、信号が青に変わった。彼女はさっそうと車道に踏み出した。澤山は渡るのをやめ、彼女の後ろ姿を茫然と見送った。

総合図書館に着いた美樹は玄関ポーチで大きく深呼吸し気持ちの乱れを整えた。それから新聞閲覧コーナーに足を運んだ。それはクルト・ザイラーからの要請だった。

「リサ、地元のニュースを調べてくれないか。君が来るまでは情報不足になっていた。例えば事件や事故など。六月からこれまでの新聞に目を通していただきたい」

唐突に言われて美樹は一瞬、困惑した。そういえば、最近、彼は「今日のニュースは何？」とよく質問する。言葉の壁が情報を遮断し、不安でたまらないのだろう。さかのぼってまで情報を知りたい気持ちも分からないでもない。以来、暇を見つけては、総合図書館に通い始めたのだった。

クルトはリサから得た情報を仕事のメール定期便に追加してロベルト副社長に送信した。ゲキを飛ばした副社長の危惧の念を和らげるためであった。

15　ビッグ・ファイブ——20X3・1〜5（MANNHEIM　FUKUOKA）

一月中旬、真冬の南ドイツ。マンハイム近くのネッカー渓谷はパウダー状の乾いた雪にすっぽり覆われている。たそがれ時のわずかな光を受けて、ほんのりと浮かぶ白い森の中に古城のような石造りの別荘があった。その一室に五人の老紳士が集まっている。石壁に組み込まれた暖炉を前に半円形に配置されたロッキングチェア。その一つに身を委ねた小太りの英国人が葉巻を手に静かに問いかけた。

「仕込みはうまくいっていますか。ブエノスアイレスでの昼食会でしたかな。相談を受けてからもう一年になりますぞ」

「ええ、そうです。あれ以来、たびたび状況をお知らせしてきました。本日の報告も順調の一言です」青い目をした鷲鼻の米国人が自信ありげに答えた。この言葉にフランス人が満足な表情を浮かべた。

「私たちの未来がかかっていますからね。ご苦労をおかけします」

「昔に戻らないためにも力を合わせましょう」別荘主である白髪のドイツ人が言い添えた。もう一人の黒縁眼鏡の米国人がうなずきながら声を出した。

「そうですね。世界市場がやっとここまで広がったのですから」

「わしらは同じ未来船に乗っているわけでして、これからも米重工さんと一致協力して進みましょうぞ」英国人がそう告げて葉巻を口にくわえた。

チェアは木彫りの古風な美術品。そこに腰を下ろした彼らの穏やかな容姿が、これらの品々と融合し、気品の美を一段と高めている。時折、燃え上がる暖炉の炎がそれぞれを赤く染め、カリスマ的オーラを引き出しているようにも見える。

先ほどの葉巻の英国人がチェアをゆっくり揺らしながら再び口を開く。

「ところで国家のリーダーが随分変わったようですな。わしらの足手まといにならねばいいのですが」

「ヘンリー（米大統領）が再選されるとは意外でした。公平な社会をめざすとのごたくを並べた彼の規制政策には多少うんざりします」黒縁眼鏡の米国人が不満そうに語った。多額の金を貢《みつ》いだ対抗馬が負けたことへの悔しさが表情に漂う。

ワイングラスを執事から受け取ったフランス人が新リーダーの名を加えた。

「規制派といえば、チャイナのジュウ（朱）もそうですね。彼の頭に自由の概念があるのかないのか、分かりませんね。コリアでは四十代の若い大統領が登場しましたよ。チェ・ジョンイル（崔鍾一）。彼も経済の民主化を唱えた干渉派のようですね」

「確か、お隣のジャパンも政権交代があったようですが、新首相は誰でしたかな」英国人が口を添える。

「アンベ・トモイチです。民自党のエダスエを破った保守党の総裁です。ブレインには新自由主義者がいるようです」鷲鼻の米国人が答えた。

「お詳しいですな。そう、そう、アンベでした。思い出しました」

しばらくして黒縁眼鏡の米国人がにこやかに述べた。

「リーダーが誰であれ市場原理によるグローバル経済はさらなる発展を迎えますよ。先祖代々の夢はきっと実現するでしょう」

「もちろんです。でも一方では暗雲を警戒し排除しなければいけませんね。国際税制の創設や国による規制の声が出てきそうな雰囲気もありますから」フランス人が楽観論を戒めるように言ってワインをそっと口元に運ぶ。そのグラスに穏やかな目を向けていた葉巻の英国人が彼の言葉を丁重に引き取った。

「そのためにわしらはあり、計画が進行中ですぞ」

未来の青写真を共有する同志的な組織「干渉なき企業同盟」の秘密会合である。新自由主義を旗に掲げ、企業集団による社会統治をもくろむ秘密結社だ。結成は冷戦崩壊後間もない一九九〇年。メンバー五人はいずれも歴史と伝統を持つ米欧の巨大なる多国籍企業のオーナーたちだ。彼らの配下にある新興企業を含めると世界の富の大半を生産している。成熟した資本主義社会では「政」は常に国や民族を超えた「商」の下にあらねばならない。これが彼らビッグ・ファイブの共通した信条である。「政」が奏でる国益中心の今の世相にあっては、極めて異端であり、国家至上主義者からすれば最も危険な結社である。

「少し冷えてきたようですね」ホストのドイツ人が暖炉に薪《まき》をくべながら「ところで資金の方は冷えていませんか」と聞いた。「皆様のおかげで、潤沢《じゅんたく》にあります」鷲鼻の米国人が笑顔をみせた。「それでは夕食に。詳細はその後で」ドイツ人の案内で老紳士たちはメーンダイニングの間に向かった。

それから一カ月後の一七日午後、通勤電車の三両目の座席にいた澤山は、薬院駅から厚手の作業服を着た外国人らが乗り込むのを目にした。ドア付近に立ったままの彼らを澤山はなんとなく観察した。背が高いひげもじゃ男と中肉中背の鼻頭がとがった男、それにブロンド髪の男と栗色の髪をした女性。顔は見えないが、後ろ髪は肩に触れるか触れないかの長さで、作業服は水色っぽかった。日本人もおり、こちらの服の色はベージュ。電車が終点の福岡（天神）駅に着くと英語で何やら話しながらホームへ降りた。その時、女性の横顔が見えた。目には茶系の色眼鏡があり、整った顔から受ける印象は百道浜で出会った女性と同様、美樹先輩に似ている。

澤山は急いで電車を降り、北の出口に向かう一行を追った。そして出口付近で思わず大声を出した。「あのう、美樹先輩ではないですか」一行が立ち止まり、澤山の方を向いた。女性の顔があった。やはり美樹にそっくりである。「美樹先輩ですか、澤山です」

彼女は怪訝な表情を見せ、英語で二、三言しゃべった。澤山は声の違いを感じた。美樹の声質はアルトの響きがある低音だが、この女性はソプラノに近い。日本語も分からないようだ。人違いか。澤山は「申し訳ありません」と頭を下げ、一行を見送った。途中、彼女に寄り添っていたひげもじゃが振り返り「バイバイ」と手を振り、微笑んだ。

長髪でヤギひげをたくわえたテールがリサになりきった美樹の耳元でささやく。

「あの男、友人ではないですか。グランドハイアットで紹介してくれましたよね」

美樹は黙ったまま歩いている。テールは再度同じ質問をした。しかし何の返事もない。不審に思い色眼鏡の奥をチラッとのぞいた。大きな瞳が涙で濡れているようだ。彼は声をかけるのをやめた。同時に警戒心が芽生えた。やはり彼女の友人か。確か記者だったな。情報探りのいやな奴、気を付けなければと思った。

春と共に「兵舎」の出入りが激しくなった。基礎工事が終わったビル建設現場の白い囲いからは鉄骨が出始め、足場も立ち上がった。このころになるとリサの主な世話相手は設計・監理担当の二人のカナダ人となった。施主の東都エステートやセイスイ建設側との打ち合わせが多くなり、行政機関や現場に足を運ぶケースも出てきた。

ある日のことである。現場監督の先導で地下の躯体《くたい》を視察中、セイスイ側の若い技術者が太いまゆ毛を少し吊り上げ、設計士のカナダ人に尋ねた。電気・機械フロアの隣に造られた温浴施設用の装置室に入った時である。

「ここも二層ぶち抜きですか。機械・電気室と同様、結構広いスペースですね。装置室にしてはもったいない気がしますが、何か特別な機械を置かれるのですか」

コンクリートの仕上がり具合を検査していた設計士のカナダ人二人は困った表情を見せた。そばには彼らが臨時に雇った日本人もいたが、何ら口を出さない。幸い「兵舎」からクルト・ザイラーが同行している。彼がこの質問を引き取り、リサが通訳した。

「ええ、ボイラー設備やタンク類、それに最新鋭の米国製送水ポンプや大型の揚水補助装置を置きます。これらの装置は温浴施設だけではなく、貴社が開発したパーシャルフロートシステムの貯水槽にも給水できる仕組みとなっています」

「えっ、そうなんですか。でも貯水槽用の揚水井戸は別個に設けていますよ。そういえば配管のいくつかは貯水槽の方にも向かっていますね。でもやはり広いですね」

「新技術には落ち着くまでトラブルがありがちで、どうしても作業スペースが必要になります。それに予備部品の保管場所も必要ですし。むしろ狭いくらいです」

若い技術者がさらに何かを言おうとしたが、熟年の現場監督がそれをさえぎり、基礎近くの凹面から突き出た直径二〇センチのパイプに目をやりながら声を出した。地下四千メートルの源泉井戸とつながっている大切な管である。

「この管から揚水するわけですね。フロートシステムの水供給に二系統があるとは心強い。いや三系統ですか。薬院新川の水もありますから」

これについてもクルトが説明した。「ええ、そうです。揚水補助装置の運行管理は機械フロア横の集中監視室で行いますが、それとは別途に独立して動かせるシステムも採用しました。その分、装置は多機能型となり、でっかくなったようです」

「いや助かります。貯水槽の水は常時、定量に保たなければ免震の意味をなしません。三系統あれば万が一の備えとしては十分です。この装置室は厳重に管理しなければなりませんね。機械が入れば施錠をして関係者以外立ち入り禁止にしましょう」

「是非そうしていただきたい。ここの設備工事はテクノザイオンの担当ですし、セイスイの方もご遠慮願えれば、と思います。私たちが責任を持ちますから」

「もちろんそうします。お宅の区分ですし当然です」現場監督は素直に応じた。

最初に問いを投げかけた若い技術者は彼らのやりとりを聞きながらも納得できない様子である。ただ、巨大なアメリカは狭小な日本とは何事もスケール感が違う。車もでっかいし、コンパクトな日本とは基準自体に差があるのだろうと思った。

二度あることは三度あった。今回も電車の中だった。それは五月の連休日。母方の従弟《いとこ》を北原白秋の故郷・柳川《やながわ》に案内する日だった。独身の彼は澤山より一回り若い二〇代。勤務先は国際協力機構（ＪＩＣＡ）で、来月からボリビアのラパスに赴任することになり、挨拶を兼ねて気楽な独り身の澤山宅に来ていた。

大橋駅から大牟田行きの急行電車に乗り、空席を探しながら先頭車両に入った時であった。ドアそばの席に三人の乗客がいて、その横が空いているのを見つけた。そこに向かったとたん「あっ！」と声が出た。栗毛髪の女性、それにあの色眼鏡。ひげもじゃ男と真面目そうな東洋人に挟まれている。驚いた澤山は他の席を見回した。しかし、二人分の空席はここしかなく、やむなく従弟をラフな格好のひげもじゃ男の隣に座らせ、自分は従弟の左横シートに身をもたせた。澤山の左には杖を手にした老夫婦がいた。

背広姿の宋一柱と談笑していた美樹は澤山に気付いた。連れの若い男が公安職員、澤山の知人の部下ではないかとヒヤリとしたが、雰囲気からして別人のようでほっとした。ヤギひげのテールも二人連れのひとりが澤山であることを知った。しかし、素知らぬ顔をして隣の美樹に目を向けた。彼女の表情に動揺の気配がないのを知り安心した。

三人は仕事を休んで菅原道真《みちざね》公を祭る太宰府《だざいふ》天満宮と九州国立博物館へ行く途中である。電車が大橋駅を出て間もなく美樹は訪問先の歴史等を声質を変え説明し始めた。

一方、澤山は目を閉じて黙ったままだ。つられて従弟も静かだ。彼の耳には隣のやりとり、英語やスペイン語が届いている。澤山の耳にも響いていたが、さっぱり分からない。ただ、記憶に残ったのは「キーピット……」とか「ケロ……メンテ」とかの音声の断片。そっくりさんが高音で何度か発している。

電車が二日市駅に到着すると三人は澤山らには目もくれずに足早に出ていった。杖の老夫婦もここで降りた。代わって数組の家族連れが乗り込んできた。従弟と澤山は席のスペースを広くするため三人が去ったドアそばの席に移った。澤山が腰掛けたのはそっくりさんの跡だった。シートに残った彼女の温もりがズボンをとおして尻に伝わった。少し違和感がある。電車が動いて、その温もりが自分の体温にとってかわり始めたころ、澤山はやっと従弟に言葉をかけた。

「君の横にいた外国人は何をしゃべっていた？　楽しそうに感じたが」

「主に古代の大宰府の歴史について。あの三人は観光客のようですね」

「ううーん。英語ができる君がうらやましいよ。ところでキーピットとか、ケロ何とかメンテとか、へんな言葉を何度も聞いたが、何の意味？」

従弟も彼の発音からは何の意味か分からず、補足を求めた。それが女性の声から出た単語らしき音の一部と知り、すぐに理解できた。

「ああ、そのことですか。キープ・イット・イン・マインド。それにスペイン語のケ・ロ・テンガイス・エン・メンテじゃないですか。澤山さんが耳に残ったキーピットやケロ何とかメンテは。彼女の口ぐせみたいなものです」

「で、その意味は？」

「覚えておきなさい、あるいは知っておきなさい。『忘れるな』よりやさしい……」

澤山の顔が青ざめた。美樹先輩の口ぐせと同じせりふ。タク君、覚えておきなさい。当時の会話が頭に溢れ、なおも講釈する従弟の声をかき消した。やはり美樹先輩か。でも声や容姿が違う。もしかしたら過去の自分を変えたのかも知れない。澤山は座席にあった美樹の温もりを必死に探した。しかし、彼女の余熱は消えている。無念のベールが心を囲い、電車や車内の騒音を遮断した。訪れた無音の中で彼は決意した。彼女を探し出し、しっかり話をしよう。違ってもともとだ。いつしか心がはやっていた。


連休が明けてから澤山の美樹探しが始まった。彼女に出会ったのは百道浜、薬院駅からの車内、そして先日の急行電車。この三回のうち薬院駅では作業服姿だった。多分、その辺りの工事と関係しているのだろう。だとすれば「城の湯」跡地の現場かも知れない。新聞社への行き帰りに薬院駅で下車し、工事現場の周辺をうろつくのが日課となってきた。しかし、数日経っても外国人らしき人物は見当たらない。しびれを切らした澤山は取材を装い現場近くの工事事務所を訪ねた。

「あのう、外国人労働者の取材でちょっとお伺いしたいのですが」

がっしりした体格の中年男が事務机から離れて澤山に向かってきた。澤山は一歩下がって男に名刺を差し出した。彼はそれを受け取り一瞥した。

「記者さんですか。取材は九州支店を通してくれませんか。現場では応じかねます」

「はい。ただ外国人を雇っているかどうかだけでもお答えいただけませんか」

男はややためらい気味に答えた。「うちは雇っていませんよ。それが何か」

「実は多様な業種で働く一般の外国人を記事に取り上げたくて。たまたま薬院駅で水色の作業服を着た外国人と出会ったものですから。ここの作業員かと思いまして」

「ああ、そうですか。でも当社にはいませんよ」と男は愛想なく答えた。その時、事務机にいた若い技術者らしい男が「宮さん、テクノザイオンのことじゃないの」と声を投げた。

その宮さんが思い出したかのように澤山に言った。

「あなたが会ったのはテクノザイオンの方でしょう。設計・監理を行う外資系企業の人、カナダや米国の人だったかな、技術者です。いわゆる外国人労働者とは違いますよ」

「その方でも結構ですが、どうすれば会えますか」食い下がる澤山に困惑した宮さんに代わって先ほどの若い男がやってきた。青《あお》木《き》英《えい》二《じ》と名乗った。眉毛が太くて笑顔がさわやかだ。二〇代に思えた。

「難しいですね。先日、主要な箇所の監理、点検を終えたばかりですので。テクノザイオンの仮事務所はセイスイ支店内にありますが、今は誰もいないと思います。でも工事は継続中ですので、いずれ顔を出すはずです」青木は歯切れよく返答した。

「そうですか。ところでテクノザイオンに女性の人がいませんでしたか」

「色眼鏡のリサのことかな」と青木は宮さんにつぶやいた。彼はうなずき「そう、栗毛髪の美女。日本人以上に日本に詳しい外国人かな。快活で上品な通訳」と述べた。

澤山がもっと聞き出そうとしたところ、受話器を手にした事務員が「コンクリの打設作業が始まるそうです」と告げた。宮さんと青木は「失礼」と言って事務所から出ていった。

名はリサ、快活で上品な通訳。澤山は美樹に一歩近づいたと思った。

16　命の恩人――20X3・5～6（BUENOSAIRES　FUKUOKA）

机の上の携帯電話が激しく振動したのは、澤山が工事事務所を訪れてから四日後だった。ブエノスアイレスのサンテルモにある米重工南アメリカの社長室で執務中のロベルト（米重工ワールド副社長）はカタカタと小刻みに震えるその小道具を手に取った。それから窓辺に向かい、隣接の古いビル群を前にしてそれを耳に当てた。福岡にいるテールからだった。

しばらく話を聞いた彼は「任務を解く」と述べたが、相手の言葉がなおも続き、最後は「分かった」と言って電話を切った。窓越しのビル群の隙間から「五月通り」が見えた。午後の光を浴びてことのほか明るくまぶしい。この地から誕生したローマ法王・フランシスコの来訪を控えているためか、街は何となくお祭りムードに包まれている。

カトリック信者のロベルトもずっと晴れ晴れした気持ちが続いていた。しかし、それは、ついさっきまでである。今は心がざわつき、表情が険しくなっている。これまでシスコで得た情報は「戸畑の兵器庫」を除いて満足いくものであった。その兵器庫もアントニオの調査で我々が仕組んだ半潜水艇絡みの武器とは入手ルートが全く異なることが裏付けられた。警察も関連なしとみている。ヤミ社会に強い彼の調査力を改めて思い知らされた。マフィアの養父に育てられたからであろう。その筋の情報源は確かである。

しかし、今受けたテールの報告は事柄の重要度が違っている。本体と直結しかねない危険な兆《きざ》しなのだ。「現場にまで探りを入れやがって。フクオカ訪問時にディナーを断った、あの奴か」眉間にしわが寄り唇が歪む。奴の関心は彼女で、装置なんぞに興味はなかろう。だが、ネタ探しをなりわいとしている性分からするとそれだけに留まらず、次々にいろんな事柄を聞くに違いない。彼女は彼にとって何なのか。憧れの人？　意中の恋人か。中東からの「トウキョウ情報」に欠落があったようだ。恋に焦がれた男ほど手に負えぬ奴はいない。ロベルトは携帯電話を再び開いた。「コチ、ロンだ。元気か」

クソッ！　澤山隆志は自分をなじっていた。日常の生活に張り込みまがいの行動が加わって一カ月以上経つのに、憧れのリサなる人物が見当たらない。あれからセイスイ支店にも行ってテクノザイオンの件を聞いた。近く装置の据え付けが始まるので会えるのではないかと教えてくれたが、今のところ見かけたのは男性ばかりだ。クソッ！　空振りに終わったこの日も心の中で悪態をつきながら仕事場に向かった。

澤山のリサ探しは会社への行き帰りに限られている。夕刊勤務の場合は仕事を終えた夕方から。朝刊勤務の場合は仕事につく午後二時前まで。日勤と夜勤のローテーション職場であり、彼の行動は常にパターン化されている。このことは警戒していたテールにとっては好都合である。二人の遭遇を避けられる可能性が出てくるからだ。テールはその可能性にかけロベルトが言ったリサの解任、つまり早期引き揚げを踏み止まらせた。そして事態は思惑どおりに運んだ。工事の時間帯を変え、リサの勤務時間を絞り込むことによって。

梅雨に入った六月中旬の深夜、米国製の揚水補助装置が近郊の保管倉庫から工事現場の地下の広い温浴装置室に運び込まれ、設置作業が始まった。作業にはメカに強いクルト、ひげもじゃのテール、気配りの宋の三人をはじめ、リサ、さらに来福したばかりのヒロシとアントニオが加わった。

本体の組み立ては主に「兵舎」の三人が担当し、アントニオが警備を、ヒロシは日本語が多少理解できることからリサと共に雑務と渉外役を任せられた。だが、それは徒労に終わった。テクノザイオンの作業には誰も関心はなかったし、装置室に来たのは熟年の現場監督だけである。それも挨拶程度で室内には入らなかった。リサは手持ちぶさたであった。持ち込んだ携帯ラジオが伝えるニュースをクルトに報告するくらいで、案件は何もない。ただ気になるニュースがあった。福岡県下に大雨注意報が出されたという。

翌日は激しい雨に見舞われ、地上の躯体工事は中止となった。しかし、装置の設置作業はこの日も続行した。建物の基礎部分近くに装置本体を据え付け、各種パーツの取り付け作業をほぼ終えたころ、ラジオを聞いていたリサが緊張気味に言った。

「大雨洪水警報が発令されたようです。県南部では被害が出ていると伝えています。ここは大丈夫でしょうか。そばには川もありますし」

作業中の面々が顔を上げた。洪水警報？　宋が確かめるようにリサに言った。「心配ないよ。近くの地下には市が建設した雨水を溜め込む巨大な管もあるからね」

とはいえ、雨は激しくなる一方である。午後一〇時過ぎには、交通機関や道路への影響が出始めた。彼らは仕事を切り上げ、迎えに来た二台のタクシーに分乗し、それぞれの宿泊先のホテルに向かう。雷鳴を伴った、篠《しの》突く雨がヘッドライトをさえぎる。ノロノロ運転の車窓からは滝のように流れる水の幕を通して街の明かりが歪んで見えた。

翌朝、雨脚は弱まっていたが、薬院新川の水量は橋げた近くにまで達し、赤茶けた濁流がうねっている。その激流そばの工事現場では、いよいよその日を迎えていた。地殻起振装置設置の完成日である。作業開始は何時からでも良かった。警戒すべき澤山は自宅でぐっすり休養しているはずである。深夜勤務明けの非番。非番の日の彼はこれまで現場に姿を見せることはない。テールは仕事開始を午前八時からとし、夕方からは簡単な祝いのパーティーを「兵舎」で開くことを前もって提案していた。彼の工程表どおりに作業は進み、午後一時半、拍手の中、最後のボルトがクルトの手によって締められた。

そのころ、自宅にいるはずの澤山は寝ぼけまなこで会社にいた。本来なら二日連続の朝刊勤務明けは非番なのだが、昨夜は洪水被害を警戒して急きょ泊まりの作業となった。朝刊編集――

仮眠—夕刊編集、さらには号外や特別紙面編集といった大ニュースに備えた勤務シフトである。事実、昨夜の編集局は多くの部員が呼び出され、緊張とざわめきの中にあった。各地の取材陣から浸水、がけ崩れ、危険水位突破等の情報が次々に舞い込み、そのニュース処理をめぐって報道、編集両センター内では怒号さえも飛び交う。そのうえ道路の寸断が混乱に拍車をかける。新聞輸送に時間がかかり、読者への配達が大幅に遅れる恐れがあるからだ。これを回避するためには工程を繰り上げ、できるだけ早くトラックに新聞を積み込まなければならない。

幸い、県南部を襲った集中豪雨は夜明け前には峠《とうげ》を越した。人的被害はなく、心配された筑《ち》後《ご》川の水位も下がり始めた。北部の雨も小降りとなり、夕刊作業は通常の紙面づくりに戻った。仮眠明けの澤山は安堵した。午後には帰宅できる。自宅でじっくり眠ろう。疲れた顔を見せながら同僚デスクの手伝いを始めた。

装置設定の終了を祝う小宴は午後六時からである。テールは予期せぬ人を招くサプライズをひそかに用意している。仕事を終えた一行六人が現場を離れたのは午後二時半ごろ。雨は上がり、気分は爽快《そうかい》であった。小宴準備のためテールはクルト、宋らと共に「兵舎」へ向かった。一方、彼らと別れたリサ、ヒロシ、アントニオの三人は地下鉄薬院駅の乗り場へと降りた。同じ宿泊先のホテル・ニューオータニ博多に行くためである。この駅から一駅、渡辺通駅そばにホテルはある。

一行が工事現場を出たところ、澤山も仕事から解放された。早速帰宅のため社を出たが空腹を感じた。幸い雨は止んでいる。眠気を覚ますには歩くのが一番と思い、足を天神から南へ向け、なじみの串揚げ店を目指した。歩いて一〇分ほどの距離にあり、近くにはホテル・ニューオータニ博多や九州電力本店がある。澤山は傘を杖代わりに濡れた広い歩道を歩き続けた。黒っぽい厚い雲が今にも泣きだしそうである。また降るな。彼は正面を見据えながら足を速めた。地下鉄・渡辺通駅の出入口が視界に入った。

電車が到着したのであろう。三〇人ほどの人々が地上に出てきた。その中に作業服姿の三人が目に付いた。水色っぽい、もしかしたら。澤山は急いだ。

いた！ 美樹先輩が。さらに急いだ。再び小雨が降り始めた。今度は走った。いつの間にか串揚げ店を通り過ぎホテル入口の車寄せまで来ていた。三人はロビーのカウンターに向かっている。澤山は息を整えロビーに入った。背の高い二人の男に挟まれた格好の美樹はカウンターを離れ客室専用のエレベーター前にいる。他の客も多い。

声をかけるかどうか迷った。話し込むには男がじゃまだ。まだ日は高い。多分着替えて降りて来るかも知れない。そう思った澤山の体が再び空腹を訴えた。ロビーの喫茶室に入った。エレベーター付近が見渡せるレジ近くの席に座り、スパゲティを注文した。三〇分ほど経っただろうか。栗色の髪をした女性が喫茶室にやって来た。一人のようである。美樹！ 色眼鏡をかけているが、澤山は目が合ったと思った。

しかし、彼女は背筋を伸ばしさっそうと澤山の前を通り抜け奥に向かった。そして道路側の窓辺にある四人用の席に一人腰を下ろした。澤山の席からその後ろ姿が見通せた。彼女が四人用を選んだのは、一緒だった二人の男を待っているのだろうと推測した。間もなくして中年の婦人三人と小柄なインディオ風の男が入ってきた。婦人らは奥の席に向かい、男は澤山の近くの席に腰掛けた。美樹を見るには妨げとなる位置だ。

澤山はコーヒーを飲みながら再びロビーの方を見つめた。連れの二人の姿は依然、見当たらない。彼は、今だと決意し、席を立ち美樹の方に向かった。「美樹先輩！」といきなり声をかけた。その時だった。インディオ風の男が、彼の声を打ち消すかのように何やらしゃべりながら、澤山を押しのけ、厚かましくも美樹の前の席に腰掛けた。澤山は一瞬ひるんだが、彼を無視し「美樹さんじゃないですか。僕です、澤山です」と強く言った。声に力が入ったためか、周りの客の視線を感じた。

美樹は身構えた。スペイン語と日本語がほぼ同時に耳に届いた。目の前の男は南米人だ。そばに立っている色白男はタク君だ。双方の顔を見た彼女の腹は据わっていた。吐いた言葉はスペイン語である。澤山はなおも声をかけてきている。

「先輩、なぜ自分を隠すのですか。王寺先輩も心配しています」

美樹は王寺の名が出てドキリとした。やはりタク君はつるんでいる。なんで私を追い詰めるのか。心に警戒信号が灯った。南米人が彼に向かって何やら抗議した。澤山は「あなたには関係ない！」と声を荒らげた。周りの目が彼らに向けられた。

「どうかなさいましたか」

駆けつけてきた店のマネジャーが三人に聞いた。美樹は英語で彼に告げた。

「彼女はあなたを知らないそうです。日本語も分からない、とも」スリムな体形のマネジャーが澤山に言った。澤山は再度聞いた。

「リサを名乗る美樹さん。少しの時間でいいです。二人で話しませんか」

マネジャーが彼の言葉を通訳し、美樹らの返事を澤山に伝えた。

「リサもミキも誰だか知らない、人違いだ、とおっしゃっています。同席の男性のお客様は怒っていらしゃいますよ。申し訳ありませんが、お席にお戻りください」

澤山は引き下がるほかなかった。でも収穫はあった。彼女のねぐらを突き止めたのだ。


美樹はヒロシらと落ち合うため喫茶室に入った時、澤山が入口付近の席にいたことは知っていた。しかし、リサを演じきることに何のためらいもなかった。むしろストーカーまがいの彼の行動が目障《めざわ》りになりつつあった。案の定、彼の気配を背中に感じた。その時、小柄な外国人が突然現れて「ロベルト副社長の友人です。伝言があります」とスペイン語でしゃべり強引に着席した。それは澤山の叫びのような声とほぼ同時進行だった。インディオ風の顔つきからボリビア出身のロベルトの友人であってもおかしくはないと感じた。迫りくるタク君から逃れるには彼の存在はありがたいとさえ思った。

　澤山が去ってしばらく経ったころ、美樹はヒロシに携帯電話で喫茶室を出る旨を伝え、インディオ風の男の案内で一三階に向かった。

　スイートルームで待っていたロベルトは両人を窓横にある広い応接スペースに招き入れた。黒色のモダンな低い木製テーブルを囲んで一人用のソファに腰を下ろした。色眼鏡を両手ではずした美樹は、笑みを浮かべてロベルトとの再会を喜んだ。温和な丸顔が父親にも似て安らぎを感じる。その彼も元気そうな彼女の表情に安堵の微笑を送った。

「リサ、いやヤリミズ・ミキさん、ご苦労さんでしたね。別人を演じきった努力に深く感謝しますよ。おかげで設備のセットが完了した。ありがとう、ありがとう」と言って、再び顔を緩めた。それから両手を膝《ひざ》の上に置いて言葉を続けた。

「突然の呼び出しにさぞ驚いたのでは。申し訳ない。そのわけを話す前にあなたを連れてきた彼を紹介しましょう。コチです。ガルバン・モンテス・コチ。私の戦友の子です」

　彼女は改めてコチなる小柄な男に「鑓水美樹です」と本名を告げ、軽くお辞儀した。彼の左まゆ毛のそばに肉厚の傷跡がはっきりと見えた。喫茶室では気付かなかったが、それは褐色の肌とは対照的にツヤのある白い大理石の微小なかけらみたいであった。

「戦友の子といいますと？」美樹がロベルトに顔を向けた。

「遠い昔のチェ・ゲバラの時代、ボリビアで独裁政権と戦っていたころの話です。コチの父親とは同じゲリラ仲間だった。彼は私の命を敵弾から救った恩人でしたが、残念なことにアンデスの戦いで戦死しました。少年の彼を残して。コチとはそれ以来の付き合いです。あなたも南米で暮らしていたそうですね」

「ええ、父親の仕事の関係でペルーのリマに住んでいました。幼いころでしたので、あまりよく覚えていません。ただ母と買い物中、デモの騒乱に巻き込まれた怖い記憶はありますが」美樹は言葉を切って窓に目をやった。雨が降り続いている。

「また大雨になるのかな。雨季はいやですね」美樹の視線を追うかのように灰色の外界を一瞥したロベルトはそう言って本題に入った。

「あなたを呼んだのは、すぐにでも本業に戻った方がいいと思いましてね。変な男がつきまとっているようで。二週間ほど前だったかな、コチに身辺警護をお願いしたのは。見守っていたコチには気付きましたか」

　変な男とは澤山や王寺のことだ。だが、自分にボディーガードが付いていたとは。美樹はコチの容姿を再度観察した。やや角張った顔にしわが目立つ。五〇代だろうか。身辺にいたとは全く気付かなかった。

「いいえ、彼を見たのは今日が初めてです」

「そうでしょう。コチは場数を踏んだプロだからね。日本にも彼のようなプロは多くいます。あなたを監視の目で苦しめたような輩が。彼らは猟犬のようにしつこいですからね。工事のヤマは越えたし、一緒にアメリカに戻った方がよいと思いますよ」ロベルトは両手を膝から離し、低いテーブルの上に置いた。

美樹は微笑んだ。福岡公演はロングランの幕を引く。リサとの別れは望むところだし、全く異論はない。「はい。喜んで」と明確に答えた。

「それから、このホテルもチェックアウトした方がよさそうです。先ほどコチが携帯電話で知らせてきたが、喫茶室で猟犬が吠えたとか。きっと明日にもやって来るでしょう」ロベルトはそう言いながら腕時計に目をやった。

「私は設備完了を祝う小宴用のサプライズ品でしてね。本来はテクノザイオンのリチャード社長が来る予定だったが、急用のため私が代用品となりました」と彼は笑った。その笑顔が消えかかったころ「ロン兄貴、いいですか」とコチが言って美樹の方を向き、リマにいた時期を尋ねた。美樹の答えにコチは乗り出した。

「そうですか。私も同じころ、リマにいました。ミキさんが記憶に残ったというデモ騒乱の体験を詳しく話してくれませんか」

美樹は困った。遠い過去の出来事、錆びついた記憶の小箱を必死に開けた。

「詳しく覚えていませんが」と断ってから、開けた小箱に残っていた当時の暗いシーンを言葉に換えた。それは一年前、阿川幸子に話した内容と同じである。大統領府前の広場、デモ隊と警官隊との衝突、投石と催涙弾、逃げ惑う人々、母とはぐれ泣き叫ぶ私……。ここまで話して美樹は思わず「えっ」とも「ぎゃっ」とも聞き取れる意味不明の叫び声をあげた。私を助けてくれたインカのお兄さん？　まさか。

突然の声にロベルトはびっくりし、彼女を見た。大きな瞳がコチの顔へと釘付けになっている。肉厚の下唇が何かを伝えようとかすかに動いたが、言葉にはならない。一方のコチには叫び声が、凍結された恐怖の体験によるトラウマ（心的外傷後ストレス障害）ではないかと疑った。落ち着いた声で美樹にわびた。

「いやなことを思い出させて申し訳ありません。当時、あなたと同じように騒乱に巻き込まれた日本人の少女と出会ったことがありましたので、つい聞いたわけです。年のせいですかね。反政府闘争に燃えていた若いころが懐かしくて」コチは彼女の気を紛らわそうと作り笑いをした。整った歯並びがのぞく。年配者にしてはとてもきれいだ。

美樹は気持ちの高揚をぐっと抑えながらコチに聞いた。

「その少女はどんな人でしたか」

「よろしいですか。いやな思いをさせて」

「構いませんわ」彼女はうなずきながら彼の言葉を待った。

「あれは一〇月闘争でした。少女は大きな目をしたかわいい子でした。確か肩辺りにケガをして泣いていました。喧騒の中……」

17　事故──20X3・6〜7（FUKUOKA　IGUAZU）

翌朝、澤山隆志は鏑水美樹と会うためホテル・ニューオータニ博多に向かった。自宅でぐっすり眠ったせいか、昨日かいた大恥は薄れ、今日こそは、との思いを胸にフロントを訪ねた。朝とはいえ午前一〇時を過ぎている。

「こちらに宿泊しているリサという方にお会いしたいのですが」

「リサ様ですね。少々お待ちください」若い女性がパソコンを操作しながら「フルネームはお分かりですか。複数の方がお泊まりのようですし」と聞いた。

澤山は返事に詰まったが、手掛かりのキーワードはある。

「外国人です。国籍は確か米国。テクノザイオンの方と思いますが」

彼女は再びパソコンを見つめ、そして、にこやかに声を出した。

「その方は早朝にチェックアウトされていますよ」

「えっ」澤山は不運を嘆いた。昨日の大人気ない行為が気に障ったのか。もう僕には興味がなくなったのか。身元を変えてまで遠ざかるとは、なぜなのだ。肩を落とした澤山は自問しながら彼女を求めて工事現場に向かった。

工事現場は「城の湯」の跡地。その温浴施設の買収交渉には美樹がいたことも分かっている。グランドハイアットで紹介された米重工のお偉いさんと一緒だった。名前は忘れたが小柄な丸顔のボリビア人、確か副社長と言っていた。それにあと一人、背が高い日焼けした我々世代の男、面長で端正な顔立ちだった気がする。あの時の出会いからすべてがおかしくなってきた。美樹は僕との約束をすっぽかし米国へ消えた。その後、地質学者、星一郎教授が亡くなり、そして、リサなる美樹が再登場した。

美樹のいる会社名はテクノザイオンというが、実態は米重工のペーパーカンパニーの類《たぐい》だろう。それにしてもなぜ彼女は米国から舞い戻ったのか。彼女だけだろうか。あの時のイケメン男が一緒だとしても不思議ではない。

澤山はそう考えながら美樹の周りにいた外国人の顔を一人ひとり思い描いた。長身の男が何人か浮かんだが、グランドハイアットで会った男とはいずれも違うように思えた。変装しているのだろうか。美樹はそうだ。男もその可能性がある。その時、印象深い男の容姿がはっきりとよみがえった。あのひげもじゃ？

工事現場はいつもと変わりがないように思えた。薬院新川をまたぐ橋の手すりにもたれ、美樹とひげもじゃ男を探した。今回見た男はラフな格好だったが、ひげをそり落とし、長髪を整えればイケメンである。美樹が紹介した当時の男のように見えてくるが、それは、あくまで記憶頼りであり、この目で確認せねばならない。澤山はしばらくその場を見張った。だが、美樹もひげもじゃ男も見当たらない。やむなく工事事務所に行ってみた。入口付近で太いまゆ毛の青年とばったり出会う。かつて会った青木という若い技術者だ。

「あのう、青木さんですか。いつぞやお目にかかった九州日報の澤山ですが」

青木英二は不審な目で彼をしげしげと眺めた。そして思い出したかのように言った。

「ああ、あの時の記者さんですね。どうでした、外国人の取材はできましたか」

「まだです。機械の据付工事ごろにも伺ったのですが、ふさわしい人に会えなくて」

「そうですか。残念ですね。まだ機会はあると思いますが、あなたの取材に適した人がいるかどうかは分かりませんよ。他を当たってみてはいかがですか」

「そうですね。ただ、ひげもじゃの男性がふさわしいかと思っていますが、なかなか話すチャンスがなくて。彼はどんな方ですか」

「ひげもじゃ？　ああ、あのヤギひげで長髪の男ですか。テクノザイオンのボーリング技師ですよ。温泉掘削では指揮を執っていたようです」そう言った青木の視線が急に澤山を通り越し、背後の方に向けられた。

「どなたか来られたのですか」澤山は後ろを振り向いた。道路を挟んで小さな公園があった。ヨチヨチ歩きの幼子と母親の姿が見える。

「いや。あの公園の木立付近で作業服を着たような人を見かけたものですから。もしやテクノザイオンの方ではないかと思いましたが人違いのようでした。ヘルメットではなく野球帽みたいなのを手にしていましたので」

この言葉を聞き、澤山は再度、振り返った。公園には母子以外、誰の姿もなかった。

二人は再び向き合った。青木が言った。「そのひげもじゃの名前は、えーと何と言ってたかな。忘れました」と恥ずかしそうに頭を掻きつつ苦笑した。

ひげもじゃ男はボーリング技師。やはりそうだったのか。澤山は青木に礼を言って別れた。それから男の名前を必死に思い出しながら工事現場に再び向かった。現場そばに産廃資源収集車が停車している。その脇に差しかかった際、車体に品良く書かれた企業名が目に入った。北山マテリアル。澤山はハッとした。そうだ、マテリアル。「あのマテリアル社のテール・ロドリゲスがボーリング技師とかで……」美樹の言葉が急によみがえり、名前がすんなり出てきた。

工事現場のゲート前にいたガードマンに早速、尋ねた。

「あのう、テクノザイオンの方は来ていませんか。ひげもじゃ男で名前はテール・ロドリゲスという方ですが」

「えっ、ひげもじゃ？　外国人は誰も来ていませんよ。ここは危険ですから、事務所で聞いてください」

澤山は途方に暮れて工事現場を離れた。ふと不安が心を覆う。テールはひげで自分を隠し、美樹はリサと名を変えている。二人はどんな関係にあるのか。恋人？　そんなバカな。いや、美樹は端正な顔立ちだし、テールも長身のイケメンだ。美女には美男がふさわしい、というのか。だが、変装までするとは、やはり何かがある。

澤山は当てもなく歩み続けた。いつしか「兵舎」がある薬院大通りを通り過ぎ、気が付いたころには動植物園へ向かう浄水通りの坂道に出ていた。そうだ、森に入ろう。むしゃくしゃした気持ちを静めるためにも。山好きの澤山は坂道をなおも歩いた。

福岡市動植物園は都心の天神から南西約二キロ、緑深い丘陵地の南公園内にある。周辺にはマンションが相次いで建ち、坂道を走る車の量が一段と増えている。片側一車線の狭い車道、その脇にある歩道の幅はちぐはぐで、縁石で区切ったところがあるかと思えば、白線だけの区間があったりしている。

二〇分ほど歩いただろうか。帯状に広がった森林の塊が目に入ってきた。厚い雲の下、夕暮れのような雰囲気だ。澤山はうっそうと茂る樹木を目指してさらに進んだ。息切れがしてきた。歩みを緩めて周囲を見渡した。後方に野球帽をかぶった男性が一人、反対の左側歩道には学生らしい三人の男女が歩いていた。しばらくすると動物園の正面ゲートが見えてきた。この辺りから道はやや急勾配《きゅうこうばい》になり、カーブが続く。澤山はゲートを左手に見やりながら奥へ進んだ。歩道の幅が急に狭くなった。道路の左右は高い木々が崖状の地表から伸び、天を覆っている。森への入口はもうすぐだ。

澤山は汗を感じつつ、さらに歩いた。歩道の白線が途切れた。薄暗いカーブを曲がりながら体すれすれに走り去る車の風圧に危険を感じた。ライトをつけた車もあり、まぶしい。間違ったかなと思い、反対側の歩道に目をやった。狭いながらも整備されている。あちらに移らねば。彼は崖側の大木に背中を寄せ、車が途切れるのを待った。

その時だった。人の気配を大木近くに感じた。振り向くと同時に体が路上に押し出された。

急ブレーキの音とクラクション。

激痛の中、ほんの一瞬ではあったが大木の陰から林の中へ地をはうように消えていく人の姿が見えた。

その頭には淡い緑色のキャップが載っていた。澤山の意識はここで途絶えた。

事故を起こした運転手らが駆けつけて来たが、誰ひとりとして去った男には気が付かなかった。雨が降り始め、周囲の森は一層、深みを増してきた。

「サンドグラス（砂時計）を止めなければ」

鐨水美樹は庭の芝生に向かってポツリと言葉をこぼした。砂時計の砂のように落ちてゆく中間層に思いを寄せながら目を上げた。遠くに亜熱帯のジャングルが広がる。その樹林の頂から霧状の水煙が昇る。美樹はイグアスの滝音をかすかに聞きながらベンチに身を預け足を投げ出した。イグアス国立公園内にあるシェラトン・ホテルのバルコニー。ロベルトの案内でガルバン・モンテス・コチと共にアルゼンチンのこのリゾート地を訪れていた。壮大で豊かな自然とは裏腹に貧しい人々の暮らしが頭に浮かんでくる。

恩人・コチとの奇跡の再会から既に一カ月は経っていた。福岡を離れシスコの本社近くにある社会政策研究所に戻っての南米経済の調査。ブエノスアイレスに足を運び、そこを拠点に約三週間の日程で南米各国を回り農業の現状視察にいそしんでいた。

幼いころ、南米は貧しい大陸と聞かされた。だが当時、その表現は違うとペルーの友達の姉に指摘されたことがあった。「南米大陸は豊かよ。正確に言うなら貧しい人々の大陸だわ」と。豊かさは先進国に収奪され、貧しい人々の国々になったというのだ。もちろん今は違う。街には車が溢れ、家屋には電化製品が詰まっている。高価なブランド品を身に着けた人々もいる。

しかし、それは一見に過ぎない。アンデスの裾野にへばりつくスラム街は昔のままだし、いまだ電気すらない農村もある。美樹のようにホテルでくつろぐ人がいる一方で、その日の暮らしに事欠く人々は多い。いかにその差が大きいか。真ん中が消えたような社会、それは美樹の母国、日本でも同様に見え始めている。ワーキングプアの増大、働いても働いても生活は落ち続けるのだ。サンドグラスの砂のように。

物思いにふけっている彼女のところに、庭の散策を終えたロベルトとコチがやってきた。ベンチ横にあるソファに腰を下ろすなり、ロベルトが声をかけた。

「南米の調査はいかがですが。あなたが住んでいた少女時代とはだいぶ様子が違うでしょう」

語尾を上げ、口調は尋ねる風である。美樹は答えた。

「見た目にはかなり発展した感じがします。いろんな統計もそれを裏付けていますわ。でも貧しさは残っていますね。どこの国も同じですが」

「ええ、そうです。貧富の差はむしろ拡大の傾向にあります。政治の問題ではありますが、その政治が国際ルールの方針で決められる時代ですし、一国では解決できかねる点があるのです」ロベルトは婉曲《えんきょく》に語った。それを補うかのようにコチの目が光った。

「ミキさん、自分に言わせれば国際ルールってのは強者による新たな収奪の方便にしか思えません。米ソ冷戦時代はイデオロギーが絡み、手法が露骨で分かりやすかった。例えば傀儡《かいらい》政権を作り略奪まがいなことをしてきた。その後は新植民地政策、いわば経済協力の名の下での収奪策が忍び寄ってきました。そしてここ十数年はグローバリズムを唱えての食い荒らし。そのツールが国際ルールなのです。覇権国が自らの主導の下で基準を作り『いいとこ取り』をしようという魂胆です。裏では紳士面した富裕層が富の収奪を虎視眈々《こしたんたん》と狙っていますよ」

コチが吐くスペイン語には多少激しさが伴っている。米帝国主義と戦った当時の怒りを秘めているように感じた。ペルーのリマ闘争で自分を救ってくれた熟年の彼が「強者憎し」に今も燃えているとは意外でもあった。しかし理解はできると思った。

米国主導の農業の国際化や自由化は南米にとっては有利かも知れない。だが、それはまやかしかも知れない。例えば大量に実りをもたらす新品種を奨励して先進国がその特許料をがっぽり稼ぐ方法だってあり得る。森林の伐採や資源の採掘も似たようなものだ。ＷＩＮ・ＷＩＮの関係という念仏を唱えながら彼らは迫る。同じ関係でも一方は太るＷＩＮ、片方は先細るＷＩＮ。そんな未来であることを隠しながら。それは美樹が投資銀行時代の交渉の場で得た感触でもあった。国際化や自由化は本当に世界をフラットにするのだろうか。自由競争に敗れ、転落した人々を復活させるには長い時間と膨大なコストがかかるだろう。貧困との戦いは国際基準との戦い、換言すれば基準を主導した強者との戦いでもあるのだ。美樹はコチの目の光の一部を読み取った。強者の振る舞いは今も昔も変わらない。そのしたたかな「彼らの世界」を倒さずして貧困は救えない。

「パクスアメリカーナの時代ですね。アメリカの一極支配体制はあと一〇〇年続くとの説があります。その弊害があちこちに」そう言ってうなずく美樹に横からロベルトが言った。

「そのとおりです。人類の歴史はちっとも進んでいないですね。かつての大英帝国がアメリカに変わっただけです。残念ながらあなたの国も彼らのしもべとなったようです。私たちは多様な価値観を平等に認め合う世界の正義を求めていますが、強者にもの申す大国は見当たりません。唯一の中国も理想の芯を失い強欲な集団と化しています。あえていえばイスラム社会を目指す中東諸国でしょうか。でも独自路線を貫く国はつぶされかかっています。強者によるモグラたたきに遭って」

話に耳を傾けながら美樹は二人を交互に見つめた。義憤に燃えた彼らの瞳が一段と輝いている。いつしか美樹も胸の内側に熱い鼓動を感じた。同時に「でも」との疑問の声が響いた。ロベルトの立ち位置は「いいとこ取り」の米国、しかも超多国籍企業の副社長ではないか。いわば収奪する側に籍を置く人物。

しかし、今のロベルトの言動からはそのようなことは微塵《みじん》も感じ取れない。むしろコチと同様、過去をひきずり、強者に怒りを感じているようにも思えた。

組んだ腕を解いたロベルトが穏やかに美樹にささやく。

「あなたには同志的な気品を感じます。多分、想いは同じでしょう。いかがでしょうか。コチを交えてもっと話し合いませんか。進行中の計画もありますし」

進行中の計画？　美樹は不思議に思えたが、話し合うことには何の抵抗感もなかった。三人は室内に入りテーブルを囲んだ。コチが机上に置かれたビンの栓を抜き、美樹のグラスにシャンパンを注いだ。それから軽く乾杯し、椅子に腰を下ろした。

昼下がりの窓越しに黄色いくちばしをしたトゥカタン（オニオオハシ）が数羽見える。三人の会話はイグアスの滝が夕闇のガウンをまとうころまで続いた。

18　病床での推理――20X3・7〜8（FUKUOKA）

鑓水美樹が南米の農業調査に心血を注いでいたころ、一命を取り留めた澤山隆志は中央区天神にある総合病院のベッドに横たわっていた。南公園の悪夢から約一カ月が過ぎて全身の痛みはなくなったものの、移動には松葉杖の助けが必要であった。右足（大腿骨）の複雑骨折、左手（上腕骨と指骨）の単純骨折、胸部を中心に全身一〇カ所に打撲、裂傷……全治四カ月の重傷と診断された。

意識が戻ったのは救急車内であった。それからまた途切れ、次に目覚めたのは病院の緊急治療室。全身麻酔をかけられ、包帯だらけの自分に気付いたのは翌日の朝になってからだった。母が付き添っている。午後になると福岡中央警察署の交通警察官二人が事情聴取に訪れた。一人は多田と名乗る年配の男性、もう一人は中村という若い女性である。澤山は自分が感じたこと、目にしたことを弱々しく告げた。

「背後から突き飛ばされたんです。緑の野球帽みたいな帽子をかぶった人に」声帯の震えで縫合したばかりの傷口が痛む。意外な発言に多田は一瞬驚きながらも、彼の苦痛な表情を気遣うように耳元でそっと尋ねた。

「その辺のことを詳しく聞かせてもらえませんか。背後にいた人の印象、例えば性別や容姿など」そばで女性警察官の中村が慣れない手つきでメモをしている。

澤山は昨日の悪夢を思い出そうとした。だが、突然の出来事であり緑のキャップ以外何も記憶に残っていなかった。黙ったままの彼に多田が質問を変えた。

「どの辺を突かれましたか」

それは体が覚えていた。「背中です。やや右寄りの」

「そうですか。またお伺いしますが、思い出された事柄があれば、いつでもご連絡ください。ただ昨日の現場検証では、あなたが話されたような不審な点は見出せませんでした。再度調べてみます。ご回復をお祈りします」そう言って二人は病室を出ていった。

澤山の病室は二人用、今は彼だけで、他の一つは空いていた。看護師が定期的に訪れては体の容態を聞いたり、検温や排泄《はいせつ》物の処理、傷口の消毒等をやってくれる。病棟は一四階建てで、前には旧県庁跡地を整備した中央公園が広がり、近くには福岡市役所、澤山が勤める九州日報社、デパート、そして病室を訪れた多田らの中央警察署もある。

事故七日後になって、やっと一人で車椅子を利用しトイレに行けるようになった。気分も幾分すっきりしてきた。母親が持ち込んだ新聞にも目を通せるようになった。澤山のことが報道されている。それは事故翌日の朝刊地方版の片隅に小さく載っていた。

6月26日正午過ぎ、福岡市中央区南公園内の路上で同市南区大橋2丁目の会社員澤山隆志さん（40）が公園近くに住む会社員松下正さん（28）運転の普通乗用車にはねられた。右足骨折等で全治4カ月の重傷。中央警察署の調べでは、路上に飛び出した澤山さんの無理な横断と松下さんの前方不注意が原因とみている。現場は見通しが悪い坂道のカーブで道幅が狭く、近くには市の動植物園がある。

警察発表をうのみにした記事だった。怪我は過失による事故ではなく、あの緑の野球帽が突き飛ばした事件なのだ。これまで書く側に立っていた澤山は初めて書かれる側になり、その報道ぶりに腹を立てた。だが、その後、再検証した警察の見立てに変化はなかった。それは昨日のことである。例の警官、多田と中村が再びやってきて報告した。

「誰かに突き倒されたとのことですが、二度目の検証でもそのような痕跡は見当たりませんでした。そばに人がいたとの目撃情報もありません。むしろ、あなたの歩みが半ばふらつき気味で何かを考えているようだったとの話がありましたよ。反対側の歩道にいた学生の目撃でしてね」この学生は事故後しばらくして警察にそう話したそうだ。

確かに美樹の件で考えごとはしていた。でも、ふらつき気味というのは間違いだ。あの日はよく眠った後だったから。考え込む澤山に多田が尋ねた。

「何か裏付けるような出来事や証拠があればいいのですが。例えばトラブルがあり、恨まれていたようなことがあるとか」

澤山はうーん、とうなった。惨事の前日、ホテルの喫茶室で美樹を問い詰めたことがある。しかし、恨みをかうようなトラブルではない。

「心当たりはありません。ただ背中を突き飛ばされた気がしました。緑の野球帽の人に。それ以外何も覚えていません」前回とほぼ同じ返事である。

「そのような気がしたのですね」多田は澤山が無用心に発した「気がした」との発言を聞き逃がさずに念を押した。

「人には誰でも思い違いがあります。危険に遭遇した時は尚更《なおさら》です。意識が動転していますから。緑の野球帽の件は、車のライトに当たった草木かも知れません。昼間とはいえ当時は雨雲が垂れ込め暗かったようです。ライトを点灯していた車があったと聞きますし」

昨日はそんなやり取りがあった。今日の澤山は新聞報道の内容に苛立《いらだ》っている。ベッドにいると、いろんなことに気持ちが高ぶるものだ。そんなナーバスな彼を慰めるように翌日になって田所与一郎が見舞いに来た。不似合いにも果物籠《かご》を手にしている。

「いやぁー、大変やったね。驚いたばい。澤ちゃんが事故に遭うとは」

彼はベッド脇のスツールに腰を下ろし、当時の様子を聞いた。澤山は警察に話した内容を伝え、同時に新聞報道の誤りを責めた。

「いやー、すまんやった。本人の話を聞かんで。でもサツ（警察）は澤ちゃんの話を信用しとらん。記憶違いと読んどる。だが、念のため現場に看板を立て、情報提供を呼びかけると言っとったばい。澤ちゃんの言うとおりだとすれば、命を狙われたというこっちゃろう。なんで？ あんたみたいなよか男を」

「僕もよく分からなくなった。誰かに突かれたことを今でも覚えているのだが」

「そうか。捜査は警察に任せて、じっくり休養しんしゃい。また来るけん。そう、そう、言い忘れるところやった。経済担当の林素子が韓国のソウル支局に赴任したばい。急な異動で見舞いに行けず申し訳ないと言っとった」

ノッポの女傑、あの焼酎好きの……。澤山は急に屋台が恋しくなった。

その後も同僚や友人、さらに当事者の運転手らが見舞いに来てくれた。多田と中村の警官ペアも三度目の顔を出した。しかし、新たな情報はなかった。看板による呼びかけへの反応も皆無のままだ。

入院二カ月目に入った澤山は松葉杖で歩けるようになった。しかし、誰かに背中を突かれた恐怖の感触は、体の回復が進むにつれて逆に強まってくる。なんでこんな悲惨な目にあったのだろうか。ベッドの中でそう思うたびに意識のベクトルが当時の自分へ向かっていく。

ホテルから美樹は姿を消していた。彼女を探し求めて僕は工事現場へ行った。事務所で青木と遭遇、立ち話をする。ひげもじゃ男について。途中、青木は僕の真後ろにあった小公園を見つめていた。そして何か言った。そうだ！「帽子を手にした人がいた」と。

キャップといえば、南公園に向かう道で、同じような野球帽の男が歩いていたのを覚えている。確か後方であった。あのキャップが工事現場から僕を尾行していたのか。いや、尾行だけでなく、気付かぬうちに接近し、犯行に及んだのかも知れない。だとしたら、なぜ？　澤山は恐怖を覚えながら、なおも考えた。

美樹探しと関係があるのだろうか。彼女に男がいて、嫉妬から僕を殺そうと思った？　そんなことはない。彼女は独身主義者だ。もっと別の意図があるはずだ。例えば、美樹を探す過程で知らずしらずのうちに聖域へ侵入したり、秘密へ接近したりした可能性だってある。尾行者にはそのように見えていたのだろうか。それを阻止するための「突き倒し」だったとしたら背後に黒い組織が絡んでいてもおかしくはない。

公安警察の王寺世紀が描いた仮説の断片が頭をよぎる。それは西中洲の店での対話である。そこから導き出されたのは米重工への疑い。もし黒い組織が重工だとしたら、どこに聖域や秘密があるのだろうか。美樹と重工の関係がちらつく。薬院の「城の湯」買収交渉。それから彼女は消え、再び現れた跡地での工事現場。聖域は建設中のあのビル？　だが、施工は一流のセイスイ建設、市民環視の中で不穏なビルを建てるはずはない。

迷路にはまった澤山に、ふと、王寺が言った言葉がちらついた。「(美樹を) 追うと大変なことになるぞ！」彼はこの事態を予想していたのだろうか。いや、あれは酔った勢いでの暴言だ。それにしても……。澤山は今の気持ちを王寺にぶつけたくなった。

入院四〇日を過ぎた退院間近い八月一〇日の昼過ぎ、澤山は松葉杖を突き、近くの九州日報社まで歩いた。久々に入った玄関ロビーの受付には初めて見る清楚な若い女性がいた。

「あのー、澤山という者ですが、平方社長はおいでになりますか」半ば冷やかし気味に言ってみた。彼女はにっこり微笑み、松葉杖の彼に同情めいた目を向けた。

「弊社の社長ですか？　事前にお約束いただいていますでしょうか」

「いやアポなしです」と答えると彼女から微笑みが消えた。

「すみませんが、どちらの澤山様でいらっしゃいますか」

「総合病院の澤山隆志です。実は僕もこの社に勤めていまして」

「だったら直接、電話なさったらいかがですか」彼女に再び笑顔が戻った。

そんな遊び心のやり取りを交わしている時、急に足腰が頼りなくなり、頭がふらついた。思わず松葉杖の柄をグッと握り締めた。めまい？　いや、もしかしたら地震？

「どうかなさいましたか」彼女が心配そうに声をかけた。

「いや、なんでもない。ところで今、地震が起きませんでしたか」

「えっ、私は何も感じませんでしたが、また起きたのですか」

「また、とは何ですか」

「午前三時半ごろ自宅で揺れを感じたものですから」

「深夜にも地震？　僕は気付かなかったなあ」

「でも今のは何も。大通りを走る車の振動ではないですか」

「ここの玄関ロビーはよく振動するのですか」

「いや揺れませんけど」

彼女は、気のせいよ、と言いたげである。やはり闘病によるめまいか。澤山は壁の時計を見上げた。午後一時半を過ぎている。規則にうるさい看護師の顔が目に浮かぶ。

「社長の件はキャンセルします」澤山は笑顔を送って外へ出た。足の回復は着実に進んでいる。そろそろ王寺に連絡してもよさそうだ。まずは推理のレポートを提出しよう。関心をそそるためにも。

19　公安警察の忠告——20X3・8～9（BUENOSAIRES　FUKUOKA）

澤山隆志が夏の病室に戻り、王寺宛に長文の手紙を書いていたころ、福岡の裏側、ブエノスアイレスは冬の朝を迎えていた。米重工ワールド副社長兼南アメリカ社長のロベルトは社長室の執務席で分厚い書類に目を通し始めた。難しそうな顔をしてそれらを読み終えると、ラップトップの画面を開き、メールをチェックした。見入るにつれ、厳しい表情が和らぎ、自然と笑みがこぼれてきた。そして早速、インターコムに手を伸ばした。

「ワールド本社のボスとの面会日程を至急調整してくれ。シスコに出向く」そう秘書に指示し、再びラップトップに目をやった。今度は声をあげて笑った。

「ウッハハハ、ついにセゴユリの花芽が膨らんだか。ウッハハハ……」

福岡のクルト・ザイラーからの定期便である。スキャンして送信した地元紙の夕刊記事とその英語訳の二本立てで日本語の報道記事の方はわずか十数行程度である。

「8月10日午後1時28分、福岡市で震度1の地震があった。気象庁によると、震央は福岡市中央区赤坂付近で、震源の深さは約7キロ、地震の規模はマグニチュード（M）2・3と推定される。同市では同日午前3時33分ごろにも震度1の地震が起きている。双方の震源域は警固断層にまたがっているが、気象庁は2005年3月に玄界灘で発生した福岡県西方沖地震の余震活動の一つであり、大地震につながる兆候はないとみている」

末尾には日本仕様の震度を米国仕様に変えた注釈の外、暗号による付記があった。「装置のテストによる地震は当方の観測では三回。うち一回は三日前の七日午後一時二三分に震度ゼロ、米国仕様のNOT　FELT（無感）を記録した。Mは0・8。無感のため公表なし。実験はすべて成功。圧力ポンプや遠隔操作の機能も申し分なし」

朗報にしては、そっけないな、と思いながらなおも読んでいると、インターコムが鳴った。先ほどの秘書からだ。

「日程の件ですが、会長は今月末の金曜日はどうかと言っています。来月はEU歴訪や中東訪問があるので、その前に会いたいようです」

「中東訪問？」彼には意外だった。幹部の出張日程は公式会合の予定と同様、あらかじめ経営陣には通知される。トップのオーナーといえども例外ではない。九月のEU歴訪は事前に通知されていたが、中東とは寝耳に水だ。

「まさか内戦のシリアではあるまいな」

「会長秘書の話では主にドバイとのことです。私的なお忍び会合のようです」

「ドバイ？　お忍び？」ロベルトはしばらく考えた。

待ちに待った探りの機会かも知れない。

「分かった。金曜日にお伺いする。それから、ドバイでの日程と会合場所を調べてくれないか。万が一のことがあれば大変な状況になるからね」

「私がですか」秘書は湿りがちな声を出した。

「そうだ。君たちには秘書ラインがあるだろう。会長秘書にそれとなく聞いてくれ」

ジョン会長の裏の右腕として奉仕してきた彼は会長が密かな会合を開いていたのを薄々感じてはいた。何度か本人に聞いたこともあったが「友人らとの私的な食事会」とその都度いなされてきた。その食事会はセゴユリの進行と共に増えているように思える。トップの動向は支える身としては知っておかねばならない。いや「我々」にとって必要なのだ。眼鏡の奥から鋭い目が光った。

が、ラップトップに再度、目をやった時、その鋭さは消え笑顔に戻った。付記にはさらに「県の揚水ポンプ検査も難なく終了、ビル本体の完成は近い」とあった。セゴユリは整ったようだな、とロベルトは確信し、また高笑いした。


病室の澤山から長文の手紙を受け取った公安警察の王寺世紀が薬院の七階建てビルを日帰りで訪れたのは九月のある朝である。彼を見舞う前に、本人が言う美樹探しの原点といえる工事現場を見ておきたかった。というより、澤山がどこまで情報を得ているかを確認したかった。

それは、別筋からの突然の要請でもあった。

ビルの覆いは既に撤去され、黒っぽい総ガラス張りの外観が秋の日差しに輝いていた。園芸職人が作業している敷地には半円形のプールのような池があった。その池をまたぐ敷石状の水平橋の先にビル正面の入口があり、脇にステンレス製の円柱が立っている。高さ四メートルほどの柱の上部に黒い英文字で「グローバルセンター」とプリントされている。それから下は地球をデフォルメした模様が続き、地表近くに「マネージメント　テクノザイオン」と小さな文字もあった。道路に面した一階は店舗のようなつくりである。一見すると何の疑問もわかない近代的なビルだ。王寺はしばらく観察した後、次の調査場所に足を運んだ。澤山が事故に遭った南公園の現場である。

動植物園のバス停近くの電柱に目撃情報を求める警察の立て看板を見かけた。さらに進むと澤山が人の気配を感じたという大木を見つけた。それは坂道のカーブ、車道すれすれにある。背を大木に付けて、当時の澤山の様子を想像してみた。彼は突き倒されたと言う。そうでなくても、何かにつまずいて前のめりになっただけでも車の餌食になりそうな危険な場所だ。大木の裏側は崖状になっており、草木が生い茂る。人が隠れるにはもってこいの位置であった。多分、車から人影は見えないだろう。

王寺は再び大木に背を寄せた。突然、一台の車がクラクションを鳴らし足元すれすれに通り過ぎた。王寺は身の危険を察知して体をよじった。その時、背の上部に圧迫感を覚えた。おやっと思って足を崖側の斜面に踏み込み、大木の幹周りに目をやった。背中を付けていた樹皮のそばにソフトボール大の節状のコブが突き出ている。それが体をよじった際、背の一部を押したのだった。

もしかしたら、と王寺は思った。犯人はこれか。当時は雨空で今以上に暗かっただろう。美樹に逃げられた彼の精神状態も不安定だったに違いない。コブが与えた衝撃が人に突き倒された感覚を伴ったとしても不思議ではなかろう。現場検証では殺人未遂の線は何一つ見出せなかったというではないか。しかし、一方では澤山の主張も否定できない。彼が尾行されていたとなると、その主張はまっとうに思えてくる。現場は突き倒すには絶好の位置でもあるからだ。

王寺は自問しながら南公園を離れ、天神にある澤山との再会場所、ソラリアホテルへ向かった。約束の午後二時きっかりに小柄な澤山隆志がロビーに現れた。思ったより元気そうだが、左手には前腕固定型の杖を付けている。王寺は彼に見舞いの言葉を述べた。澤山も来福の労に感謝した。それから二人はロビー奥にある喫茶室に消えた。

八方塞がりである、と澤山は自分の無力を嘆いた。杖の助けを借りながら街を歩く彼の頭にはついさっき別れた王寺との対話がよみがえる。

恐怖の体験に王寺は真摯に耳を傾けてくれた。しかし、結果は「一切手を出すな」ということだった。仮説については興味を抱いてくれたのだったが……。

美樹探しは禁断の扉を開く危険な行為と相手の組織には映っている。その扉は「城の湯」跡地の工事現場にある。聖域、秘密がその中にあると見ていい。そこで何かが行われている。星教授の研究が浮上する。誘発地震のメカニズム。延伸した地下四千メートルの温泉井戸は地震を誘発するための穴ではなかろうか。圧入する水もたっぷりある。しかもそばには活断層が潜んでいる。もし誘発地震を起こす装置が開発され、それがビル内に設置されているとしたら。とてつもない仮説に王寺は驚愕《きょうがく》し「何のために」と疑問の声をあげた。そして彼は、その推理の弱点を突いた。

「もっと話を現実に戻そう。温浴施設の装置類は揚水ポンプやボイラー設備類であり、圧入装置はなかろう。仮に両方を備えているとしても、専門家が見れば危険で不自然な代物《しろもの》かどうかは分かるはずだ。セイスイ建設がそんな工事をするはずはないし、見逃すこともないと思う。それに、誰かが何かをたくらみ、このビルに装置を仕掛けるとしたら、あるかないか分からない誘発地震の装置を使用するより、既存の確実な兵器を使うはずだ。例えば小型で威力ある爆発物だ。事例はいくらでもある」

「確かにそうではあるが」澤山は反論できずにいた。

「かといって、澤山君、君の考えを全面否定しているわけではない。星教授のうわごと、トリニは地名が正解と思っている。君がかつて電話で話した誘発地震の研究、私なりに調べたよ。現実に起こり得ると判断した。君の推理は可能性がないとは言えないね」

今度は推理の一部を認めてくれた。だが、それは別の視点からの問題提起でもあった。

「しかし、君の説を唱えるにしてもその前提となる事柄が事実かどうかだ」

「それはどういうことですか。前提となる事柄とは」澤山は声を高めた。

「一つは、君が言うリサなる人物が本当に鑓水美樹本人かどうかだ。二つ目、これは重要なことだが、野球帽人間の尾行についてだ。組織の犯行だとすれば、普通、尾行は一人ではやらない。素人の君に見破られるようなことはしないはずだ。そして第三は君の負傷が過失ではないといえる証拠だ。実は事故現場を見てきた。例の大木には大きなコブがあってねぇ。それが体をよじった際に背を圧迫し、押し出されたように感じた。警察が言うように君の思い違いかも知れないぞ」

王寺までもが不審を抱くとは——澤山はうなだれた。

「いずれにしろ現状では捜査への糸口がつかめないな。君の推理は聖域に近づいたために尾行され突き飛ばされたとしている。これが前提として物語が始まった。しかし、動くにはまだまだだ。もっと状況を見定めなければ」

王寺はそう言ってタバコを取り出し、ライターで火をつけ、煙を大きく吸い込んでゆっくりと吐き出した。ゆるやかで落ち着いた彼の仕草に澤山は苛立ちを感じた。

「王寺さん、僕は突き飛ばされたんですよ。体が覚えているんです」

彼は答えもせず、ショートホープの味をたしなんでいた。しばらく沈黙が続く。澤山はしびれを切らし「僕が自分なりに調べてみますか」と聞いた。しかし彼は静かである。そんな王寺が声を出したのは二本目のタバコを取り出した時だった。

「澤山さん」久々にさん付けで呼んだ。だが、ことのほか強い口調だった。

「澤山さん。何もしないことです。誰かに突き飛ばされたと体が感じているのなら、動かないことです。物語は所詮、推理ですが、体に染み込んだ警告が本当だと思うのでしたら、うかつな行動は命とりになりかねない。これは私からの厳重な忠告と思ってください。美樹さんの件をはじめ、すべてから手を引きなさい！」

言葉遣いは意外と丁寧である。しかし、腹底からの低い声であった。鋭い命令的な威圧の響きを伴い、一瞬、澤山は公安警察のすごみに圧倒されそうになった。驚いた彼に気付いたのか、王寺は急に口元を緩めた。「いや、申し訳ない。つい警察の立場としてもの申した。でも、言ったことは本当だ。君は好奇心が旺盛で勘も冴えている。しかし、これ以上深入りすると危ない気がする。一切手を引く。これを肝に銘じてくれ」

いつもの王寺とは違う感じが澤山にはした。


そのころ、王寺は福岡空港へ向かう地下鉄の電車の中にいた。彼もまた、澤山との対話を思い返していた。引き出した情報はかなり進化している。彼の無謀な深入りが心配になってきた。美樹探しまでは百歩譲っての許容範囲だ。それが聖域探しという別方向に変質したとなると抹殺の対象となろう。頭の中心はそのことにあった。同時に自分の言動にも意識が向けられた。澤山が危険な存在になったのはこちらのへまだろうか。

地球の会主宰者・鐺水美樹なる人物の思想、素行調査を願いたい。

別筋からの指令はそれだけであった。彼女の調査は蒸発した後も続けていた。周りに残った奴はいないか、過去との関係を断ち切れたかを確認するために。幸いと言うべきか、公安としても彼女を熱心な活動家としてマークしていた。警察や公安組織をバックに業務を遂行することで、その指令に応えることができた。同志もそれを認めてくれた。彼女の弱者に寄り添う信念は本物である。地球の会との縁も切れ、特定の政党や機関、それに地下組織や悪い分子とのつながりも皆無であることが裏付けられた。

しかし、と王寺は思う。澤山への対応がまずかったのかも知れない。美樹への恋慕は予想外に強烈であった。そんな彼を諭すための交友でもあったのだが、空振りのように思える。もちろん彼女を彼から遠ざける策もやったつもりだ。美樹に警戒の念を抱かせるために。安易には出さない名刺をあえて阿川幸子に手渡したのもそのためである。もし美樹が阿川を通して自分の存在を知り、澤山と交友があると分かったなら、ハム（公安）嫌いの彼女は澤山を警戒すべき人物と見なすだろう。執拗な監視の目を受けていたのだから。彼との関係を断ち切らねばならない。そう思っての行為、いずれもが裏目に出たのだろうか。

それに星教授の件も踏み込み過ぎたきらいがある。まさか誘発地震に行き当たるとは。上の計画は下っ端《したっぱ》の私には何も知らされてはいない。信じたくはないが、もし上に計画があり、我々の推理がその一端にでも触れているとすれば……。

　澤山の美樹想いが憎たらしく思えてきた。推理ゲームは遊びではなくなった。彼と共に推理に興じた自分の行為を王寺は悔い悩みながらポケットからハンチング帽を取り出した。帽子は淡い緑の色彩を帯びている。彼はその色合いを見つめた。緑の野球帽が突き倒したとすれば、誰がやったのだろうか。仲間の一人か。それとも半潜水艇の工作員？　ゴムボートの中に緑の野球帽の切れ端があったのは確かだが、澤山との接点は考えられない。やはり仲間だろうか。何もつかめないのが悲しくもあった。

「今日得た情報を基に中東にいる同志の判断を仰ごう。澤山を我々の監視下に置かねばならない」王寺はハンチング帽を頭に載せ福岡空港駅のホームに降り立った。

20　ドバイでの密会――20X3・9〜11（DUBAI　FUKUOKA）

それは天を突き刺した銀のトゲのようである。ペルシャ湾岸の砂漠の都、ダウンタウン・ドバイにあるバージュ・ハリファ。三万枚近いグラスパネルを貼り付けた楕円状の細長い金属の筒を何本も束ね合わせたような異様な尖塔《せんとう》。高さ八二八メートル、一六〇階建ての世界一高いこのビルに米重工ワールド会長兼CEOのジョン・ウォーカー・スペンサーが私的な秘書らを伴って訪れたのは夏が終わりかけた九月中旬の午後であった。ハリファ（アブダビの首長名）のバージュ（塔）を訪問するのは、これまでにも何回かはある。だが、今回は公用ではなく、秘密結社「干渉なき企業同盟」の集まりである。

会合場所は一五四階の南向きの貴賓室。オフィスの一角を占める、この居住空間には砂漠の民ベドウィンの天幕生活を思わせるような分厚いじゅうたんが床を覆い、巨大な低いソファがガラス張りの窓に向かってコの字型に配置されている。壁は淡い黄土色系、伝統的な剣や民族絵画が飾ってある。ジョンは室内を見回しながらふかふかのソファに身をうずめた。既に四人の老紳士が着席している。

「では、始めましょうか。その前に高所恐怖症の方はおいでになりませんか」ホスト役である黒縁眼鏡の米国人が真顔で声を出した。

「そのようなお方はいないですぞ。わしらはいつもハイ（高さ）を求めていますので。高貴な理想と高価な富ですかな」英国紳士が笑みを浮かべ、ジョンの鷲鼻に目を向けた。「ところで例の件はいかがですかな」おなじみの問いだ。

ジョンは、先月、シスコを訪れたロベルトの報告を伝えた。それはセゴユリが開花時期を待っているということであった。

室内は静寂に包まれた。老紳士たちの眼だけが輝きを増している。

「装置の設置に成功したのですね。すばらしい」フランス人が感心したように言った。

「実証実験はなされましたか」白髪のドイツ人が念を押した。

ジョンは大きくうなずく。「密かに三回。すべて成功しています」

「ブラボー、それは奇跡に近い。さすが、重工さんですね」ドイツ人が手放しで褒め称えると、黒縁眼鏡の米国人もそれにならった。

「うらやましい。最高の部下をお持ちのようで。私たちはさらに一段と天に向かって登ったようですね」

いつしか全員が立ち上がり、快挙を祝う言葉と拍手をジョンに浴びせた。賞賛のざわめきが消えかかったころ、英国紳士が葉巻を手にして口を開いた。

「ところで問題はいつ開花を宣言するかですぞ。自由な経済活動を規制する動きが出てきているのが心配だ。一撃は早い方がいいと思いますな」

「異議はありません。先進国の大半、とくにG9の今の連中は自国主義の保守的な猛者《もさ》ばかりで、我が国家こそすべてといった思い上がりの規制派の連中です。彼らが唱える自由貿易圏づくりは世界を分割支配しようとの目論《もくろ》みが見え隠れします」黒縁眼鏡の米国人が非難めいた口調で言った。フランス人がうなずきながら補強の弁を加える。

「自由化の旗を掲げていてもG9が覇権を競い合っている限り、自由放任を旨とする経済的なパラダイスは生まれそうもありません。覇権の裏には自国に有利なルール、言い換えれば規制づくりがついてまわりますからね。地球を完全な一つの共同体と見る我々の意図とは程遠い存在ですよ。むしろない方がいい」

「しかし」と白髪のドイツ人がひとこと発して話を始めた。

「残念ながらやむを得ないでしょう。いまだに主権国家の時代だから。国家を超えた私たちが取るべき道は、さらに国を超えるべく強い富を築くことでしょう。そうすれば国家の機能は自然と衰退すると思いますがね。といっても一撃に反対しているわけではありませんよ。租税回避地での節税対策にも監視を強めるというではないですか。国益と称して時には交易そのものをストップさせたりもする。わがままそのものです。国家組織に宣戦布告するのも必要でしょう」

国家のわがまま、確かに、と鷲鼻のジョンは思った。冷戦時代はそのわがままに何度付き合わされたことか。資本主義体制を維持するために私たちも「政」の下、あるいは「政」と一体、さらには「政」を利用し戦った。戦いは終わり、遠い過去となったというのに国家の意思は旧態依然のままだ。「商」を規則でコントロールし、国益を前面に押し出し、他国をたたくことに日々明け暮れている。

ジョンはドイツ人に向かって言った。

「そのとおりです。地球規模のダイナミックな経済活動を阻害するようなリーダーたちは排除せねばなりません。そのために私たちは結集したのですから。税をむさぼり、地球の分割支配を狙う、うぬぼれた恥知らずのG9に鉄槌《てっつい》を加えましょう」

「新興国は喜ぶでしょうね。圧政から解き放たれた民のように」ドイツ人が言葉を吐いた。老紳士たちはどっと笑った。だが、心境は民と同じであった。

大国の権勢からの世界解放である。

笑い終えた英国人が頬を指先でなでながら口を開く。「想いが熱くなりますな。しばらくはリーダーたちの出方をじっくり観察しましょう。それにセゴユリの現場はフクオカですし、その都市に予想どおりにチャンスが訪れるかどうかも見極めなければなりません」彼はここで、二、三、咳《せき》払いをし、大きく息をついた。

「いずれにしても、わしらの夢は意外に早く実現するかも知れませんぞ。セゴユリの開花に成功すれば、今後も第二、第三の植え付けが可能になるわけでしてな。いやはや、すばらしいですなぁ、この花は。しかも人類に憎しみを与え難い。何というか、畏敬《いけい》のような存在でもありますな」

「畏敬といいますと？　つまりは火山や稲妻のような存在ということですか。憎しみではなく畏《おそ》れ敬う存在だと」フランス人が腕を組んだ。

「そう、憎しみなき畏れ」英国紳士はそうつぶやき窓の外に目を向けた。

遠くに広大な砂の地平線が広がる。時折、砂ぼこりが舞い、かすむ。乾いた中東の大地か。血塗られてもいる。英国紳士はふと、心に言葉を落とした。

イラン、イラク、シリア、レバノン、そしてパレスチナの地。宗教や資源をめぐる戦いの背後にはいつも大国の野望がうごめく。戦争の二〇世紀は過ぎたというのに。目には目をの惨劇は「アラブの春」以降も絶えず、むしろ春は冬となり、戦いは激化している。あえて言えば国家の非道だ。国境なき昔のベドウィンは今以上に平和だったに違いなかろう。

英国紳士は感傷に浸った自分に気付き窓辺から目を離した。そして思い出したかのようにフランス人の方を向いて落ち着いた声で答えた。

「戦争、紛争、テロとの戦い。人と人との争いは必ず憎しみの連鎖を生む。しかし、悲劇が自然災害だとしたら、怒りや敵意の感情はいずれ、あきらめへと変わっていく。そこには報復の文字はない。わしらはその神のようなセゴユリを手にしたのです。改めて重工さんに敬意を表しますぞ」

自然の威光、神の力……老紳士たちはセゴユリに最大級の枕詞《まくらことば》をつむいで再びジョンに賛辞の拍手を浴びせた。

「セゴユリの装置を是非、見たいですね。視察を兼ねてフクオカで会合を開くのもいいのでは」ドイツ人が提案した。誰もが賛同し、ジョンに顔を向けた。

「喜んで、ご招待します」ジョンはにこやかに確約した。

協議が一段落したころ、ヒジャブで頭髪を覆った女性がやってきてホストの米国人にメモを手渡した。「皆さん、夕食の準備が整ったようです。会場を移しましょう。夕陽に輝くペルシャ湾を眺めながらスパイスたっぷりの海の幸などいかかでしょうか」

五人の老紳士はビルを後にして高級車を連ね、海に突き出たバージュ・アル・アラブに向かった。帆船《はんせん》の帆を模した近未来的な超豪華・自称七つ星ホテルだ。ここから西方には海に浮かぶパーム・ジュメイラの高級住宅地が広がる。椰子《やし》の葉をイメージした世界のセレブが集う人工群島。石油王である黒縁眼鏡の米国人もこの地に別邸を構えている。途中、ドバイ警察のパトカーとすれ違った。イタリア製のランボルギーニ・アヴェンタドールやフェラーリ。白と緑の車体の上に赤と青の緊急灯を付けている。

バージュ・アル・アラブから東へ二〇キロほど離れたオールド・ドバイのディラ地区。庶民のにおい漂うクリークの船着場に、ショルダーバッグを身につけたカメラマン風の若い男の姿があった。紙巻タバコを口にくわえ、黒い鉄製の柵に身を委ねたまま、クリークを行き交う薄汚れたダウ船や渡しのアブラ船を眺めている。時折、腕時計を見ては、後ろを振り返る。しばらくして男はタバコをクリークに投げ捨て、やって来た紳士風の中年男に黄色い歯を見せながらにこやかに報告した。

「鷲鼻の年寄りの件、指令どおりに撮りました。超大物ぞろいでしたよ」

「そうか。良かった。ロベルトは大喜びするぞ。それからもう一つお願いがある。アル・ヤーバン（日本）での仕事が舞い込んだ。君の助けも必要だ。もちろん俺も行く」

「アル・ヤーバンといえば、確か、あなたの幼いころの友人がいましたね」

「イランのシラーズで共に学んだゼロ・マサだ。俺は貧しかったが、奴は豊かだった」

カメラマン風の若い男はイラク出身のアクラム・アリー・マフムード。紳士風の中年男はイラン生まれのアラブ人、ムハマド・アサド・イブラーヒムである。二人はイスラム社会のスンニー派に属しているが、敬虔《けいけん》なワッハーブ派教徒ではない。どちらかといえば世俗的であり、カトリックの南米の民とも太いつながりがある。

ムハマドの父、アサドは脱イスラム化を進めた親米のパーレビ政権に反対、闘争中に死亡した。ムハマド本人も少年ではあったが聖都コムから始まった大規模な反政府、反米闘争に参加していた。イラン革命（一九七八年－一九七九年）のころである。その後、一家は職を求めてイラク、ヨルダンを転々とし、この地、ドバイに移り住んでいる。

若いアクラムもまた、同じ傷を負っていた。米国のイラク攻撃（二〇〇三年三月）が始まって以来、バグダッドにいた親兄弟は相次ぐ空爆の犠牲となった。ただ一人助かった彼は、ドバイの親類に引き取られ、今はこの地で医療器具販売を手がけている。

「お前さんのほか、数人が参加する。あの日本語が達者なレバノンの同志も来るぞ。それに南米からも。ケバブでも食べながら話そう」中年のムハマドは若いアクラムを連れてアル・サブハ通りの人ごみの中へ姿を消した。


「澤ちゃん、それらしきことは、わしにもあったばい。突き倒されたことではなく、引っ張られたことが」博多のもつ鍋をつつきながら田所与一郎はだみ声をあげてテーブル越しに澤山隆志の顔を見た。澤山は鍋から野菜を取り出し小皿に入れながら「ふーん」と鼻を鳴らした。一〇月中旬のある日の夜、二人は、帰宅時に天神の街角で偶然、顔を合わせた。職場復帰した澤山の快気祝いだと言って田所がなじみの居酒屋に誘ったのだった。

「いつやったかな。友達と数人で中洲のスナックに飲みに行った時のこと。ドアを勢いよく開けて入ったとたん、背後から誰かが体を引っ張るっちゃん。後ろにいる友人かなと思って振り返ると、彼はニヤニヤしている。よく見るとドアのノブがわしの上着のポケットに絡まって、この店は高いけん、入るのは止めて、と言っとった」田所は笑いながらビールを手にした。

勘違いというやつか。澤山は焼酎のお湯割りを口に当てた。それとなく話した大木のコブの件、本当にあり得るのだろうかと田所に聞いた結果がこれだ。王寺と共に組み立てた途方もない推理の物語を持ち出そうと思った。そうすることによって見方が変わるかも知れない。だが、その思いを制するかのように田所は別の見方を述べた。

「もし、犯人がコブでないとしたら、動物の線もあるばい」

「動物？　犬や猫が。まさか」澤山は冗談にもほどがあると思った。

「そう動物。あんたが入院している時、同僚と雑談中に若手が言っとった。動植物園から逃げ出したニホンザルではないかと」

澤山も記憶している。確か昨年の秋ごろだった。サル山から三匹が逃げ出し捕り物劇が繰り広げられた。翌日、二匹は近くで捕まったが、あと一匹は逃走中である

「いまだ不明のあのサルか。うーん。可能性はゼロではないが、信じられないよ」

「そうか。じゃコブを調べたら。本当に突き倒された感じがするかどうか。悪夢の現場に行くのは辛くもあるばってん、〝現場百遍〟たい」

車椅子から始まった移動の支えは、職場に戻った一〇月にはT字型の軽やかなステッキに変わっていた。しかし、苦痛に歪んだ心の傷はなかなか癒えず、澤山が南公園の現場を訪れたのは田所と居酒屋で会ってから一カ月が過ぎていた。

問題の大木には確かに節状のコブがあった。位置は地表から百数十センチ。澤山は道路を走る車に細心の注意を払ってその木に背を付けた。当時の悪夢がよみがえる。体にへばりついた恐怖の震えを抑えながら、体を一気に右によじった。横側から突き出ていたコブが当たった。押し出されそうな感じがした。王寺が語った感触と同じように。

これが犯人？　確かめるように澤山はもう一度試した。しかし、どこかが違う。当たっている場所が。再度ひねった。やはり同じである。何度やってもコブは右肩に当たるのだ。当時、突かれたのは背の中ほどの右側。今でも体は覚えている。根元の土が削られた形跡もない。しばらく考えた。別の理由？「身長差だ！」思わず声が出た。

王寺の背丈は一八〇センチはある。小柄な自分とは二〇センチ近くの差だ。澤山はステッキを力強く地に押して、つま先立ちになり体をよじった。どうにかコブは背に当たったが、それでも背の上部である。澤山は確信した。犯人はコブではない、と。

21　セキュリティー――20X3・11（FUKUOKA）

翌日の午前、澤山は大橋の自宅から王寺世紀に電話した。大木のコブの件で詰問したかったからだ。しかし、携帯電話からは「おかけになりました通話は現在、お取り扱いしていません」と女性の声が流れてくる。番号を確かめ、かけ直したが同じである。身辺をクリーンにするために番号を変えたのだろう。やむなく公安調査庁の総務部に電話し、こちらの身元と用件を告げて王寺へのコンタクトをお願いした。

しかし、電話を受けた女性職員は「何部の方ですか」と質問した。

法務省の外局である公安調査庁の内部部局は総務部、調査第一部、調査第二部の三部に分かれる。第一部が国内情勢、第二部が海外情勢を担当し、日本の治安維持を情報面から支えている。公安警察の王寺が協力機関員としてどこの部に出向しているか、澤山は知らなかった。だが、これまでの交友から外国人絡みの情報に精通している風であり、第二部ではないかと彼はあたりをつけた。

「確か調査第二部と思いますが」

「しばらくお待ちください」女性の声が途切れた。それから十数秒後に男性の若い声が届いた。

「お尋ねの王寺はここにはいません。二カ月ほど前に退部しました。よろしいでしょうか」

「ちょっと待ってください。退部といいますと、辞められたのですか。それとも古巣の警察庁に戻られたのでしょうか」

「なんともいえません。詳しくはお話しできないことになっていますので」

「そうですか。では森川雄治さんはいらっしゃいますか」

「森川、ですか」

「森川さんです。警察のキャリア官僚ですが、こちらに転属されたとか」

「あっ、あの警視監の森川ですか。特任部長です。本日は在席しています。電話を回しますからお待ちください」

警視監？　特任部長？　以前、澤山がもらった森川の名刺に肩書きは記載されていなかった。その肩書きを若い声がうっかり漏らした。

公安調査庁の幹部は検事が多い。警察官僚からの転出は極めて少ないものの、一般的には次長や部長の重職につく。警察の階級では警視監クラスである。県警の本部長あるいは警察庁の次長、局長、審議官クラスに当たる。確か山口県警時代の森川は警視であった。それが警視監とはかなりの出世である。だが、特任部長とは聞き慣れない役職である。

しばらく沈黙があった後、電話口に登場したのは年かさの女性だった。

「森川は会議中です。当分、時間がかかると思います。伝言がありましたら承りますが」

「そうですか。では、電話をいただければとお伝え願います」

澤山は番号を伝えて電話を切ったが、王寺が退部したとは寝耳に水だった。出向元の警察庁警備局に電話しようと思ったが、あきらめた。どこの部署かも分からないままでは、取り合ってはくれないだろう。彼は森川からの連絡を期待しながらステッキを手に出社するため外へ出た。

森川から携帯電話に連絡があったのは福岡（天神）行きの電車に乗り込んで間もなくしたころであった。幸い電車は途中の高宮駅に停車寸前である。彼はすぐさま降りた。

「森川さん、久しぶりです。澤山です。お忙しいところ申し訳ありませんが、王寺さんと連絡をとりたくて電話したしだいです」

「王寺ですか。そういえば、澤山さんは交通事故に遭われたそうですね。彼から聞きました。見舞いの挨拶もせず失礼しました。足の方は回復されましたか」

交通事故ではない、殺人未遂事件だ。澤山はそう言いたかったが、それは心に留めた。

「ええ、ステッキの助けを借りて先月から出社しています。ところで王寺さんは今、どちらにお勤めでしょうか」

「それが……」森川は口ごもった言い方をした。沈黙がしばらく続き、再び音声が耳に届いた。

その言葉は意外だった。

「辞めたようです。一カ月ほど前になりますが」

森川の話によると、王寺は九月の異動で警察庁に戻ったが、その後、辞表を出したという。それ以来、音信不通になったそうだ。辞職の理由は一身上の都合ということだが、北朝鮮の工作員探しなどで心労がたまり、精神的に参っていたというのがもっぱらの見方のようだ、とやんわりと言った。

「こちらとしては、彼の激務には気を配っていたんですがね。有能なだけに残念でなりません。工作員の件も未解決だし……。あなたの先輩でしたね。いずれ元気な姿を見せるものと思っていますが」

心労による蒸発？　澤山は不思議に思えた。彼が福岡に来たのは確か九月中旬である。警察庁に戻っていたころでもあろう。当時の王寺は心労がたまっている風には見えなかった。それどころか表情は気迫に満ち溢れ、壮健そのものであった。むしろノイローゼ気味なのは八方塞がりのこちらの方である。

澤山は話題を変え、森川にストレートに聞いてみた。

「ところで、森川さんは特任部長をなさっているのですか。初めて知りました」

「ええ、警察庁との連絡係みたいなものですよ。出歩くことが多くて弱っています」と軽く言った。澤山は警視監の森川が連絡係であるはずはないと思った。多分、公安警察と連携して、内外のテロ情報を探る新たな専門職ではなかろうかと予想した。

高宮駅のホームで森川との電話を終えた澤山は次の電車を待った。王寺の蒸発を考えるにつれ、嫌な予感が頭をもたげてくる。「一切手を引け」との彼の言葉が記憶を埋めた。彼の蒸発と関係あるのだろうか。忠告どおり調査を断念すべきだろうか。澤山は思案しながら電車に乗り込んだ。

だが、その思いは車両が薬院駅に滑り込むと同時に一気に吹き飛んだ。いつの間にか、彼は駅のホームに降り立っていた。竣工した新ビルの温浴施設に浸り、重い気分を晴らしたかった。心を癒してくれた「城の湯」を思い出しながら半円形の池を渡り、エントランスホールへ入った。現場を訪れるのは退院後、初めてである。

「奴ではないか」ホールの奥側にあるエレベーター区画から壁一つ隔てたセキュリティー室では三人の男たちが真新しいスチール製の机を前にして壁面に組み込まれたモニター画面を見つめている。モニターは中央に大きなメーンの液晶パネル、それを挟むように左右に小型のディスプレーがビルの外周と各階のフロアごとに区分けされて整然と並べられている。その数、二〇台。多くはビル内外に設置された集音マイク付き監視カメラからのリアルタイム映像である。中年の男が画面の一つを指差した。

「奴に違いない。この映像をメーンに移せ」とオペレーターの部下に指示した。メーンの映像にラフな格好の澤山のステッキ姿が映し出された。男は音声モニター用のイヤホンを手に取り耳に当てた。

　監視されているとは知らず澤山はホールの天井を見上げた。高さは八メートルほどあるだろうか、二層吹き抜けのホールは奥行き三〇メートル以上もありそうだ。広い空間は接客用と上層部のオフィスにつながるスペースに分かれていた。接客スペースは開放的でホテルのロビー風である。尋ねてきた客に入居者が応対する場所であり、談笑する数組の外国人や日本人を目にした。澤山は二つのスペースのほぼ中央奥にある受付カウンターに足を運んだ。チョコレート色をした凹凸の寄木細工の壁を背に屈強そうな白人男性と個性的な顔立ちの日本女性が椅子に座って、こちらを見て微笑んだ。

「いらっしゃいませ。どなたをお尋ねでしょうか」私服の女性が声をかけた。

「あのう、このビルにある洞窟温泉を利用したいのですが」

「洞窟温泉？　スパ（鉱泉場）ですか。一般の方は利用できませんよ。テナント専用の会員制スパでして。申し訳ありません」

「そうですか。でも洞窟温泉の映像をテレビで見た記憶があります。確か一般の人も入浴していたようでしたが」

「はい。それは竣工後一〇日間の特別措置です。今は開放していません」

「困ったなあ、残念です。せっかくですので見学はできますか。僕は温泉ファンでして、ちょっと見るだけで結構ですが」

「でも、本日から二日間、臨時休業となっています。整備点検のためです」

「構いません。施設をちょっと見たいのです」

困惑した女性は隣の白人男性に英語で何か話した。しばらくして男性がにっこり笑って片言の日本語混じりで言った。

「テイク・ア・ルック？　シュア、チョットダケ。ＯＫデス」そして電話のボタンを押して何やら話した。ヒスパニック系の小柄な男性が現れた。日本人の女性が澤山に告げた。「この方が案内します。その前にあなたを証明する何かをお持ちではないでしょうか。例えば免許証とか。あれば助かるんですが」

澤山はガードの固さに驚きながら運転免許証を手渡した。彼女は顔写真と彼の顔を照合し「それではスパの方へどうぞ」と述べ、免許証を両手で支えて返した。

案内の男に連れられてエレベーターホールへ向かう。ホールには警備員がいた。ここに入るには自動改札機のような装置を通らなければならない。そのためにはＩＣカードが必要であった。エレベーターも扉の横にある機器にＩＣカードをかざすシステムだ。澤山は男のそばを離れずについていく。地下二階で降りた。やや広いアプローチを一〇歩ほど歩くと受付が見えた。温泉入口である。受付にいた男に案内人が話しかけた。すると男がカードキーを手渡した。それをドア枠の溝に差し込むとドアが勢いよくスライドした。

湯気のにおいが漂ってきた。脱衣場は広く、ロッカーがずらりと並んでいる。しかし、想像していた温泉施設ではない。天井や壁は人工の岩で洞窟らしく造られてはいるが、どうみても変形のプールのようである。露天風呂もあった昔の「城の湯」とは雲泥の差だ。落胆した澤山は「もう結構です」と初めて案内人に声をかけた。意外にも彼は「もうよろしいですか」と流暢な日本語で答えた。沈黙が続いていただけに澤山はほっとした。案内人はミゲルといった。帰りすがら二、三、彼に質問した。

「このビルはセキュリティーが厳しいですね。すべてがICカードシステムなのですか」

「そうです。テナントのニーズに合わせ金属探知機の設備や網膜、指紋認識のドアもあります。それに高熱者の入室を防止する自動体温警報装置の導入や外部からの盗聴を避けるための防護シールドを内部に張った企業もあります。テナントの多くが外資系でして、米国仕様となっていますよ」

「テロに備えて、というわけですね。どういう企業が入っているのですか」

「企業名はいえません。備えはテロ対策だけではなく、個人や企業情報の管理、それに病原体であるウイルス感染からの防護も含まれています」浅黒い顔の男は、そう言った。

「奴が外に出た。よし、元に戻していいぞ」一部始終をセキュリティー室で観察していた中年の男が部下に言った。しかし、言下に怒りが込み上げていた。ミゲルの奴め、しゃべり過ぎだ。得意の日本語を勝手に使いやがって。クソ野郎が！

セキュリティー室の男はイタリア生まれのアントニオ・マリーノである。本職は米重工ワールド船舶事業本部の技師であり、現在の肩書きはテクノザイオンの保安チーム長を名乗っている。彼は耳にあてがったイヤホンを机に戻した。そばには開いたままのファイルがある。澤山隆志のいくつかの顔写真と特徴、略歴等が載っており、さらにその下の欄には　太くて濃いまゆ毛の青木英二の顔もあった。建設当時、温浴装置室の大きさに疑問を呈したセイスイ建設の若き技術者である。一級建築士、地質、構造に精通、要警戒人物と記載されている。

このセキュリティー室真下の地下一階は機器の管理・運行を担う集中監視室があり、双方は螺旋《らせん》階段で結ばれている。監視室の隣は地下一、二階ぶち抜きの電気・機械室が広がり、その隣には厚い壁で仕切られた地殻起振装置室、通称、温浴装置室がある。いわばビルの心臓部に当たる。澤山が見たスパは心臓部の隣近くに位置していた。

澤山は緑の敷地やビルを観察した。道路に面した一階の東側にはレストラン、カフェ、コンビニが店を開いている。しゃれた店構えではあるが、セキュリティーにうるさい建物にしては不特定な客を受け入れるこれらの店には違和感を覚える。多分、店は独立した造りで、オフィスとは切り離されているのではないかと思った。

ビルの玄関脇には円柱があった。「グローバルセンター」の英文字が見えた。それから池、深さは九〇センチ程度だ。パーシャルフロートシステムの水を利用し池のように仕立てたのだろう。モダンな半円形の池の水中には丸や四角の大きなコンクリ鉢がある。水辺の植物が植えてあり、小さな淡水魚も目に付いた。ただ、来た時より、水量が急に減っているような気がした。池の側面に空気にさらされたホコリやゴミの線が見えた。その線と水面の差は五センチ程度。新築なのに早くも水漏れか。いや、風と波のいたずらだろうか。気にしながらも澤山はステッキを突き、敷石状の水平橋を渡って薬院駅に向かった。

それから二日後の午後、福岡市の地下に設置された管区気象台の高感度地震計が揺れの波をキャッチした。午後二時一〇分と同四時五分、いずれも極微小地震でMは0・6と0・8。震源域は薬院から赤坂にかけての地下八キロ地点であった。体に全く感じないこの種の地震は多くの箇所で多数発生しており、福岡市の場合は、警固断層帯の海底部に集中している。西方沖地震の微小な余震活動が今なお続いているのだ。今回の地震も陸部とはいえ震度1を記録した八月一〇日の地震と同様、その範ちゅうの揺れと見て、職員の誰もが注視しなかった。

同じ波形はグローバルセンタービルの外周敷地に埋められた地震・震度計にも届いた。データは地震発生と同時にビルの地下にある集中監視室を通して西方約五キロ離れた早良区百道浜にある滞在型ホテルの一室に自動的に送信された。リアルタイムの情報を仲間と共に交代しながら見続けていたクルト・ザイラーは二回目の地震後にやっとパソコンから解放され、両手を広げて大きく深呼吸をしてつぶやいた。

「池の水も役に立ったな」

そばにいたテール・ロドリゲスと宋一柱も呼応するように微笑んだ。

22　さわやかな青年――20X3・12〜20X4・3（SANFRANCISCO FUKUOKA）

南米の調査からシスコに戻って約半年後の一二月中旬、鑓水美樹は車で太平洋に面したゴールデン・ゲート・パーク近くにある集会場に向かっていた。NGO「反貧困ウェーブ」主催の地域フォーラムに初めて参加するためである。この団体は、グローバル化に批判的な市民団体の世界社会フォーラム（ポルトアレグレ会議）やその対極にある財界の世界経済フォーラム（ダボス会議）のような知られた組織とは違っていた。世界にネットワークがあるものの規模は極めて小さく、メンバーの多くは既存の体制から取り残されたり、落ちこぼれたりした一匹狼的な知識人や社会活動家、それも途上国や最貧国の出身者が多い。

美樹の隣シートにはニューヨークでの99パーセント運動（反格差闘争）で知り合ったアイルランド出身のメアリが乗っている。彼女は、かつて東京で開いた反原発デモやカイロでの民主化運動にも参加、当時、米紙タイム誌が「パースン・オブ・ザ・イヤー（時の人）」として取り上げたプロテスター（抗議する人）の仲間であった。

夕暮れの空の下、白っぽい木造の建物が見えてきた。広い駐車場に車を止めた。警戒している制・私服警官らの視線を感じながら二人は会場内に入った。

三五〇人ほどが集まっている。その中に灰色のダウンジャケットを着たガルバン・モンテス・コチの姿が見えた。パイプ椅子に腰かけて隣席の男と何やら話し込んでいるようだ。男はフード付きのウインドブレーカーにくるまっている。美樹たちは対話の邪魔にならないよう離れた空席を探した。その時、背後に声が聞こえた。

「セニョリータ、セニョリータ」振り向くとコチが手招きしている。美樹は微笑みを浮かべて彼の方に向かい、「セニョール、ブエノス・ノーチェス。友達と共に参加しました」と言ってメアリを紹介した。彼はメアリにあいさつし、参加への謝辞を述べた。

「ミキ、こちらも紹介したい方がいます。南米のウルグアイから参加したミスター・トミーです」コチは隣の席の男に言葉を投げた。フード男が立ち上がり、美樹たちに顔を向けた。日本人であった。

「俺、富田雄一《とみたゆういち》。よろしく」ぞんざいな言い方だが、白い鼻ひげを蓄えた穏やかな顔である。年齢は七〇歳前後であろう。日焼けした顔の肌に深いシワが刻まれている。細身ではあるが、胸板は厚く、背筋はしゃんとしてスマートだ。美樹とメアリはそれぞれ簡単な自己紹介をして近くの席に腰を下ろした。

集会は一時間ほど続いた。反貧困闘争をめぐる討議の過程で発言者の内容に多少の温度差はあったが、歯止めなき自由化が富の集中に拍車をかけ、人類の命にまで悲劇的な格差を招いているとの認識では全員が一致していた。「自由に正義を」「国際化に正義を」「富に正義を」という三つのＪ（トリプル・ジャスティス）を強調し合いながら、主催者側の議長が声高らかに締めくくった。

「飢え、失業、低賃金。新自由主義者らは三つのウイルスを世界にばらまいた。病原菌は各地に蔓延《まんえん》し、今、地球はパンデミック（爆発的大感染）寸前にある。我々はその元凶である市場原理主義者らによるグローバル化を断固、阻止せねばならない。代表格は国際の冠を付けた金融機関であり、Ｇ９の大国どもである。あらゆる場を通して抗議と抵抗の旋風を一段と巻き起こそうではないか。我々の戦いは世界に正義が訪れ、貧富の格差が是正されるまで決して止むことはない。ノー・モア・ポバティー！」

別れ際、美樹とメアリはコチに半ばからかうようにささやいた。

「過激な言葉や怒鳴り合いもなく、ちょっぴり拍子抜けだったわ」

「本日の会合は公開の場。捜査当局の関係者も紛れ込んでいますからね。発言には気をつけなければ。だが、心では皆燃えていますよ。トミーのように」とコチが釈明した。

富田は照れ臭そうにフードをちょっと持ち上げて、かぶり直した。フードの下から一瞬、緑色の野球帽が見えた。コチも帽子を取り出し頭に載せながら富田に続いた。コチの帽子も同じような緑色で、天ボタンの側に小さな花柄の刺繍があった。出入口で彼らの背中を見送る美樹にメアリが言った。

「同じ野球帽のようね。親しい間柄みたい」

おそろいの帽子かと美樹は思って、帰宅する人々に視線を送った。街灯に照らされた緑の野球帽姿が意外に多い。

「ほら、見て。同じ帽子の方が結構いるわ。『反貧困ウェーブ』の制帽かも知れないわね。緑がそのシンボルカラーかしら。優しさやバランスを意味するというじゃない」

「なるほど。でも、会場には赤旗はあったけれど、緑の旗はなかったわ。どこにでもありそうな製品だし。私の好みに合わない色。爬虫類《はちゅうるい》の感じがして」白髪混じりのメアリはそう言って鮮やかな黄色いマフラーをコートの襟元に巻いた。


年が明けて澤山隆志の手から杖が離れた。しかし、王寺世紀の蒸発が寒風となって心にまとわりつく。一切手を引けとの言葉を伴って。通勤電車の窓を通して薬院の新ビルが視界に入るたびに心に嫌な気分が満ちてくる。そんな澤山の目にさわやかな笑顔の青年が留まったのは、ビルを遠ざけるため通勤の手段をたまたまバスにした二月下旬、欧州で開かれていた冬季オリンピックが終わったころであった。

ある日の夕暮れ、仕事帰りのバスの中で、澤山は途中から乗り込んできた太いまゆ毛の男と出会った。セイスイ建設の若い技術者、青木英二である。彼も澤山に気付き、「やあ、澤山さん、ご無沙汰です」とにこやかに挨拶した。その張りのある声につられて澤山も「お久しぶりですね」と言って、空いていた隣席を勧めた。

青木は薬院の工事が終了したのを機に先月から新たな工事現場、市内を南北に走る南区の「日赤通り」に面したオフィスビル建設に従事していた。彼の自宅は南区に隣接する春日市。澤山の自宅がある大橋よりさらに南の方に位置している。現場への往来は主にマイカーなのだが、時によっては今日のようにバスを利用することもあると言った。

「ところで、例の取材はその後、どうなりましたか」青木が澤山に尋ねた。

澤山はしばらく黙した。ひげもじゃ男のことか。今となってはどうでもよいではないかと心でつぶやく。だが、二人の最後の記憶では、青木にとって澤山は取材の件で訪れた記者であり、澤山にとっての青木は「野球帽を手にした人」を目撃した青年なのだ。その野球帽の奴は工事現場近くの小公園から自分の背後を見つめていた尾行者？　それから起こった南公園での悲劇。当時のシーンがいやおうなく胸に突き刺さる。澤山はやっとの思いで答えた。

「いやダメでした。取材はできませんでした」

声には力が無かったが、言下に以後の話を明かしたいとの思いが湧出していた。薬院の工事現場で働いていた彼だ。何かを知っているかも知れない。澤山は言葉を継いだ。

「青木さん。実は相談したいことがありまして。お暇な時にお会いできませんか」

「相談？　若輩の私に？」唐突な願い、しかも弱々しい声の響き、青木は一瞬、戸惑いの表情を見せた。口にこそ出さなかったが、澤山は当時と比べ、かなりやつれたように見える。心の悩みだろうか。青木は迷った。だが「薬院の新ビルの件で」と聞き「いいですよ。いつでもご連絡ください」と、つい答えてしまった。

澤山は車内で彼と別れ、大橋駅前のバス停で降り、ふと自分が分からなくなった。見るのも嫌なグローバルセンタービルになぜ関心を寄せたのだろうか。道すがら考えるにつれ、悲劇の真相を探りたいとの気持ちが消えない自分に気付いた。そうだ、僕にはリスクを恐れぬ覚悟がない。だから迷う。美樹に逃げられ、南公園で一度は死んだも同然の身ではないか。そう思えば思うほど、生へのこだわりが薄まり、気持ちの揺らぎが少しずつ収まるのを澤山は感じた。それは人生への開き直りでもあった。

それから二週間後、澤山は青木との再会場所に向かっている。三月上旬になって、陽気な気候が続く。福岡市のセントラルパークと呼ばれる福岡城址の舞鶴公園から湖水の大濠《おおほり》公園にかけての一帯は、日曜日とあって多くの家族連れが目に付いた。澤山は尾行者がいないか、気を配りながら大濠公園に歩を進めた。

その大濠公園の南にある市の美術館横で青木は待っていた。陽光にきらめく湖水の回りをジョギングする何組もの人々が目の前を通り過ぎていく。彼らの背中を見やっているうちに、澤山の姿が視界に入った。時折、後ろを振り返りながら、彼はこちらにやってきた。

挨拶もそこそこに二人はそばの日本庭園に入った。周囲は樹林と白壁の塀に囲まれ静かである。三段落ちの滝が遠くに見える池のそばの奥まったベンチに腰かけた。

澤山の話に青木のさわやかな表情が曇った。

「私と最後に会ってから、そんな大変なことがあったのですか。足は完治されたのですね。全然知りませんでした。で、その野球帽の男が突き倒したと」

「ええ、警察は証拠がないので取り上げてくれませんが、僕にはそう思えます」

「薬院の工事事務所前であなたと会った時、背後にいた人が尾行して凶行に及んだとおっしゃるんですね。確かに野球帽を手にしていたようでしたが、彼が尾行者だったとは、にわかに信じられません」

「そうでしょうね。僕も最初はそう思っていました。でも大怪我をして、考えるにつれ、その人物が突き倒した、と思うようになりました。あなたが目撃した人の印象とか、野球帽の色とか、何かをご存じないですかね」澤山は無理を承知で聞いてみた。

「だいぶ前のことですし、帽子の色までは覚えていません。あなたの背後にいた人は……」青木は目の前の池をじっと見続けている。必死に当時を思い出そうとしているようだ。

「はっきりとは言えませんが、その男は作業着のようなのを着て……。テクノザイオンの方と思ったくらいなので、外国人だったかも知れません」

「外国人？」澤山はハッとした。悪夢の前日、ホテルで起きた美樹とのやりとり。あの時、割り込んできたのは確かインディオ風の男だった。その男だろうか。再度、青木に尋ねた。しかし「よく分からない。外国人でないかも知れない」と表現があいまいになった。しかたなく澤山は話題を変えた。

「ところで、誘発地震をご存じですか」

「誘発地震？　人工的に自然の地震を誘発することですか。ええ」青木は釈然としない様子で答えた。

「地震を起こすことが現実にできるでしょうか」

「さあ、なんとも。大掛かりな実証実験をやったとの話は聞きませんし。しかし、予期せぬ形で地震を誘発した例はあります」

青木はいくつかの事例を挙げた。澤山も既に知ってはいたが、誘発地震は水の圧入だけでなく、地下水の汲み上げでも起こると聞き、驚いた。

「二〇一一年五月にスペイン南西部のムルシア州ロルカ、北緯37度線辺りの地方都市ですが、そこで起きたM5・1の地震がそうです。多くの被害が出ました。その後の調査で、水の汲み上げによる地殻の歪みが原因と判明したようです。英科学誌に研究者が発表していました」

澤山は心がパッと開けるのを感じた。かなり詳しい。彼なら理解できるだろうと喜んだ。そして、腹に溜め込んできた推理の物語を語った。周囲を警戒しながらの話に青木もつられて辺りを見回しては熱心に聴き入った。首をかしげたり、目を丸くしたりしながら。

「恐ろしい話ですね、でも荒唐《こうとう》無稽《むけい》だとは言いきれません。そういえば」とささやいたかと思うと、急に口を閉じ澤山に目をやった。

澤山は気付いた。右手の方向にマスクをした和服の男が突っ立っている。池の対岸にある黒松を眺めているようだ。横顔しか見えないが、太めの杖を突いた姿から古風な老人のように思えた。庭内には茶室があり茶会が開かれている。参加者の一人だろう。二人はそう思いながらも、たわいない会話に切り替えた。間もなくして老人は枯山水《かれさんすい》の庭の方に遠ざかっていった。

それを確認した青木が口を開いた。

「実は、薬院の工事中に不可解なことがありましてね。温泉用の装置室があまりにもでっかいんです。私がいるセイスイ建設は設計には関与していませんが、常識的には大きすぎるんです。聞くと米国製の強力な多機能装置だからとか言っていました」

強力な装置。澤山は話を聞き、胸の高鳴りを感じた。同時に気になる事柄を思い出した。

「青木さん。ビルの前庭にある半円形の池、あれはフロートシステムの水ですか」

「ええ、そうです。システムの水とつながっています」

「昨年の一一月だったかな、ビルを訪ねた時、その池の水が漏れているようでしたが」

「まさか」青木は咄嗟に否定的な声を発した。「見間違いじゃないですか。システムの水量は一定に保たなければなりません。そのため工事は万全なはずです」

澤山は当時の模様を詳しく話した。青木はうーんとうなって、ささやいた。

「おかしいですね。短時間に五センチも水が減るとは。日時は覚えていますか」

「昨年の手帳を見れば分かると思いますが。確か、その日は温泉施設が点検とかで休業していました。二日間も」

「休業？　四八時間も？」青木は再び、目を丸くした。太いまゆ毛が動く。「あの温泉施設は建設途中で設計変更があったいわくつきでしてね。湯量が当初の推定値より少ないとかで大幅に縮小されました。何かトラブルがあったのかな。私なりに調べてみます」

「警備が厳しいようでしたが」

「ええ、承知しています。澤山さんの推理は別にしても、完成間もないビルにしては不可解です。それに巨大な装置室もいまだ解《げ》せません。調べてみる価値はあるかと思います。ビルは都市生活を支える基盤ですし、安全維持が第一ですので」青木はきっぱり言いきった。その力強い内容に澤山は思わず彼の手を握った。

23　報告――20X4・3～4（FUKUOKA　SANFRANCISCO　BUENOSAIRES）

会話を終えた澤山と青木がベンチから腰を上げ、日本庭園内を散策し始めたころ、大濠公園の東側、道路一つ隔てた舞鶴公園内の駐車場に杖をついた老人がやってきた。待機していた大型セダンの後部座席に乗り込んだ彼に、隣席の日本語ができるレバノンの同志、サヤカ・ビン・サイドが声をかけた。

「ご苦労さん。いかがでしたか」

和服姿の老人はマスクを取り外しながら答えた。

「奴らは警戒していた。だが、誰と会ったか分かる。この棒が仕留めた」

老人は手にした太い杖を二、三度、さすった。超小型カメラと高感度のデジタル盗聴器が内蔵されている。

「うまくいったんですね。死んだ母も喜んでいますよ」

「えっ！　今、何と言った、彼女が？」老人の目が光った。「いつだ」

「昨年末です。イスラエル軍の空爆による傷が原因のようです」

老人はその目を閉じた。しわだらけの顔がピクピクと震えた。成田闘争（一九六七－一九六八年）、日大紛争（一九六八年）、東大安田講堂事件（一九六九年）、連合赤軍事件（一九七二年）等々の時代、卑劣な国家権力との闘いに命をかけていた当時の彼女の姿が脳裏に広がる。催涙ガスが覆う修羅場の中で傷ついた我々を必死に手当てしてくれた彼女、共に闘った勇気ある医者の卵であった。目を閉じたままの老人のまぶたから涙がかすかに流れたのをサヤカは見て取った。

闘争に敗れたサヤカの母は、その後、祖国を捨てパレスチナ解放闘争に身を投じた。レバノン人の男性と結婚した後も活動は止むことがなかった。同じころ、老人もまた日本を脱出、軍事政権下のチリで闘っていた。今はウルグアイに在住、数年前にはベイルートの彼女宅を訪問している。彼女の息子サヤカとは顔見知りだ。

沈黙が訪れた。重苦しい静けさが続く。数分経っただろうか。突然、信号音が鳴り響いた。サングラスのドライバーがあわてるかのように携帯電話を取った。「ラジャー（了解）」彼はエンジンをかけ、大濠公園沿いを南下し、広い道に停車した。歩道にアクラム・アリー・マフムードが立っている。イラク生まれの若いアラブ人である。

「二人は別れました。サワヤマは美術館に入ったままです。もう一人は車で西に向かいました」アクラムはそう言うなり、助手席に座った。そして、振り返って後部座席の老人に目を向けた。

「伝統衣装（和服）似合っていましたね。トミーは立派でしたよ」悲報の渦中にあるとは知らず、彼は皮肉まじりに笑った。老人の表情が一瞬、しかめっ面《つら》になった。彼は驚き、首を引っ込めた。

トミーと呼ばれた老人は富田雄一である。気まずい空気を察してか、ドライバーが二、三、咳払いして、乾いた声を出した。

「奴らと目が合ったってことはないでしょうね」

サヤカ、アクラムがそれぞれ「ノー・プロブレム」と即答したが、富田は黙ったままだ。

「ではアジトへ」長身のドライバーは車を発進させた。それから間もなく、アクセルを一段と踏み込み、スピードを上げた。前方の車を次々に追い越す荒々しい運転に無言でいた富田が怒鳴った。「ゼロ・マサ！　スピードを落とせ！」その凄みある声にけおされて大型セダンの走りが萎えた。ゼロは自省した。用心せねばと。

「例の件、調べました。今夕、お会いできますか」

青木英二から澤山隆志の携帯電話に連絡が入ったのは日本庭園で会ってから三週間後の午後、澤山が夕刊の編集勤務を終えて間もないころである。この日はビッグニュースが相次ぎ疲れてはいたが、二つ返事で青木がいる「日赤通り」沿いの工事現場に向かった。刷り上がったばかりの夕刊紙を手にして。

二人は裏通りにある四川《しせん》風味の中国料理店で落ち合い、囲いのある席に坐った。澤山は丸めて持っていた夕刊紙をテーブル端に置き、メニューから最もポピュラーな二品を注文した。青木も大衆的な一品を選び、早速、例の件を報告した。

「澤山さん、池の水位の低下、やはり水漏れのようです。水抜きバルブが異常起動し、しかも悪いことに、専用の揚水ポンプにも不具合が生じたそうです」青木はここで言葉を切った。それから申し訳なさそうに言い添えた。

「これは、つてを探して調べてくれた上司からの伝聞情報でして、私が直接、関係者に聞いたわけではありません。セイスイからは既に手が離れていましたので」

グローバルセンタービルのオーナーは設計・監理を担当したテクノザイオンである。完成直後に施主の東都エステートから買い取ったという。建設したセイスイとは完全に縁が切れ、建物の維持、管理、補修等は外資系業者が手がけているとのことだ。

澤山は酢豚を分け皿に入れながら「そうですか。で、機器のトラブルはすぐに直ったのでしょうね」と聞いた。

「ええ、そのようです。ただ、原因はよく分からないようです。究明するにはすべての水を抜かなければならないとも言っているみたいです」

「だとすれば、貴社が開発したシステムに問題ありとなるんじゃないですか」

「ええ。でも、私の勘では意外と単純な不具合のように思えますよ。だって澤山さんが減水に気付いてからもう四カ月過ぎていますよ。この間、新たなトラブルはないと聞きますし、多分、収まっているのではないでしょうか」青木は楽観的な見方をしてチンジャオロースを口に運んだ。しばらく間を置いて澤山が声を出した。

「ところで、温浴施設の休業の件は何か分かりましたか」

「定期点検日であったのは間違いないようです。通常は深夜やるのですが、揚水量が減り始めていたため、装置室の揚水補助装置に欠陥があるのではないかとみて、朝から徹底的に分解点検したそうです。二日間臨時休業したのはそのためだとか」

「初期トラブルですかね。よくある新車の部品リコールみたいな」

「そうともいえますが、もし、通常の深夜の点検だったら、澤山さんが昼間、目にした池の減水は瞬時に回復していたはずです。スパの揚水補助装置は、故障したシステム専用ポンプのバックアップも兼ねていましたから。不運は重なるものですね」

「バックアップがあるとは知りませんでした。配管でつながっているわけか」

「ええ、システムは水が命ですから。確か三系統の配水ラインがあります。専用ポンプから、スパ用の揚水補助装置から。それに薬院新川の河川水。こちらは緊急事態以外は使用できないみたいです。建設当時、こんなに必要かなと思ったんですが、バックアップは多いほど安心できますね」青木の表情から笑みがこぼれた。澤山はしばらく黙した後、話を元に戻した。

「それで、補助装置の点検、結果はどうだったんですか」

「欠陥は発見されなかったといいます。原因はどうも地下内部にあるようで、温度も徐々に下がっているそうです。むしろ深刻なのはこちらの方でしょう」

肝心の推理を裏付けるような話がなくて澤山はいささか気落ちした。彼は夕食に気を移し、今度は皿うどんを口に含んだ。お互いが食べ終えたころ、青木が太い眉毛を上げながら周囲を見渡した。不審な客がいないのを確認して彼は言った。

「澤山さん、もう一つ、お知らせしたいことがあります。地震の件です」

あきらめかけていた澤山の上体がいきなり前に出て傾聴の姿勢となった。

「例の推理の物語が気になりましてね。グローバルセンター周辺を震源とした地震が発生していないか調べました。建設時からこれまでの間を。そうしたら、なんと昨年の八月と一一月に起こっているんです。いやー、びっくりしました。八月のは新聞でも報道されたようですが、震度1の地震が二回、その三日前には小さな地震も発生しています。近くの商業ビルに設置された地震計が記録していましてね。当社が請け負ったビルでしたので、記録資料を見せていただき知った次第です」

「一一月のは?」澤山は高揚感を抑えながら聞いた。

「小さな波形が二回記録されていました。それはスパが休業した二日後です」

「僕が池の水位の異変に気付いた二日後ですね」澤山の声が弾んだ。

「青木さん、気象台には問い合わせてみましたか」

「はい。西方沖地震の余震とみています。別に気にする風でもないようでした」

「そうですか」澤山は弱々しく言って、話題を温浴施設の装置室に向けた。青木が解せないと言っていた広すぎるスペースについて。彼は自嘲気味に答えた。

「私の思い過ごしのようでした。ワゴン車ほどの装置を現場で分解し点検するにはあの程度の広さが必要……」急に声が止まった。「どうかしたんですか」

「いや、ちょっと気付いたことがありましたので。澤山さん、誘発地震はウオーターがカギですよね。フロートシステム同様に」

「もちろん。それにプレッシャー（圧力）も欠かせませんよ」

「そこなんです。装置室の広い空間は分解点検作業のためだけではなく、新たな機器の設置や装着に必要なスペースかも知れません。水の圧入装置、さらには増圧機器や自動制御のＩＴ装置等です。揚水補助装置は多機能と聞きましたから諸々《もろもろ》の機器や装置を後からセットしたり、取り替えたりしてもおかしくはない」

澤山は血の騒ぎを感じ、彼の目を見つめた。さわやかな瞳が真剣味を帯びている。

「地震の件、さらに観察した方がよさそうですね。スパの休業と二日後の地震、関連性があるかも知れません。同じような状況が起こるかどうか」

「青木さん。僕も今、そう思っていました。それに池の水位の件も無視できません。常時計測できるようないい手はないでしょうか」

「考えてみます」

澤山と青木は中国料理店を出て「日赤通り」に向かった。その後ろ姿を物陰から横目で見送る老人がいた。トミーこと富田である。

店内では従業員が客の忘れ物に気付いていた。澤山がテーブルの端に丸めて置いた夕刊紙である。彼女は何とはなしにその新聞を広げた。大きな見出しが躍っている。

「福岡特別サミット本決まり・世界経営会議も開催・税の国際化を本格討議」

二都の季節は真逆の関係にあるが、時差は五時間程度である。米重工ワールド会長兼CEOのジョンはサンフランシスコにある本社ビルの会長室で朝から喜色満面である。セゴユリの現場に主要九カ国の首脳が集結する。待ち望んだ福岡特別サミットの本決まり。開催日は来年九月二二日と二三日（現地日付け）と仲間が知らせた。詰めの作戦会合を開かねばならないだろう。その前に、我ら「干渉なき企業同盟」の知人をいつ招待するかだ。彼の思考回路が動き始めた。

同じころのブエノスアイレス。昼食をとっくに終えた米重工南アメリカ社長（ワールド本社副社長）のロベルトは怒った顔つきで執務机に向かっていた。福岡からの情報によると、セイスイ側が池の水位やスパの休業について探りを入れてきたという。誠心誠意ウソをついて納得させたというが、探りの背後に澤山と青木がいることは間違いなさそうだ。派遣したトミーからついさっき届いたメールがそれを裏付けている。青木はセイスイ側の一級建築士、地質や構造の専門家というではないか。彼が動くとなると澤山以上に始末に負えなくなる。消す以外、道はあるまい、と思った。

彼は机上に置いた携帯電話に手を伸ばした。その時、インターコムが鳴った。彼の手の動きが反射的に音の方に向かった。秘書の声が耳に入る。

「会長が至急、シスコに来てほしい、とのことです。夕刻の便を押さえますか」

「そうしてくれ。今夜遅くに伺うと伝えてくれ」ボスからの突然の要請に答えた彼は一息入れた。そして携帯電話の方に再び手を伸ばした。

「俺だ。若いアオキなる名のネズミを駆除せよ」

ロベルトが指令を出し終えて十数時間後、シスコのノブヒルにあるフェアモントホテルの一室でジョン会長が腹心の二人を前に口を開いていた。

「世直しの時期が判明したのは承知だね。この件については別の日に会議を持つことにするが、本日、呼び出したのは私的な件だ」

深夜、はせ参じて来たのはロベルト副社長と米重工マテリアル社のリチャード社長である。眼鏡越しに二人の顔を交互に見ながらジョンは言葉を続けた。

「実は友人から急な要請があったね。セイスイが開発したパーシャルフロートシステムを見学したいとの申し入れだ。しかし、セゴユリが大事な時期を迎えており、受け入れるべきかどうか迷っている。彼らは早急に返事がほしいと言ってきた。リチャード、君はテクノザイオン担当でもあるね。どう思うか」

いきなりの質問にリチャードが返事するまでしばらく間があった。

「見学者にはメカに詳しい友人もいらっしゃるのですか」

「いや。いずれも企業家の連中だ。経営には詳しくてもメカには弱い。興味があるのは資産をいかに守るかだろう。地震はどこででも起こるからな」

「そうですか。だったら問題はないかと。いっそのこと、このビルがどんなに地震に強いかを見せてあげてもいいのでは」リチャードは安心して提案した。

「なるほど。ビル訪問時に地震を起こし、体験させるのだな。偶然にも自然の地震と遭遇したという筋書きだね。いいアイデアだ」

「もちろん、小さな揺れでの体験ですが……」

彼の話を聞きながらジョンの温和な表情が一段と緩んだ。その笑みをかき消すかのように丸顔のロベルトが口を挟む。

「会長、問題が。地震の発生日時を特定することは、セゴユリといえども困難です。起動してから二日から四日後までに発生というのがこれまでの実験結果です」

「そのことは承知している。発生の確率が高い日を想定し、その日を境に前後合わせて三〇時間、見学者はビル内に滞在する。この線ではどうかな」

「それだったらよろしいかと思います。宿泊施設の用意をせねばなりません。多人数だと困るのですが」

「五人だ。いずれも高齢者ではあるが、個室と寝心地のいいベッドがあればよい。私も一緒だ。セゴユリのビルを一度は見たい」

ボス自らも視察とは。二人は一瞬、ドキリとした。彼にふさわしい居住環境を整えなければならない。リチャードが苦しそうに述べた。

「個室を作るにしても一流ホテルのようにはなりません。オフィスビルですし」

「もちろん構わない。正式な会合はキュウシュウの景勝地でやる。その候補地については君たちで考えてくれ。いずれにしても見学の申し入れは受け入れるということでいいな。日程等についてはこれからだが」

ロベルトとリチャードは戸惑いながらも了解した。ただ、ロベルトには気になる言葉があった。企業家の連中、五人、高齢者。見学者はドバイ会合の面々かも知れない。中東の同志が盗撮した超大物たち。ロベルトは血の動きを感じながらかまをかけた。

「会長が懇意にされている方々は超大物の経営者ではないですか」

「いや、単なる私の友人だ」

「そうでしょうか。会長が共に宿泊されるとなると相当な位の方々と思いますよ。特別サミットの四日前に開かれる世界経営会議に出席されてもおかしくはないですよね。いかがでしょうか。見学の日を経営会議の前後に設けたら」

「セゴユリの本格的な開花の数日前かね。しかし、この話は会議とは関係ない。出席もしないはずだ。あくまで私的な隠密行動だからね」

出席もしないはずだ——言い換えれば出席を請われている。ボスが誘導に引っかかったのをロベルトは聞き逃さなかった。ボスの友人とはやはりドバイ会合の連中。そう確信した彼は、弾む気持ちをグッと抑えて、さらに言い続けた。

「会議うんぬんはともかくサミット直前に見学日を設定しても危険はないと思います。視察が終わり次第、秘密裏にフクオカを去り、遠く離れた景勝地で会合を開く。セゴユリの本格的な開花はそこで知る。センタービルが大地震でも無傷であることを確認できるはずです。それに会長自身は志の実現をリアルに認知できます。母国で吉報を待つより臨場感があり、今後の策にもきっと参考になるはずですよ」

ジョンは逡巡した。セゴユリの本当の威力を仲間に見せつけるには大々的な開花を見届けるまで九州にとどまった方がいい。セゴユリの成功を皆と共に祝うこともできる。ジョンは壁際にあるスタンドライトの淡い光を見続けた。

24　保護色の水位計——20X4・4〜7（FUKUOKA　SANFRANCISCO）

早朝のひんやりとした春の日差しの下、親子二人の庭師が池の中にある大きなコンクリート鉢を整えていた。グローバルセンタービルの保安チーム長、アントニオはその作業をセキュリティー室のモニターで確認しつつ部下の若い東洋人に聞いた。

「この作業いつまで続く？」「二時間で終わる予定です。草花の手入れです」との答えが返った。アントニオは「そうか」と言って別の映像に目を向けた。

作業用のゴムボートを操りながら二人の庭師は水中にある丸い鉢の雑草を抜いては開花前の菖蒲《しょうぶ》の周りに次々と緑色をした細い支柱を立てていく。セキショウやポンテデリアが群生している一坪ほどの四角い鉢では、朽ちた葉や折れた茎を切り取ったり、根元に付着した泥水混じりのゴミを取り除いたりの手入れが続いた。ここにも長短の緑の支柱数本が立てられた。これらの中に細長い水位計があった。鉢の中央底から頭をわずかに水面に出して水辺の植物に溶け込んでいる。気付く人は誰もいないだろう。それを仕込んだ庭師一人を除いて。

その庭師は青木英二が懇意にしている造園業者の父親であり、センタービルの庭造りも担っていた。建物本体はセイスイの手を離れているが、外周の庭の管理については従来の業者の手にあった。その盲点を突いての水位計設置である。

「うまくいきました。調べてください」庭師から固定電話で連絡を受けた青木は早速、万歩計のような携帯受信機を開き、三文字のパスワードを打ち込んだ。液晶には数値が現れた。78、79、80……。四角い大鉢の底の厚さは二センチだから池の底からの水位は現在約八〇センチとなる。受信機は急激に水位が低下した場合、アラームが自動的に鳴る仕組みとなっている。受信は成功である。青木は庭師に何度も礼を言って固定電話を切った。

水位の常時監視。澤山からの宿題をあれこれ考えた末の結果が水位計だった。直径一センチほどの内部にはリチウムイオン電池と超ミニ発信機が埋め込まれている。携帯電波を利用してデータを飛ばせる仕組みで、水庭の手入れは毎年四回予定されており、その都度、取り替えることができる。青木はこの機器に若干の改良とカムフラージュの工夫を施した。そして今、その機器は正常に動いている。青木は早速、澤山に報告した。


いつもの澤山とは違う感じがした。九州日報社の社会担当デスク、田所与一郎はここ一カ月間、彼と会うたびに違和感を覚えた。顔全体に張りやツヤがなくやつれているように見える。話といえば実務的な事柄以外はあまりしゃべらない。そのうえ周囲を常に警戒する風であり、酒量も急激に減っている。何かあるのだろうか。夕刊勤務を終えた六月初旬の夕暮れ、彼を無理やり屋台に誘った。降り出した小雨を肌に受けながら短いのれんをくぐる。幸い店主以外、誰もいない。それを機と見た田所は単刀直入に聞いてみた。

「澤ちゃん、最近変わったことあるね。例の事故が尾を引いとるとね」

澤山は一瞬、顔をしかめた。

「いや。何でもない。いつもの僕だ」

澤山の突っぱねたような答えが気に食わなかったのか、田所は何も言わず、ビールを飲んだ。しばらく間があった。澤山は振り返り外を見た。雨脚が少し強くなってきた。怪しい人影がないのを確認して、携帯受信機を取り出した。青木から知らされたパスワードの記号を入力し数値を見た。78前後を示している。池の水位に変化はない。

そんな彼の所作を見た田所が再びだみ声をあげた。「酒には口をつけんで、後ろを振り返ったり、変な携帯を開いたり。一体何ね。隠し事でもあるとね」

隠し事？ 苛つき気味の彼に、澤山は申し訳ない気持ちになった。気を遣ってくれる親友に胸の内を告げずにいた自分を恥じた。推理の物語が現実味を帯び始めた今、話さなければなるまい、と思った。澤山は目の前にある手付かずのお湯割りを一口すすり「実は……」と小声で語り始めた。田所は興味を覚えた。「うん、うん」と相づちを打っては耳を傾けた。しかし、話が進むにつれ「本当だろうか」との疑問が湧いてくる。裏付けがない緑の野球帽と同様、妄想めいているのだ。

「本当とは思えんばい。何のための陰謀かも分からんし……。物証はあるとね」

「ない」澤山はあっさりと言った。予想外の返事に田所はあんぐりとなった。そんな彼の表情に澤山は「しかし」と言って密かに設置した水位計の話を持ち出した。そして「これが証拠をつかむ」と携帯受信機の液晶に浮き出た数値を見せた。田所はうなった。そこまでやる彼の一《いち》途《ず》な執着心は狂気じみてもいる。対話を重ねるに従い「もしかしたら偏執症かも」と思うようになってきた。

突然、稲妻が走り雷鳴が轟く。数分後には屋台の周囲からザーという耳障りな雨音が襲ってきた。小雨どころか集中豪雨の予感。狭い屋台はあっという間に雨宿り客で溢れた。

激しい雨は天神から数キロ南の「日赤通り」をも洗っている。工事現場が見える近接の仮設事務所で一人残って仕事をしていた青木は断続的に襲う稲光や雷鳴に仕事への気がそがれ、帰り支度を始めた。そして戸締まり確認のため窓枠に近寄った。「あっ！」思わず声が出た。見えるはずの工事現場が暗くて目に届かない。非常用の夜間照明が消えている。驚いた青木はレインコートをはおり、白いヘルメットと完全防水の懐中電灯をつかみ、急ぎ足で現場に向かった。時折、突風が渦巻く。ヘルメットからは水滴が容赦なく流れ、飛び散る。青木は懐中電灯を小脇に挟み、ゲートの施錠をはずし、敷地奥の配電室を目指した。

この日は直径一・五メートルの杭基礎を打ち込んだばかりであり、排出された土砂や瓦礫のヤマが整地されずに残っていた。これらの塊が雨水と溶け合い流れ出したりして、敷地全体がぬかるみと化している。杭打ち後にできた穴を覆う平たい鉄や木の板も泥水に浸り見分けがつきにくい。青木はずぶ濡れになりながら懐中電灯の光だけを頼りに慎重に足を運ぶ。一歩、また一歩。よろけながらも何とか配電室に近づくことができた。それが目前に迫った時、閃光《せんこう》が走り、闇を切り裂いた。意思に反して顔が暗黒の空に向かった。無数の水滴に目を奪われた瞬間、踏み出した右足がすーっと地中に入り、左足もそれにならった。ああっ！　かすかな声と共に体が泥水の中に吸い込まれた。

配電室の中には人影があった。青木の懐中電灯の光が地中に消えたのを確認したその男は構えていた拳銃を上着の内ポケットに戻した。仕掛けた罠に笑みを浮かべながら電源のスイッチを入れた。現場の照明が一気に輝いた。男は痕跡を消し去り、静かに傘を広げた。顔を隠すように裏口から駐車場に向かい、グレーのセダンに乗った。衣服を着替え、エンジンをかけ帽子をかぶった。稲妻がまたキラつき、針金のような光線が雨水に煙るフロントガラスを照らした。一瞬、男の帽子が見えた。緑色の野球帽が……。

セダンが去った駐車場には青木の愛車が篠突く風雨にさらされていた。

青木英二の遺体が深さ五メートルの杭穴から発見されたのは翌日の朝である。昨夜とはうって変わって薄日が差している。規制線が張られた配電室近くの杭穴そばで、第一発見者の年老いた作業員が警察官に当時の様子を身振り手振りで語っている。

「この辺を通っていた際、露出した杭穴に気付いたとです。穴を覆うはずの木板がずれていて、中をのぞくとかすかな光が泥水に揺れとったとです」不審に思って同僚らに声をかけ泥水をかき出したという。完全防水の懐中電灯が出てきたことから現場は騒然となったようだ。「まさか、あの青木さんが……」彼はそうつぶやき目頭を押さえた。

南警察署の調べでは死因は泥水による窒息死。死亡推定時刻は午後九時。福岡市の一部が一時間に七〇ミリの雨量に見舞われていたころである。警察では、なぜ板がずれていたのかが問題となった。だが、調査の結果、故意や他殺の線は見つからず、結局、夜回り中に誤って杭穴に落ちた労災事故として処理された。高い足場からの転落や重機の横転等と同様、工事現場で発生しがちな過失事故の一つである。現場を取り仕切るセイスイ建設に対して、監督官庁から厳しい安全指導があったのは言うまでもない。

しかし、悲報に接した澤山は警察の調査結果に納得がいかなかった。青木は過失でなく殺されたのだ。あのビルに巣食う魔物たちに。正義感に溢れ、知性を与えてくれた彼のさわやかな笑顔が脳裏に広がった。急にむなしさがこみ上げてきて目から大粒の涙が流れ落ちた。いつのまにか両手は怒りの拳《こぶし》となっている。敵を倒し、青木の遺恨を晴らさねばならない。心に炎が燃え上がった。魔物たち出てきやがれ！　悲しみと怒りの中で何度も叫んだ。

同じころ、米重工ワールド社のジョン会長兼ＣＥＯはサンフランシスコにある本社の広い会長室で黙考していた。知人のビル見学日をいつにするか。ロベルト副社長の提案——特別サミット開催前に弱い地震を体験し、セゴユリが開花する開催日は福岡から離れた景勝地でその威力を見守る——なかなか魅力的ではあったが危険な面も否定できない。

ジョンはしばらくしてラップトップにSSの文字を打った。セプテンバーのS。セゴユリのS。SSは九月二二日。特別サミット会合の一日目を意味している。それを起点に逆算の作業を始めた。打ち直しが数回続いた後、画面にメモ書きが並んだ。

SSの8日前、13時、セゴユリ起動。

7日前、13時(起動から24時間)視察陣現場入り。滞在11時間

6日前、19時(起動から54時間)視察陣移動。滞在19時間

6日前　19時　セゴユリ停止。

セゴユリ稼働は五四時間。知人のビル滞在三〇時間。揺れの強さはリチャードが言ったMODERATE(震度3)以内からランクを落としたWEAK(震度1~2)以内でよいとした。「かすかな揺れ」に限定し、サミット開催「六日前には現場を去る」。この二点が安全面での最低条件である。ジョンはプリントアウトしたメモを封筒に入れ、翌朝、グループ本社での役員会に出席していたロベルトに密かに手渡した。

ロベルトはシスコ郊外のソーサリトの自室で封を開けた。彼の丸顔が一気にほころんだ。アンデスの山中に散った戦士の姿を思い浮かべつつ、今後の案件に頭脳を集中させた。セゴユリ

仲間の会合設定、超大物が集う景勝地の選定、「それから」と小声を出した。

「そう、俺たちの会合」。彼は血の騒ぎを感じていた。

しかし、もう一つの懸案が頭を突いた時、その高揚感は消え失せた。

「ネズミがあと一匹。う〜ん」澤山の存在である。福岡からの情報ではもう一匹の若いのを駆除したことで、目下、音無しの構えにあるという。だが、あのクソ野郎のことだ、いずれチョロチョロ嗅ぎ回るだろう。まずは刺激を与えて様子を探ってみるか。

ロベルトは携帯電話を取り出した。押した番号先から女性の声が届く。「ハロー、ミキ・スピーキング」アルトに近い響き。そこにはネズミが好むチーズのようなほどよい硬さと弾力性が漂っている。

ロベルトは静かに尋ねた。「明日、お会いできますか」

25　仕掛けられた罠——20X4・8～9（FUKUOKA）

鐔水美樹が東京に舞い戻ったとの情報は学生時代のワンゲル仲間、幹事役の迫田先輩から澤山隆志の耳に届いた。八月に入ってのことである。

「澤山、鐔水と会ったよ。米国から三年ぶりに帰国したとかで、君の消息を尋ねていたぞ。上野の韻松亭でのOB会をすっぽかしたことをすごく気にしていたみたいだ」

うだるような炎暑続きの真っ昼間、手作りの朝食兼昼食を食べ終えたころだった。澤山はパンツ一枚で固定電話の受話器を握り締めていた。

「そこでだ。彼女の帰国を機に仲間内で暑気払いをやろうということになってね。君も参加しないか。八月二三日を予定している。案内状を近く郵送するから」

三年ぶりの帰国？　ウソに決まっている。美樹は変装して福岡にいたではないか。澤山は迫田の話がうつろに聞こえた。ただ一つ聞きたいことがある。

「美樹先輩は米国で何をやっていたんですかね。三年近くも」

「よく分からん。今回の帰国は北海道の親父《おやじ》さんに不幸があったためと言っていた。葬儀は終わったそうだ。澤山、会には参加するだろう。彼女も君に会いたがっているぞ」

「今のところは何とも言えません」澤山は気のない返事をして電話を切った。参加しないことは初めから決めている。裏切りやがった彼女に上京までして会いに行くバカがどこにいるというのか。彼の心に激しい怒りが込み上げてきた。

怒りは彼女に対してだけではなかった。今や青木の遺品となり、その後も彼の知人の庭師が密かに管理してくれている水位計にも向けられている。携帯受信機のアラームは一度たりとも鳴らないし、数値にも変化はない。故障しているのだろうか。機器への不信めいた気持ちが高まり、推理を裏付ける唯一の武器を投げ付けて、鬱憤《うっぷん》を晴らしたい衝動にかられもした。それほどまでに意識は「悪魔の装置」にのめり込み、心は悶々《もんもん》としている。

そんな彼の執着心は仕事にも影響し始めた。表に出る日々のニュースは巨大な闇の世界からすれば些細なことのように思え、各地で相次ぐ地震についても謀略めいた気配を感じるようになってきた。原稿の読み込みが浅くなり、記事の重要性についての判断や見出しに狂いが生じる。推理の物語以外には関心が薄れ、気分は沈鬱状態にあった。

心の病だろうか。上司の西村部長は澤山の仕事ぶりを見聞するにつれ心配になった。あの塞ぎ込んだ面持ちはただごとではない。交通事故のトラウマだろうか。

「君、気分はどうかね。やつれているようだが」ある日、澤山を個室に呼んだ。

「いや、何も……ただ、熟睡できなくて……」澤山は弱々しく答えた。

「ニュース編集は深夜勤が多く、神経をすり減らすからね。どうだろう、しばらくは日勤を続けてみては。生活を自然のリズムに合わせるのがいいだろう」

朝起きて昼間活動して夜は眠るという人間本来の姿に戻そうとの勧めである。だが、ニュース処理の鬼と自負する澤山が果たしてすんなり承諾するかどうか。西村には自信がなかった。しかし、返事は意外だった。

「助かります。できれば、ニュース面、外していただければ……」

西村部長は驚きながらもほっとした。「では、来月から特集面や文化面を担当してもらう。何か相談したいことがあったらいつでもいいぞ」

西村はそこまで言って、ふと不安に思った。彼の目に勢いがない。

「夏休みはとったかね。たまには羽を伸ばせ」

「結構です。昨夏、怪我で休みましたので……」

澤山にとって部長の気配りは渡りに船である。特集や文化面の編集は分刻みのニュース面とは違って時間的に余裕があり、作業日程を自分の都合に合わせることもできる。もし駄目なら社を辞めるまでだ。自分の生きがいは謀略を暴くことだ。それが世のため人のためになる。澤山はポケットから携帯受信機を取り出し画面を見た。77。変化なし。「クソっ!」と思わずつぶやいた。

「どうかしたか」目の前の声に澤山はハッとした。部長の存在を忘れていた。彼はばつが悪そうに個室を出た。残った西村の顔が一瞬、曇った。「奴は重症？」

それからしばらく経ったころ、澤山の自宅パソコンに一通のメールが届いた。送信者欄には幹事役の迫田の名があったが、彼らしくない丁寧な文体だった。

「暑気払い、盛り上がりました。鐘水は喜んでくれましたが、君の欠席を非常に残念がっていました。近く福岡に行くそうです。彼女から連絡があるかと思いますので、会ってください。彼女が心配している様子だったので、男気を出してメールを送りました」

一〇年ほど前に購入したスバルのレガシーＢ４はいまだに快適な走りを続けている。澤山隆志は運転席の窓ガラスを少し下げた。夕暮れ時の海風は生暖かくもあったが、潮の香りが鼻孔に心地よい刺激を与えてくれる。

メールの予告どおりに鐘水美樹から連絡が入ったのは、体内時計を昼行性にリセットした九月中旬、夜の自宅の固定電話を通してだった。「澤山隆志様ですか。鐘水美樹です。迫田さんからご自宅の番号をお聞きし電話しました。お会いできますでしょうか。ご迷惑をおかけしたことを謝りたくて……」

緊張気味のよそよそしい声であった。そこには「タク」や「キミ」「覚えておきなさい」の上から目線は微塵もない。アルトに近い声色は美樹に違いないのだが、こわごわとした言い回しである。変装して澤山をだましたことに良心がとがめているのだろう。

「美樹先輩、福岡には何度も来られましたね。変装して。僕は貴女の件で大怪我をしたのですよ」澤山は多少、声を荒らげてもの申した。しかし彼女の声は落ち着いている。

「変装？　大怪我？　何の話か分かりません。澤山さんにお会いしたのは確か三年前と思います。その後、来福したのは今回が初めてです。約束した上野でのOB会を欠席したことがずっと気になっていました。会っていただけますでしょうか」

しらじらしくもウソをつきやがる。澤山は美樹が悪女に思えてきた。会って問い詰めなければならない。すべては彼女との出会いから始まったのだから。

博多湾の入口に浮かぶ志賀島へと向かう車の流れはスムーズだった。澤山は東区の香椎浜《かしい》から湾を埋め立てた広大な新都市「アイランドシティ」を北に抜け、県道59号線（志賀島和白《しかのしまわじろ》線）に入った。玄海国定公園「海の中道」を東西に貫く観光道路である。志賀島と市東部を結ぶ「海の中道」は全長八キロ、最大幅二・五キロにも及ぶ巨大な砂州《さす》で、北は玄界灘、南は博多湾に面している。海浜公園、レクリエーションセンター、水族館、ゴルフ場などがあり、福岡市の一大リゾート地域を形成している。

澤山は水族館そばの駐車場に入った。海浜公園の一角にあり、近くには台形状をした八階建てのホテル「ザ・ルイガンズ」がある。美樹との再会の場所である。約束の午後七時半、ロビー喫茶室に足を踏み入れた。正面にはガラス越しにプールが見え、その先は照明に照らされた広大な芝生の園、さらに奥には博多湾、対岸の福岡市街の夜景が広がる。

美樹はプールサイド側の席にいた。半そでの白っぽいワンピース、ほりの深いエキゾチックな顔立ち、髪は栗色ではなくツヤのある黒髪。姿勢を正した気品漂う姿はかつてグランドハイアットで目にした印象と変わりはない。ただ、当時と違うのは今の澤山にはトキメキ感に代わって猜疑心《さいぎしん》が見え隠れしていることだ。彼は挨拶もそこそこに問いただした。

「美樹先輩は以前、リサと名乗っていませんでしたか」

「リサ？　何のことか分かりませんが……」美樹は一瞬きょとんとして大きな瞳を彼に向けた。そして「長い間、ご無沙汰して申し訳ありませんでした。お詫びついでに夕食にご招待したいのですが、いかがでしょうか」と気を配るように言った。

「食事は結構です。それより貴女の本当のことを知りたいのです。地球の会も辞められましたね。しかも変装して福岡に現われたりして」言葉がきつくなった。

美樹は無礼な物言いに顔をしかめた。これまで公安とつるんで自分を追い回し苦しめてきた彼が己の非を棚に挙げ、一方的になじるとは許せないと思った。だが、その思いを胸に閉じ込めて静かに対応した。

「変装？　またそのことですか。私が福岡に来たのは三年ぶりですよ。あなたとの約束を破ったことは心からお詫びしますが、それ以外のことは私には理解しかねます。別の方のことを言っておられるのでは……」

水かけ論の様相を帯びてきた。澤山は怒りで頭が熱くなるのを感じた。メキシカン風に改装

された ロビーには団体客の姿が多くなり、混雑しそうな気配が漂い始める。

「美樹さん。少し周辺を散歩しませんか。お聞きしたいことが山ほどありますので」

「ええ、私も。ここより夜風に当たった方がお互いよさそうですね」

県道沿いの遊歩道には人影がまばらだった。日は既に暮れ、冷気を伴った海風が澤山の体をすり抜ける。まるで怒りの熱を奪い去っていくかのように。潮騒《しおさい》の音がかすかに聞こえる。飛び石のように配置された背の高い外灯の光が、肩を並べて散策する二人を包み込む。

その淡い照明の下を通り抜けていると突然、ピッ、ピッ、と小刻みな音がした。澤山はドキリとして、携帯受信機をあわてて取り出した。グローバルセンタービルの池に仕掛けた水位計からの送信である。美樹の視線を避けるように身を折って、記号を押し、画面を見た。66、60……。急激な水位の低下。顔が引きつった。

「タク君、どうかしたの」彼の異様な表情を見て、美樹は思わず声をかけた。無意識に出たタクの二文字に何の違和感もなかった。これまでの丁寧な言葉遣いは、迷惑をかけた彼の気持ちをおもんぱかっての飾りみたいなものだった。

「タク君、大丈夫？　顔がこわばっているわ。それ万歩計なの？」

澤山はあわてて受信機をポケットに突っ込んだ。二日後には地震が……。心臓の鼓動が早鐘のように響き、その言葉に答える余裕などはなかった。

美樹は何かがあったと感じた。探りたくもあったが自制した。そして何もないかのように周囲に目をやった。

「素敵じゃない。波の音を聞き、星座を見上げる。散策にはもってこいの場所ね」

「……」澤山は黙って腕時計を外灯にさらした。針は午後九時前を指している。

美樹は彼のソワソワした態度が気にかかった。やつれた頬がピク、ピクッと震えているようにも思える。こんな状態では対話は無理だろう。

「そろそろ戻りましょうか。タク君に会って楽しかったわ」

澤山も同じ思いでいた。水位を確認するために現場に行かねばならない。それから地震の予告を誰に告げるかを考えなければ……。

「先輩には聞きたいことがまだまだあります。悪魔の装置やひげもじゃ男について。でも今日はこの辺で」澤山はそう言って駐車場入口近くの遊歩道で立ち止まった。周囲に人の気配はない。ただ県道脇遠くに停車中の車がぼんやりと見えた。

「悪魔の装置？　ひげもじゃ男？　タク君、まるで変人みたいだわ」

澤山はこれには答えず「また会えますね」と再会を促すように尋ねた。

沈黙があった。路面をこする車のタイヤ音が近づいては遠ざかる。二、三台通り過ぎただろうか、静寂が再び戻ったころ、美樹が伏目がちに口を開いた。

「会うのは無理みたい。タク君、ごめんね。でもキミのことは忘れないわ。永遠に。それだけは覚えておきなさい」そう言って目を上げて彼の手をやさしく握った。

別れの握手？　もう会えないのか。澤山の胸に突然、熱く甘美な衝撃が走った。それは悪女の美樹が恋焦がれた彼女と思えた瞬間でもあった。彼は美樹をぐっと引き寄せ、思いっきり抱き締めた。その時、後方からいきなり車のライトが襲った。彼は驚いて抱き締めた手を離した。手遅れだった。

ブレーキがきしみ、車から二人の男が飛び出し、瞬時に美樹を連れ去った。「何をする！」澤山は大声をあげ、車の後を追いかけた。数秒後、運良く後続の車がそばを通り抜け、数メートル先で急停車した。澤山は駆け寄り、叫んだ。

「人がさらわれた！　あの車、追ってください」

ドライバーは外国人のようだ。状況を目撃していたのか「乗る！」と不慣れな日本語で強く促した。助手席に転がり込むと同時に彼はアクセルを一気に踏み込み、前方遠くにかすむテールランプをめがけて猛スピードで追跡を開始した。澤山は急いで携帯電話を取り出し、警察へ通報しようとした。その時、背後から人の声が飛んだ。

「それはよしたがいい。俺たちが捕まえる」

その声は？　振り返った澤山の目が凍りついた。その瞬間、彼の左手がいきなり澤山の後頭部を押さえ込み、右手が口と鼻を荒々しくとらえた。薬品の匂いが漂い、澤山は必死でもがいた。運転席からも手が伸び、右脇腹に高圧の電流が流れた。スタンガン！　筋肉が硬直し、彼のもがきが止まった。

ドライバーのアクラムは、気を失ったまま助手席に倒れた澤山の体をチラッと見て、後部のゼロ・マサに声をかけた。「リサは怒るでしょうね。奴をこんな目にあわせて」

「リサ？」ゼロは一瞬、目を見開いた。「車で連れ去られた女のことか。リサではなくミキではないか」

「そう、ミキとも言うそうだ。計画を立てる時、トミーから聞かされた。なんでもペルー生まれだとか。ゼロは知らなかったのか」

「そういえばそうだったかな」ゼロはあいまいな返事をして、ペルー生まれのリサはインド生まれのミキの偽名であることを心に刻んだ。

車はいつしかUターンして深夜の道を南下している。後ろにはレガシーB４がぴたりとついて来ている。運転席にレバノン生まれのサヤカの顔が見えた。


どれほど経っただろうか、コン、コンと窓をたたくような音が澤山のもうろうとした意識の先から聞こえてきた。しばらくしてその音が明確になり、人の声が聞こえた。やっとの思いで目を開けた。車の運転席に横たわっている汗だくの自分に気付いた。喉が渇き、体の節々が痛い。シートを上げて窓の方に目をやった。登山者らしい若い男女が何やら話しかけてきている。ドアを開けた。風がほてった皮膚を癒し、木々の緑が精気を吹き込んだ。

「大丈夫ですか。じきに夕暮れですよ」

「えっ……ここはどこ?」

若い男女はお互い顔を見合わせ怪訝な表情をした。男が言った。

「宝満山の登山口です。朝、登山する際、車の中であなたが熟睡しているのを見かけました。下山した今も同じような状態で……。体に異常はありませんか」

「大丈夫です。水、水をください」

「ええ、これでよかったらどうぞ」

澤山は差し出されたペットボトルの水を一気に飲み干した。

「救急車を呼びましょうか。ぐったりしてらっしゃるようだし。熱中症かも知れません」

「いえ、おかげ様でなんとか帰れそうです。ありがとうございます」

彼は何度も頭を下げ、レガシーB4をこわごわと発進させた。目の前には見慣れた山道が幹線道路に向かって延びている。福岡市の南東にある霊峰、宝満山《ほうまんざん》（標高八二九メートル）には何度も登っており、土地勘はある。しかし、僕は海に向かっていたはずだが……。記憶が定かではないことを心配しながら、慎重にハンドルを握った。

大橋の自宅にどうにかたどり着いたのは午後五時を過ぎていた。早速シャワーで冷水を長時間浴びた。それからインスタントラーメンで空腹を満たした。やっと心身がいつもの状態に戻った。テレビをつけた。美樹と会ってから一日近く経っていることを知った。

澤山は記憶の確認を始めた。まずは体を調べた。右脇腹にかすかな傷があった。スタンガンの跡が。記憶どおりである。衣服内の所持品も調べた。財布も携帯電話も免許証も手帳もメモ帳やペンもそのままだ。だが、あれがない。水位計の携帯受信機だ。車の中か。そこにもなかった。何度探しても出てこない。澤山は床にへたり込んだ。

なぜ、こんな目に。記憶を必死にたどった。電話があり美樹と再会した。そのきっかけは迫田からのメールだった。そういえば、あのメールは彼らしくない文体だった。澤山は確認するためパソコンに向かい、メールの受信履歴を探った。ない。消した覚えがないのに彼からのメール記録が消えている。驚いた澤山は迫田に電話をかけた。

「先輩、僕にメールしました？　美樹と会うようにと」

「えっ。メールなんかしていないよ。それが何か」

「彼女は福岡に来るとか言っていませんでしたか」

「いや、聞いていない。急にどうした。何か起こったんか」

ハメられた！　電話を切った澤山は、茫然としてその場に立ちすくんだ。テレビからニュースが流れている。熱中症で死亡した人や病院に運ばれた人の様子を伝えている。そうだ、これか、と思った。熱中症による死亡。クーラーは切れていた。あの登山者が救ってくれなかったら……。しかし、なんで山なのか。しかも車は木立の陰にあった。日差しが強い海辺ではない。ニュースを見ながら澤山の頭はかえって混乱した。

混乱の中で彼は確かなことを求めた。それは気を失っている時間帯を利用し、誰かが侵入したということだ。盗まれたものはないか。しかし、そのような痕跡はなく、狙いはメールだけだった。発信元を完全に抹消したかったに違いない。サーバー側にも既に手を打っているだろう。ともあれ、鍵や錠を交換し電話番号も変更しなければ。それに電話の盗聴防止装置も必要だ。やるべきことを考えながら澤山は思った。

こんな事態を招いたのは自分が敵にとって特別な存在であるからだろう。携帯受信機が盗まれたのは自分の行いが核心を突いているからだ。そう自負した時、もう一つの確かなことを思い出した。美樹との再会中に目にした水位の急低下だ。

明日にも地震が起こる！

26　〝オオカミ少年〟――20X4・9～10（FUKUOKA　BUENOSAIRES）

それから二日後の朝、西鉄大牟田線薬院駅そばのグローバルセンタービルのエントランスホールにサングラスをかけたマスクの男が入ってきた。高級仕立ての背広を着込み、頭髪はきれいに整えられている。見るからに一流のビジネスマン風である。小柄な男は手にした紙袋から小型のハンドスピーカーを取り出し、いきなり大声で叫んだ。

「このビルには悪魔の装置がある。急いで避難しろ。地震が起きるぞ！」

接客室で商談中の外国人らは驚いた様子で声の主に顔を向けた。数人の警備員が駆けつけたが、男は制止を振り切り、逃走した。一瞬の出来事だった。

「奴は誰なんだ」モニター画面で見ていたアントニオ保安チーム長は部下に聞いた。

「知りません。初めて目にする男です」

「そうか。今度来たら入れるんじゃないぞ。狂った奴めが」

センタービルで起こったハプニングは、数時間後、天神のデパートでも起きた。地下二階の食品売り場のエスカレーター付近でサングラスにマスク姿の男がハンドスピーカーを片手に

「地震が来る、避難せよ」と数回叫び、ガードマンが駆けつける前に逃げた。客の中には店外に逃げ出した人もいてデパート側は警察に届け出た。

翌日、翌々日も福岡市内のあちこちで同様なハプニングが起き、「地震予告の迷惑男」として各種メディアでも取り上げられた。警察は業務妨害罪容疑で捜査を始めた。

一〇月に入ると、迷惑男の行動はぴたりと止んだ。彼が告げた地震は発生せず、巷《ちまた》では人騒がせな愉快犯、気が狂ったほら吹き男として笑い話の種となった。その種が街の話題から消えかかったころ、再び男が現れた。今度は福岡中央警察署前である。

サングラスにマスク姿は前回と同様だが、頭は茶髪だ。マイクを口に「警察官諸君、悪魔の装置を取り除け」と叫び、道路一つ隔てた市役所に向けては「公務員諸君、世界の陰謀を知っているか」とがなりたてた。夕刻の退庁時間と重なったため結構人通りは多く、それぞれが眉をひそめたり、笑ったり、あるいは無視して通り過ぎていく。そんな中、中央警察署から警官二人が出てきて、彼の行動を制止し署内に連行した。

男は九州日報社の澤山隆志、これが数週間前、巷の話題となった迷惑男と判明した。澤山は取り調べ担当の月小路《つきこうじ》警部の質問に積極的に応じた。署内には南公園で車にはねられた際に世話になった交通警察の多田らもいた。彼らは一様に驚いた表情である。澤山は月小路に向かって自らの行為は人助けであると主張し、推理の物語を熱っぽく語り、訴えた。「センタービルの温浴装置室を早急に調べてほしい。悪魔の装置がある」

月小路は耳を傾けながらも、南公園の件で苦労した多田の当時の話を思い出した。

「あの澤山はしつこい男でね。我々の現場検証を全く信用していない。自己中心的で自分の意見が常に正しいと思い込んでいる。偏執症《パラノイア》のようだ」

月小路も同様と思った。悪魔の装置というのは何の証拠もない絵空事に違いないと。

身元確認の報を受けた九州日報社の黒岩人事部長が澤山の親友である田所与一郎を伴って中央警察署を訪れたのは取り調べが一通り終わったころである。黒岩部長は応対した緒方署長に社員の迷惑行為を詫びると共に彼の現状について語った。

「澤山は目下、休職中の身です。無断欠勤が続き、医者にみてもらったところ妄想性パーソナリティー障害と診断されました。偏執症が高じ、仕事の遂行に支障がある状態でして……」

緒方署長は納得した表情を見せた。月小路から、「澤山の供述には誇大妄想的で意味不明な事柄が多々あり」と聞いていたからである。

「まあ、いいでしょう。逃亡の恐れはないようだし、悪意もなく、かつ初犯ということで身柄の拘束はしません。在宅送検となりますが、被害を届け出たデパート側とは話し合われるように。本人には二度と迷惑行為をしないように諭してください」

署長は寛大な言葉を吐いた。黒岩と田所は頭を下げ、澤山を引き取った。澤山は終始うなだれていたが、帰り際、田所の耳元に口を寄せた。

「すまないが例の温浴装置室を調査するよう、月小路警部に催促してくれないか。彼が僕を取り調べた。君は彼を知っているだろう。心からのお願いだ。頼む」

翌朝、メディア各社は澤山の件を報じた。「迷惑男は新聞記者」「休職中に大ボラ行脚《あんぎゃ》」等の見出しで。彼が勤める九州日報社も報道し、広報担当者のお詫びの談話を併載した。数日後には週刊誌も大々的に取り上げ、新聞社には市民からの抗議が相次いだ。


「音無しのネズミがついに動いたか」米重工ワールド副社長兼南アメリカ社長のロベルトは待っていたかのように軽やかに唇を動かした。ブエノスアイレスの一〇月は雨の月だが、この日は快晴で気温は二一度と心地よい。窓を開け放った社長室で福岡のトミー（富田雄一）からの暗号メールを解読していた。

「チーズの香りが功を奏したようだな」彼は微笑んだ。メールには「ネズミの処分は生かさず殺さず」とあり、指示どおりの部下の行為に満足した。秘密を探る奴に刺激を与えるとますます図に乗る。そして妄想を膨らませ自ら墓穴を掘る。好奇心が人一倍強い澤山はそんな男だ。警察の本格的な介入を招くような殺しは最後の最後でよい。ロベルトは自分の勘が当たったことを誇らしく思った。その時、ラップトップに別のメールが入った。発信者はクルト・ザイラーだった。

「当地の警察から温浴施設の装置室を調査したいと協力要請あり。サワヤマの供述の裏を取りたいらしい。判断願う」

これには一瞬緊張したが、すぐに和らいだ。トミーのメール同様、澤山が福岡で起こした騒動についても触れていたからだ。いずれも「サワヤマはパラノイアとの見方あり」「動いたネズミは詐欺師となった」とのくだりがある。彼は早速、文字を打った。

トミーへの返送。ネズミは泳がせろ。ただし監視は継続せよ。

クルトへの返送。警察の協力要請は丁寧に受け入れろ。

澤山はもはや死んだも同然だとロベルトは確信したのだった。警察に検挙され、新聞やテレビ等で「うそつき野郎」と報じられた彼の言動を、今後誰が信じるだろうか。装置室の調査は澤山の大ぼらをさらに裏付けるまたとないチャンスだ。彼は社会的に抹殺されるであろう。むしろヒーロー気分の彼の行動を逆手《さかて》に取って利用すればよい。彼を泳がせ、我々の触角とするのだ。今回は警察を導いてくれた。サツのお墨付きを得る機会となるだろう。ロベルトは二つの返送文を暗号化し送信した。

福岡の九州日報社では賞罰委員会を開き、澤山の懲戒解雇処分を決めた。送検された彼は法的には起訴猶予となったが、起こした騒動は報道に携わる者としては許しがたい行為というのが解雇の理由である。しかし、澤山はこれより先に辞表を提出して受理されており、処分は表向きで、実際は退職金付きの自主退職ということになる。

社を辞めて三日後、澤山は田所を自宅近くの居酒屋に呼び出した。確認したいことがあったからだ。田所は彼の誘いに気楽に応じた。

「澤ちゃん、大変やったね。今日は君の送別会ばい。わしがおごるけん大いに飲みんしゃい。あっ、そうそう、君は最近、あまり飲まんようになっとったね」

「いや、久方ぶりに飲むよ。ビールのあと焼酎のお湯割りをいただく」澤山はそう言って出されたジョッキの中身を一気に飲み干した。田所はあぜんとした。社を辞めて気楽になったためだろうか。「よっ！　その意気、その意気」と笑って自らも飲み続けた。

しばらくして澤山が言葉を発した。「例の装置室調査、警察はやるのだろうか」

「月小路警部にダメを押したばい。近くやると言っとった」

「すまないね。それからもう一つ聞きたいことがある」澤山はかつて話した水位計のことに触れた。

「実はセンタービルの池の水が急減した時があってね。数日以内に地震が起きると思ったが、空振りに終わった。なぜなのか調べたいんだが」

また妄想の続きかと田所はうんざりした。だが、送別会と言った手前、自らの意見は極力控え、彼の話に乗ってみた。

「そうか、街中で地震予告のゲリラ活動をしたのは誘発地震が起こると思ったからか。それが、現実にはなかった。なるほど。水位の低下はいつやったとね」

「九月一七日の午後九時ごろ。この時刻にセンタービルで何かがあったと思う」

「一七日の夜、薬院のセンタービルでか」田所はジョッキを手に当時を振り返るように考え続けた。そして携帯電話を取り出し外へ出た。数分後、戻るや否な「澤ちゃん、分かったばい」と声を弾ませた。報道センターの部下に確認したらしい。

「その時刻ごろそばの店舗で火事があったばい。その際、消防隊員がビルの池の水を利用したようだ。水位の低下は多分、これじゃなかとね」

「なるほど。そんな騒ぎがあったとは知らなかった」

「澤ちゃんは時々、行方をくらましていたろうが。出社せんで」

そのころ、澤山は海の中道公園で美樹と再会していた。そしてハメられ山中に放置された。だが、その件については警察にも明かさず胸の中に封印している。明かしてもまともに聞いてはくれないだろう。緑の野球帽同様に。

「いろいろあってね。申し訳ない。もし火事の件を知っていたら地震予告はせずにすんだだろう。まあ、無断欠勤のつけか」澤山は笑った。久々に目にする彼の笑顔に田所は気をよくし、

「大切なのはその笑顔ばい」と言って澤山にお湯割りを勧めた。

「ところで、例の携帯受信機、今の水位どうなっとうと?」

「その肝心の受信機がなくなってね。困っている」澤山はため息をついた。その消沈ぶりに田所はこれまで抑えてきた自分の意見をやんわりと伝えた。

「澤ちゃん、そろそろ推理の物語から遠ざかってはどうだろうか。受信機がないとなれば、こ

れを機に別のことをやってみては。例えば推理の物語を小説にするとか」

一瞬、澤山の目が光った。「その辺のことは警察が装置室を調べた結果を見て考える。調査の内容が分かり次第教えてくれ」澤山は田所の手を両手で握り締めた。


それから一週間が過ぎた。センタービルに三人の捜査官とポンプ専門家の老人がやってきた。捜査官は福岡中央警察署の月小路警部とメカに詳しい県警本部刑事部の大山鑑識課員、それに通訳を兼ねた警備部の小坂外事課員だ。老人は福博工業大学名誉教授で三好と名乗った。

月小路は澤山の話を誇大妄想として信用していない。他の捜査官も同様である。それでも赴いたのは田所の要請にもよるが、万が一のケースを考えてのことだ。警察に訴えたが聞き入れてもらえず、その結果……といった事例がストーカー殺人などで起きており、念には念を入れろというのが緒方署長の口癖だったからである。

テクノザイオン側からはクルト、テール、宋、それに日本語が達者な警備員のミゲルが立ち会った。装置室には各種配管をはじめボイラー設備や貯湯槽タンク、送水ポンプなどが設置されていたが、スペースは想像以上に広かった。防音、振動対策もほどこされ、オフィス環境に十分配慮されたビルとの印象を得た。床の凹面から顔を出した揚水補助装置は大きく見えたが、多機能性を強調するクルトの説明を受け、なるほどと思った。

「湯量はどうですか」と三好名誉教授が聞いた。

「少なくなる一方です。温度もかんばしくありません」とテールが答えた。

「やはりそうですか。東北の大震災以降、地殻の変動が続いていますからね。その影響かも知れません。最近では火山活動も活発になっているようで。これが米国製の揚水補助装置ですか。源泉井戸の水中ポンプが送り出す温水はここを通るわけですね」

老教授は装置の下部に目を落とした。クルトは気になった。揚水配管の連結部は圧入も兼ねているため通常より強固なつくりとなっている。専門家が見れば不審に思うかも知れない。クルトは彼の目をそらすため声をあげた。

「イメリタス・プロフェッサー、ミヨシ。装置全体の美観はどうでしょうか」

連結部を見るため腰を折ろうとしていた老教授はその突飛な問いに反応し、姿勢を正しながらクルトに向かってにこやかに微笑んだ。

「そうですね、直線的で力強さを感じますな。お国柄の反映でしょうか」

機械野郎は機能や性能だけでなく機器や装置がかもし出す人工美にも興味を持つ。しばらく二人の間でデザイン論が展開された。その間、月小路らはテール、宋らと歓談している。その中で温浴施設を閉鎖せざるを得ないとの話が出た。警部はクルトに確認した。

「ええ、温泉が枯渇しそうなので。これらの設備も無用になるかも知れません」

調査の結論が見えてきた。澤山の病的な思い込みを裏付ける結果となりそうだった。それが決定的となったのは、帰り際、見せられた澤山の地震予告のモニター映像であった。彼の狂気じみた姿に月小路警部はうなった。「危険な奴め」

田所を通して結果を知った澤山は電話の受話器をガタンと力まかせに置き「バカ野郎！」とわめき、歯噛みした。息が苦しくなり、外に出たくなった。マンション玄関のホールに下り、通りの景色に身を置いた。人々が行き交い、車道は車で溢れている。何気ない日常の姿を見つめるにつれ、激情が薄れ、正気を取り戻した。それから郵便受けに突っ込まれた夕刊とチラシを取り出し、再び自宅に戻った。広告チラシに混じって差出人不明の郵便封筒があった。不審に思いながらも封を切った。一枚の紙が出てきた。

「トイレのクリーニングは終わりましたか。(15)」

やや大きめの印字。ただそれだけであった。消印からは投函日時はかすれて判読できない。しかし、受付局はＧＩＮＺＡと読める。東京からか。意味不明の一文を見るにつけ、ハッとした。敵からのメッセージ？　自宅が侵入された際、便所の調査はしていない。澤山は恐る恐る調べた。異様なメモ紙を見つけた。それはホルダーにセットしていたトイレット紙の芯、厚紙で巻かれたロールの内側に貼られている。

27　国語辞典と暗号文――20X4・11〜12（SANFRANCISCO　FUKUOKA）

執務机を前に早朝から情報誌に目を通していた米重工ワールド社のボス、ジョン・ウォーカー・スペンサーは老眼鏡をはずし、目の周囲を軽く指圧した。そして再び眼鏡をかけ、ページをめくった。手にしたのは富豪向けの「リッチ・アフェアーズ」という名のジャーナル専門誌。めくった紙面には「横暴な政治介入の危険性」「フクオカ特別サミットに向けて」という特集記事が掲載されている。

経済のグローバル化や情報革命の深化、さらに金融ビジネスの進展等によって国家の概念が大きく崩れ始めた。企業や富裕層は税率が低い国々に資産を移転、財政難にあえぐ主要国が目立ってきた。このため彼らは国際的な課税ルールを設けて財源を確保する動きを加速させている。中国が初参加する来年の福岡特別サミットの議題となるのは必至である。討議項目には世界共通の富裕税や企業の海外移転税、さらには金融取引税の新設・強化やタックス・ヘイブンの廃止などが含まれそうだ。世界課税機関の創設を求める主要国もあり、特別サミットが自由な経済活動を阻害するスタートとなりかねない。

「読みどおりだ。大国どもが出おった」とジョンはつぶやいて、今度は地元紙の「シスコ・タイムズ」を開いた。地域紛争やテロ事件の報道が多い中で、小さな記事が目に留まった。特別サミットについての北朝鮮の反応記事。消息筋の話として中国が参加することへの不満と苛立ちを伝えている。開催地が半島の裏庭ともいえる福岡であることも気に食わないようで「ミサイルでひとっ飛びの距離」というくだりがあった。いい表現だとジョンは微笑んだ。

「ミサイルでひとっ飛び」という不用意な比喩は日本のメディアでも報じられ、波紋を呼んだ。それはかつて南北が板門店で接触した際「ソウルを火の海にする」と言った北の威嚇にも似た言葉として一部市民には受け止められた。火の海発言はワシントンにも向けられている。これに目を付けたのが与党・保守党の大池議員だった。彼女は早速、臨時国会の衆院予算委員会でこの問題を取り上げ、安辺首相を問いただした。

「ひどい表現ではないですか。特別サミットの開催地がミサイルの射程内にあるという脅しにほかなりません。総理はどう思われますか」

安辺首相は思わぬ質問に眉毛を八の字にしながら目玉を大池に向けた。

「どうと言われても。まずは報道が事実であるかどうか、確認しないことには」

言葉を濁した首相に、彼女は半潜水艇事件を槍玉に挙げた。そして「この問題が何ら解決しないうえでの今回の脅しは無視できない。北への圧力を強化すべきと思いませんか」と声を強めた。首相は「既に圧力をかけている」と否定した。圧力の内容をめぐって多少やりとりがあったが、時間切れのため大池議員は質問を終えた。

続いて立った野党・民自党の広瀬議員も福岡特別サミットに触れた。ここでは富裕企業の租税回避問題を取り上げ「税の問題がサミットの主要議題になるのは画期的である。財界からは極めて強い反発があると聞くが、首相は議長国の総理として、その議題をまとめる自信はあるか」と聞いた。これに対し安辺首相は「議長国としての責任を果たす」とだけ言って後は堂々めぐりのバトルが続いた。


薬院にあるグローバルセンタービルの温浴施設が閉鎖されたのは、社会の関心が福岡での特別サミットに向けられていたころである。秋の気配が濃厚となった一一月中旬、澤山隆志は久々に会社を訪れ、田所与一郎と会って閉鎖の話を聞いた。場所は九州日報社のビル内にある一般客向けの喫茶室である。田所のだみ声が続いた。

「温泉施設の装置は撤去するごとある」

「へえー。装置までも。本当か」

「地下四千メートルの穴も塞ぐと聞いたばい。県に温泉採取(動力装置)の廃止届が出とる。澤ちゃんの妄想も終わるっちゃなかとね。治療の方は進みよるね」

澤山は少し不機嫌になった。だが、あくまで心配しての彼の言葉である。

「うん。君が言ったことをやっている。推理の物語を小説にするとか。でも悪魔の装置がなくなると、後が続かない」

「まあ、空想を膨らませればいいちゃないとね？　所詮、フィクションやろうが。わしの方は現実の中でアップアップしとる。頭が痛か」田所はそう言ってコーヒーを飲んだ。

「何か大事件でもあったのか」

「それなら面白かばってん、やってることは国際経済やけんね」

「えっ、君が。なんでまた。得意分野じゃなかったはずだが」

「しゃーないたい。部長命令やもん。福岡で来年九月にG9特別サミットがあるやろう。その取材チームの総合デスクをやれと言われたと。目下、勉強中の身たい。今、思えば、あの玄界灘で発見された白骨体がよくなかった」

「それ、どういう意味？」澤山は田所の団子鼻を見つめながら聞いた。

「白骨体発見は半潜水艇事件、さらに工作員の潜入疑惑へと発展したろう。今回のサミットにも北朝鮮の矛先が向いている。そのうえ主要議題の税の国際化について多くが反対しとるごとあって、大荒れの可能性大というわけ。だから社会担当のお前がやれということたい。まさに屁理屈《へりくつ》たい」田所は多少ふくれっ面になった。

「そんなに荒れそうなのか。例えば、テロリストのターゲットになっているとか。これまでのサミットも反対勢力が押しかけていたからな」

「澤ちゃんは悪魔の装置に夢中やったけん、あまり知らんごとあるね。今回はいつもと対立構造が違うとよ。これまでの反対勢力に加えて財界も猛反発しとうと」

田所は今まで仕入れた情報や知識のかけらを披瀝した。福岡の特別サミットに中国が初参加するだけでも注目に値するのだが、税の国際化にはグローバル化を推進してきた財界がこぞって大反対を表明している。反サミット勢力も富の公平な分配方策が明らかでない以上、大国による富の収奪にほかならないとして糾弾行動の構えにある。とりわけ途上国は「世界の分割支配を目論む会合」とみて痛烈な非難を展開しそうな雲行きにある。

ざっと、こんなことを述べながら「対立構造は複雑だが、一口でいえば国家対企業の戦争ばい。しかし一方では資本主義の強欲に対する挑戦の始まりと評価する学者もいたばい」と言った。澤山はうーんと言ったきり、声が出なかった。米重工ワールドもこんなサミットには当然反対だろう。彼らにとっては国家なんぞ必要悪に過ぎない。もしかしたら悪魔の装置の狙いは国家への宣戦布告。そう、動機はこれだ！

出かかった言葉を必死で飲み込んだ。同時に全身が粟立《あわだ》った。

「澤ちゃん、理解できた？　何か質問や反論があるちゃなかとね」

「いや。よく分かった。小説の続きができそうな感じがしてね」

「ほう、それはよかった。でも、これは現実世界の話ばい。澤ちゃんの空想の世界とは違うばい。間違えんように」田所はゲラゲラ笑った。

その笑顔を見ながらも澤山の脳裏には自宅のトイレで見つけたメモが浮かんでいた。メモの人物（15）に田所の話を知らせねば、と思った。

トイレットペーパーの芯に貼られたそのメモ紙には多くの記号が書かれていた。

「552イ7の195イ5は続行中。要警戒。調査の結果、預かった206イ6は486イ13・272ハ5の433イ12と判明……」末尾には例のカッコつきの15があった。記号の意味は解けなかった。それが分かるようになったのは二日後、郵送された手紙を読んだ時だった。

前回と同様、（15）によるGINZA発の怪文書である。

「当社ではトイレ紙のほか、辞書や辞典用の特殊紙も生産・販売しています。XX書店発行の国語辞典（20X3年版）の高品質紙もそうです。頁数1098、1頁の段数は三、行間も程よく、手触り感は抜群で読み易いと思います。（15）」

闇に光が射し込んだ気がした。早速、国語辞典を購入、自宅にこもりメモの記号と辞典を照合するうちに解読の筋道が見えた。最初の数字は頁数、イロハは段、最後の数字は行数。「552イ7」は552頁の上段の7行目、つまり「組織」であった。「195イ5」は「監視」であり「206イ6」は「機器」と分かった。メモの内容はこうだった。

「組織の監視は続行中。要警戒。調査の結果、預かった機器は水位計の受信機と判明、お前のために捨てた。敵は知らない」携帯受信機の投棄場所も記されている。

救いの手かと思った。しかし、（15）が誰かは不明だ。まずは機器の有無を確かめなければ。

澤山は自宅を出て（15）が示した大橋駅前の植え込みに向かい、密生した低木の地表を調べた。枯れ枝や紙片に混じってポケットティッシュが目に入った。触ってみると意外と固い。彼はそれをポケットに収め、急いで自宅に戻った。包装のビニールを破ると白い紙束の中から携帯受信機が出てきた。

澤山は飛び上がらんばかりに喜んだ。早速、机に向かいカバーを開く。メモ紙がパラリと床に落ちた。それを一瞥して、機器の機能を調べた。異常はない。安心して、床からメモ紙を拾った。またもや記号混じりの文。今度はワクワクしながら辞書を片手にひも解いた。「情報を待つ」とあり（15）との接触方法が書かれていた。

「何か考えごとをしとうと？」田所が黙ったままの澤山に不審の声を投げた。

「いや、別に。君の話、大いに参考になった」と彼は作り笑いを浮かべた。

敵の狙いはサミット粉砕。このことをメモの主に伝えたい。だが、大丈夫だろうか。迷った末、その15に賭けることにした。盗んだ携帯受信機を返してくれたのだから。

夕暮れ時の長い坂道を下りながら、ゼロ・マサは急に立ち止まり、鼻をかむ仕草をして辺りに視線の網を張った。邸宅や低層階のマンションが点在する南区の静かな住宅街。日曜日とはいえ車や歩行者の姿が目に付く。不審者がいないのを確認すると再び歩き始めた。坂道を下り切った大通りの角地によく利用するコンビニがある。その看板が見えてきた時、ゼロは右に曲がって道路脇の石碑の前で足を止めた。高さ一メートルほどの石碑には祝・紀元二千六百年と刻まれている。裏側のところどころに風化による小さな窪みがある。それらの一つに噛んだガムを包んだ銀紙が突っ込まれている。前回、見た時はなかった。やっと来たか。彼は周囲を警戒しながらその紙をそっと抜き取り、自宅に持ち帰った。予想どおり澤山からの暗号メッセージだった。

「陰謀の目的は特別サミット粉砕にあり。温浴施設は閉鎖された。確認願う」

サミットか。ゼロは、なるほどと思った。米重工絡みの陰謀だとしてもおかしくはない。多くの富裕企業が議題に不快感を示しており、ウソではなかろう。

それにしても組織の内部からは陰謀めいた話は出てこない。美樹の調査を通して出会った澤山との推理ゲーム。その推理に興じた結果、組織の上層部に同じような陰謀めいた計画があるかも知れないと危惧した。機密漏えいを恐れ、澤山の監視を申し出た。中東の上司、ムハマド・アサド・イブラーヒムはそれを認めて同志を送ってくれた。予感どおりである。潜入し推理の確かさを調べなければならないと思った。だが、時計の針はそこで止まっている。上層部の顔すらもいまだ藪の中だ。

ゼロは腹立ち気味にタバコを吸った。一体、陰謀の準備は誰が行っているのか。別の組織？だとすれば、我々はその周囲にいて、澤山のような不穏な奴らを監視するコマに過ぎないのだろうか。本丸を探らねば。メモは装置撤去の確認を求めている。まずはこれからだ。

一二月、シスコと東京で三つの会合が相次いで開かれた。いずれも会場はホテルの密室である。ジョン会長が主宰するセゴユリの秘密会には八人全員がシスコに集結した。

「諸君、標的が定まった。来年九月二二日から二日間の日程で開くG9特別サミットだ。会場はフクオカ・シティ・ミュージアム（福岡市博物館）。第一日を狙う。その月日をSSとする。セプテンバーのセゴユリ開花日。セゴユリのSにはサミットのSも重ねる」

ジョンは冒頭こう述べて大義を熱っぽく語った。協議は昼食を挟み五時間にも及んだ。この中でロベルト副社長から思わぬことを知らされた。

「SS八日前の一三時にセゴユリを起動する。これはテストだ。会長も参加する」

ボスのお出ましに驚きの声があがった。ロベルトは会長の知人らがグローバルセンタービルの免震装置を視察する旨を告げる。

「VIPへのサービスだ。小さな地震を誘発させ、ビルの免震性能を知ってもらう。手順はクルトへ伝える。彼が総責任者だ。さて本番についてだが……」

二つ目の会合はジョン会長、ロベルト副社長、それに米重工マテリアル社のリチャード社長による密談であった。視察者の宿泊場所はビルの最上階とし、工事は二月に行う。その後移動する景勝地は鹿児島を選定し、会合地を霧島温泉郷とした。

そして東京での秘密会。招集したのはロベルトだ。集まったのは「ガルバン・モンテス・コチ」「トミーこと富田雄二」「ムハマド・アサド・イブラーヒム」と「サヤカ・ビン・サイド」それに「鑓水美樹」がいた。セゴユリのメンバーとは全く違う。しかし、その場にはムハマドの部下である「アクラム・アリー・マフムード」と「ゼロ・マサ」の姿はなかった。二人は「知る必要がない人物」とみなされていた。

秘密会ではロベルトが新しい同志を連れてきた。ドイツ生まれのクルト・ザイラー。彼の母親がベトナム反戦闘争で死亡し、妻子が米軍のイラク侵攻で犠牲になったことを語り「我々と同じ境遇にある」と紹介した。クリスマス・イブを明日に控え、六本木の街が華やいでいるころである。

えっ！　もしや——。イブの日に自宅にいた澤山はパソコンを前に体が凍り付いた。推理の物語を執筆しようとキーボードに目を落とした時、謎の15がローマ字列にかぶさったのだった。アルファベットの順番数？　ABCD……彼はドキドキしながら指を折り数えた。15番目はO。もう一度試した。やはりOだった。オー、オゥ、おー。頭の中で「おー」が王の漢字を描く。王寺か、まさか。いや王寺だ！　英語にたけた彼の署名が常にローマ字だったのに気付き、心臓が一段と高鳴った。

先輩は敵地に潜入している！　しかも単独で。いやそんなことはなかろう。その時、ふとGINZA発の怪文書が目に浮かんだ。トイレの清掃を勧めた手紙と暗号解読のヒントを知らせした封書。いずれも末尾に（15）があり、王寺といえる。しかし、福岡にいる彼がわざわざ上京して銀座から投函するだろうか。もしかしたら……。そうだ、森川だ！　森川と王寺が推理の真偽を密かに調査してくれているのだ。

孤立無援の澤山の目からいつしか一滴の熱い涙がポロリと落ちた。

28　ネズミとモグラ——20X5・1～2（FUKUOKA　BUENOSAIRES）

薬院のグローバルセンタービルに工事車両が出入りし始めたのは一月半ばごろである。ゼロ・マサこと王寺世紀はイラク生まれのアクラムを伴って一階にあるレストラン「ティレニア」で軽い昼食をとっていた。装置撤去の情報を収集するのが狙いである。もちろんアクラムはそのことは知らない。関心があるのは澤山の動向と注文したアンチョビ入りのピザの味だ。

「これ、結構うまいですね。ゼロ・マサはよくここへ？」

「いや、初めてだ。このビルのスパに入りたくてね。どうだろう。食後、一緒にひと風呂浴びないか。体が温まるぞ」ゼロもピザの一片を口に入れた。

「アル・ヤーバニーはスパが好きですね。あのサワヤマもよく行っていました。尾行した時、確か南の山近くのスパへ」

「そうか。スーパー銭湯があちこちにあるからな。ところで奴に変化はないか」

「このところ何も。いつまで続くのですかね、退屈な監視が。上の計画もさっぱり分からないし」

「私も同じだ。所詮、ちっぽけなコマに過ぎないからな。君、スパには入るだろう?」この問いにアクラムはうなずき、大皿にフォークを伸ばした。

「よし、それでは営業しているかどうかちょっと聞いてみるか」ゼロは席を離れ従業員に探りを入れた。その光景を見ていたアクラムの目の先に作業服の男性三人がとまった。近くのテーブルに着いてメニューを眺めている。二人が白人、一人がアラブ人のように思えた。目が合い相手が微笑む。アクラムも笑顔で応じた。

「残念、スパはなくなったそうだ」席に戻るなり、ゼロが言った。「閉鎖工事が始まるみたいだ。別のところに行くか」

「ゼロ・マサ、向こうの席の人、その工事の関係者みたい。作業服を着ている」

ゼロは一瞥して理解した。思わぬ幸運、アラブ人らしい青年もいる。

「アクラム、ちょっと聞いてくれんか。スパ閉鎖の工事状況を。彼らの会話は英語のようだ。アラビア語を使うと、アラブ人は待ってましたとばかりにしゃべるぞ」

ゼロは声を低めて言った。若いアクラムは半ば面白がって席を立った。

アクラムのおかげで工事の概要が判明した。彼らは技術者で、温浴装置の撤去と源泉井戸の閉鎖作業に従事しているそうだ。ビルの地下にあるボイラー装置等は解体、搬出し、井戸の穴は塞ぐという。併せて最上階も一部改装するとのことだった。

ゼロは閉鎖が事実と知り落胆した。澤山が得た情報どおりである。

「閉鎖工事はすべて彼らが請け負っているのだろうか。日本人はいないのかな」

「よくは分からないが、俺が聞いたアラブ人は米国系の業者と言っていました。もう一人の奴は確かフランス人。彼も同僚とか。あと一人、スマートな格好をしたのが監督らしい。このビルの社員で米国人。名前はテール・ロドリゲスと言っていたかな」

「テール・ロドリゲス？　アラブ人の横にいたハンサムな男か。彼と話したのか」

「いいや、顔を合わせた程度です。教えてくれたのはサバ・サイード、あのアラブ人。ゼロが言ったように、サバは久々に聞く母国語に心が弾んでいました」

「で、彼はどこの出身だった？」

「俺と同じイラク、といっても、テロ集団が支配している北のモスル。幸い彼は六年ほど前に渡英したそうです。日本は初めてと言っていた」

「そうか。初めてか」ゼロは間を置いた。それから思いついたかのように声をあげた。

「アクラム、いつか彼をさそって一緒に観光ドライブでもしないか。私が案内する」

「えっ。いいのですか。しかし、お互い仕事があるし、上の許可も必要だろうし」

「もちろん、今日みたいに暇な時だ。君の許可は私がとる」

突然の提案にアクラムは目を輝かせた。ゼロは、上司のムハマド・アサド・イブラーヒムとはイランのシラーズで幼友達と聞いた。遠出の許可は間違いないと思った。

「楽しみですね。いつごろにしましょうか」

「もう少し暖かくなった方がいいだろう」王寺は探りの機会を画策した。

そのころ、澤山隆志は自宅の電話口にいた。受話器から待ちに待った声が届き、ほっと安堵の息を吐いた。一月一五日の玄界灘警備の日を境に何度も電話し、やっと六回目にして通じたのである。相手は公安調査庁特任部長の森川雄治。澤山は新年の遅い挨拶をして、息を弾ませながら切り出した。

「ところで、王寺さんはどうされていますか。辞められた後、何か連絡はありましたか」

「王寺？　ああ、彼ですか。いや何も。そちらには何か情報が」

「いや。ただGINZA発の……。失礼、消息がつかめず弱っています」

「そうですか。彼のことだから別天地で活躍していると思いますよ。澤山さんも仕事を辞められたそうですね。いただいた賀状で知りました」

「ええ、今は妄想の世界に閉じこもり、カッコ付きの15と遊んでいます」

「小説か何か。うらやましいですね。秋には福岡で特別サミットがありますね。これから大変な時期になります。何ごともなければいいですがね」

「本当ですね。あっ、そうそう、お勧めの辞書を買いました。ありがとうございます」

固定電話を切った澤山は感謝の気持ちを伝えたことで肩の荷が下りた感じがした。森川はこちらの意味不明の言葉を問うこともなく、聞き流していた。やはり王寺の潜行は当局絡みの捜査とみてもよいだろう。澤山は自分の読みに期待した。

一方、電話を受けた森川の心境は複雑だった。澤山が「15」の正体を見破り、こちらの動きを知ったのには気をよくしたが、「GINZA発」や「辞書」なる言葉を電話口で出し、王寺の名まで告げたことが気にかかった。もし電話が盗聴されていたら……。森川は王寺の内偵に支障が出ることを心配した。いや、それ以上に彼の正体が潜入先の組織に露呈することを恐れた。

幼いころからイランにいた王寺は中東の情勢に精通していた。周囲には多くの友人がいて、中には反政府活動家になった者や過激派組織に入った者もいた。王寺自身も彼らが掲げる思想に共鳴したことがあった。しかし米国で9・11同時多発テロが起こり、その後もさまざまなテロ事件が続くのを目の当たりにすることで、彼らの活動を疑問視するようになった。そこに現れたのが警察庁の森川雄治であった。森川は中東情勢にたけた有能な協力者を探していたのである。

以来、王寺は森川の勧めで警察組織入りし、主にイスラム圏の情報収集に当たってきた。しかし、テロ活動が世界に広がるにつれ、王寺の任務に「不穏な組織への潜入」が極秘裏に加わった。王寺はかつての友人、ムハマド・アサド・イブラーヒムと濃密な関係を築き、彼をリーダーとする小さな反米組織に潜り込んだ。組織の連中は北米や南米の仲間と連帯関係にあるが、王寺はその実態をつかめてはいない。そんな中で組織から彼に送られた指令が「鐨水美樹なる人物の調査」であった。

この指令のことは森川の耳に届けてはいない。重大な情報以外は報告しないのが内偵を進めるうえでは鉄則である。内偵に関する情報を逐一報告することは敵側に身元を知られる危険があるからだ。しかし、美樹調査の過程で澤山が描く「悪魔の装置」が浮上してきた。これが事実とすれば一大事である。

森川が王寺から報告を受けたのはこの件だった。森川は澤山の推理を妄想に過ぎないとして強く突っぱねたが、王寺はその真偽を探るために警察官の職を辞してまでして調査をやりたいと強く言い張った。現状では北の工作員捜査などに時間を奪われ、自由な活動ができないというのが理由だった。森川はやむなく彼の申し出を認め、王寺を治安機関の協力者とし、自らも側面から支えることとした。

「それにしても澤山は不用心すぎる」森川は公安調査庁の個室で大きくため息をついた。そして窓辺に目をやり、ひとりごちた。「このことを王寺に知らせなければならない」と。窓越しにはちらちらと小雪が舞っている。

それから二週間ほど経った二月初めの朝、澤山のマンションのエントランスに作業服の年老いた細身の鼻ひげ男が現われた。壁にはまった電話端子盤のボックスを開けている。住民の婦人がそれに気付き、声をかけた。「何の工事ですか」

「光ファイバーの点検です」細身の男は首から下げた社員証を見せた。

「そうなの。先月も点検していらしたようでしたが、寒いのにご苦労さんですね」彼女はそう言って外へ出た。路上には通信会社名が入った軽自動車が止まっている。

男は作業を進めた。ムカデの足のような端子の列に多数の配線、その細い線の一部に一円玉ほどの黒い盤が張り付いている。それを新品と取り換えただけで作業は終わった。


ブエノスアイレスにある米重工南アメリカの社長室に電話の盗聴データが届いたのは男が黒い盤を回収した翌日であった。ラップトップの暗号メールを前にロベルトはニヤニヤしながら禿げ上がった額に手を当てた。

「ほう、ネズミがまた動いたか。今度はどこに導いてくれるのだ」

彼はゲームを楽しむかのように暗号を解読した。福岡のトミーからの報告である。

「なるほど、ネズミはＰＳＩＡ（公安調査庁）に六回も電話したようだな」

トミーが設置した機器は通話先の電話番号をどうにか捉えているものの、会話内容はブロックされている。ラインがＰＳＩＡの盗聴防止システムと澤山が自宅の電話機に取り付けた同種の機器を経由していたからだ。それでも収穫は大きい。

「六回のうち五回は短い通話、六回目が長い。つまり六回目にお目当ての人物と対話ができたということだ。執拗に連絡をとりたかった人物とは誰だろうか」

ロベルトは考え込んだ。パラノイアのネズミが何かを訴えたとしても誰も耳を貸さないはずだ。しかし、治安当局が独自に我々の動向に関心を寄せていたとしたら。

その時、治安当局に潜んでいるモグラの件を思い出した。確か名前はゼロ・マサとか言っていたな。イランの同志・ムハマド・アサド・イブラーヒムの部下か。面識はないが、中東経由のトウキョウ情報の送り主。彼の美樹調査は優れていたし、澤山の危険な行動を知らせたのも彼と聞かされたが……。頭の中でモグラが送った美樹に関する当時の報告が次々と湧き出てくる。それに付随してもう一つの記憶に出くわした時、彼の温和な表情が急に険しくなった。それはかつてサチコ（阿川幸子）から聞いた情報である。

「ミキさんは日本で当局から厳しく監視されています。サワヤマも彼女を探しています。彼の知人にＰＳＩＡの幹部がいるとの話を聞きました。彼女が日本に行くにしても、変装し別人になりすます必要があるのではないでしょうか」

彼女の助言どおりに美樹をリサに変えて、福岡に送り込んだころの記憶である。その記憶を通して、電話をかけたネズミの背景がなんとなく見えてきたような気がした。

澤山とＰＳＩＡの幹部、それにモグラか。

ロベルトはこのフレーズを何度もささやくうちにハッとした。

モグラはサツの古巣を辞めてこちらに戻ったというではないか！　二重スパイ？　まさか。

夏のブエノスアイレスが深夜に入ったころ、一足先に朝を迎えた王寺世紀はマスクとハンチング帽で顔を隠してコートの襟を立て、地下鉄・七隈線でN病院に向かっている。前夜、携帯電話が二度鳴って、五秒後にも同じように二度の音が聞こえた。液晶画面を見ると、発信元を示す公衆電話の文字が連続して浮き出ていた。呼び出しの合図である。

N病院の広い受付ホールは患者で埋まっている。彼は初診の窓口で「咳とリハビリと血液」の三単語を発した。窓口の職員が「はあ、何ですか」と戸惑った表情を見せたが、ピンときたらしく「少し待ってください」と言った。それは今朝のミーティングで知らされた事務局からの伝達事項であった。「咳、リハビリ、血液と脈絡がない言葉を告げた患者が来たら事務局に至急連絡するように」

間もなくして看護師がやってきて王寺を一階にある医療相談室に案内した。相談室は個室で裏扉があった。しばらくするとそこから男の職員が入室し、健康保険証の提示を求めた。そして王寺と確認すると裏扉から事務局に入り、局長室に手引きした。

そこには顔見知りの二人の男がいた。

「おっ、王寺か。元気そうで何よりだ。私は失礼する。後は彼と話したまえ」とくと眺めて口を開いたのはこの病院の事務局長、縄田《なわた》であった。王寺が警察庁警備局にいたころの上級幹部だ。四年ほど前この病院に天下りしている。室内に残ったもう一人の男が声を出した。

「尾行を受けなかったか」公安調査庁の森川であった。

「大丈夫です。急に呼び出しとは何かあったんですか」王寺は口早に尋ねた。

「そう焦るな。まずはソファに腰を下ろして」森川はそう言って彼と向き合った。

「内偵の状況はどうかな」

「陰謀を裏付ける証拠は見当たりません」

「難航しているようだね。実はまずいことが起こった。澤山が私と君の行動に気付いて何度も電話をかけてきた。しかも暗号を披瀝しながら。彼は思いのほか慎重さに欠けているね。このままだと敵に君の正体を知られることになるやもしれない。証拠がつかめないとなると澤山の妄想に振り回されているだけではないか」

王寺も同じ思いをしたことがあった。しかし、澤山の監視の件で中東の組織が仲間を送ってきたのは彼の存在が危険と感じたからである。澤山が言う陰謀説と関係がありそうだが、それ以上の証拠がつかめない。

「温泉井戸は閉鎖されます。温浴装置も撤去するようです」

「そうか。君らが言う悪魔の装置はもともとなかったと言ってもいいだろう。警察の調査でも明らかだ。君の正体がバレる前に軌道修正をせねばならない」

軌道修正か。王寺はその言葉をかみ締めた。つまりは一切の探りをやめ、敵の指令どおりにコマになりきり、疑いを防ぐことに専念せよとの忠告なのだ。

「君は長年かけて中東の仲間たちと信頼の絆を築いてきた。今回の件で、それをフイにするようでは今後の活動に大きな穴があく。君には別の情報を期待したい」

「別の情報？」

「そうだ。イスラム過激派の動向及びその支援団体の調査」

王寺は返事に詰まった。それを見透かしたかのように森川は言った。

「君の立ち位置は協力者だ。だから私が職権で指示するわけにはいかないが……」

「友好国からテロリスト潜入の情報でもあるのですか」

「今はないが、可能性は否定できない。米欧の情報機関は私たちと同様、福岡での特別サミットには高度な警戒が必要とみている。宗教絡みの自爆テロだけではなく、米政権の中東政策を優柔不断だと攻撃する輩も懸念材料の一つだ。そのうえサミットに初参加する中国首脳の言論政策や少数民族の扱いに対する民の怒りも過激になっている。反グローバリストの中には命をいとわぬ連中もいるし、北朝鮮の動きも探らなければならない」

しかし、その発言には新たな危険要因、国家対企業の戦いをにおわす言葉はなかった。特別サミットには財界も大反対しているのだが、警察を含む治安当局の目はそこには向いていない。

「ところで『反貧困ウエーブ』という名の組織を聞いたことはないかな」

「いえ、初めて耳にします」と王寺は即答した。

「小さな組織のようだが、ＦＢＩ（米連邦捜査局）は危険な集団と踏んでいる。途上国や最貧国からの活動家が多く、中東を含む各国にネットを持っており、特別サミットを厳しく非難している。詳細は省くが、彼らの特徴はよく帽子をかぶるとか」

「帽子ですか」王寺はドキッとした。「緑の野球帽では？」

「君が以前追っていた半潜水艇事件の遺留品の件だね。緑の切れ布。それとは関係ないようだ。色はまちまちのようで、常時、着用しているわけではない。ＦＢＩは組織員割り出しの有力な決め手にはならないとしているようだ。どうかな、中東情報の件、やってくれないか」

王寺はしばらく黙した。観光ドライブの予定が頭に浮かぶ。

「少し時間をくれませんか」

「そうか。いずれにしても澤山とは距離を置いた方がいい」

29　探りのドライブ——20X5・3（FUKUOKA　SAGA）

「急な指示ですね。まさかゼロ・マサに疑惑でも」レコレータ墓地の管理人、ガルバン・モンテス・コチは携帯電話を思わず握り締めた。ロン兄貴の声が続く。

「俺の直感だ。といってもヤマカンではない。奴は近くアクラムとドライブする予定だ。工事関係者を伴ってだ。ゼロの上司、ムハマドが知らせてきた。単なる遊びならいいが、俺にはプンプンにおう」

工事関係者とは驚きだった。本丸探りのドライブか。コチには飲み込めた。兄貴はゼロに二重スパイの疑いをかけているのだ。

「ゼロに同行するアクラムには何か指示を？」

「何もしない。変な仕掛けをすると感づかれるからな。ネズミの監視を薄め、その要員をそちらに回す。君が指揮を執ってくれ。徹底的に調べてくれ」

幸い監視には支援者がつく。十分な数ではないにしろ立体的な展開ができる。ゼロが裏切り者かどうか、兄貴はその手掛かりを強く求めているのだ。ゼロの仲間でもある者が支援する以上、巧みな変装をさせなければならない。若いころの血が沸き立つのを感じながらコチは、なおも質問を投げかけ耳を傾けた。

独り住まいの澤山隆志は王寺からの暗号メモを見て心がかげった。ついさっき、例の石碑を通して手に入れたメモにはこうあった。
「温浴装置の撤去は事実。井戸も閉鎖する。調査は続行するが、困難な観あり」
座ってコタツに足を突っ込み、その紙片を幾度となく眺めていた澤山は焦り始めた。地下四千メートルの穴まで塞ぐとは本当だろうか。思考をめぐらすうちに、かつて探し求めたひげもじゃ男が目に浮かんだ。テール・ロドリゲス。美樹に寄り添っていた憎たらしいイケメンのボーリング技師。穴を塞ぐとなると工事現場にそのツラを出すに違いない。澤山は鏡に向かった。そして己の顔をしげしげと見つめた。四〇代前半にしては老け込み、やつれてはいる。だが、メイクにはかえっていい。彼は財布を手に外へ飛び出した。

山々の木々が一斉に芽吹く三月中旬。白い車が都市高速を西に向かっている。運転席にはゼロ・マサが、後部座席にはイラク生まれのアクラム・アリー・マフムードとサバ・サイードのにこやかな顔があった。白いトヨタのプリウスをレンタルしての観光ドライブ。快晴の日曜日とあって朝から行楽のマイカーが多い。アラビア語で談笑する二人の楽しげな空気を感じながらゼロは慎重にハンドルを握っている。前方には銀色のベンツが走っていた。白髪の老人ひとりが乗っており、のんびりと運転している。一方、後方には白っぽいワゴン車、その後には黒色の小型車がいた。ワゴン車は緩やかに走るゼロの車を追い越すこともなくピタリとついてきている。ベンツを先頭にプリウス、白のワゴン、黒の小型車が団子状に列をなしている。その車列をいくつかの車が追い抜いていく。

「ゼロは安全運転ですね。前のベンツを追い越したら」アクラムが英語で催促した。

「広大な砂漠を貫くハイウエーとは違って、車が多く、道幅も狭いからね。事故を起こすと大変だ。大事なＶＩＰ（重要人物）様を乗せているし」ゼロは真顔を装って言った。

「自分がビップ?」サバが微笑んだ。

「そうです。サバ殿、仕事はうまくいっていますか」

「まあ、まあかな。一カ月後には終了する。日本とはバイバイだ」

「あのフランス人や監督も?」アクラムがうらやましそうに口を挟む。

「監督って米国人のテール・ロドリゲスのことか。彼は違う。ビル会社の社員だからな」

「ほかにどんな社員がいるのだろうか」ゼロはチャンスとみて突っ込んだ。

「結構いるよ。人種は違うが、国籍は米国のようだ」サバはそう言って名を挙げた。クルト・ザイラー、アントニオ・マリーノ、それにソン・イージュウ（宋一柱）……。

「よく覚えているな。サバ殿の頭はＩＴ並みだ。さすがＶＩＰ様」ゼロは褒めた。褒めながらも、これ以上の突っ込みは不審を招くと思った。いったん中断し、話題を変えようとしたところ、アクラムが図に乗ってサバに再度、質問した。

「その中で一番偉いのは誰？」

「クルトかな。監督のテールがいろいろ相談しているみたいだったから」

「ソンはどんな奴か」

「クルトは時々、ドクターと呼んでいたが、学者ではなさそう。まあ下っ端ってとこかな。我々はさらにその下で働いているが、みんないい奴でね。監督のテールはボーリングに詳しく、中東でも掘削工事に従事していたと言っていた」

探りの会話、第一弾としては上出来だった。名が出た四人は多分、本丸のメンバーだろう。ゼロは喜びを胸に収めて運転に集中した。依然、ワゴン車がついてきている。運転席には眼鏡をかけた四角い顔の男がいた。

車列は都市高から西九州道に入った。糸島、唐津方面に向かう高速道だ。この辺りになると車の量は幾分、減ってきた。そろそろ試そうか、ゼロはそう思いながら車線を変更し、スピードを加速し、銀色のベンツを追い越した。これにつられて、後方のワゴン車と、その後ろにいた黒い小型車も車線を変え、プリウスを追うように速度を上げた。ルームミラーに映ったワゴン車を見たゼロは、いよいよお出ましか、と思った。

今日のドライブにはことのほか気を付けなければと覚悟していた。「聖域」の工事関係者、サバを同行している。尾行者がいたとしてもおかしくはない。

ゼロは、ワゴン車に来いと言わんばかりにアクセルを一段と踏み込み、数台のセダンをあっという間に追い抜いて、再び急角度で走行車線に戻った。その荒っぽいハンドルさばきにアクラム、サバの顔が青ざめている。

ゼロは右側のバックミラーを一瞥した。予想どおりワゴン車がスピードを上げ近づいてきている。後ろにつける気だ。奴のツラを見極めねば。前方遠くを走る保冷車との距離を縮め、ワゴン車のために後方のスペースを空けた。が、意外にも予想は外れた。車はプリウスの車線に入ることもなく、そのままゼロを抜き去った。後方にはワゴン車の後ろにいた黒い小型車が入り、速度を緩めた。プリウスとの距離が離れる。その離れた空間に追い越し車線を走っていた黄色い軽自動車が割り込んだ。ルームミラーにはハンドルを握った若い女が見え隠れしている。

ゼロは警戒しながら運転モードを安全走行に切り替えた。

西に延びる高速道の左側には脊振《せふり》山地の山々が連なる。右手には田畑に囲まれた家々が点在し、その先には青白い海が広がっている。のどかな風景を見ていたサバが口を開いた。

「ゼロ・マサ、目的地まではまだ遠いのか」

「西には観光スポットが多くてね。まず山側に行く。それから海側だ」

「温泉は？　スパではなく本格的なアル・ヤーバンの湯」アクラムが尋ねた。

「残念ながらこの辺りにはない。だが、考えておく。間もなく前原インターチェンジだ。ここで下りて、山寺へ向かう。砂漠のモスクや都市部の寺とは全く趣《おもむき》が違うぞ」ゼロは期待を持たせるように言って福耳をなでた。

福岡と佐賀の県境を壁のように阻む脊振山地。その西端にある雷山《らいざん》（標高九五五メートル）中腹には千三百年の歴史を誇る「雷山千如《せんにょ》寺大悲王院」が清らかな風情を見せている。ゼロが言った山寺とは、糸島市のはずれにある千如寺を指していた。寺院には鎌倉時代に彫られた国宝級の仏像があり、庭園には樹齢六百年の天然記念物ビャクダンが息づく。境内《けいだい》を覆う大カエデは樹齢四百年。紅葉シーズンには観光客でにぎわい、狭い道路は大渋滞となる。

だが、シーズンはとうに過ぎた。むしろ、緑に抱かれた静かなたたずまいこそ、荒涼とした砂漠で育ったアクラムやサバの興味をそそるのではないか。ゼロはそう思いつつ、高速道を下りて一般道に出ると片手でタバコを吸い始めた。

若い女性が運転する黄色い軽自動車は依然、プリウスの後を追っている。その後ろには黒い小型車をはじめ四台のセダンが続く。しばらくしてT字路にさしかかった。北の海に向かうか、南の山に行くかの分かれ道である。ゼロのプリウスは山側に進んだ。黄色の軽もプリウスに続いた。軽の後ろにいた黒い小型車とセダンはいずれも海側へ向かった。しかし、二〇〇メートルほど進んだところで、黒の小型車は停車し、後ろのセダンをやり過ごした。そして前方からやってくる軽トラックを待った。それが真横を通過するや否や車をUターンさせて、軽トラの後を追い山側へ走り始めた。

ゼロはつきまとう黄色の軽が気になった。ルームミラーに何度も目をやった。後部座席に老夫婦がいた。男性の方は坊主頭で黒っぽい袈裟を着ている。寺院関係者だろう。ゼロは安堵の息を吐いて、バックミラーに視線を向けた。遠くの方に軽トラックがゆっくりとこちらに向かってくるのが見えた。

プリウスはなだらかな上り道をなおも進んだ。おだやかなカーブを何回か曲がると、前方に小高い石垣が見えた。千如寺の入口である。ゼロは一気に急坂を上り、道路脇にある駐車場に入った。後続の黄色い軽は、そこを通り越して直接境内に向かった。

「さあ、着いたぞ」ゼロは山からの冷気を感じながら外に出た。アクラム、サバも車を降り、深呼吸をして周囲を見渡す。陽光に照り映えた寺院の屋根が森をバックにぽっかりと浮かんでいる。二人は感嘆しながらゼロの案内で道路を横切り境内に消えた。

思ったより広い駐車場には八台の車が止まっている。間もなくして軽トラックが通り過ぎ、その後ろにいた黒い小型車ホンダのフィットが入ってきた。運転席にはマスク男がいた。携帯電話を頰に当てている。数分後にはグレー色をしたトヨタのアクアが来て、黒いフィットの横につけた。中からあごひげをたくわえたムハマド・アサド・イブラーヒムとニット帽をかぶったサヤカ・ビン・サイドが出てきて、黒色フィットのマスク男に話しかけた。

「コチ、誰もいないようです。仕掛けましょうか」

「いいだろう、自分が見張る」マスク男のコチはそう言って、車から降り、警戒の目を周囲に向けた。ムハマドとサヤカはゼロのプリウスに近づいた。ムハマドの背の陰でサヤカがドアの鍵穴に金属線類を突っ込み、操作を繰り返す。ドアが開くと後部座席の裏底にライター状の機器を取り付けた。それからドアを閉め、後部のバンパーに回り込んで、超小型の機器を貼り付けた。ＩＣレコーダーとＧＰＳ（衛星利用測位システム）端末である。作業を終えた二人はコチに目配せして、乗ってきたグレーのアクアに戻り、駐車場を後にした。それと入れ替わりに銀色のベンツがやってきた。コチはそのベンツに親指を突き立て合図すると黒い小型車のフィットと共に去っていった。

ベンツの運転席には白髪の老紳士がいた。フィットが去るのを見送った彼は後ろの座席に振り返って「ご苦労さん」と声をかけた。そこには老婦人が座っている。

「高速道では座席に身を隠すなどさせて申し訳ない。あとひと踏ん張りです」

「ええ、頑張りますわ。小道具入れの中に数珠があったと思います。それを忘れないように」

老婦人の声はアニメ作品の老婆のように誇張された響きを伴っている。紳士は後部のトランクから車椅子を取り出し、杖を手にした彼女を乗せて境内に向かった。

山寺から数十キロ離れた都会では、澤山隆志が薬院にあるグローバルセンタービルの公開緑地を散策している。黒髪を少し白っぽく染め上げ、顔面のしわを際立たせて、鼻ひげをつけている。度の強い眼鏡をかけての背広姿は定年間際の教師風である。緑地奥の端に白いパネルの壁があり、鉄パイプのやぐらが顔を出していた。王寺が告げた源泉井戸の閉鎖現場と思えた。監視カメラを気にしながら、しばらくは周囲のビルを眺め続けた。七階建てのセンタービルより高い建物のいくつかに目星をつけると大通りに出て不動産の店を探し始めた。

本堂で読経《どきょう》を聞きながら本尊にお参りしたゼロら一行は、数多くの仏像を見学した後、心字《しんじ》庭園に向かい、一望できる広間に上がった。アクラムだけが畳に座して庭を眺めている。手入れされた庭木のこずえを通して聞こえる小鳥のさえずりが耳に心地よく、異文化にしばし安らぎを感じ始めた。その時、ゼロの声が背後にした。

「気に入ったようだな。私らは境内をもう少し歩いてみる。のんびりしていていいぞ」

「ええ、俺はここで休んでいます」アクラムは歩き回るより、今はじっとして心の平穏に浸りたかった。米軍のイラク空爆で家族を失い、孤独の中で生き抜いてきた彼にとっては自然の懐に身を委ねたような山寺が心の傷を癒してくれそうな気がした。

苔むした岩の辺りに白髪の紳士と車椅子の老婦人がいた。リング状の玉飾りを手に寄り添いながら庭園から離れ、外の小道に向かっている。その二人の仲むつまじい姿に、平和だったころの、今は亡き父母のやさしさが脳裏をかすめた。

老夫婦が向かった小道の前方には、ゼロとサバが歩いている。ゼロは先ほどから「探りの第二弾」を考えていた。だが、きっかけの妙案が浮かばない。やむなく「温泉に興味あるか」と聞いてみた。「山寺の次は海に案内するつもりだったが、アクラムの奴が温泉に行きたがっている。ＶＩＰ様はどちらがいい？」

サバはしばらく間を置き、それから期待を込めて強めに言った。「両方だ」

「欲張りだな。帰るのは深夜になるぞ。明日は早いのだろう。仕事は大丈夫か」

「心配ない。明日の担当は温浴装置室の床づくり、井戸は他の連中がやる」

しめた！　とゼロは心で叫んだ。探りの端緒が芽を出したのだ。床づくりの内容を聞くことで多くのことが分かった。装置室の機械類はすべて撤去したわけではなかった。床の凹面に据え付けられた揚水補助装置は残置すると言った。買い手がつかないためらしい。床面から少し出ている装置の上部を覆うため床を底上げして新たなフロアに仕上げるという。この床づくりが明日からの作業で、井戸の方は揚水用の水中式ポンプを引き揚げた後、穴を密閉するとのことだった。

「完全に埋め戻すのではないのだな」ゼロはダメ押しした。

「そうだ。浅い井戸ならともかく、深いからね。それに将来、再利用の可能性だってあるかも知れない。バラスを多少入れて上部をコンクリで固め、穴を塞ぐわけだ」

ゼロは血流が頭に上るのを感じた。もっと聞きたい。だが、追及はやめた。一度に多くは危険である。第三弾は次の車の中か、温泉地かで放とうと思った。そのためには歓待の意を示さなければ。下っ端といえども場合によっては現ナマも必要だろう。ゼロは立ち止まり、サバの耳元でささやいた。

「サバ殿、日本を去る前に私と付き合わないか。いい女を紹介するぞ」

場違いな誘いにサバは半ば驚きながらもニタリと笑って周囲に目をやった。少し離れた所に車椅子の老婦人と老紳士がいた。彼らはサバの笑顔に応えるかのように目を細めて合掌した。ゼロもつられて会釈した。数珠《じゅず》を手にした微笑ましい参拝客に何の不審も抱かなかった。

プリウスの後部バンパー裏に仕掛けたGPS端末が黒い小型車に位置情報を伝えている。運転席のコチは、タブレット型の画面を見ながらブルートゥス（近距離無線通信器）で追走の指示を出していた。ムハマドとサヤカが乗ったトヨタのアクアが動く。

日はとっくに暮れている。山寺を離れたプリウスは、その後、佐賀県に入り、玄海国定公園の海岸沿いをのんびり走行、虹の松原を経て唐津市内に長時間いた。それから再び、山側に戻り脊振山地を越えて、今は山ろくの南側を進んでいる。この辺りは有明海に注ぐ嘉瀬川の上流に当たり、山あいに二つの温泉郷がある。二千年の歴史を秘めた古湯温泉と弘法大師が発見したという熊の川温泉。プリウスが向かったのは古湯温泉だった。

集落の明かりが一望できるS旅館の駐車場にゼロの車はあった。その横に追走してきたトヨタのアクアが停車した。ムハマドとサヤカが降り立つ。そしてプリウスに潜ませたICレコーダーとGPS端末を回収し、直ちに引き揚げた。

温泉郷手前で待機していたコチは機器回収の報を聞き、胸をなで下ろした。車椅子に仕込んだ集音機器も高性能を発揮したようだし、会話記録にロン兄貴はきっと満足するはずだと喜んだ。コチの車の横には、午前は老夫婦を、午後は父娘を演じたトミーとリサのベンツもあった。


それから二日後の朝。コチの元に指令が届く。携帯電話にロン兄貴の声が響いた。

「モグラは大地を汚した。始末せよ」コチは身を引き締めた。

「トミーが手伝う。一カ月以内に朗報を待つ。以上だ」

殺しの指示は常に短い。幸いトミーが支援してくれる。彼と二人だけで組むのは澤山の件以来だ。当時は自分が尾行し、トミーが突き倒した。あれは二年前、そう、ホテル・ニューオータニ博多でミキと劇的な再会をした後だった。深夜、兄貴から密かに受けた指令は「危険な目にあわせろ」だった。

今度は違う。裏切り者、ゼロ・マサの処刑だ。コチの血が騒いだ。

30　監視カメラ——20X5・3（FUKUOKA）

九州日報・報道センター次長の田所与一郎は、澤山隆志の願いごとについ付き合うハメとなった。それは、数日前、会社近くの喫茶室で世間話に興じていた時のことである。澤山は田所に突拍子もないことを言いだした。「例の調査のため部屋を借りたよ。君に利用してもらえると思ってね」

調査？　また妄想か——当時の澤山とのやり取りを思い出しながら田所はワンルームマンションの狭い室内を見回した。薬院のグローバルセンタービルそばに立つ一七階建ての賃貸住宅。その一四階にある北向きの一室は一〇坪ほどの空間にフローリングの間とトイレ、風呂、キッチン、収納庫や家具が機能的に配置され、即入居可の状態にある。

「君の住まいは市外だったたね。この部屋からだと社まで歩いて一五分、地下鉄だと二駅、電車だと一駅だ。大事件で遅くなった場合や早朝取材など、必要に応じて利用すればいい。金はいらない。どうだろうか」

「えっ、タダ？」今、思えば食指が動いたのがまずかった。彼が言うように仕事には確かに便利だ。それに九月の特別サミットが近づくにつれ多忙になるのは明らかだ。それにしても澤山自身がなぜ利用しないのか。

「信じてもらえないかも知れないが、不審な奴が僕の回りをうろうろしているんだ。悪魔の装置に近づくのを阻止するために。南公園で体験した悪夢の再現はごめんだ。頼む、時々でいいから使ってくれ」

パラノイアから脱出しきれずにいる澤山の真剣な眼差《まなざ》しを見るにつけ、哀れさと同情の念が田所の心にのしかかった。

「澤ちゃんの言うのは分かった。しかし、君に代わって調査はせんばい。使うにしても、こちらの都合でやる。そうだな、数カ月程度。それに部下も利用するばい。費用の件だが、部屋代は言葉に甘えるとして、ガス、電気、水道代や通信費などは出すよ」

「いや、金は一切要らない。ただ頼みたいことが一つだけある」

ワンルームの室内に今しがた運び込んだダンボール箱に、その一つはあった。大金をはたいて買ったという小型の監視カメラとハードディスクレコーダーが収められている。カメラは高解像度の望遠用特殊レンズ、ハードディスクはインターネット対応型と聞いた。カメラをベランダに設置し、ハードディスクを介して澤山が住む大橋の自宅のパソコンに送信できるようにセットしてほしいとのことだった。

田所は窓を開け、狭いベランダに出た。かつて市電が走っていた城南線大通りを隔てた所に七階建てのセンタービルが見下ろせた。澤山が言ったとおり、そのビルの北西側の緑地奥に木立に囲まれたやぐらが見える。距離は二〇〇メートルあまりありそうだ。高い木々と白い塀に囲まれ、人々が忙しく働いている。「カメラをやぐらの方に向けてセットしてくれないか。温泉井戸の作業風景を見たいので」田所は彼の依頼を反すうしながら仕事を進めた。

風景とはいえ当然ながら人物の盗撮も含まれる。人権問題にもなりかねない。しかし、澤山は杞憂に過ぎないと断言した。「人権侵害？　それを問題視している米国でさえ人権を踏みにじっているよ。君はエシュロンって知っているだろう」

「世界最強の通信傍受システムやろう。以前、ネットで調べたことがあったばい。米国の、何だったかな。そう、NSA（国家安全保障局）が運営しているとか」

「うん。米英とカナダ、それにオーストラリアとニュージーランドのアングロサクソン系五カ国が共同で全世界の交信をシギント（シグナル・インテリジェンス＝通信傍受）するシステムだ。その能力は一分間に三〇〇万の通信を傍受、処理できるそうだ。無線音声や電話だけでなく電子メールやファックス、データ通信だって盗聴、盗視されているんだ。空からは偵察衛星や大小の無人機、ドローンが地上を数センチ、数ミリ単位で盗撮している。今やすべてが筒抜けよ。これらと比べると監視カメラの設置なんて取るに足りないお遊びみたいなものだ」

確かに、と田所は思った。NSAが他国のコンピューターや通信システムに情報収集用のソフトを埋め込み、監視しているとの報道もあった。その数は一〇万件という。人権外交を標榜するアメリカは口先とは裏腹に地球の情報を平気で盗み、他国の主権や国民のプライバシーを侵害している。無線だけでなく有線通信も盗聴されていた。そのことを告発したエドワード・スノーデン事件は米政権の暗部をえぐり出し、国際問題に発展したのを記憶している。それにしても、これらは防衛やテロ防止のためであり、どこの国でもやっているのではないか。自国民の安全を守る必要な情報収集。しかし、澤山はきっぱりと言い放った。

「僕の目的も同じだよ。悪魔の装置を証明することは自国民の安全を計るためのことだ。君には分かると思うが」

分からない、と咄嗟《とっさ》に言おうとしたが、躊躇した。妄想上の話だ。まともに取り合っても意味はなかろう。街角や道路、いたるところにカメラが設置され、我々はもはや日常的に監視されているではないか。そう大げさに考える必要もあるまい。

ベランダでの設置は割と簡単だった。窓枠の上部にある屋外空調機の置き台を利用し、小型のカメラを目立たぬよう取り付けた。カメラからの配線は空調の動力線に沿って室内に導き、ハードディスクを経由してビル内のネット回線につなぐ。あとは自宅で待機中の澤山からの連絡を待つだけとなった。その連絡は携帯電話で即時に届いた。彼の指示に従いカメラの位置とズームの度合を多少調整して作業はすべて完了した。

「望遠レンズの効果はいいね。ばっちり映っている。夕食おごるよ」

「澤ちゃん、高価な和食を期待しているばい。それにビール。飲みながら悪魔の装置について詳しく話しんしゃい。知りたいけん」そうだみ声をあげた田所だったが、澤山の妄想に関心を寄せた自分に気付き苦笑した。しかし、その意に反して再びベランダに向かった。眼下に見えるセンタービルの前にはシンプルな池がある。澤山が言った水位計はこの中にあるのだろう。もし、ここに誘発地震を引き起こす悪魔の装置があるとしたら。そんなはずはない。温浴施設は廃止と決まったから。あのやぐらはそのための工事だ。澤山は一体、何を、誰を調査するのだろうか。田所は不可解な澤山の言動に興味を抱いた。

もはや幻想ではなくなったとゼロ・マサこと王寺世紀は南区にある自宅のデスクでひとりごちた。耳に当てたイヤホンからはサバ・サイードの声が流れている。探りのドライブで仕入れた工事関係者の貴重な情報である。王寺が自分の衣服に忍ばせていたペンシル型のＩＣレコーダーは彼の言葉をはっきりと捉えている。何度も再生して聞くにつれ巨大な陰謀が現実味を帯びてきた。物的証拠はない。だが、それへと導く内容であった。それは古湯温泉の夜、高台にあるＳ旅館でくつろいでいた時の会話である。

「ＶＩＰ様の監督はテール・ロドリゲスと言っていたね。名前からするとスペイン系の方かな」王寺はサバが漏らした本丸と思えるメンバーのうち、ボーリング技師のテールについての人物像を引き出そうとした。

「そのようだ。彼は南米に長期間いたらしい。あそこも資源が豊富だからね」

「南米？　どこの都市か」

「ブエノスアイレスに会社があって、そこを拠点に穴掘りの仕事をしていたと聞いた。一番偉そうなボスのクルト・ザイラーやソン・イージュウ（宋一柱）らも一緒に」

「一緒に。うーん。で、ソンは？」

「真面目な中国人だ。彼は地質学に詳しい」

「ほう、地質学か。彼らは一匹オオカミなのかな。時の要請で各国を転々するような秀《ひい》でた人材。ＶＩＰ様もそうだろう」

「まあな。でも彼らは違う。米重工ワールドに属していると言っていたから」

「えっ！　米重工？　ほんとか」

英語の会話はここで途切れ、アラビア語が入った。ドライブに同行したアクラム・アリー・マフムードが湯から戻ってサバに声をかけている。

イヤホンを耳からはずした王寺は、これまで得た情報を整理し始めた。その過程で星一郎なる人物が核心的存在のように思えてきた。誘発地震の研究にまい進してきた、今は亡き教授。この博士もブエノスアイレスにいた。米重工の阿川幸子にスカウトされて。テールらも同じ都市に長い間いたという。教授が彼らと仕事上で接触していた可能性は皆無とは言えない。同じ米重工関係者であり、テールはボーリング技師、ソンは地質学に秀でているようだ。あと一人のクルトについてサバは「何が専門なのか知らない」と言ったが、星との関係はありそうな気がしてきた。

それに、と王寺はつぶやいた。温浴施設の閉鎖も疑問符がつく。サバの話では温泉井戸は再利用を考慮しての封鎖だし、装置撤去も完全ではない。とりわけ新たに作る床の下に残置する揚水補助装置はサバの言葉を借りれば「でっかくて、初めて目にする機械」である。残置処理は一般的にはよくあることで不思議ではない。しかし、陰謀探りの視点からみれば、不可解である。なぜ分解して撤去しないのだ。これが悪魔の装置だからだろうか。澤山が述べたように狙いが特別サミットだとすれば、この時期での閉鎖工事はタイムリーである。開催月の九月に向けての地震誘発への準備か。

陰謀を明らかにしなければならない。王寺はこれからの行動に意識を集中した。星教授の再調査と研究資料の入手。テールらの身辺と過去の経歴調査。この二つを精査することで星教授とテールらの接点が明らかになるに違いないと確信した。そのためには治安機関の協力が不可欠だ。公安調査庁の森川雄治の顔が目に浮かぶ。告げるにしても果たして理解してくれるだろうか。不安を抱きながらもN病院の縄田事務局長に電話した。

「病の件で主治医と会いたいのですが」しばらく間があった。相手は考えている様子だ。が、返事の声は歯切れが悪かった。

「確か……。彼は海外に出張中ではないかな。一応、伝えてはみるが……」

「そうですか。じゃ、帰国されるまで待ちます」王寺は失望し、タバコを吸って気分を紛らわした。それから思い出したかのように澤山宛の暗号文づくりに取りかかった。

「温浴施設の閉鎖は偽装の疑い濃厚。本丸メンバーの調査を決意」と書き、判明したテールらの名前を列挙した。それが済むと今度は当面の行動を考えた。彼らの面割りと追尾だ。面通しにはサバの助けが必要である。サバにはドライブで媚薬《びやく》をかがせている。「いい女を紹介するぞ」明確な回答はないが、当時示した彼の卑猥《ひわい》な笑いからして脈はありそうだ。手帳を取り出し、アクラムから聞いたサバの携帯電話番号を探した。

31　都会での狩り——20X5・4（FUKUOKA）

ゼロ・マサの始末。兄貴からの指令には知的な妙案はない。あるのは人間の本能に潜む暴力性向だけである。トミー（富田雄一）が追い立て、自分が仕留める。それは原始的な狩りにも似ている。ただ違うのはここが森ではなく都会ということだ。

一日四万人近くが利用する薬院駅。そのビル一階のコーヒー店に身を置いたガルバン・モンテス・コチは窓に面した席に腰を下ろしてトミーからの連絡を待ち受けていた。窓から通りを見るにつれ、人々の流れが密林の通り風に揺れる下草のようにも思えてくる。ビル群に覆われた陰影の世界。都会もジャングルも同じではないか。コンクリートの樹海と人々の茂み。身を潜めるにはふさわしいとコチは思った。

そのころ、トミーは大橋駅近くのコンビニが見通せるビルの陰に潜んでいた。正午にはその店の駐車場にゼロ・マサの車が現れるはずである。澤山監視の交代でよく利用する場所だ。コチから秘密裏に指示されたのは彼の追尾であった。ドライブで仕入れたゼロの会話記録は聖域探りを如実に物語っている。いずれ薬院の現場を訪れるというのがコチの読みであった。それが今日なのか、明日なのか。

ゼロ・マサこと王寺世紀はいつものとおり正午前後に店前に車をつけた。交代のサヤカを降ろすと監視を終えたアクラムを乗せ、ファミリーレストランに向かった。

昼食を口にしながらの雑談中、王寺が目を見開く。「その話は本当か」

「うん。ムハマドやトミーから聞いた。ドバイに帰れそうだ。なんでもサワヤマは病気らしい。上にとって無害になったのかな」

王寺は顔を歪めた。こちらが要請した監視ミッションが何の相談もなく終わろうとしている。やはり私はカヤの外だ。眉根を寄せながらサラダバー横の壁時計にちらっと目をやった。午後一時半を指している。そろそろ出なければならない。

「アクラム、すまないが急用があってね。車は君に預けるよ」

「えっ？　交代したサヤカの帰りの足はどうする」

「君に任せるよ」王寺は、あきれ顔のアクラムに車のキーを手渡し足早に店を出た。

それから十数分後、コーヒー店にいたコチの携帯にトミーから連絡が入った。

「ゼロはアクラムと別れ、大橋駅の上り線ホームにいる。紺のスーツ姿だ」

そのころ、澤山隆志は自宅のパソコンと向き合っている。机には水位計からの携帯受信機が置いてあるが、彼の目はこの日も画面に釘付けである。田所が設置した監視カメラからの映像は温泉井戸の工事現場を映し出している。しかし、カメラ本体への遠隔操作はできない。暗視装置もない。予算上、そこまでは手が届かなかった。そのうえ木々の緑が日ごとに茂って、今では敷地の大半を覆っている。よく見えるのはやぐら周辺の一部。他は風に揺れる木々の隙間を通してである。こうした悪条件の下、イケメン男、テール・ロドリゲスはいないかと必死に探し求めていた。

コーヒー店から出たコチは雑踏に紛れ、駅ビルの中央出口付近を見張っている。ここからは道路を挟んで南出口も見える。そばには地下鉄への出入口もあり、人の動きが絶えない。獲物を求める彼の鋭い眼光が激しく左右にスライドする。

「今、薬院駅だ。奴は真っ先に降りた。中央出口の方だ」

耳にあてがったイヤホンにトミーの声が入った。交信は携電からポケットサイズのトランシーバーに変わっている。コチは身構えた。眼球の動きが静止し、焦点が中央出口の階段に当てられた。が、その時「変だ！」との驚きの声が飛び込む。

「奴は方向を変えた。二階フロアから小走りで下り線のホームへ向かった」

「えっ、Uターン？　なぜだ」コチは思わず胸元のピンマイクを握り締めた。

「エスカレーターを駆け上ってホームへ上がっている。尾行はまずい。別の策に出る。しばらく待機を請う」

王寺の奇妙な行動は尾行回避のためであった。工事関係者のサバ・サイードと会うには用心せねばならないと肝に銘じていた。その対面場所はセンタービルのエントランスホール。警戒厳しい聖域内だが、それは相手の指定であった。昨夜のことである。

「何、急ぎの話がある？　明日ですか。いいですよ。こちらに来てもらえれば」

女の件での媚薬が効いたのか、携帯電話でのサバの声は明るかった。この機を逃すまいと王寺はウソをまぶして本音を漏らした。

「例の遊びの件だから現場ではまずくないか。もっともらしい理由がなければ。あっ、そうだ。こうしよう。ＶＩＰ様の監督にも会うということで」

「なんでテールに？　日本人は気を遣いすぎるね」

「まあ、そうかも知れない。言ってみたまでだ。で、何時がいい？」

「いつでもＯＫ。着いたら電話してくれ。テールがいたら紹介するよ」

下りホームに駆け上がった王寺は前方の上りホームに視線を浴びせた。ついさっきまで乗っていた電車が出たばかりで、降り立った客が結構いたが、怪しい人物は見当たらない。下り電車が迫ってきた。その降車客に紛れ込んで外に出ようと思った時、こちらに向かう細身の男が視界に入った。背筋を伸ばして歩く姿勢はトミーに似ている。王寺は顔を背け、乗車待ちの列に割り込んだ。彼だとすれば詰問《きつもん》される。なぜ薬院にいるのか。言い訳を考えるより、この男を避けたかった。電車が止まった。急いで乗り込んだ。閉まったドア越しに細身の男が見えた。

白い鼻ひげ、やはりトミーだ。突っ立ったまま怪訝そうな顔をしている。王寺はほっとした。が、車内放送が流れ「しまった！」と心が叫んだ。

トミーも一瞬、動揺した。追尾を断念し、ゼロ・マサに堂々と声をかけ、奇遇を理由に誘い出す策だった。まさか彼が「特急」に乗るとは。次の停車駅は筑紫野市の二日市だ。南区の彼のアジトに戻るにしても遠すぎる。頭に「なぜ」が付きまとう。

中央出口付近で待機していたコチは報告を受け、渋面となった。だが、奴が顔を出したことは見立てどおりと確信した。ゼロはプロではあるが、我々とは違って実戦経験がない臆病なモグラだ。巣穴から外界をのぞいてはツラを引っ込める。そして何回か後には地上にはい出てくる。奴もそうだ。時間はたっぷりある。コチはトミーと次策を練った。

澤山のパソコン画面には何人かの作業員が出入りし、今は四人の男が映っている。揚水ポンプの引き揚げは完了し、鉄製のやぐらを解体している。いずれも外国人のようだが、ひげもじゃ男はいない。数年前の記憶を引き寄せながら、イケメンのテールを探し続ける。女性にもてそうな面構えが新たに画面に加わる。あっ、と声を出し、凝視した。太っている。記憶が描く体形とは程遠い。そんな繰り返しの中で、疲れを感じた彼はデスクから離れ、居間のソファに体を預けた。

一方、王寺は二日市駅から特急で再び都心に引き返していた。何としてでも約束のサバと会わなければならない。探りの意地にとりつかれつつも、再び薬院駅に戻るのは危険と判断し、一駅先の終着駅、天神で降り、徒歩で現場に向かうことにした。

天神から薬院のセンタービルまでは十数分の距離である。マスクと度なし眼鏡で顔の大半を隠した王寺は薬院駅につながる幹線ルートを避け、かつての住宅街、今泉町を通る道を選んだ。通りには枝分かれした古い細道が迷路のように交差している。王寺は右に左にと道筋を変えながらサバがいるビルを目指した。

しばらくして、やや幅広い道路に出た。北通りである。左に目をやると、センタービル裏側の緑地が見え、樹木に覆われた白いパネルが目に入った。まずは様子を探るべきだろう。はやる気持ちを抑え周囲を見回した。一〇階建ての雑居ビルの前庭に喫煙所があった。ヘビースモーカーの王寺はその場所へ向かった。

薬院駅でゼロ・マサを取り逃がしたコチとトミーは見張りの重点を駅周辺からセンタービルを囲む四つの道に移していた。ビルの表に位置する城南線大通り、東側の川沿いの道、緑地そばの西と北の二つの通りである。大通りと川沿いの道路は車や人の通行量は多いが、ビルの裏側に当たる西と北の通りはそれほどでもない。

その北通りに面したスポーツ用品店の店先には若い男女七人がラフな格好でたむろしている。足元にはスケートボードがあり、耳にはイヤホン、頭には皆、色とりどりの野球帽を乱雑に載せ、思い思いに踊っている。その群れの片隅に帽子を目深にかぶったコチがいた。その目が一点に向かったかと思うと、彼は急に腰を振りながら胸のピンマイクに声を落とした。「奴を発見、北通りだ。マスクと眼鏡」

連絡を受けたトミーは城南線大通りから北通りへ足を速めた。

踊りに疲れたのか若者二人が植え込みの縁石に腰を下ろし、今度はスマートフォンに興じ始めた。コチも見習うかのように踊りをやめ、携帯電話でクルトに告げた。

「クルトか。利用する。準備を」

クルトは昨年暮れ、東京で開いた秘密会合でロン兄貴が紹介した同志である。といっても、コチは彼と出会ったことがあった。四年ほど前、ペルーの砂漠で起きたサンドバギー事故。コチがドライバーでクルトは乗客だった。当時、乗客にはドクター・ホシと宋もいた。彼らの顔を今でも覚えているコチだが、クルトは彼を覚えていなかった。以来、会合のたびに二人の絆は固くなっている。

そのクルトが望みどおりの返事を寄こす。「了解。準備は計画どおり整っているが、今から一五分後に実行可能とする。使える時間はその後の三〇分間程度だ。うまくやれ」

コチはすぐさまトミーに追い立ての指示を出した。

澤山は再びパソコン画面を開いた。作業は早めに終わったらしく、今映っているのは長身のスマートな体形の男だけである。作業後の点検だろうか、顔が前後左右にゆっくり動く。顔の映像をパソコン内蔵の機能を利用して拡大した。ひげもじゃではない。しかし、面長の日焼けした端正な顔立ち、テールかも知れない。期待を込めて澤山はキーを押して彼の映像をパソコン内に保存した。それから画面を元に戻し、さらにその後を追った。

彼が去ると今度は別の中年男がやってきた。中肉中背で色白、鼻頭がとがっている。その男はパネルの陰となり、しばらく画像から消えた。それから立ち上がったり、かがんだりの動作が続き、十数分後には彼もいなくなった。

澤山は画面を切り替え、イケメンの保存映像を再生し何度も繰り返し観察した。グランドハイアットで鐘水美樹と共に会ったテール・ロドリゲス。その後の再来では彼女のそばに付き添っていたひげもじゃの男だ。当時のシーンと重ね合わせながら見据えた。期待が膨らんだ。彼は映像の数枚をプリントアウトした。そして顔に鼻ひげ、あごひげを描き、頭を長髪にしてみた。全身の毛が一気に逆立った。テールだ！　間違いない。

喫煙所に人の姿はなかった。王寺はマスクをはずし、ショートホープを吸いながら出入口から顔を出して辺りをうかがった。後方にあるスポーツ用品店前では若者たちが騒いでいる。頭の野球帽に気を取られたが、スケボー仲間の群れと目には映った。彼の目は前方に向かい、三〇〇メートルほど先にあるセンタービル付近を捉えた。歩道には途切れ途切れに人の姿があるが、立ち止まって探りを入れているような人物は見当たらない。王寺は二本目を吸い終わって、再び観察しようと顔を出した。とたんにハッとした。

数メートル先にトミーの顔があった。意外にも微笑んでいる。

「ゼロ・マサじゃないか。なんでこんなところに。奇遇だな。どうだ、お茶でも」

驚いた王寺は彼の行動が奇異に思えて断ろうとした。しかし理由を捻《ひね》り出せない。

「えっ、まあ」あいまいな低い声を出した。

「久々でもあるし、話もあるし」トミーが腕時計を一瞥して言い足した。

「話？」アクラムから聞いた監視ミッション終了の件だろうか。

「センタービルがあそこにあるだろう。そこにカフェがある。タバコも吸えるぞ」

サバと会う予定のビルだ。心の迷いが薄れ、王寺はつい従った。

緑地内の白いパネルの壁にさしかかる。トミーは興味ありげに足を止めた。

「何の工事かな。幸い作業は終わったようだ。中を見てみないか。澤山は確か、聖域探しに血眼《ちまなこ》と聞いていたが、その場所が何となくこの辺りにあるような気がする。俺たちは何も知らされてはいない。彼が危険人物だってこと以外はな。しかし、奴はビルの建設時からこの辺りを徘徊《はいかい》していたらしい。だから上には奴の動きが気になったとのうわさだ。澤山の監視を申し出たのはお前だ。何か知っているんじゃないか」

「いや、私は……」ゼロは口ごもった。「そうか。じゃ、一応調べてみるか」

緑地に足を踏み入れたトミーは正面ゲートとは別の入口を探し始めた。王寺は不審の念を抱きながらも聖域、それも重要な拠点を探るまたとない好機とみた。

木立の陰となった所に裏口があった。南京錠《なんきんじょう》が付いていたが無施錠状態で、トミーは中に入り「井戸のようだ」と言って盛んに手招きした。王寺も足を運んだ。周囲の樹木の葉枝が空を覆い、薄暗くはあるが、敷地は一五〇坪ほどと広い。隅には金属パイプや鋼管、さらに回収した揚水ポンプが並べられている。それらに目をやりながら王寺はトミーの後を追い、奥のやぐらに向かった。そして井戸の前で屈《かが》み込んだ。

その時だった。後方のパネルにへばりついた簡易トイレのドアが音を立てた。おやっと思い、耳をそば立てた瞬間、丸めた背中に銃口のような感触が伝わった。咄嗟に上体を起こそうと見上げた目が凍り付いた。前方のトミーの頭にいつの間にか緑色の野球帽があった。

「まさか、お前が。クソ！」

王寺は衣服に忍ばせた拳銃に手を伸ばそうとした。が、それより早く、後ろから頭に強い衝撃を受けた。眼鏡が吹っ飛び、強烈な痛みが走る。大きくよろめくと同時に喉にパンチをくらった。叫ぼうにも声が出ない。彼は両手で頭を防御し、相手にけりを入れようと必死に体をよじった。が、三度目の痛みに襲われ、気が遠のいた。かすむ目に拳銃を振り下ろす小柄な緑の野球帽男が見えた。次の殴打がその色さえも消した。

倒れた王寺をトミーが井戸口のそばに横たえる。直径八〇センチの穴は、鉄製の仮ふたで覆われているが、固定ボルトは外されていた。そのふたをコチとトミーが急いで動かす。深さ四千メートル。その穴は深くなるに従い細くなっている。

トミーは帽子、上着、靴を脱いだ。そして、置いてあった携帯用ガス検知器を首から垂らし、ペンライトを口にくわえ、王寺の体をまたいで井戸の中に入った。壁のはしごを伝って五メートルほど降りると側壁から突き出た埋設管の下に横穴があった。一メートル四方のコンクリート孔、ビルの地殻起振装置に直結する埋設管の点検用トンネルである。入口は今回の工事によってコンクリート板で塞がれていたのだが、板は外されトンネル内に置いてある。セメントや工具類、予備の懐中電灯もあり、すべては手はずどおりだ。

地上のコチは意識を失った王寺の衣服を探っている。ポケットの中の品々を取り出し、携帯電話のバッテリーを抜いた。上着の内ポケットからは護身用の25口径の小型拳銃が出てきた。それを見たコチの目が怒った。このスパイ野郎が！　王寺の頭を一気に井戸に突っ込む。中からトミーのライトが点滅する。それを合図に汗まみれの作業が始まった。

コチの怒りが収まったのは七分後、サプレッサー付き38口径の攻撃用拳銃が横穴に向けて火を噴いた直後だった。それから二人はコンクリート板を元に戻し、横穴を塞いで地上に出た。身なりを整え、周囲を確認しながらコチがクルトに連絡した。「完了した」。

その報はクルトから保安チーム長のアントニオの耳に入る。センタービル一階のセキュリティー室。二〇台の小型ディスプレーを前に彼は「故障は直った。確かめてくれ」と部下に指示した。消えていた温泉井戸の監視映像が復活した。人影は見当たらない。四五分前と同じ風景である。別室で開いていた警備員らの臨時会議も散会となった。会議は次期警報システムの説明ということでクルトが急きょ招集していた。機器の故障は配線の不具合と聞いてアントニオは「またか」となじり、業務を再開した。

澤山はプリントアウトしたテールの顔の何枚かを手元に置いた。「彼を捕まえ詰問してやる」と意気込み、またもパソコンに向かった。キーをたたくと映像が出た。現場は依然もぬけの殻だが、テールの存在を発見した今、用は足したと満足した。彼はパソコンを切り、次の作業にとりかかった。それは王寺への暗号メモ。朗報を伝えなければと思った。

床上げ工事中のサバ・サイードは夕方になってゼロ・マサからの連絡がないのに気付いた。しかし、約束は約束であって実行できるかどうかは分からない。連絡がないのは神の思《おぼ》し召しがなかったからであろう。アラブ社会の日常からすれば不思議ではなかった。

そのころ、コチとトミーはビル一階のカフェで談笑していた。手際よくモグラを始末したことで表情が和んでいる。コチが笑顔混じりでそっと言った。

「あと一匹、ネズミがいるな。我ら人民の敵が」

「サワヤマのことか。奴はもはや駆除に値するネズミではない」とトミーは微笑んだ。

「そうだったな。指令は依然、泳がせろか」コチがまた笑った。

32　キーマンとの勝負――20X5・5（FUKUOKA）

五月に入ってしばらくするとグローバルセンタービルは何もなかったかのようなたたずまいを取り戻した。惨劇の舞台となった温泉井戸はコンクリートで塞がれ、土が盛られて樹木が茂る小高い丘となった。工事を担当した外国人技術者は櫛《くし》の歯が欠けるように一人、また一人と消え去り、媚薬をかがされたイラク生まれのサバ・サイードも夜遊びの機会を得ることもなく日本を離れた。

ゼロ・マサこと王寺世紀に付き合っていたアクラム・アリー・マフムードも同様である。退屈な澤山監視が解散となるや、待ってましたとばかりに彼はすぐさま機上の人となった。中東からやってきた他の同志、上司のムハマド・アサド・イブラーヒムやレバノン生まれのサヤカ・ビン・サイドも監視任務を解かれたが「知る必要がないアクラム」とは違って彼らには次に備えての指令が待っている。それまでは待機を兼ねての休暇がもらえた。休暇は本丸メンバーにも与えられたが、一斉ではなく交替制が条件であった。

そのころ、澤山隆志は監視カメラが発見したテール・ロドリゲス探しのとりことなり、現場

――といっても厳しい警戒を敬遠してか、その辺りを幾度となく訪れていた。彼らしき男を一度、城南線大通りで見かけはしたが、追跡途中に見失ってしまい、状況ははかばかしくなかった。そんな時、王寺からの暗号メモが澤山の気持ちを奮い立たせていた。それは石碑を介して得た情報。本丸メンバーの調査を決意とあり、記載されたメンバーにテールの名前があったからだ。だが、その後、彼からの連絡はなく、こちらが送ったテール確認の朗報メモも石碑に埋もれたままである。澤山は多少、変に思えたが、「内偵の彼のことだ。プロとしてじっくり構え、慎重にことを進めていることだろう」と推測していた。

そんな彼の目に田所与一郎の野暮ったい風体が入ったのは、現場辺りの緑が一段と濃くなった昼下がりのことである。着古したウインドブレーカーのポケットに両手を突っ込んで城南線大通りをだらしなく横切り、こちらに向かってきている。呼びかけようと思ったが、彼がこちらの変装姿を見抜くかどうか試してみたくなった。近づくにつれ目が合った。しかし彼は気付く風でもない。澤山はすれ違いざまに声をかけた。

「与一郎さんではないですか」

白髪混じりの男にいきなり姓ではなく名を告げられた田所は目をむき出し、立ち止まった。そして無言のまま声の主をまじまじとながめ眉根を寄せた。澤山は分厚いレンズの眼鏡と鼻下の付けひげを外し「やあ、僕だよ」とおどけてみせた。

「なーんだ。澤ちゃんやないと」田所の身構えた目玉が和んだ。「びっくりしたばい。髪を染めたりして変装するとは頑張っとうごとあるね」

「うん。君の方はどう？　特別サミットの準備は進んでいるの」

「まあまあ、といったところかな。あんたが提供してくれた部屋が役立っとるばい」

「それはよかった。準備のための勉強部屋にはもってこいだろう」

「いや、勉強じゃなくて休息に利用しとうと。あの部屋はわしらにとっては離れ家、そう、都会の別荘みたいなもんや。今しがたもひと風呂浴びて休憩したばい。これから朝刊のデスク業務に向かうところたい」田所は団子鼻をかきつつ笑った。「ところで探していた男は見つかった？」

「君が設置してくれた監視カメラが奴を発見したよ。それ以来、三週間近くこの辺りを見張っているのだが、見つけたのは一度だけ。しかし見失ってね」

「ふーん」と田所は鼻を鳴らした。そして「ご苦労やね。何かあったら連絡しんしゃい」と言って別れた。澤山はその後もテールを探したが、出会うことなくこの日も暮れた。


薬院から北西五キロほど離れた早良区百道浜の滞在型ホテル。休暇から戻ったテール・ロドリゲスがベッドの揺れで目を覚ましたのは、澤山が田所と出会ったその日をまたいだ午前二時過ぎだった。数秒後には激しい横揺れが来て、室内がみしみしと音を立てる。彼はきしむベッドから飛び起き、携帯電話を咄嗟に手にした。

「ソン・イージュウ（宋一柱）」相手の名を呼んだ。「フクオカに戻ったばかりというのに今の揺れは一体何だ」

同じホテルの自室で試験データをまとめていた宋は未明の電話に多少面喰らった。

「やあテール。今確認中。ちょっとした実験をやりましてね。でも、それとは違う気がする。少し待って」

宋は言葉を切り、視線をパソコンに戻した。まとめていたデータは二日前に行った注水試験の結果である。テストは温浴施設閉鎖後、初めてであった。工事に伴う環境の変化が大切な残置設備に悪影響を及ぼしていないかどうかを調べるのが目的であり、地震を誘発するほどの水量や圧力はもともと入力してはいない。しかし誤って高めの数値を入力していたとすれば、二日後の今日あたりから地震が発生してもおかしくはない。

宋は数値を急いでチェックしたが、問題はなかった。次にセンタービルの地震・震度計から送られてきた情報を調べた。第一波のP波と第二波のS波の到達時間にズレがあることから震源域が遠いことが分かり、切った言葉を再開した。

「やはりテストとは関係ない。こちらの見立てでは震源域は数百キロ先のようです。日本の震度計は4を指している。STRONG域です。たまたまの自然地震です」

「了解。ところでクルトは今、どこに？」

「仕事場です。昨夜、ホテルには戻らないと言っていたから。新人の研修で大忙しとか。多分、集中監視室で特訓でもしているのではないですか」

「彼はマメだな。新人が入ったというのは初耳だ。どこのどいつだ」

「先日雇ったアラブの機械野郎です。名前は、えーと、ムハマド・アサド・イブラーヒムと言ったかな。中東の同志で、ロベルトの紹介らしい」

「副社長の紹介か。だとすれば大物だね。あっ、また揺れたんじゃないか」

「余震みたいですね」宋は再びパソコン画面に目をやった。「震度2、WEAK。大したことはない。それより休暇はどうでしたか」

「オキナワで羽目をはずしたよ。わずか二週間だったが、いい連れがいてね」

テールと宋の会話が与太話になってきたころ、大橋の自宅でテレビの地震速報に見入っている澤山は先ほどの揺れが南海トラフ巨大地震とは直接関係ないことを知り胸をなでおろしていた。東日本大震災後、発生の確率が高いとされる南海トラフ地震。その想定地震域は静岡の南方沖から九州沖で、フィリピン海プレートとユーラシアプレートの境界に当たる。東日本大震災と同規模のマグニチュード9クラスの地震が発生した場合、太平洋側の地域を中心に三二万三千人が死亡する恐れがあるといわれている。

　睡眠を破ったのは枕元に置いていた携帯電話の警報ブザーだった。時ならぬ異音に驚き、画面をあわてて開いた。緊急地震速報メールの文字が見えたとたん、かすかな揺れを感じ、一瞬目がうつろになった。同時にセンタービルの池の水位が頭をかすめた。確か二日前、水位が少し下がったことがあった。まさか、あの時の、と思った直後、手漕ぎボートに乗り移ったような大きな揺れが来て、電灯のかさが左右に振れた。さまよう視線をメールに向けた。「伊予灘で地震発生。強い揺れに備えてください（気象庁）」読み終えたころには揺れも収まり、福岡ではなく伊予灘との文字にほっとした。が、それも束の間、今度は南海トラフとの関連が気になり、急いで隣室に行きテレビをつけた。

マグニチュードは6・2。最大震度は5強。震源域は山口県光市沖で深さは約78キロと報じている。南海トラフからはかなり外れたプレート内地震だった。それにしてもこの国の大地は日々不安定だ。衝突し重なり合うプレートの上で何とかバランスをとっているに過ぎない。そんなもろい大地を悪用しやがって——。澤山の頭はいつしか悪魔の装置のことでいっぱいになった。テレビの映像と音声が遠のいて、人々の叫びが脳底から噴き出てきた。大地が裂け、ビルが砕ける……。灰色の惨状が無情の広がりを見せる中で、頭上にふと言葉が舞った。

「陰謀を阻止せよ。これは天命だ」——なぜか、さわやかな響きを伴っている。その時、青木英二の笑顔が浮かんだ。陰謀暴きに知恵を授けてくれた今は亡き若い技術者。霊を感じた澤山はやるせなくなり、ベランダに出て夜空に身をさらした。と突然、南東の空に一滴の光のしずくが落ちた。あっ、流れ星。先ほどの言葉が天国にいる彼の声のように思えてきた。澤山は涙をこらえ、天を見上げ続けた。青木の星を探すかのように。

星が走った、その南東の厚い雲の切れ間から太陽の光がいくつかの筋となって地上に降りてきたのは、それから三日後、早朝からの雨がようやく上がった昼前である。センタービルの上空には暗い雲が垂れ込めているというのに、その空だけが神々《こうごう》しく輝いている。この時間帯にしては珍しい幻想的な天使のはしご。澤山が見とれていると、ふと視界の片隅を長身のスマートな人影が横切った。反射的に首をそちらへ振ると横顔が見えた。

あっ、テール！　思わず小声が出た。そして恐る恐る彼の後ろ姿に目をやった。薄い紺のスーツを着て、丸めた茶色の折りたたみ傘を手にセンタービル前の城南線大通りを横断している。幸いひとりである。澤山は用心深く彼の後をつけ始めた。

大通りを渡り終えたテールは川沿いの道に入った。幅は狭いながらも透けた空間からは前方遠くに輝く光芒《こうぼう》が見てとれる。逆光線を浴びたテールの背中が道脇にあるビル一階の店前で止まった。澤山も間をとって店内に入った。

店はアルゼンチン料理店であった。木製のドアを開けると肉汁のにおいがした。カウンター越しに「いらっしゃいませ」の声がして、目元のパッチリした中年女性がカウンター席を手先で示した。言われるがまま、奥の端から二番目の高椅子に座り、出されたメニューを見るふりをしてテールを捜した。そう広くはない明るい縦長の店内は昼食時とあって満席に近い。壁側のテーブル席は仲間連れの客が占拠し、テールの姿はなかった。

澤山は自分がいるカウンター席の左右に視線を移した。奥の端に位置する左隣は空席で、右側の列には八人の客がいた。しかし、ここにも彼の顔が見当たらない。そんなバカな、と思いつつ、もう一度確かめようとして、ふと左隣に目がいった。空席のカウンター下の置き台に傘がある。よく見るとテールが手にしていた茶色の折りたたみ傘だ。澤山は小躍りした。隣席とはツイている。多分、彼はトイレだろう。鼻下の付けひげをなでながら眼鏡越しに再びメニューを開こうとした時、左後方から人の気配がした。長い間、探し求めてきたテールだ！　美樹に寄り添っていたクソ野郎が隣に座った。澤山はことのほか緊張した。

「いつもの通り？」中年女性の問いかけに「ハイ、ワインも、グラスで」とイケメンがまともな日本語で答えた。女性はうなずき、人なつっこい笑みを浮かべて今度は澤山に目をやった。

「お客さん、何にしましょうか」

澤山は困った。腹が減っているわけではない。だが、何かを注文しなければならない。「うーん。軽食の類でお薦めの品を」「じゃ、エンパナーダは。パイ類です」「ああ、それそれ」「具は何になさいますか」「お任せします」「牛肉に玉ねぎ、それにチーズ、ではいかかですか」「ああ、それそれ。アイスコーヒーも」

そんなやりとりが一段落して隣のイケメンに目をやった。会話を聞いていたのだろうか、こちらを向いた目が涼しげに笑っている。澤山は決断した。

「あのう、テールさんではないですか。いつかお会いした気がしますが」

「フワット？」テールはそう言って、目元パッチリの中年女性の方に二、三言、何やら話した。彼女はそれを通訳して澤山に告げた。「ゆっくりとした日本語でお願いします、と言っていますよ」澤山は同じ質問を繰り返した。

「はい。テール・ロドリゲスです。どなたですか」一瞬こわばった彼の表情に澤山はにっこり微笑み答えた。「ミキ・ヤリミズの友人、サワヤマです。昔、グランドハイアットでお会いした者です」

テールの茶色い瞳が光った。そして澤山の顔をなめまわすように見て小首を傾げた。「サワヤマ？」少し間があった。「名前には記憶あります。しかし、違う気、しますが」

澤山はなおも微笑みながら「いや、あの時の私です」と述べ、付けひげとメガネを取った。テールはハッとした。ミキをつけ回した危険な男に似ている。ふけてはいるが、変装までしてここにいるとは。テールは警戒の目で、再度、澤山を見つめた。

「テールさん、驚かせて申し訳ない。あなたと話したくて、長い間、この機会を待っていました」

「話？　何のことですか。突然に……」

「ランチをしながら、いかがですか」澤山はやんわりと申し出た。その時、注文の料理が出てきた。二人の視線はしばらくその品に注がれた。ワイングラスを口に運びながらテールはしばらく考えてからポツリと言った。「少しならいいです」

「グラシアス（ありがとう）」澤山は唯一知っている単語を披瀝した。相手がニコリとしたのを機にいきなり本題に触れた。

「先日、地震が起きましたね。僕はびっくりしました。あなたが起こしたかと思いました。だが」と言ったところでテールがクッ、クッ、クッとこらえ気味に笑った。

「僕が地震を起こした？　すばらしい。でも、ウソはよくない。一体、話とは何だ」

少し荒っぽい日本語が飛び出した。多少の乱れがあるが、しゃべりの方はなかなかの腕前だ。

澤山も負けじと応戦した。ただ、聞き取れるようにゆっくりと口を開く。

「話というのは地震を起こす悪魔の装置のことだ。君はボーリングのプロだろう。その装置を仕掛けたはずだ。僕は知っている。米重工が陰謀を企てていることを」

「お前、変わった奴だ。確か新聞記者だったね。実にウソ話がうまい。ハッハッハッ……」声を出して笑い、炭火焼きのヒレ肉にナイフを入れた。彼の笑い声に「あら、愉快そうな話、何かいいことでも」と中年女性が割り込んできた。イケメンが説明した。

「怖い話なのね。地震を人間が引き起こすなんて。そんなことできるのかしら。冗談でしょう」彼女は語尾を上げて澤山の方を向いた。

「いや、できる」澤山は誘発地震について真剣に話した。

「そんなややこしいことより、地震予知の研究をしてもらいたいわ。インド北部でも大地震があったし、そういえば数日前の未明の地震も怖かったし……」彼女は話の続きを折った。そばでテールが唇に付いた肉汁をティッシュで拭き取り、言葉を添えた。

「奴ならできる。以前、地震が起こるとウソをついた〝オオカミ少年〟だから。地震予告の人騒がせな記者だ。今も言っている。僕が地震を起こした、いや、起こしそうだと。そうだろう、ミスターサワヤマ」

「……………」澤山が黙していると中年女性がそしり笑うように澤山を見つめた。

「あなたなの。面白い事件を起こしたのは。いやだわ、人騒がせなんて」

その言葉に右隣の客とカウンター内のシェフが気付き、澤山の方にちらっと顔を向けた。彼らの冷ややかな視線を浴びて、うなだれる澤山にテールが口を開く。余裕が出たのか、そこには先ほどの荒っぽい語句は消えていた。

「あなたは今、僕に向けて同じこと、やっているのです。ありもしないことを言って。夢の中にいるようですね。で、話はそれだけですか」

心に陰りを感じた澤山はやっとの思いで声を出した。

「ミキ・ヤリミズはどうしている？　貴様と一緒じゃないのか」

「はあ。ミキ、ですか。覚えています。かなり前、そう、あなたとお会いした時、確か通訳でした。思い出しました。グランドハイアットで。その後、知りません」

「でたらめ言うな。貴様はひげもじゃ男に変装し、その後もミキに寄り添っていたではないか。僕は何度も目撃している。ミキはリサに名を変えていた」

「でたらめ？　ひげもじゃ？　難しい言葉です。よく分かりません。変装はあなたのことではないですか。付けひげやメガネをして、あなたは変わっています。頭、大丈夫ですか。何も食べてはいないようですが。ここのエンパナーダはナンバーワンです」

澤山は自分がやり込められていることに気付いた。クソ野郎とやっと会えたというのに何も暴けない悔しさに胸が張り裂けそうになった。ただ、怒りに任せてやれることが一つあった。

「テール、覚えておくがいい。必ず陰謀を暴いてやる」

彼はそう吐き捨て、足早にレジに向かった。後方から中年女性のあわてた声がした。

「お客さん、急にどうなされたのですか。手つかずの品、お持ち帰りになりませんか」

澤山はその声を無視して店を出た。緊張感が一気に抜け、腰が砕けそうになった。天使のはしごは既に消え、真上にも青空が見え始めている。大きく息を吐いて、何とか歩き始めた。公安警察の王寺だったらどう攻めていただろうかと考えながら。

33 不可思議なシーン――20X5・6～7（FUKUOKA）

「こんなところにお呼びして申し訳ありませんね。あなたの身を案じ、仲間の手を借りました。特別サミットを控え、福岡にはいろんな目がありますからね。より慎重にならざるを得ません。ご理解いただけるかと思いますが」

公安調査庁特任部長の森川雄治は丁寧ながらも弁解がましい言葉を吐いて澤山隆志に椅子をすすめた。そして自らも腰を下ろし、テーブル越しに彼を何度も眺めて微笑んだ。「少しやつれたようですね。でもお元気そうで安心しました」

久々に二人が会った場所は清潔な小部屋であった。明かり取りの高窓から差し込む日を浴びながら澤山も目を細め、皮肉っぽくあいさつした。

「こちらこそ、ご無沙汰してすみません。でも、このような形でお会いするとは夢にも思いませんでした。それも任意同行まがいとは。よくあるハムの手口ですか」

「いや」と森川は首を振り「ご迷惑をおかけしました」と再び謝った。「もちろん事前に連絡を、とは思いましたが、もしやお宅が監視されているかも知れないと案じ、調べさせていただきました。案の定、盗聴端末が発見されましてね。ビルの電話端子盤から。単なるいたずらかも知れませんが、用心に越したことはありませんからね」

盗聴！　その言葉に澤山は驚いた。敵に拉致《らち》された時、自宅内は調べたはずだが、まさか電話端子盤に機器が取り付けられているとは意外だった。しかし、それをいたずらと言うのは森川らしくないと思った。彼はＧＩＮＺＡ発の怪文書を送ってくれた張本人ではなかったか。こちらの動向は王寺から聞いて承知しているはずなのに。それにしても、急に呼び出すとは一体、何なのだろうか。

今朝の九時前であった。睡眠と覚醒がない混ぜとなって何回も寝返りを打っているころ、ドアフォンのブザーが数回鳴り、玄関ドアをたたく音が聞こえた。朝にはめっぽう弱い澤山は重たい頭を抱え、下着姿でどうにか玄関口まで行くと「誰ですか。朝早く」とささくれた声を出した。「警察の者です」との返事に目が一気に覚めた。ドアを開けると私服の警官が身分証をかざして居丈高《いたけだか》に澤山を見据えている。そして澤山本人と確認すると森川の名刺を手渡した。裏にはサインと至急再会したい旨のメモ書きがある。「私がご案内します」そう言って彼が半ば強制的に連れ出した先はなんとＮ病院だった。

心療病棟のカウンセリング室。パラノイアの澤山にはふさわしくもある。事実、病院は違うが、彼はカウンセリングの治療を受けている。しかし、受けるたびに、病んでいるのは社会の方であり、自分は医者や看護師よりも健全だと思うようになっていた。危機が迫っているのに誰も傾聴しない。巨大企業の裏で密かに進行する陰謀に誰も気が付かない。それを暴こうとするヒーローを逆に病人扱いするとは、世の中は何と狂っていることかと。

「あなたの身の保全を考えてご足労願った次第です。この病院のセキュリティーは知人が担っていましてね。我々の庁舎より安全で、しかもカムフラージュできます。患者と医師の対話として。知人が協力してくれましてね」

「なるほど、僕がクライエントで森川さんがカウンセラーというわけですか」

「逆かも知れませんね。私の方に心配事がありますから。お呼びしましたのは王寺の件です。海外出張中に彼から知人を通して会いたい旨の連絡がありましてね。帰国後にそれを知り、連絡を取っているのですが、いまだに音信不通でして……」

澤山は愕然《がくぜん》として咄嗟に聞いた。「それはいつごろからですか」

「最後に会ったのは今年二月で、接触を求めてきたのは翌三月です。だから三カ月は過ぎています。あらゆる手を使って連絡を試みましたがダメでした」

森川は王寺と会っていたことを告白した。やはり怪文書の主は森川だったのか。澤山は陰謀探りを陰で支えてくれた厚意に対し、改めて熱い気持ちを感じた。

「森川さん、実は僕も王寺さんからの連絡を待っているんです」

「あなたもですか」森川は驚いた顔になった。澤山は王寺からの暗号メモの件を話した。「温浴施設の閉鎖は偽装の疑い濃厚。本丸メンバーの調査を決意とありました。それにメンバーの名前も」

「えっ?」森川は思わず声を出した。事実だとすれば足取りへの重要な手掛かりとなる。「いつですか、そのメモを受け取ったのは」

「三月です。以後、連絡が取れません」「じゃ、同じころを境に消えた?」

森川は腕を組み、じっと白い天井を見つめた。曇り空になったのか、高窓からの陽光が薄れ、天井に張り付いた蛍光灯の輝きが増してきた。しばらく沈黙していた彼は、視線をその光の下の澤山にゆっくりと移しながら声をあげた。

「澤山さん、あなたが追っていた事柄を詳しく話してくれませんか。王寺から一応、報告を得てはいましたが」

澤山の口から堰《せき》を切ってこれまでの情報が流れ出した。森川には半ばたわごとのように聞こえたが、ただ黙って耳を傾けた。

「そうですか。そんな恐ろしい悪魔の装置が……。王寺はそれを突き止めようとしたわけですね。彼が書いた暗号メモは残っていますか」

「いや、焼却しました。約束ですので」

「敵の手に渡らないための処置ですね。適切なことです」しかし、心には迷いがあった。王寺の決意を示す物証がないとなれば偏執症の澤山の言葉をどこまで信用していいものか。森川は再び天井を見上げた。その沈黙ぶりに澤山はいやな予感がした。

「森川さん、王寺さんの身に何か」

「いや、何とも」森川は大きく息を吐いた。そして「本丸メンバーを探すとしたら、まずどこから手をつけるでしょうか」と聞いた。

「手っ取り早いのは、現場に行くことではないですか」澤山はテール・ロドリゲスとの一件を話した。森川は目を丸くした。「そんな危険なことを」と言ってはみたものの、それは、あくまでも妄想を前提としてのことである。しかし、彼はそのことをおくびにも出さず澤山が描く推理の物語を事実として言葉をつないだ。

「王寺だったら多分、別の策をとると思いますが、しかし、現場調査も排除はしないでしょう。彼が現場に行ったかどうか、まずは周辺を調べてみましょう」

「どうやって？　聞き込みですか」

「それも含まれますが、幸い防犯カメラがあちこちにあるはずです」

「しかし、王寺さんが失跡して三カ月経っていますよ。記録は残っているんですかね」

「澤山さん、お忘れですか。今のは長期間録画できますよ。もちろんハードディスクの機種や設定の内容にもよりますが」

「えっ、ほんと？」澤山の目が不意に宙に飛んだ。その先には田所が取り付けたベランダのカメラがあった。

ああ、かゆい、かゆい。梅雨が近づくと田所与一郎はよく足を掻きむしる。虫にやられたのか。この日もそうだった。澤山から借りた都会の別荘は一四階とはいえ、北向きのため少しジメジメしている。足にかゆみ止めを塗ったものの効果はない。「クソ！」と苛立ち気味に床に尻を付け、足首をボリボリ掻いた。それから片隅に置きっぱなしのハードディスクを引き寄せ、画像保存用サーバーをにらみ、日付けを三カ月前に戻した。「これで良し」と独り言を吐いて、再生ボタンを押した。

「リセットしたばい。わしは少し休むけん」携帯電話で澤山に知らせた後、田所はバスルームに向かった。体の洗濯をして、それから薬局に行こう。もっと効能のいいかゆみ止めがあるはずだと思いながら。

ハードディスクレコーダーの記憶容量は三カ月ということだった。買った店にあれこれ聞くと、あれこれ答えてくれた。しかし、ITにうとい澤山が理解できたのはほんのわずか。でも「三カ月」という言葉を確認できただけで十分だった。消息を絶った王寺世紀は果たして現場を訪れていただろうか。

田所から連絡を受けた彼は早速パソコンのキーをたたく。画像は20X5年3月18日14時38分から始まっていた。ベランダに設置したカメラが送信した最初の日付である。澤山はこれまではテール探しに集中していた。だから、映像のすべてを観察していたわけではない。もう一度、じっくり精査してみようと考えたのだが、パソコンを前にハタと困った。すべてを見るのに三カ月はかかる。飛ばしや早送りの機能が必要だ。そのためにはハードディスクが欠かせない。澤山は再び田所に電話した。

「ちぇっ、またか」風呂から上がり、薬局に行こうとしていた彼はつい舌打ちした。

「すまないが、ハードディスクも必要となった。取り外して渡してくれないか」

「今すぐか」

「できれば今すぐ。今日は非番だろう。夕食とビールをおごるよ」

「澤ちゃんは厳しかね。すぐは無理ばい。足がムズムズするけん。会食の場所を言いんしゃい。そこで渡す」

田所はタダで借りた部屋のツケがいかに大きいかを改めて思い知った。だが、その思いとは裏腹に彼の必死さを支えたいとの気持ちが膨らんでもいた。

七月に入ると、彼は澤山の自宅を訪れるようになった。監視カメラが記録した映像に澤山が言う王寺なる長身の男が映っていないか、人探しを手伝うためである。といっても訪問は時折だが、疲れ果てた澤山にとっては極めてありがたいひと時である。

それは一五日の玄界灘警備の日を三日後に控えた日曜日であった。田所は澤山に代わってハードディスクから読み出す映像に目をこらしていた。長身の男は結構いるのだが、王寺らしい男は見当たらず、映像を何度も早送りした。その時、ふと、変な動きが流れた。田所はあわてて機器を止め、映像を再びバックし、再スタートさせた。変な動きは4月23日16時10分ごろから途切れ途切れに展開している。

「澤ちゃん、ちょっと来て。おかしな場面があるばい」

ソファでうとうとしていた澤山は、だみ声にハッとし、すぐさまデスクに戻った。そして田所の背後からパソコン画面に目をやった。確かにおかしい。高いパネルの壁や樹木の陰に隠れて全体像はつかめないが、振り下ろす手が見えたかと思うと、ガラス片のような何かが吹っ飛び、頭を手で覆い体をよじる男の姿が映し出されている。十数秒後にはその男も、振り下ろす手も消えた。通常の作業風景にしてはあまりにも動きが激しい。このシーンは澤山にとっては初めてであった。「もう一度」と言って映像を一時間前に戻し、再度二人で眺めた。見るにつれ澤山の体がわなわなと震えた。

「これはテールを見つけた時の映像だ!」

「澤ちゃんは見とったと? この後に出てくる奇妙なシーンを」

「いや、当時はテールのことで頭がはちきれそうになっていたからあまりよくは見ていない。いや、映像を切ったかも知れない」

「そうか、じゃ、その辺りに絞り込むばい」田所はそう言って、澤山の記憶にない空白の部分に映像を進めた。それは時刻にして15時52分。木漏《こも》れ日《び》に揺れる温泉井戸の現場が無人となってからだった。しばらくして長身の男と中肉中背の細身の男が現れた。カメラに背を向けており、顔は見えない。そして、激しい不可解なシーン。悪ふざけか。一段落すると二人はやぐら付近から立ち去った。ちょっと見では何もなかったように感じる。しかし、映像を繰り返し眺めるうちに男の体形の違いに気付いた。現れたのはノッポと中背だが、帰りは中背と小柄な男だ。ノッポがチビに変身？　ありえない。澤山と田所は驚愕した。それから、画面を拡大して何度も見た。中背の男は入りも出も同じ人物、帰り際の一瞬ではあったが顔が見え、鼻ひげを蓄えているようだった。小柄な男はパネルや葉枝の陰になり、よくは分からない。

「この小男はいつ入ってきたのだろうか」これまでの映像には彼がやってきたような形跡はない。理解に苦しむ澤山に田所が団子鼻を突き出した。

「多分、どこかに裏口でもあるっちゃなかとね。カメラはやぐらを向いとって、現場全体が見えん。それに樹木も邪魔しとう」

「それはそうだが」と澤山は言って、今度はノッポの動きを追ってみた。彼の姿がはっきりと映っているのは出だしの部分、やぐらに向かう辺りである。うつむき加減の背後からの映像だが、かなり長身で胴回りはやや太めのようである。紺のスーツを着用している。背格好からすると王寺に似ているが、肝心の顔が見えない。しかも、その後の映像は途切れ途切れの乱れた動きのため判別しがたい状況だ。

「もう一度見よう」田所は時が経つのを忘れて、画像を戻した。「この男は背が高いね。あんたが捜している王寺の背丈と同じくらいじゃなかとね」

「うん。顔が少しでも見えれば、白黒つくが……」と澤山は落胆気味につぶやいた。その時、田所が思わぬことを口走った。

「顔が見えんでも、人には癖や特徴があるばい。歩き方や手の振り方、着こなしや雰囲気など。髪型だって無視できない。よーく観察しんしゃい。もう一度元に戻すけん」

澤山は彼に促され再び同じ場面に見入った。

突然、「おっ」とうなった。「頭の部分、もっと拡大できないか」

「これがマックスだ」と田所は告げて「この男は福耳やね。メガネをかけている。フレームの耳当てが見えるけん」と言い足した。

「王寺だよ、王寺！　大きな耳たぶは。彼は現場に来ていた！」

「そうか。やったぜ！」驚き、喜んだ二人はお互い顔を見合わせ、しばらくは言葉を失った。

それから映像を見ての整理が始まった。沈黙を破ったのはだみ声だった。

「現場にはノッポと中背とチビの三人がいたことになる。激しく動いたのはノッポとチビ、わしはそう思うばい。手の長さからして間違いない。この間、中背の男は見えんばってん、パネルや葉っぱの陰、それともカメラの視角外におるとやろう。そしてノッポが消えて、中背とチビが去った。この間、約三〇分。問題はノッポの王寺なる人物がなぜ消えたかにあるばい」

「さあ」と首をかしげる澤山を見やりながら田所がなおも声を出した。

「激しい動きは悪ふざけというより、喧嘩《けんか》かも知れん。ノッポは倒れ、そのまま放置された。気が付いた時は夜、それから外に出た。あるいは、それ以前に別ルート、例えば裏口から出た可能性もある。カメラには暗視装置がなく、暗くなると現場の様子がよく見えんけん、その後のことは憶測たい。しかし、翌朝以降の映像にはいつもの作業風景が展開されとるけん、王寺が朝までその場にいたとは思えん。澤ちゃんはどう思う?」

「そのようにも思えるが、明確なのは、王寺が現場を訪れていたことと、彼の消息がいまだに不明ということだ」

「連絡がないとなれば、殺されたかも知れんばい。深夜になって誰かが遺体を運び去ったかも。映像では分からんばってん」

「まさか。それはあり得ない。彼はプロだし……」

「まあ、それはともかく、ちょっと気になる点がある。もう一度見て」

田所はそう言うなり映像をその時点に戻した。それはパネル越しに見え隠れする振り下ろす手であった。

「一瞬やけん、映像を静止してもボヤけてよう見えんが、手が何かを握っているように思えんか」

「そういえは石のようでもあるね」

「いや、わしには拳銃のように見えるばい」

澤山は気が動転しそうになった。その驚きぶりを気遣うように田所が補足した。

「まだ決めつけたわけじゃない。立ち去る二人は逃げる風でもなく、悠然としている。喧嘩や殺しをやった後とは思えん。しかるべき所で画像を解析してもらわないことには何とも言えん。いずれにせよ、サツに届けたがよかばい」

警察？　澤山の心に不信のモヤがかかった。広がる灰色の大気の彼方《かなた》からほのかな光が見えた。気を静めると、タバコを口にくわえた王寺がいた。そばで森川が微笑んでいる。澤山は二人の像を心に留めながら言葉を吐いた。

「解析の依頼先は僕に任せて。いずれサツには届ける」

「そうか。じゃ問題の映像をコピーするばい」

田所はメモリーカードをサーバーに差し込んだ。そして憔悴《しょうすい》しきった澤山の目を一瞥しながら思った。これは幻想だろうか。

34　テロリスト――20X5・7（FUKUOKA）

夜明け前の勇壮な追い山を最後に博多祇園山笠が幕を閉じた七月一五日、街には観光客に替わって制服集団が目に付くようになった。年二回行われる、恒例の玄界灘警備の日である。九月の特別サミットを視野に入れての実施だけに、治安機関の幹部らが視察のため、大挙、福岡入りした。

サミット期間中、警察庁は各県警からの特別派遣部隊二万一千人を含む三万二千人態勢で警備に臨むとしている。不審者の入国防止やサイバーテロ対策、さらにドローン（無人機）の飛行禁止等は既に実施中で、懸念されるハイジャック対策としては首脳会談が開かれる福岡市博物館周辺を飛行制限空域とするほか、旅客機への警察官搭乗も増強する予定だ。海上保安庁も巡視船艇一二〇隻、航空機二五機を投入、沖縄サミットを上回る大規模な体制を敷くという。防衛省はあらゆる事態に即応する陸上総隊の投入を決定、海上自衛隊や航空自衛隊も「最悪を想定した最善の布陣となる」と政府高官は胸を張っている。

視察の警察グループから少し離れたところに公安調査庁の森川雄治がいた。九州公安調査局の幹部らを伴っているが、彼に付き添っているのは仕立ての良いスーツの男、警察庁警備局外事情報部国際テロリズム対策課の樋口課長である。課長になって間もない彼は森川が警察庁時代に目をかけていた部下の一人だった。かつての王寺と同じく、海外情報の収集を担っていたが、今は国際テロリズムを捜査する立場にある。

森川ら一行は九カ国首脳らが滞在する百道地区のホテル等を視察、さらに北側の海浜公園に足を運んだ。ここでは福岡、千葉、沖縄の三県警による水際警備合同訓練が行われている。砂浜に並んだ仮設テント内で森川は警備艇や海の白バイ隊の演技にしばし見とれた。新鋭の水上バイクが白い泡を吹いて円や直線を描く中で、隣席の樋口課長が満足げに口を開いた。

「九州・沖縄サミットでの蔵相会議もこの地区で開かれたそうです。必要な施設は半径一キロ以内に収まっていますし、思った以上にコンパクトですよ」

「そうだね。施設面はいいようだ。道路に面した窓は防弾ガラス仕様だし、サミット前に開かれる世界経営会議の会場も同じ仕様に変更したと聞くし」

「ええ、博多区の埠頭《ふとう》近くにある福岡国際会議場ですね。ビルの裏手に当たる海側には都市高速道が走っており、海側の窓はすべて防弾ガラスに切り換えたといいます」

森川は大きくうなずきながらも不安めいた言葉を発した。

「ただ心配なのは国際情勢が不安定なことだ。とくに今回の特別サミットでは中国の初参加に対して人権派からの批判が殺到しており、財界も議題の国際税制について猛反発している。イタリアのジェノバ・サミットの二の舞にならなければよいが」

「ジェノバ？　知っていますよ。私が学生だったころですね。確か二〇万人規模の抗議デモが起こり三〇〇人以上が死傷したとか」

「問題は抗議デモを装ったテロリストの存在だ。ＩＳＩＬ（イスラム国）のように日本をも標的にしたテロ集団がいるしな。これまで以上に神経を使わなければならない」

森川はそう言って水上バイクの遠く先に展開するヘリや巡視艇群に目を移した。そして思い出したかのように尋ねた。

「樋口課長、北の工作員捜索は進展しているのか。半潜水艇事件から随分と経つが」

「残念ながら進展はありません。本国の体制が変わったのを機に撤収したとの見方がもっぱらですが、新たな情報があり、捜索の方は続けています」

「新たな情報？　反貧困ウエーブという組織のことかな」

「そうです。小さな過激派集団。時折、グリーンキャップを着用するとか」

「グリーンキャップ？」森川はこの表現が意外に思えた。「私はどこにでもある野球帽と聞いたが。色もさまざまで……」

「いえ、違います。色は緑に統一されています。この情報を得た時、私は半潜水艇事件の遺留品を思い出しました。形は同じアメリカンタイプ。六方区切りで素材もオールニットのウール混といいますので。だが、帽子の天ボタン脇に小指の爪ほどの小さな花柄が刺繍されているようです。花の種類はスミレ、ヒマワリ、ユリなどまちまちです。珍しい帽子ですが、米側はあまり重視していないようです」

「そのようだね。しかし、奴らは北ともパイプがあるかも知れない」

「私もその可能性を危惧しています。幸いテロリスト潜入の情報は得てはいません」

「それならいいが……。いずれにしろ厳戒の時期を迎えるな」

森川はため息混じりに言葉を吐いた。言下にはグリーンキャップなる単語が再度、頭に浮かぶ。それはN病院で王寺と密談した時だった。こちらが反貧困ウエーブについて語った際、彼は「緑の野球帽ですか」とすぐに反応したのを思い出した。こだわっている風でもあった。もしかしたら王寺はグリーンキャップと何らかの関わりを持っていたのではないだろうか。澤山の妄想に振り回される過程で……。

その時、九州公安調査局の幹部が足早にやってきて一枚のメモ紙を手渡した。それを見た森川の目が輝いた。メモには調査局を訪れた澤山の件が書かれている。

「行方不明の王寺を見つけたようです。証拠として防犯カメラのメモリーカードの提出を受けました。解析を要望しています。取り急ぎお知らせします」

大橋の澤山の自宅に私服の警察官が再び現れたのはそれから二週間後であった。雨の中、N病院のカウンセリング室に案内された澤山を見て森川は一瞬目を曇らせた。前回会った時よりもかなり痩せ細っている。挨拶より気遣いの言葉の方が先に出た。

「澤山さん、大変お疲れのようで。食事や睡眠は十分とれていますか」

澤山は椅子に腰を下ろし、ぼそぼそと答えた。「悪魔の装置で心がいっぱいでしてね。眠れない日が続き、睡眠薬に手を出すようになりました。でも大丈夫です。僕は人類の命を守るためにいるのですから」

「そうですか、ご苦労なさっていますね」やはり妄想性障害か、森川は思わず心の中でうなった。だが、その一方、彼の献身的な協力ぶりには感謝しなければ、とも思った。それは澤山が提出した監視カメラの映像である。

「澤山さん、あなたがお疲れとは知らずにお呼びしたこと、心からお詫びします。例の解析結果をお知らせしなければと思いましてね」

「えっ、結果が出たのですか」澤山の精彩を欠いた目に光が戻った。「やはりノッポは王寺さんですね」やっとまともな声が澤山の口から出てきた。

森川が話す解析結果の内容には「可能性」「酷似」「濃厚」なる言葉がやたらと多い。「断定」なる単語が登場したのは振り下ろす手に握られた物体と空を飛んだガラス片だ。物体は田所が推測したとおり拳銃と判明した。イタリア製の口径9ミリ（38口径）のベレッタ92。多くの国で軍や警察が採用、M9とも称される自動拳銃だ。もう一つのガラス片はメガネと分かった。映像にあった中背の鼻ひげ男と小柄な男は識別不可能だが、ノッポの方は「王寺の体形に酷似した男」と歯切れが悪い。しかし、森川は自信ありげに言った。

「解析結果はそうとは断定していませんが、我々は王寺とみています。彼は現場にいた。そしてトラブルに見舞われた。貴重な証拠映像です。澤山さん、あなたのおかげですよ」

澤山は初めて笑顔を浮かべた。「ところで、森川さんたちの調査はいかがでしたか」

「多くの防犯カメラの映像を見たのですが、王寺らしい人物は見つかっていません。近接のグローバルセンタービルでしたかな、あなたが言う聖域のビル、そこも協力してくれたのですが、映像記録の保存期間が一カ月ということでダメでした。澤山さんの映像、本当に助かりました」森川は低頭した。

澤山は「いや、どうも」と照れた。「で、王寺さんのその後の足取りは？」

「そこなんです、分からないのは。警察が工事現場の跡地や緑地帯を調べてくれましたが、異常な形跡等は見当たらなかったといいます。聞き取りも空振りに終わったようで」

「井戸は調べたのですか」

「ええ、閉鎖の井戸ですね。ビルのオーナー会社、テクノザイオンの許可を得て調べた、と言います。盛り土の下のコンクリふたに穴をあけ、ファイバースコープで調査したようです。トラブルに結びつくような物証は何一つなかったそうです。王寺は連れ去られたか、逃げ出したか。映像にある二人の男の識別ができないのが残念でなりません。引き続き捜索は致しますが、彼がなぜ温泉井戸の現場を訪れていたのかも気になります」森川は澤山の様子をうかがった。

予想どおりしかめっ面になっている。

「森川さん、悪魔の装置を調べるためですよ。本丸メンバーの調査を決意とメモにあったではないですか。お忘れですか」澤山は不愉快になった。

「いや、失礼。王寺が澤山さんに伝えたという『井戸閉鎖は偽装』や『本丸メンバー』についても調査しましたよ。しかし、そのような見方をとるのは無理がありそうな気がしましてね。井戸を調べた警察が揚水ポンプの撤去を確認していますし、本丸メンバーについては公安調査庁で探りましたよ」

森川は王寺がメモしたという四人の身元調査結果をかいつまんで知らせた。

「不審な点はありません。出身国はまちまちですが、犯罪歴は皆無で善良な方々です。あなたが会ったというテール・ロドリゲスは人助けでシスコ市警の表彰さえも受けています。彼らが陰謀の本丸というのはちょっと……。だから王寺がなぜ、と思ったわけです。王寺は別方向を向いていたのではないですか。あなたが描く陰謀説の調査の過程で」

「別方向とは何ですか！　彼は巨大な陰謀の存在を信じて行動したのですよ」

澤山は森川をにらみつけた。対話が途切れた。静まり返った室内に激しい雨音が入ってくる。しばらくして澤山の口から言葉がこぼれた。「雨は嫌だ」脳裏に苦い記憶がよみがえる。突き倒された南公園での事件、その後、起こった青木英二の死。いずれも雨の日だった。そして今、豪雨の中で王寺の件を聞いている。

「そうですね。止んでくれればいいですね」森川が静かに言った。「澤山さん、もう一つ、よろしいでしょうか。内密でお知らせしたいことがあります」

極秘情報？　澤山に好奇の炎が燃え上がった。「是非、お聞かせください」

「実は緑色の」と森川は小声で話し始めた。映像には緑色の帽子が記録されていたという。その色は木立の葉に溶け込んでおり、人の目では判別できない状態だった。解析の結果、その緑色には葉脈がなく、風に揺れもしないことが分かった。さらに調べたところ、形状は人工的で、現場の位置関係からキャップの一部と分かった。

澤山は仰天した。「誰の頭に載っていたのですか」

「確認はできません。樹木やパネルの壁にさえぎられ、カメラが捉えたのは帽子の一部分でして。ただ、状況からすると中背の鼻ひげ男のようです」

「ほんとですか。だが、なぜ、その帽子が極秘なのですか」澤山の質問に森川は戸惑った。言うべきか、言わざるべきか。しかし、これらの映像は彼がもたらしたものだ。協力者には知る権利があって当然だろう。

「口外しないと約束してください」森川の念を押したような物言いに澤山は嫌な気分になったが、役人のいつもの口癖だ、怒るに値しないと自制した。

「ええ、もちろん」

「では、それを条件に。緑の野球帽が拳銃を振り下ろす場面内にあることは、テロリストの可能性を意味しています」

えっ、テロリスト！　澤山はいきなり身を乗り出した。森川は過激派組織、反貧困ウエーブの件に言及した。そして意外なことを口にした。

「澤山さん、半潜水艇事件、覚えておられますよね。海岸から古びたゴムボートが発見されたことを。当時、公表しなかった遺留品がありましてね。捜査上の必要性から秘匿したものですが、それは緑の野球帽でした。といっても、残っていたのは切れ端です。県警は工作員の所持品で有力な手掛かりになると見て当初、期待していました。しかし、時が経つにつれ、その価値が薄れてきました。どこにでもある帽子と判明したからです。だが、反貧困ウエーブの存在が明るみに出るにつれ、再び緑の帽子が浮上しましてね」

澤山は初めて聞く情報に驚いた。同時に南公園での緑の野球帽男が頭に浮かんだ。工作員だったのだろうか、いやテロリストか、ふと思った。

「王寺先輩はそのことを知っていましたか」

「当然です。ただ反貧困ウエーブについて知ったのは最近です。組織を去ってからの彼の関心事はもっぱら澤山さんの仮説でして……」

「仮説じゃない。森川さん、今そこにある危機ですよ。事実を仮説だなんて」

「いや、申し訳ない。聞き流してください」森川はそう言って言葉を続けた。

「工作員の帽子と過激派愛用の帽子、ふたつが同じかどうかは不明ですが、王寺はそれを探る過程で緑の野球帽に出会ったのではないか。私はそう推測しています。調査官は刑事と同様、捜査や調査の過程で刷り込まれた情報はなかなか頭から消えないものです。警察庁を辞めた王寺とて同じです。不審な動きをする男に出会い追尾した。緑のキャップが目に入る。もしやと思い、その男と接触した。その結果……」森川はここで目を伏せた。最悪の結末を思い描いているようである。澤山は声をあげた。

「逃げ出した可能性もある、と言ったじゃないですか」

「そうでした。現場からは発見されなかった」森川は姿勢を正した。

「澤山さん、私が恐れているのは、テロリストが既に日本に潜伏している、ということです。福岡特別サミットを間近に控え危険な状況です。警察庁はその気配はないと言ってはいますが、澤山さんの映像がそれを暗示しているような気がしてなりません」

澤山は当たり前だと思った。僕はその巨悪を追ってきたのだ。なのに誰も耳を貸さなかった。青木と王寺、そして目の前にいる森川を除いて。だが、おかしい。その森川の話からはテロリスト排除への意欲はあっても、悪魔の装置を探る姿勢は全く感じられない。

澤山に疑念が湧いた。彼は僕を信じているのか。

35　緑の野球帽——20X5・8（FUKUOKA　SANFRANCISCO）

身辺から友人や知人らが去っていく。悪魔の装置を素通りして。そして、誰もいなくなった孤独の空間に英雄だけが取り残された。澤山は寂しくはなかった。己の有能さが人々を遠ざけ、それゆえに稀有《けう》な人間だけがいずれたどる道なのだと思った。天命の重みをひしひしと感じながら地底の闇を歩く。生温かい激流の音に混じってかすかな破裂音が耳をかすめた。バキッ、バキッ。音が大きくなるにつれ、周囲の岩盤にも次々と亀裂が走る。手のセンサーがそれをとらえた時、割れ目が急速に広がり、崩れ砕けて、闇をも飲み込んだ。耐え難い轟音、激しい揺れ、熱風が渦を巻き一気に襲ってくる。熱い土砂が青い閃光を伴って全身に降り注ぎ、息ができない。もはやこれまでか。もがき苦しむ中で、突然、乾いた異音が何度も鼓膜《こまく》を刺激した。澤山はハッとして、反射的にその音源に手を伸ばした。

「澤ちゃんか」携帯電話にだみ声が流れた。

「救助隊？　あっ、夢だったのか」汗だくの澤山はか細くつぶやいた。

「なんば言いようと、まだ寝とるとね。わしたい、田所たい」だみ声が一段と強くなった。

「あー君か。床の中、うなされていた。待ってくれ」澤山はやおら起き上がって洗面所に向かい水道水で頭と顔を冷やした。十数秒後、やっと湯気立つ体が覚醒した。

「あーあ、どうにか生き返った。何か急用か」ため息混じりの声が出た。

「実はお願いがあってね、電話したと。知っているとは思うばってん、例の監視カメラの映像、あんたが頼んだ解析の……」

田所の話は既に聞き及んだ内容ばかりである。県警が密かに現場を調べたとか、目撃者を捜したとか。

「そこでだ。わしは拳銃男を記事にしようと思っとる。元公安警察の王寺が現場にいて、不明になったことを絡めればニュースとしては価値があると思う。でも、あんたの協力が必要になってね。王寺についてもっと知りたいばい。あんたを取材したいと思っとる」

取材とは大仰《おおぎょう》だ。澤山は一瞬、返答に窮《きゅう》した。

「王寺について警察は何か言ったのか」

「いや。長身の男がいなくなったというだけで、その男が誰なのかは分からないと言っとった。しかも事件性が明確でないとしとる。あるのは銃砲刀剣類不法所持の疑い程度だ」

澤山には彼の依頼事が理解できた。拳銃男と王寺の関係、行方不明の王寺が何を捜査していたかが分かれば、拳銃男の容疑には銃砲の不法所持以上の深みが出てくる。しかし、内容を明るみに出せば極秘捜査がフイになる。

澤山は困った。田所にはどう言えばいいのか。田所が再び催促した。

「どうだろう、取材の件、わしとあんたの仲やろう。ノーとは言わせんばい」

「そうだな。一応、取材には応じるが、監視カメラは撤去せんと危ない気がする。記事の要《かなめ》はカメラの映像だろう。紙面化されたら敵は必死で映像の出所を探すと思う」

「もちろん撤去する。ハードディスクは既に取り外しているし」

「それから悪魔の装置についても書くんだろう？　王寺はそれを調査していたのだから」

「まぁ、それは何とも言えない。まずは事実を再確認したいとたい。拳銃と王寺。それから緑の野球帽」

澤山は驚いた。緑の野球帽も知っていたのか。警察の誰かが漏らしたのだろう。ということは森川から口止めされているテロリスト潜入についても勝手に推定しているかも知れない。澤山は田所の意図が読めた。

「多分、君が書きたいのは特別サミットを前にしての要警戒情報の類だろう」

「さすが澤ちゃん。そうたい。懸念材料の一つとして取り上げたい。警察は過激な連中が潜入したとは思っとらんごとあるが、わしにはそう思えんとたい。いずれにしても、そっちに行く。午後三時ごろになる。よろしく頼むばい」

田所が書いた原稿が紙面に掲載されたのは、福岡特別サミットを約五週間後に控えた八月一七日、澤山を取材して一〇日ほどが経っていた。このころになるとメディアはサミット関連のニュースや企画記事を積極的に取り上げるようになっていた。田所の記事は九州日報朝刊の第三社会面に載っていた。紙面の半分ほどを割《さ》いた長文の内容は「テロ防止は万全か」とのタイトルで国際テロ組織の動向から足元の不穏な事件までを読み物としてまとめていた。文中にはいくつかの小見出しがあり、澤山が提供した王寺の件は「元捜査官、謎の失跡」として扱われている。監視カメラが捉えた井戸現場の映像は「近くの防犯カメラにたまたま映っていた記録」とし、王寺世紀については仮名で報道、略歴も伝えている。澤山は「彼の知人」として登場していた。

「最近まで交友があった知人の話によれば、彼は警察庁を退官した後もテロ情報を収集していたという」そして、拳銃男や緑の野球帽についても詳細に語っている。一読すると、テロリストが既に潜入しているかのような読後感を受けるが、警察や公安当局は「そのような事実はない」「この種についてはコメントできない」とそっけない。ただ取材に応じた三船官房長官は「潜入の可能性も含めてあらゆる措置を講じている」と述べている。

なんだ、この程度か。巨大な陰謀の中身や悪魔の装置には言及がなく、澤山は肩を落とした。文脈からは、国家対企業の戦いという重要な視点が全くうかがえない。かつて田所自身が指摘したというのに、記事はありきたりの表層推考で終わっているのだ。テロの動機は地球の支配力を主要国家から奪い取り、巨大企業の手に委ねようとする市場原理主義者の過激な思想にある。不穏な動きは、これから長期に及ぶであろう世界の新秩序創生をかけた開戦の兆しなのだ。悪魔の装置はその戦端を開くツールの一つだ。地底でうごめく巨大な陰謀を書かずして何が異常事態か。

田所よ、貴様もか。澤山は親友に悪態をつきたくなった。

日本が寝苦しい深夜に入ったころ、サンフランシスコは朝の光に包まれていた。米重工ワールド社のジョン・ウォーカー・スペンサー代表取締役会長兼CEOはレースのカーテンを通して差し込むやわらかい日差しを浴びながら、広い会長室の執務席で免震ビル視察案内書に目を通していた。彼から離れたところには案内書を提出したバレーラ・トュデラ・ロンベルュット（ロベルト）副社長兼南アメリカ社長とリチャード・ミル米重工マテリアル社長がいた。二人は言葉を交わすことなく会議用テーブルのアームチェアに腰を下ろし、執務席の会長に不安げな目を向けている。

しばらくして案内書を読み終えたジョン会長が会議用テーブルにやってきて、チェアに座るなり声を出した。「オーケーだ」

二人の表情に安堵の色が出た。

「問題は知人たちの移動手段だな。隠密《おんみつ》だから目立たないようにしなければ」

「空港からはタクシーがよいかと。それから、正式な会合場所のキリシマへは各自チャーターした車を利用して移動した方がいいでしょう。友人同士、あるいは家族の旅行といった雰囲気で」とリチャードが言った。

「そうだな。知人四人にはそれぞれ秘書などが付き添うので、そう見せることはできる。ガイドは各人に一人か」

リチャードはジョンの心配性に半ばうんざりするかのような目を隣のロベルトに向けた。ロベルトはその目色に気付き、彼に代わって口を開いた。

「ええ、案内書にあるように移動時はそうです。観光を兼ねていますので。しかし、免震ビルの視察や宿泊時は我々が対応します」

「誰だね」

「テール・ロドリゲスとリサ・ノムラ・カーニックです」

「極秘の便箋を私に託したマックスの息子だな。あの便箋のおかげでセゴユリができた。息子は立派になったようだね。だが、リサというのはよく知らない。大丈夫か」

「ええ、もちろん。ご存じとは思いますが、ビル建設時から我々と共に汗をかいた有能な女性です。社会政策研究所の……」

「あっ、記憶にある」ジョンが言葉を挟んだ。「サチ（阿川幸子）の友人だね。確か、まさかの時の世話人と言って君が採用した彼女だな。まあ、いいだろう」

その時、執務机のインターコムが音を立てた。「こんな時に何の用だ」ジョンは眉間にしわを寄せ、席を外して受話器を取った。「ロベルト副社長、君への伝言だ。隣室で君の秘書が待っているそうだ。席を立っていいぞ。少し休憩しよう」

ロベルトへの伝言はクルト・ザイラーからだった。至急連絡してほしいとのことである。一抹の不安を抱きつつ携帯電話を取り出した。未明の福岡の地から届いた彼の声を聞きながらロベルトの気持ちが高揚した。

「分かった。その記事を書いたのはサワヤマの親友だな。サワヤマが記事のきっかけを作ったと君は推測しているんだな。十分、考えられる。彼は役立っているな」

ロベルトは記事の内容を聞き終えるとニンマリした。

あの澤山というネズミにとっては不満だらけであろう。我々の動きを執拗に探っていたのに、その事柄が一行も書かれていない。多分、焦り、もがき、挙句の果てには窮鼠《きゅうそ》、猫を噛む挙に出るだろう。だとすればこちらの思惑どおりである。

「君のスピーディーな報告には感謝する。会長には伝えておく」ロベルトはそう言って再度、小声でクルトに告げた。「ネズミの監視再開をトミーに指示してくれ。それから気になるのはカメラの持ち主だ。探る手もあるが、変に動くと傷を負いかねない。周囲のビルへの監視をさらに強化するほかなかろう。以上だ」

会長室ではジョンが鷲鼻を突き出し、誇らしげに青い目を美術品に注いでいる。各国の逸品がずらりと並んだ飾り棚を前にリチャードがその説明に聞き入っている。

「この幾何学模様《きかがく》のアンフォラ（取手《とって》付きの壺）はレバノン沖から引き揚げられた秀作だ。紀元前八世紀ごろの作品、古代の地中海で繁栄を極めたフェニキア人の交易船と共に眠っていたそうだ。すばらしいだろう。この丸みを帯びた緩やかな曲線、流れる霧のように繊細で……。現代の名だたる陶芸品と何ら変わらない。いやそれ以上ともいえる」

「リチャード君、こちらを見たまえ。この黄金の耳飾りを。モンテ・アルバンから出土した財宝の一部だ。古代メキシコのサポテカ文化の結晶と言ってよい。その隣はロシア皇帝のために作られたインペリアル・イースター・エッグ」と言いかけた時、ロベルトが戻ってきて美術鑑賞は中止となった。

冒頭、ロベルトが電話の吉報を伝えた。ジョンの目元が緩んだ。

「そうか、メディアの見方はその方向にあるのだな。自爆テロや要人暗殺の可能性があるとして。まとまりの良い日本のことだ。集団思考に陥って、ほぞを噛むことになろう」

「愚かな思い込みともいえそうですね。それに工作員の件も再浮上するかも知れません」リチャードの四角い顔からも笑みがこぼれる。

「あり得るな。捜査当局はピリピリしていることだろう。今にしてみれば、あの帽子の切れ端がよかった。捜査をかく乱し、時を稼ぐ。ロベルト副社長、君のアイデアだったね。策略にも遊びのアクセントが必要だとか言って。ワッ、ハッ、ハッ」ジョンが笑った。

だが、ロベルトは真顔のままである。

遊びではない。緑の野球帽は戦士の想いを背負った怒りの象徴なのだ。あのチェ・ゲバラが好んだ黒いベレー帽のように。アンデスの戦いで戦友が倒れて間もないころの光景が目に浮かぶ。彼の息子、少年コチと出会った当時の記憶がよみがえった。

「その頭の帽子は？」

「パパが初めて買ってくれた野球帽です」

痩せ細ったコチはその帽子を弱々しく手に取り大事そうに見せてくれた。薄汚れた古い布。汗臭く、破けてもいた。

時が経つにつれコチはよく帽子のことを口にしていた。

「正義を愛せよ、とひとこと言ってパデュレ（父親）が頭にかぶせてくれてね。それが最後の言葉となった」。野球帽がほしくて何度も父にねだっていたことや、貧しくてそれどころではなかったことを。その後、彼が新たに手にした帽子には小さな刺繍が加わった。コチはそれを見せて自慢げに微笑んだものだ。

「ロン兄貴、自分はもう独りではないんだ。これと同じような帽子を持つ多くの仲間がいる。天辺《てっぺん》に小さな花の刺繍紋があるだろう。正義と人を愛し、怒りを胸に収めた同志の徽章《きしょう》だ。兄貴、この花は何だと思う」

それは赤いカントゥータだった。アンデス山地の可憐なラッパ状の花。戦闘の最中、パデュレを励ましてくれた聖なる花であった。貧しさゆえに立ち上がり、倒れていった同志たち。彼らの魂を宿した緑の野球帽は、この会長室を埋め尽くした、どんな贅ある美術品より高貴で尊いものに違いない。

人類は今も変わらない。一握りの富める者と裾野に広がる貧しき人々の群れ。

ロベルトはこみ上げる感情をぐっと胸に閉じ込め、高い天井をにらんだ。

「おい副社長、どうした、深刻な顔をして。問題でもあるのか」ロベルトの鋭い目を見てジョンが心配そうに尋ねた。

「いや、これからのことを考えていたもので、つい意識がその方へ」

「そうか。念には念をか。セゴユリならうまくいくと思う。治安当局は我々の策略にまんまとハマっているようだし」

「そうですね、敵は我々に目を向けることなく、テロリストや過激派の動きに神経を集中することでしょう」リチャードが愛想よく追従した。

36　警告めいたビラ――20X5・9・1～9・9（FUKUOKA）

あれが澤山か。九月一日の昼前、マンションの駐車場に久々に現れた彼のひどい変容ぶりにトミー（富田雄一）は一瞬、目を疑った。痩せ衰えた体に、くぼんだ眼球。青白い顔に無精ひげをはやし、しわだらけの半そでシャツとシミが付いたグレーのズボンを着て、周囲を見る風でもなく、レガシーB4によたよたと近づき乗り込む様は、光合成を忘れた植物のように精気が抜けていた。このネズミはやはり無害ではないか。久方ぶりに張り込みを再開したトミーは監視の必要性に疑問を抱きながらも駐車場脇に止めているトヨタ車に戻り、クルト・ザイラーの指示どおり、澤山の尾行を始めた。

澤山の心はしかし、外見とは違って使命感に満たされていた。もはや恐れるものはなく、天から課せられた責務にひたすらまい進するのみであった。そのために死んでも本望と思うようになっていた。そこには覚悟や、必死さとかいった、かつて自らを鼓舞したような概念はなく、天の思うがままに心を委ねた境地が開けていた。

車は筑紫野インターから九州高速道路に入り、熊本県の菊水インターを降りて、東の山鹿市《やまが》方面に向かった。

山あいに点在するいくつかの集落を通り過ぎた澤山は、長いブロック塀に囲まれた敷地内に入り、木造家屋前で車を止めた。周囲には人家はなく、林と小高い森に挟まれている。

追尾してきたトミーはブロック塀をやり過ごして、林の空き地に車を置き、徒歩で戻り、塀の門柱近くで見張った。門柱には菊山煙火工業所の看板が掲げられている。辺り一面に響いていたツクツクボウシの声がパタリと止んだと思うと、澤山の声がした。

「菊山君、すまん。いろいろお世話になって。同窓会でまた会おう」「うん。それまでにはもっと元気にならないと。じゃ、気をつけてね」

他愛ない挨拶を耳に挟んだトミーはブロック塀の隙間に目を押し当てて中をのぞいた。段ボール箱を左脇に抱えた澤山が車のドアを開けるのが見えた。トミーはすぐさまその場を離れ、トヨタ車の方に向かった。菊山というのは同窓のようだ。小学校か、中学校あるいは高校かも知れない。菊山は姓からして菊山煙火工業所の幹部だろう。だとすれば段ボール箱の中身は？

トミーは思考をめぐらせながら再び澤山のレガシーの後を追った。


そのころ、福岡入りする客足が増えてきた。福岡特別サミット開催まであと二一日、これに先立って開かれる世界経営会議まではあと一七日とあって、その準備や下調べの関係者らが多く目に付く。空港や港湾、鉄道の主要な駅には警察官のお立ち台が設置され、不審者探しに目を光らせている。その目の先には多くの外国人が往来している。福岡国際空港には人混みに紛れたロベルトとヒロシの姿が、ＪＲ博多駅には通勤客を装ったコチとミキの顔もあった。

翌九月二日になるとロベルトは会議を開いた。ジョン会長とリチャードを除くセゴユリのメンバー六人がグローバルセンターの会議室に顔をそろえた午前一〇時、彼の第一声が重々しく響いた。

「諸君、いよいよＳＳへ向けてのカウントダウンだ。まずはお偉いさんのビル視察をそそうなく乗りきらなければならない。ゲストは超巨大企業のオーナーたちであり、接待にはジョン会長をはじめとする米重工ワールドの名誉がかかっている。しかも、この視察は我々が長年かけて取り組んだセゴユリ装置の最終チェックを兼ねているのだ。いわば本番のＳＳへ向けての前《ぜん》哨戦《しょうせん》でもある。本日の会合はその件について話をする」

ロベルトは視察者の国籍と氏名を初めて発表した。王の称号が付く超大物の職業を聞きながらテール・ロドリゲスは身が引き締まる思いがした。英国の金融王、ドイツの電子・機械王、米国の石油王、フランスの電力王。それにジョン会長だ。いわば世界のビッグ・ファイブである。会長はリチャードと共に八日後の一〇日に、他の富豪は一三日に来福するとのことだった。お忍び旅行とはいえ、名だたる大物がこんなちっぽけなビルを訪れるとは驚きでもあったが、さらに仰天したのは任務分担についての説明だった。

「案内は接待も兼ねており、その道のプロを雇う手もあるが、隠密行動のため我々が当たることにした。その役をテール・ロドリゲスにお願いしたい」

「まさか」テールは思わず叫んだ。「王様の接遇なんてやれる柄《がら》ではない」

「そうか。でも適役だと思う。君の父はジョン会長の友人だし、セゴユリのきっかけを作った偉大なお方と聞いた。世界の巨大な経営者と懇意になる絶好の機会と思うのだが」

しかし、とテールはなおも固辞しようとしたが、すぐさまロベルトの言葉がかぶさった。

「君が困惑するのは分かるが、これは会長の承諾を得た事項だ。プロトコール全般については米重工マテリアル社のリチャード・ミル社長が請け合う。君は彼の指示に従えばよい。さらにリサ・ノムラ・カーニックも手伝う予定だ」

リサ、あのミキか。テールは内心ほっとした。彼女ならやれると即座に思った。相手に敬意を表しながらの気配りは最高だから。テールはいつしか大船に乗った気分になり、大役を得たことを光栄と感じるようになってきた。

「ビル視察中の警備や衛生面等についてはヒロシ・ボイトラーとアントニオ・マリーノが担う。セゴユリ装置の最終チェック担当はクルト・ザイラーとソン・イージュウ（宋一柱）にお願いする。チェックの総責任者は既に伝えたと思うが、クルトとする」

ロベルトはここでも最終チェックという言葉を使い、最終テストとは言わなかった。盗聴対策には万全の会議室だが、万が一を考えての発言だ。しかし、誰もがチェックというのが微弱な誘発地震のテストであることを知っている。

チェック担当を命じられた宋が不機嫌な顔をして手を挙げた。

「質問かね。何か不服でも？」ロベルトが老眼鏡越しに鋭い目を向けた。

「これまではテールを含め三人で装置を担当してきたのに、今回は二人だけですか」

「いや、三人だ。ムハマド・アサド・イブラーヒムがテールの代わりを務める。君も知っていると思うが、イラン生まれのアラブ人だ。ところでクルト、奴の訓練はどうか」

「ばっちしです」クルトが答えた。それを聞いた宋は「それならいいですが」と言って口をつぐんだ。ロベルトが話を進める。

「次のことを肝に銘じてもらいたい。助っ人のリサとムハマドはセゴユリのことは知らない。知られたらその時点で計画を廃棄する。絶対に口外しないことだ。視察の大物も同様だ。彼らには自然の地震と思わせるのが肝要だ。ビルの免震性能がいかに優れているかを知ることになろう。それにもう一つ、視察者とテナントとの接触は避けてほしい。大物の顔を知っている入居者もいるかも知れない。その際の対応マニュアルを後で配布するので、十分目を通してくれ。メディアに知られると大変だからな」

ロベルトの口調が厳しくなり、室内が張り詰めた。熱心に聞きに入る仲間の真剣な眼差しにロベルトは大いに満足し、同志・クルトに目をやった。彼は大きく顎を引き、静かに微笑んだ。微笑みの下には別のクルトがいた。

復讐の日が迫った。母と妻子の命を奪った富豪とその末裔《まつえい》たち。彼らは米政権に肩入れし、ベトナム戦争やイラク侵攻を煽《あお》ったではないか。王と呼ばれる強欲な連中に真の正義があろうはずはない。クルトから自然と笑みが消えた。そこには、彼を拾ってくれたジョン会長への恩義も、セゴユリの開花で犠牲になるであろう人々への想いもなかった。

それから三日後の五日、通常の夕刊デスク業務を終えた田所与一郎は、編集局の一角にあるサミット取材班席、といっても机を六脚寄せ集めた程度の小島でパンをかじっていた。「田所デスクですか」背後から女性の声がした。振り向くとキュートな小顔の新人がはにかみながら紙束を手に立っている。

「研修中の島袋です。ここ三日ほどの間、市内のあちこちでもらったサミットに関するチラシです。先輩から田所さんのところに持っていけと言われましたので」

「いやあ、ご苦労さん」と彼はひとこと言って、受け取ったビラに目を通した。

彼女が言ったように特別サミットについての反対ビラだが、これらの紙つぶては集会やデモの開催予告と共にインターネットのウェブサイトで既に世界に配信されており、田所には目新しいものではなかった。半ば食傷気味になりかけたところ、おや、と目を見張った。『戦争迫る。市民よ、避難せよ』物騒な見出しである。

「最富裕層八五人が、世界人口の半分に当たる三五億人分の富を得ている」というショッキングな文言で始まるそのビラは市場原理主義を金科玉条《きんかぎょくじょう》とする新自由主義と資本のグローバリズムを糾弾していた。「中間層の崩壊による過酷な格差社会は階級闘争の呼び水となり、民主主義をも破壊する。国民に富を分配するという国家の崇高な機能はもはや死んだも同然だ」と手厳しい。田所はなおも読み込んだ。そこには「勝負の分かれ目」や「国家爆砕の司令塔」などといった言葉があった。

『富裕税や企業の海外移転税、さらには金融取引税を含む国際税制の構築が議題となる福岡特別サミットは主要国が国民国家として生き延びられるかどうかの分かれ目、いわば崩れゆく主権国家の復活をかけた勝負の分かれ目となる。もちろん中国が初参加する今回の会合を世界の分割支配とみて警戒の目を向ける勢力は多い。途上国や反グローバリストらが非難の大合唱をあげ、過激派が開催爆殺を叫ぶ一因もそこにある。しかし、過激な行動は彼らの専売特許ではない。利潤のためなら国家崩しもいとわない財界も同様である。むしろ資本にとって最も有害で危険な存在なのが今回のサミット、それを主導する主要九カ国だ。財界こそがサミット爆砕をもくろむ司令塔といえる。予想をはるかに超える事態が起こったとしても不思議ではない。福岡は戦場と化すであろう。市民よ、避難を！』

予想外の事態？　戦場？　田所に不安と警戒の念が募った。同時にテロリスト潜入の情報が頭をよぎった。いや、それ以上のことをこのビラは示唆していると思った。発行者名はない。田所は席を立ち、広い局内を歩きながら、ビラを集めた島袋を捜し出した。

「あんた、島袋さん、ですね。このビラどこで受け取ったと？」

「えっ！」自席でパソコンをいじっていた新人の彼女は、驚いた様子で差し出されたビラに目をやった。「これって、渡したチラシですよね。確か清涼飲料水の空き缶入れの上に置いてあったものです。場所は、えーと」彼女は小顔をしばらく傾けた。「大橋駅前の自販機です。正確な番地までは分かりません」

「大橋駅前」田所は思わず声が出た。「まさか、彼が」

もしかしたら……。澤山の動向探りに張り付いているトミーの頭には仮定にもとづく推量の言葉が何度も出没していた。菊山煙火工業所から戻った澤山はその後、二日間は自宅にこもり、三日目には昼過ぎからビラの束を抱えて大橋地区を歩き回っていた。手にしたビラをマンションにポスティングしたりしながら。それが終わると日用品や食料品を買い込んで、自宅にこもった。トミーはビラの一枚を拾い、目にしたとたん、自分の推量が間違いないように思えた。それが確信に変わったのは、九月九日、珍しく熱暑が緩んだ穏やかな昼下がりであった。

この日、澤山はレガシーB4を運転し、国道3号線を北九州方面に向かっていた。追尾のトミーの車にはレバノン生まれの同志サヤカ・ビン・サイドもいる。澤山は途中、宗像《むなかた》市の大型ホームセンターで大小のガソリン携行缶を五個購入、北九州市に入ってからは3号線を離れ北上した。洞海湾沿いに展開する戸畑区の工業地帯を走り、その一角にある道路脇に車を止めた。それから辺りの工場や事務所、さらに製品販売店を見回るかのように渡り歩いた。何かを探し求めているのは明らかだ。トミーとサヤカは交互に入れ代わりながら彼の後をつけた。四〇分ほど歩いただろうか、真新しい三階建てのビルの前で澤山の足が止まった。突き出た玄関ひさしの上にスチール製の文字盤が浮かんでいる。化学薬品・時宗商事。社内に入るのを見届けたトミーはすぐさま現場を離れ一〇メートルほど後方で待機していたサヤカと合流した。

「彼を見張らなくてよいのですか」サヤカが静かに聞いた。

「もういいだろう。彼の狙いは分かった。引き揚げよう」

「でも、出てくるのを確認した方が」

「これ以上は無意味だ。彼の志を無駄にしない方がいい」トミーは意味ありげな言葉を発しながらゆっくりとした足取りで歩き始めた。

「志？」サヤカが聞き返した。

「そうだ。澤山はもはや我々と同じ心境にある。大義のためには死をもいとわぬ戦士となっている。若いころの俺や君の母さんのように」

かつての反帝闘争の苦い記憶がよみがえったのか、細身のトミーは口を閉じ、日焼けした顔面に深いしわを寄せた。陰謀を暴こうとする澤山の一途な想いは純粋だ。我々にとって邪魔者ではあるが、その真剣さは評価できる。トミーは、時折、白い鼻ひげをピクピクさせて、澤山に想いを寄せた。そのたびに敵側にいる彼の存在が残念に思えてくる。無言のままトミーはひたすら歩いた。その後を追うかのようにサヤカも歩を進めた。

二人が車に戻り、福岡へ走り去ったころ、海沿いにあるクリーンな排気塔に白色の点滅灯が灯り始めた。

やはり、とロベルトは気をよくした。問題はタイミングだ。窮したネズミを都合よく誘う手立てがないものか。トミーの報告を受けてからというもの頭を捻りっぱなしのロベルトだったが、いまだ妙案が出てこない。出てこない以上、欲は出すまいと思った。あすにはボスが来福する。考える暇はない。ホテルのベッドに入るとすぐに寝息を立てた。

田所の頭にはビラの一件が残っている。確かめようと澤山に連絡したが、携帯電話も固定電話も応答がない。やむなく携帯にメールを送った。返事がなければ、彼の自宅を訪ねてみよう。だが、サミット専従の自分にその暇があるだろうか。深夜帰りの田所は澤山から借りた薬院の「別荘」に疲れ果てた体を横たえるなり、いびきをかいた。

37　裏の顔――20X5・9・10〜9・12（FUKUOKA）

一夜が明けた一〇日の昼前、グローバルセンタービルのセキュリティー室で大型のモニター画面を見ていたアントニオの表情が突然こわばった。エントランスホールでボスがリチャードらを伴い辺りを観察している。彼はあわてて部屋を飛び出し出迎えた。

「ようこそ、ジョン会長。ビル視察は明日と聞いていましたが、今日とは驚きです。皆でお迎えするはずでしたのに」

「やあ、アントニオか」白髪混じりの温厚な顔がほころんだ。「ホテルにいても退屈だからな。リチャードもいるし案内には不自由しない。こちらは連れの二人だ」ジョンは私設秘書の青年とボディーガードの中年男を紹介した。

「奥行のある広いホールだね。接客スペースもあり、いいビルではないか。正面の寄木細工の壁も感じがいい。手前にあるカウンターが受付だな」

「ええ、そうです」付き添ったリチャードが答えた。東洋系の受付の女性が彼らに気付いて、急に椅子から立ち上がり、優しげな視線を送ってお辞儀をした。隣の白人男性も彼女にならって、頭を下げた。その仕草を目にしたジョンが「ハートフルな挨拶だな」と満足げな声を出した。「だがな、私らはあくまでも一般の客であることを忘れないように。近く来訪する知人も同じだ。VIP扱いされると隠密の意味がすたれるからね。君も任務に戻りたまえ。会議は明日だったな。そうそう、前庭の池もスマートで気に入った。ただ、ちょっと」

「何か」アントニオの顔が曇った。

「小さい魚が浮いていた。私の知人が来る前に処理した方がよい。さて、宿泊施設を見るとしようか」ジョンはそう言ってリチャードに案内を促した。

ジョン会長らがビル内に入って間もなく、アントニオは部下のミゲルを伴って池に浮いた魚の死骸を探した。

「あっ、あそこです」水平橋から眺めていた小柄なミゲルが指先で位置を示した。橋のたもとにいたアントニオにも分かった。池の中にある四角いコンクリート鉢の植物に隠れるように四、五匹の淡水魚が浮かんでいる。赤や黄色、コメットのようだ。

「ゴムボートが必要だな。ミゲル頼む」

ミゲルは倉庫から持ち出した清掃用の小型ボートに乗り、水中のコンクリート鉢に向かった。鉢にはセキショウや高い背丈のポンテデリアが群生している。縁まで行き、手にした網で死骸をすくい取り、引き揚げようとした時、キラッと何かが輝いた。

おや、あれは何だ。植物の根元の奥にある低い緑の支柱が光っている。ミゲルは凝視した。

プラスチックの外皮の細い割れ目から鏡のような細管がのぞいている。穴が開いているようで他の支柱とは違う。引き抜こうと彼はボートから水面下の鉢のへりに右足をかけた。その時、アントニオの声がした。

「どうした。そこにも死んだ魚がいるのか」

「いや、奇妙な支柱を見たもんで、引き抜こうと思って」

「奇妙な支柱？　どんな形か」

「形は緑の細い円柱ですが、中に何かありそうな気がします」

「中に何か？　触らない方がいい。俺が調べる。ボートを回せ」

マフィア育ちの保安チーム長の予感は当たっていた。明らかに仕掛けがある。爆発物の可能性もあるとして、触ることなく、直ちにクルトに報告した。クルトが機械野郎のムハマドを伴って携帯機器を当てながら調査した。発信機付の水位計であった。

安心したアントニオがクルトに聞いた。「処分しましょうか」

「いや、そのままにしておこう。誰がこの水位計を必要としているかを探りたい」

時計の針が午後九時を指していたころ、澤山の自宅に、ピッ、ピッ、ピッと小刻みな音が響き渡った。一心不乱で物作りに励んでいる彼には、しばらく何の音か分からなかった。特別サミットまであと一二日、果たして間に合うだろうか。工具を盛んに動かすうちに音が一段と高くなり、ハッとした。水位計から送られてきた受信機のアラーム音である。あわてて三桁の記号を打ち込むと液晶に数字が表れた。57、58、56……。急激な水位の低下。誘発地震の前兆か。それにしては早すぎる。サミット開催数日前なら分かるが。また火災？　澤山は気になりだした。以前のような〝オオカミ少年〟の二の舞は避けたい。まずは田所に確認を。久々に携帯電話をつかんだ。

「澤ちゃんか。心配していたばい」田所は彼がやっとメールに反応したと思った。

「ビルの池の水が減っている。ベランダから見てくれないか。本当か、どうか」

「無理ばい。わしは今、会社。それより、いつか会わないか。昼飯でも」

「暇がない」澤山はそう言うなり電話を切った。横柄な口調ではあったが、田所は不快感よりも不審の念を覚えた。やはり彼の自宅に行って様子を見た方がよさそうだと。

澤山監視のサヤカからクルトへ連絡が入ったのはそれから一〇分後である。

「ネズミが動いた。車で都心に向かっている」

集中監視室にいたクルトはその報を受け、隣のムハマドの耳元に口を寄せた。

「テストは終了だ。例の支柱を元の位置に戻せ」そう言い残して、螺旋階段を駆け上り、一階のセキュリティー室に入った。

「アントニオ、水位計を仕掛けたのはサワヤマのようだ。こちらに来るかも知れない。よく見張ってくれ」

澤山は「日赤通り」を走って薬院駅近くのコインパーキングに車を置いた。グローバルセンタービルの辺りには火災の気配はなく、ビルの窓にはこうこうと明かりが灯り、公開緑地の水銀灯やエントランスホールからの光が水平橋を照らし出している。その幅広い橋から見た池は満々と水をたたえキラキラと輝いている。思わずポケットから携帯受信機を取り出した。数値は78。いつの間にか正常値に戻っている。澤山は池伝いに歩きながら目を皿のようにして調べた。水量を元に戻したにしては水質は濁りもなく澄んでいる。

小径そばのベンチにいた若い男女に声をかけた。

「すみません。ちょっとお聞きしたいのですが」

「はあ、何ですか」男が迷惑そうに顔を上げ、痩せこけた澤山に目を向けた。

「この池の水量が急減したことはないですか。一時間ほど前ですが」

か細い声に男は耳をそばだて「一時間前ですか」と聞き返した。そして腕時計に目をやり「ここに来たのは三、四〇分前ですが、その時は今と同じ状況だったと思いますが」と言った。

連れの女性がうなずいた。「ええ、確かに。水面も穏やかでしたわ」

受信機の故障か、それとも水位計がいかれたのか。いずれにしろ悪魔の装置を破壊しなければならない。澤山は急いでビルを後にした。

彼の行動を監視していたアントニオとクルトは目を合わせてニタリと笑った。

「思ったとおりだな。犯人は奴だ。無害どころではない」クルトがうなった。

「すぐに始末しましょうか。俺がやります」アントニオが処刑を申し出た。

「そうだな。だが、サミットまで時間はまだある。ロベルトがどう判断するかだ」

澤山と水位計、新たな情報を得た、そのロベルトにまた欲が湧いてきた。毒をもって毒を制する策略に温和な表情が再び険しくなる。奴はいつビルを爆破するのだろうか。そのための装置づくりに没頭しているのは確かだ。完成次第決行するのも間違いない。それがＶＩＰのビル視察時と重なればなんとすばらしいことか。

翌一一日、冷房が効いたセンタービルでは午後一時かっきりにセゴユリの正式会合が幕を開いた。久々にメンバー八人全員が集結した中で、米重工ワールド社の総帥《そうすい》、ジョン・ウォーカー・スペンサーの威厳ある言葉が会議室に流れる。話はもっぱら彼の知人の受け入れについてで、既にロベルト副社長兼南アメリカ社長が言い及んだ内容である。ただ、ジョンが強調したのはセゴユリ稼働の安全性であった。彼の口からは、地震や揺れといった禁句が平然と出てくる。ロベルトは眉をひそめながらも聞き流した。

「いいかな。規模はあくまでＷＥＡＫ（震度１～２）以内であることだ。担当のクルトに聞きたい。そのための数値入力は万全か」

質問を受けたクルト・ザイラー機械事業本部技術研究員は落ち着いて答えた。

「はい。既にソン・イージュウ（宋一柱）とプログラムを組み、装置に入力済みです。起動前に再確認します」しかし、裏の顔には不気味な言葉が続いている。再確認後の入力数値は変化する。密かにウイルスを仕込んでいるからな。

「すべてはプログラムによる自動操作だな」

「はい。しかし、万が一を考えて、専従の三人が張りつき、機器の稼働状況を見守ります。自分が装置室で、ソンが自宅で、それに助っ人が集中監視室で」

厳重なチェック体制は宋一柱を現場から切り離すための策なのだ。宋は現場から離れた早良区百道浜の滞在型ホテルでパソコンと遊んでいればいい。水と圧力の数値が既定値どおりに動いているかどうかを見ながら。画面上の数字が偽物《にせもの》とは知らずに順調と報告してくるはずだ。俺はそれを聞きながらウイルスがうまく機能しているかを調べる。不調の場合はセゴユリ本体の手動操作盤で任務を遂行するまでだ。

「三カ所で監視するとは念が入っているな。だが、ちょっと待て。君は助っ人と言ったな。どこの誰だ」ジョンが突っ込んだ。クルトは努めて表の顔を演じた。

「自分の部下でして、イラン生まれの優秀なオペレーターです。ＶＩＰの世話に当たるテール・ロドリゲスの代行です」素直に答えたつもりである。

「大丈夫だろうな」ジョンは隣のロベルトに目をやった。彼が補った。

「もちろんです。従順な奴です。セゴユリのセの字も知りません。ご安心を」

ロベルトにも裏の顔があった。安心などできるはずはない。優秀なオペレーターは優秀な俺たちの同志だ。装置が大地の動きを察知すれば、一気にフロートシステムの水を抜く手はずとなっている。

「それでよしとしよう。さて、知人への接待内容についてだが……」

会場の雰囲気は、質問、確認を繰り返すジョンの独壇場となっている。肝心のＳＳについては「別途、会議を開く」として、接遇の内容に質問を集中した。世界を席巻する企業王が訪れるのだから無理もない。受け応えする仲間も真剣そのものである。

しかし、ロベルトは違った。裏の顔がほくそ笑んでいる。ビッグ・ファイブは皆、消える運命にあるのだ。人民の生血《いきち》を吸って太った富豪どもの末裔たち、今も続く我欲の血筋を断ち、強者の罪を償《つぐな》ってもらう。彼はそっとクルトに目をやった。クルトは自信ありげな表情をしてロベルトの視線に応えた。

セゴユリの起爆装置も確認済みです。大地震発生と共に作動します。威力は工作船の自爆以上ですよ。爆発と同時にビルは炎に包まれるでしょう。あちこちに可燃性の液体物を潜ませていますからね。

「では、この辺でしばらく休憩しよう」先ほどから質問を投げかけていたジョン会長にやっと笑みがこぼれた。皆が一息ついたころ、外が急に騒々しくなってきた。スピーカーからの絶叫やホイッスルの乾いた音に数人が窓辺に寄った。ジョンも、ロベルトも続く。デモの隊列がビル前の道路を整然と行進している。

「いよいよだな、嵐の到来は。テロリスト潜入の報もあるし」ジョンがつぶやいた。

「ええ、そうです。すべては我々の思惑どおりに進んでいます。南の景勝地でＳＳの成功ぶりを満喫できますよ」ロベルトは裏の顔を隠し、にこやかに答えた。

特別サミット開催に抗議する集会やデモは九月に入って急速に増え始めていた。世界の主要都市では連日のように反対運動が行われ、これまでに一億人近くが参加したと報道されている。ロンドン、ニューヨーク、パリ、香港ではデモ隊と警官隊が衝突、三千人以上が逮捕され、負傷者も多数出ていた。逮捕者の中には財界首脳も数人いた。

翌一二日には、東京で一〇万人規模の抗議集会が開かれた。福岡でも前日に続き三万人近くの市民や団体らが四カ所の会場に分かれて結集した。その一つ、一万人以上が集まった中央区舞鶴《まいづる》公園には鑓水美樹やコチの笑顔があった。風船や楽器を手にした祭り気分の集団に溶け込んでいる。その集団から離れた所で男たちが辺りをうかがっていた。

「あっ、あれではないか」公安調査庁特任部長の森川雄治が目を吊り上げた。遠く離れた地点に五〇〇人程度の集団がいた。頭には緑っぽい野球帽が見える。

「自分が調べてきます」そばにいた若い色白の男が早速集会の中に紛れ込んだ。しばらくして戻ってくるなり、息を弾ませながら報告した。

「野球帽は緑色に統一されていました。さまざまな言語のプラカードからして、内外の混成集団のようです」

「さまざまな言語か」

「英語、スペイン語、中国語。日本語のは、世界に正義をとか、自由化に歯止めをとか。英語のは、貧困をなくせとか、資本の暴走を止めよとか書いていました」

「過激な内容ではないようだな。他のプラカードは？」

「理解できませんでした。あっ、そういえば、胸のゼッケンにアラビア語やハングルもありました。それから、帽子の天辺に小さな模様が……徽章のような」

「えっ、帽子に模様があったのか。本当か」

森川は例の過激派集団だと思った。自爆テロや半潜水艇事件が頭をよぎった。王寺世紀を襲ったテロリストが潜んでいるかも知れない。

寄り添っていた肥満男が静かに口を開く。「反貧困ウエーブのようですね」

森川は大きくうなずいた。

「もうすぐデモ行進が始まる。混成集団の隊列を重点的に監視し、面割りの資料を収集する。公安の連中をコース沿いに分散配置してくれ」

38　セゴユリ起動——20X5・9・12〜9・14（FUKUOKA）

美樹とコチは歓談しながら車道を行進し始めた。風船やタンバリン、小太鼓を手にした集団は、にわか仕立ての山車《だし》を先頭に総勢一五〇人。山車から流れる反貧困のラップ音楽に合わせて楽器を奏でてはサミット反対と叫んでいる。コチは美樹を気遣った。「暑いですね。水、どうぞ」バックパックから取り出したペットボトルを差し出した。「それに日傘とサングラスを利用した方が。風船はこちらで持ちましょう」

「そうですね。あちこちにレンズの目が光っていますからね。コチはどうされます」美樹はボトルを返しながら言った。

「帽子をかぶります。白いのを、熱中症対策に」と笑ってみせた。

デモ行進は東、西、南の三コースに分かれた。コチたちの祭り集団は西コース、会場から中央区の地行《じぎょう》浜地区まで約三キロの道のりである。ショッピングモールや九州医療センターなどの大きな施設沿いを歩き、ドーム球場近くの「ももち海浜公園」で流れ解散となる。

ここから西方、川を挟んだ先は早良区の百道浜地区で、サミット会場の福岡市博物館があるが、既に警備が厳しく、集団示威行動は禁止となっていた。

西コースには混成集団もいた。彼らの前にはいくつかの市民団体、その先には赤旗や色とりどりののぼり旗が見える。長い隊列のところどころには大小の宣伝カーもいてグローバリストへの痛烈な非難を訴えている。五〇〇人程度の混成集団は全員がグリーンキャップを頭に載せているわけではなかった。プラカードを日よけにしたり、タオルで頭を覆ったりしている人もいた。この集団の後ろには「私たちは市場原理主義者を糾弾します」との横断幕を掲げた女性団体がいて、その後に続いていたのが美樹らの祭り集団であった。

「制服警官に私服の公安警察、それに野次馬、やたらと多いですね」デモには慣れている美樹にとって、こんなに見張りが多いのは初めてである。

「野次馬の中にはあなたを悩ませたハムや海外の情報機関員らが多数、紛れ込んでいますよ。彼らは必死で過激な人物の有無を調べているはずです」コチが言った。

「あなたは大丈夫ですか」美樹は思わず聞いてみた。百戦練磨のコチの身を案じるなんて自分でも不思議に思えた。しかし、コチは黙ってうなずき「もうそろそろですよ」と前方に目をやった。視線の先にドーム球場が見える。

森川雄治ら公安調査庁の面々はデモ隊の混成集団に狙いを定め、彼らと歩調を合わせながら歩道を歩いたり、野次馬の陰に隠れたり、歩道橋やビルの窓から眺めたりしながらビデオカメラを回している。

一行がドーム球場に差しかかった。

歩道にいた森川はあっと驚いた。球場入口付近にたむろしていた野次馬の一群が急にサミット反対を叫び、一斉に緑の野球帽をかぶったのだ。その群れの中に、細身で白い鼻ひげのトミーこと富田雄一もいた。彼らの動きに呼応するかのようにデモの混成集団も全員がグリーンキャップを頭に載せ、次々に隊列から離れだした。

「ここは解散地点ではない。隊列を乱さないでください」

近くの道路脇にいた県警機動隊の指揮車両からのスピーカー音が何度も響き渡り、デモの交通警備をしていた制服警官が盛んに制止する。しかし、多勢に無勢で彼らは制止を振り切り、球場前の一群と合流し始めた。

その時、ラップ音楽と共に「官憲の皆様、監視や警備ご苦労様です」とのボリュームいっぱいの女性の声が流れた。森川の目が反射的にその方を捉えた。祭り集団のデモ隊が、手にしていた赤、青、黄色の何十もの風船を空に放っている。その行動に戸惑いながら顔を風船から地上に戻した瞬間、息をのんだ。祭り集団の隊列もグリーンキャップ一色に染まり、ここでも参加者が相次いでデモの流れから離脱している。

「こ、これは一体、何なんだ。奴らは球場前で集会でも開く気か」森川は脇にいる部下の肥満男に指示を出した。「分散監視している公安職員をドーム球場前に集めてくれ。解散場所で待機している連中も含めて」

隊列と別れて球場前の富田らと合流した緑の集団は、それぞれのゲートから球場内に入り始めた。カメラを向けていた公安職員は、その奇怪な行動を理解できずにいる。森川も混乱したまま、部下と共に別ルートから中に入った。巨大な通路を通り、ネット裏の上段スタンドに顔を出したとたん、全身が凍り付いた。

なんと場内は緑一色ではないか！

この日のプロ野球は地元のホークス対ライオンズ戦、パリーグ一、二位の争いとあって球場内は開始前から多くのファンが詰めかけていた。しかも特別な「鷹《たか》の祭典」の日である。選手のユニホームは前々身の旧南海ホークスと同じ緑色となり、入場者にもレプリカの緑のユニホームが配られ、売店では緑色の野球帽やメガホン、タオルなどが販売されていた。三万九千人近い収容人数の大半が緑のタカ（ホークス）ファンとなっている。

グリーンキャップの集団はファンに溶け入るように個々の席にバラバラに着いた。そして、無帽の観客を見つけては予備の緑の野球帽を無料で手渡した。予備はデモ参加者がそれぞれに二つ持っている。子供用のもある。天ボタンのそばには小さな花柄の模様があるが、それは刺繍ではなく、プリントである。観客はそのキャップを頭に載せて大いに喜んだ。試合開始が近づくにつれ、緑の頭がみるみる増えてくる。売店で買った人や自ら持参した人を加えると、三万人は下らない。

森川は、数の多さに圧倒され、ハメられたと思った。奴らは大観衆をバックに不敵にも我々を挑発しているのだ。怒り心頭の彼は部下数人を残し、球場を後にした。警察庁幹部と急きょ、話し合わねばと思ったからである。

森川が去ってしばらくして試合が始まった。満席のスタンドが大声援で揺れる中、コチが美樹の耳もとで口を開く。

「うまくいったようですね。ミキの動員のおかげです」

「でも、顔を撮られたみたいです。大丈夫でしょうか」

「心配には及びません。皆、覚悟はできていますので。それに、例の計画が実行され次第、我々は引き揚げます。ミキのデモ参加も確か、今日が最後ですね」

「ええ、明日からは来福するVIPの世話をすることになっています」

トミーも隣席にいた。周囲の動きを警戒している。

一三日にはVIP四人が秘書らを伴って相次いで来福した。リチャードをはじめ世話役のテールと美樹が空港で彼らを出迎えた。美樹は米国人とドイツ人、接客不得手のテールはリチャードの指導の下で英国人とフランス人の応接に努めた。企業王たちは、世間の目を引く個人専用機を避けての定期便による長旅に疲れた様子で、この日は宿泊先のホテル日航で早めに就寝、翌日の一四日は休養日とし、次の日のグローバルセンタービルの視察に備えた。

ホストのジョン会長が知人らをホテルに訪ねたのは休養日の一四日午前であった。それも箇単な歓迎の意を伝えただけで、そそくさとセンタービルに行き、七階に仮設した応接室に入った。この階にはＶＩＰが寝泊まりする五つの個室も設けられている。

応接室のドアを開くと既にロベルトが待っていた。

「会長、挨拶回りはもうお済みになったのですか」

「ああ、元気な顔を見せただけだ。ところで、準備の方は万端か」

「もちろんです。クルトの報告では、セゴユリの装置に入力したプログラムは再確認の結果、異常はありませんでした。予定どおり本日の一三時に起動したいと思いますが」

「あと一時間後だな。起動したまえ。微弱地震が起きるのは、それから二日後だったね」

「これまでのデータでは起動後四八時間から九六時間の間です」

「つまり一六日午後一時以降だね。知人らは明日一五日の午後一時に視察に来て、三〇時間後の一六日午後七時にキリシマに移動する。この間に発生すれば上出来だ」

「そうです。設定はＷＥＡＫ（震度１～２）以内ですので、意外に早いかも知れません。しかし、ビルの性能からして体には全く感じないでしょう。そのため記録紙を配ります」

「地震波の記録だな。それはよい考えだ。免震ビルの優秀さが分かる。後はよろしく頼むぞ」

ジョンはすずしげに笑い、部屋を後にした。

応接室に居残ったロベルトは早速クルトに連絡した。

「ＯＫだ。予定どおりにやれ」

地下の集中監視室にいたクルトはまず宋に電話で「一三時」と告げた。宋は百道浜の滞在型ホテルでパソコンを操作し、スタートへの準備に着手した。

それからクルトは、同じ監視室で各種機器のディスプレーに見入っていたムハマドにも指示を伝えた。「手はずどおりだ」それは手先で肩をつつくモールス信号による伝達であった。室内には門外漢の部下四人が近くにいたが、何の不審も抱かず職務に励んでいる。

ムハマドは浴槽の残留水量とフロートシステムの水量及びその水と連結した池の水位変化に目を配り始めた。圧入する水はまず残留水を使用し、その後、システム用の水に切り替わる。システム用の貯水槽、池の水でもあるのだが「その水量が変化しないよう専用揚水ポンプを適切に操作し、大地震寸前に水を一気に抜け」というのが事前の指示である。

その命がけの任務を与えたクルトには気になることがあった。澤山の水位計をどうするかだ。間もなくして集中監視室にやってきたロベルトに相談した。

「そのままでいい。水を抜いた時には駆けつけるだろうが、時、既に遅しだ」

ロベルトがニンマリすると、クルトは安心したかのように退室し、もう一つの持ち場に行った。かつての温浴施設の装置室。コンクリートの壁に囲まれた地下一、二階の吹き抜け構造だが、ボイラー設備や貯湯槽タンクなどは撤去され、床上げされた室内は今や天井の高い倉庫となっている。

その倉庫の片隅に「取扱い注意」や「危険」と表示された小さなテナント用のコンテナ数個

があった。火薬や薬品、可燃物類が入っている。その近くに置かれた木箱をずらすとマンホールが見えた。クルトはそのふたを開け、高さ一メートル弱の床下に潜り込み、壁面のスイッチを押した。小さないくつかの光の中に残置された地殻起振装置、セゴユリ本体の上部がほのかに浮かび上がった。ワゴン車ほどの装置は大半が凹面の中にある。彼はその装置の基底部に降り立ち、操作盤を開いた。画面が明るく輝き、時刻表示が出てきた。起動まであと五分二三秒。目が操作盤に釘づけとなった。

同じころ、田所与一郎は緑のデモ隊に関する記事が頭から離れないでいた。部下が書いたその記事は「デモより野球観戦」といった皮肉まじりの内容で小さな扱いで載せたものの、過激派集団の策略ではないかとの思いがあった。奇怪な集団の行動を治安当局がどう分析しているのか、自ら確かめたくなった。同時に澤山の意見も聞きたい。幸い、明日一五日からは兼務している朝夕刊のローテ・デスクを離れ、サミット総合デスクの勤務だけとなる。時間を捻出《ねんしゅつ》してサツ回りがてら澤山の自宅を訪問しよう。彼はそう思った。

新しい歴史づくりがついに産声《うぶごえ》をあげた。地殻起振装置のリズミカルな音を聞きながらクルトはときめいた。水量、毎分30リットル。圧力、７Ｍｐａ。水の圧入開始から三分五〇秒……。操作盤の明るい画面に数値が流れる。このまま二四時間は連続運転となり、その後、ウイルスの働きで水量、圧力とも一気に上昇し、大地震発生寸前まで装置の快音は続く。百道浜で監視している宋もこの数字を見ているはずだ。急激な数値の変化が起こる二四時間後も今と同じ、偽《にせ》の数字を目にしながら。

集中監視室のムハマドはロベルトと共にプール型浴槽の水量が計算どおりに減水していることを確認した。周囲の部下たちも計器が示す浴槽水の変化に気付いてはいるが、水を抜く作業と知らされており、淡々と他の画面を見つめている。その姿を見やりながらロベルトはムハマドに「いい調子だ。計画どおり明日の午前一一時にシステム水に切り替えるように」とささやき、地上のエントランスホールに向かった。ビッグ・ファイブの食事の世話をするシェフと会うためである。途中、携帯電話が鳴った。

「サワヤマに変な動きがあるようだ。見張りのサヤカ・ビン・サイドからの報告だ」トミーの声が響いた。

「変な動き？」ロベルトは立ち止まり耳をそばだてた。

「自室からマンションの駐車場に何度も顔を出しては車に品物を積み込んでいるとのことだ。車の窓には遮光フィルムが貼られおり、室内はよく見えないという」

「そうか。重要な情報だ。本日のデモは中止だ。コチと共にオオハシへ向かえ。サワヤマが一両日中にこのビルを襲う気がする。ただ、今日はまずい。何としても明日の午後一時以降になるように工作してくれ。成功を祈る」

ロベルトの鋭い目が光った。ネズミがビルを襲うのは明らかだ。しかし、それは、ＶＩＰが滞在している時でなければならない。彼らを葬《ほうむ》ってこそ、澤山は晴れて正義の戦士となるのだ。脇に置いていたはずの策略がまた頭をもたげてきた。

挑発か、挑戦か、要は緑の野球帽集団の動きを法的力で事前に封じ込めることにある。公安調査庁の森川は警察庁警備局国際テロリズム対策課の樋口課長と共に福岡県警本部内で飛江田警備部長を交えて、何度も協議していた。警察も緑の集団の怪奇な行動を目撃している。当初、テロリスト潜入を疑問視していた警察だったが、彼らの動きを目の当たりにして危険性を認識し始めている。樋口課長が口を開いた。

「森川さんの指摘どおり、反貧困ウエーブの連中ですね。この中にテロリストがいてもおかしくはない。彼らの動きを規制する法的手立てを急いで考えなければなりません。国際手配を受けている連中が潜んでいれば、やり易いのですが」

「我々が撮った映像や写真の照合結果はまだですか」森川は飛江田に聞いた。

「顔認識システムを使ってデータベースと突き合わせ中です。量が膨大で時間がかかっているみたいです。でも、間もなく分かるでしょう」

「多分、何人かはヒットするでしょうね。入国段階で運よく素通りできたとしても、二度もふるいにかければ、引っかかるものです。三次元顔認識ソフトもあるし」

三次元顔認識とは、見えない部分も見えるようにする技法である。顔の立体的情報をつかみ、そこから眼窩、鼻、耳、あごの輪郭など際立った特徴を引き出す。マスクやサングラスを付けていても判別できる認識手法だ。

「ただ、認識率は今一つですが」飛江田部長がそう答えた時、部屋の隅にあった内線電話が鳴った。「飛江田だが……。うん、うん、分かった。今からそちらに行く」彼は受話器を元に戻し、森川らに顔を向けた。表情が明るい。

「いましたよ、国際指名手配を受けた容疑者二人が。その他、要警戒が一二人、要注意人物が三三人いるようです。別室へ参りましょう」三人は早速席を立った。

指名手配中の二人のうち一人は日本人であった。泉昇。19X5年11月生まれ。企業爆破事件で警察庁から国際手配された当時の反日武装戦線のメンバーである。もう一人はスペイン系米国人のホセ・ペドロ・アルマン。19X7年2月生まれ。アルカイダ系過激派組織への資金調達と聖戦要員の送り出しを請け負った疑いでFBIが手配している。

森川は専用のパソコン画面に映し出された泉の顔をまじまじと見た。白い鼻ひげを蓄えた細身の老人。手配当時の若いひげなし顔とはかなり違う。しかし、担当官の説明を受けるにしたがい似ているような気がしてきた。「認識の確率はどうですかな」

「七〇パーセントとみていいでしょう。年の差が大きいとはいえ顔の特徴が合致していますので。それでは次に要警戒人物を引き出します。まずは女性から」

サングラスをした、うりざね顔がいきなり画面に現れた。日傘をさし、やや横向きである。

「サングラスを取り、正面を向かせるとこうなります」と担当官が三次元顔認識ソフトを使い画面を切り替えた。突然、森川の顔が引きつった。

「この女性、ご存じですか」飛江田部長が声をかけた。

「部下がかつて追っていた女性のような気がします」と森川はつぶやいた。

「鑓水美樹です。公安調査庁のデータベースにもヒットしています。19X0年3月生まれです。犯罪歴はありませんが、学生運動や市民活動時に何度もマークされています。北の工作員や入管法違反の外国人をかくまった疑惑があるようです。次の女性に移ります。こちらは李芸心、中国人で……」担当官の説明が続いた。

あぶりだされた人物の大半は緑の集団の中にいた。あの鑓水までもが。彼女を救えなかったことが森川には無念に思えた。樋口が言った。

「私は明朝一番に上京し対策を協議してきます。場合によっては国家安全保障会議が開かれるかも知れません。森川さんはどうされます?」

「いや、ここにいる。現場がすべてだから」そう言った森川のまぶたに先ほど見た手配犯、泉昇の顔が鮮明に浮かび上がった。白い鼻ひげ。そういえば、澤山が解析を依頼した防犯カメラの映像にも確か、中背の男。識別不能ではあったが……。

39　自爆への道──20X5・9・15（FUKUOKA）

翌一五日未明の午前一時過ぎ、マンションの明るい駐車場に小型ガスボンベを抱えた澤山隆志の青白い顔があった。乱れた長髪を左右に振ってよたよたと車に近づき、それを車内に運び込むと、また、よたよたと自宅に戻った。それから二時間後、今度は整えた髪の澤山が現れた。黒のスーツに淡いブルーのワイシャツ。ノーネクタイだが、しわ一つない服装は、先ほどのさえない彼からは想像もできない。

「身支度を整えたようだな」コチは双眼鏡をトミーに手渡しながら言った。それを目に当てたトミーは「この分だと、下着も新品だろう」と笑った。そばでサヤカがポツリと言った。「どう反応しますかね」三人は車の中に身を潜め、監視を続けた。

澤山は周囲を無視するかのように落ち着きはらっている。一殺多生の思想が全身を熱く覆っているからだろうか、口は真一文字である。レガシーB４のエンジン音が響き、ライトが灯った。彼はアクセルに足をかけたが、異変を感じ、すぐに車を止めた。調べるとタイヤ側面に刺し傷があった。横の車も、その横の車も同様にパンクしている。

いたずらか。動揺することもなく、しばし考えた。そして車内の荷物を次々に外に出し、自宅に持ち帰る作業を繰り返した。

駐車場は眠ったように静かになった。蛍光灯だけが人待ち顔で不変の明かりを放っている。コチがつぶやく。「動きが止まった。午前の決行はないだろう。休憩しようぜ」

太陽が昇って間もなく、警察官二人が住民らと駐車場に現れ、車を調べ始めた。誰かが届けたらしい。澤山もいた。被害に遭ったのは四台。いずれも出入口に近い場所がやられている。車内荒らしの形跡はなく、簡単な事情聴取と被害届の有無を聞いただけで、警官は現場を去っていった。その後、澤山は業者に依頼してタイヤを交換、それが終わると荷物を再び車内に戻し始めた。


薬院のグローバルセンタービルの集中監視室ではムハマド・アサド・イブラーヒムが緊張した面持ちで計器類を見つめている。温浴施設の浴槽の水が底を突きそうになってきた。「もうすぐ切り替わる」背後からクルト・ザイラーがささやいた。一一時ちょうど、カタッというかすかな音と共に機器の背後にある小型ディスプレーに緑色のマークと数字が出た。池の水位を含むフロートシステム系の水量増減表示である。そばにはこのシステムに専用井戸から水を供給する揚水モニターもある。

「うまく切り替わった」クルトはムハマドの肩をたたきながら微笑んだ。その時、異常を知らせる警報音が数秒鳴り、離れた席から声がした。「あれっ、揚水ポンプが作動しています」壁中央にある大型ディスプレーを見ていた門外漢の部下である。

クルトとムハマドは、やはり、と顔を見合わせた。そしてクルトが、どれどれ、と言って、メーンの大画面の前に立った。「なるほど、起動の絵マークが左端に浮き出ているな。ムハマド、そちらの揚水モニターはどうなっている」クルトがわざとらしく聞く。

「赤色のサインが出ています。専用井戸からシステムへの配水を開始しています。貯水槽や池の水位に変化はありません」

「そうか。井戸から水が送られているのに水位に変化がないとすれば、システムの水漏れかも知れない。調べてみる」クルトはそう告げて室内から出ていった。もちろん、水漏れではない。システムの水がセゴユリの圧入水に使用されているのだ。三〇分後、計画どおりに事態が進む。クルト自らの発言で。

「水漏れ個所を発見した。しばらくは大丈夫だ。明日、修理する。この間、システムの水量を保つように揚水ポンプの出力を調整してくれ。ムハマド、頼んだぞ」

ムハマドは「了解」と声高に言った。門外漢の部下も了承した。クルトはしばらく監視室に留まり、不審な点がないと分かると、今度はセゴユリの場に足を運んだ。

セゴユリ起動から間もなく二四時間、腕時計に目をやりながらロベルトはビルの緑地帯でコチからの報告を受けていた。「サワヤマの車は走れる状態に戻った。決行は人が途絶える深夜ではないか」携帯電話の声が弾んでいる。それが済むと、次はクルトから連絡がきた。

「カウントダウンを開始する。ウイルス作動まであと五分」と緊張気味の声。聞き終えて携帯を切ったところ、また信号音が鳴った。

「ロベルトか。リチャードだ。VIPの到着が遅れそうだ。デモの影響で街中が渋滞している。それからリサたちも交通規制に引っかかっている」

「分かった。会長に伝えておく」そう告げてロベルトは一息ついた。

一三時、ウイルスが目覚め、セゴユリの快音が一段と甲高くなった。床下で操作盤を見つめていたクルトは「いいぞ」と叫んだ。毎分30リットルの流量は三分後には80リットルとなり、圧力も40MPaに達した。その後も数値は増え続ける。「その調子だ。なかなかいいぞ」と微笑みながら何度も本体に手を当てた。ドクター・ホシらと共に開発した世界初の地殻起振装置。頭脳のすべてを注ぎ込んだ分身でもある。「俺は留守にするからな」愛しい息子と別れるかのように優しくささやく。そして携帯電話を取り出した。変化した機械音が聞こえないように口元を手で覆って百道浜の宋一柱の声を聞いた。

「数値に変化はなく順調です。一三時に一瞬、画面が乱れましたが問題ないようです」

予想どおりだ。ダミー数字もうまく機能している。クルトは早速、ロベルトに朗報を伝え、自らは集中監視室へ戻った。寝ずの番をしているムハマドと交替するためである。

エントランスホールでＶＩＰの到着を待っていたロベルトの表情は緩みっぱなしである。クルトからの朗報を聞き終えて間もなく、大物が相次いでやってきた。まず英国の金融王とフランスの電力王がリチャードの先導を受けながらジョン会長が待つ七階の応接室に向かった。それから数分後にはドイツの電子・機械王と米国の石油王がリサこと美樹の微笑みと共に到着、続いて随員一一人が私語を交えて入ってきた。ここにはテールの仏頂面があった。随員らは応接室を素通りして、それぞれが仕えるボスの個室に行き、身の回り品を置くと、テールの案内で近くのホテルに引き揚げた。

急ごしらえの応接室ではホストのジョンがにこやかな顔を振り撒いている。

「おいでいただき光栄です。ちっぽけなビルですが、しばらくご辛抱を」

「いやいや、気遣いは無用ですぞ。視察が目的ですから」ソファに身を委ねた英国紳士がテーブル上の葉巻の箱に手をかけた。黒縁眼鏡の米国人も「ええ、おかまいなく」と声を出した。フランス人も口を添える。「思った以上に警戒が厳しいですね。特別サミットを控えているとはいえ、ホテルにも警官がいて多少、驚きました」

「テロリスト潜入の報がありましてね。警察はピリピリしていますから。それに連日のデモもあって」とジョンが答えた。

「それは、わしらには好都合ですぞ。ところで、セゴユリはいかがですかな」葉巻の英国人が聞いた。「すぐにでも見たいものです」ドイツ人が追加した。

「もちろん、ご案内します。ですが、共に汗をかいた仲間にはビルの免震性能を見学するための来訪と伝えています。真の目的が地殻起振装置にあるとは全く知りません。セゴユリは極秘のプロジェクト。私は何度も彼らに口外するなと念を押してきました。もし、私があなた方に漏らしていたとなると。お分かりいただけると思いますが」

ジョンの心情にゲストは「演技が必要ですな」「協力しますよ」と口々に納得した。

「それでは、まずは寝室にご案内しましょう。オフィスを改造した個室のため、不便をおかけするかも知れません」

秘密結社「干渉なき企業同盟」のメンバーが免震システムの見学を始めたのは、個室での一休みを終えた午後三時過ぎである。この日はヘルメットを着用しての視察。明日は保安設備を見て回り、午後からは日本の免震技術についてのレクチャーを受けることになっている。

強欲なビッグ・ファイブの言動は常にエネルギッシュで、好奇心は人一倍強い。地下の倉庫にさしかかった際も同様であった。案内役のリチャードがかつての温浴装置室と説明すると質問が矢のように飛び出し「是非とも中を見たい」と言い張った。予定外であり、困惑しているとジョン会長が言った。「案内は私が。君は外で待機したまえ」。

ジョンの先導で床下に入った企業王たちは、人影がない中で規則正しく音を刻むマシンの繊細な動きに言葉を失った。何という精巧さか。この装置が無限の自由をもたらし、我らが支配する地球へと導いてくれるのだ。神々しい新技術の輝き、まさに神の兵器ではないか！　彼らは初めて目にするセゴユリを食い入るように見つめ続け、ジョンの催促でやっと聖域に別れを告げた。

彼らがジョン会長のささやきを受けたのは応接室に入ってからだった。「ご覧になったセゴユリが間もなく弱い地震を起こし、皆様を歓迎します。体には感じないでしょうから地震波の記録をお見せする予定です。威力の一端に過ぎませんが」

「それは楽しみですぞ」英国紳士の言葉に他の三人も大きくうなずいた。

西日を浴びた県警本部前でタクシーを拾った田所与一郎は大橋にある澤山の自宅に向かっている。表情は明るく、時折、口元が緩む。特ダネか。頭の中は澤山のことより、本部でつかんだ情報でいっぱいである。

それは県警のトイレで耳に挟んだ会話がきっかけだった。

若い男が用を足しながら隣の男に声をかけた。「岩下さん、その後どうなりました」「おお、君か。総がかりで捜索することになったよ」「緑の連中を一斉に検挙するんですか」「そういうことになるかもね」

緑の連中？　田所はハッとし、終えた放尿をなおも続けるふりをして耳を澄ました。

「驚きました。国際テロ組織に日本人がいたとは」と若い男。「そうだろうな。大昔のことだから」答えたのは岩下、先輩らしい。二人の会話は、そこで終わった。

トイレから出た田所は早速、警備部長の飛江田警視正と会い、それとなく聞いてみた。がっしりとした飛江田の顔は浅黒く、眼光は飢えたタカのように鋭い。

「地獄耳ですな。確かに指名手配犯が二人。名前は言えませんが、緑の野球帽集団の中にいました」さびのある太くて低い声だ。

「反貧困ウエーブのメンバーでしょうか」丁寧な言葉を使った。

「さあ、何とも。田所さんはどう思います？　彼らが見せたあの奇妙なデモ行動を」

「実はよく分からんと、失礼、分からないんです。手配犯をかくまうためなのか、陽動策なのか。部長はどう分析しておいでですか」

「何とも不思議ですね。手配犯をかくまうにしてはあまりにも目を引く行動だし、テロへの陽動策としても不可解です。手配犯はテロリストと言ってもよい。その彼らが集団と共に陽動策をとるでしょうか。まあ、二人を捕らえれば明らかになるでしょう」

「その二人の容疑は何ですか。オフレコで結構ですけん。いや、結構ですから」

「弱りましたな。話せば名前を割り出すんじゃないですか。今はかんべんしてください。公になると特別サミット開催自体が危うくなり、国の信用が失墜します。密かに身柄を確保しなければなりません」

「だったらヒントだけでも」田所は食い下がった。

「書かないとの条件であれば」飛江田部長は釘をさした。しばらくして田所がうなずくと、彼はしぶしぶヒントを与えた。それは二人の大まかな手配時期だった。

「日本人は七〇年前後、もう一人は二一世紀前後です。これ以上は話せません」

交通規制でタクシーがスムーズに進まない。前方遠くを横切るデモの旗を眺めながら、田所はかつて大先輩が話していた七〇年前後の大事件を思い出していた。米ソ冷戦下、中東ではパレスチナ解放の戦いが、アジアでは泥沼のベトナム戦争が続き、米国ではキング牧師やロバート・ケネディ司法長官が暗殺されている。

日航機「よど号」ハイジャック事件もそのころである。大先輩から当時の取材話を自慢げに聞かされていたのを覚えている。犯人は今も逃亡先の北朝鮮にいる。そう思った瞬間、組織の名が浮かんだ。日本赤軍。テルアビブ空港で銃乱射事件も起こしている。そういえば、あさま山荘事件の連合赤軍もいた。西ドイツ赤軍やイタリアの赤い旅団、さらにはミュンヘンオリンピックでイスラエル選手宿舎を襲った黒い九月なども。他にも多数あったが、冷戦後は武装解除したり、解散したり、自滅したりしている。しかし、地下に潜り、今なお活動中の元メンバーや彼らの世界観を引きずった者たちがいることは確かだろう。

国際手配の日本人はどの組織に属し、何をしたのだろうか。それにもう一人は？　二一世紀前後という。二〇〇一年には米国で9・11同時多発テロ事件が起きている。イスラム過激派絡みだろうか。いずれにしろ当時の資料をひもとけば分かるに違いない。

あれこれ考えているうちに、タクシーがいつの間にかマンション前に止まった。田所は頭を切り替えて澤山の自宅を訪ねた。

　ドアフォンのボタンを押すと、意外にも早く、澤山が出てきた。音信不通の彼にしては珍しい。それだけではなかった。顔の表情は穏やかで、身なりも整えて清潔である。

「やあ、突然で申し訳なかばってん、ちょっと聞きたいことが二つあってね」と田所は言った。

「いいよ」澤山はすんなり彼を招き入れ「ビールはないが」と一言残して台所に向かった。見慣れた部屋ではあるが、散らかし放題の以前とは違い、隅々まで整理されている。田所は奇異に感じながらも湯呑みを手に戻ってきた澤山に「実は」と切り出した。

「澤ちゃんの体が心配になってね。見た目は落ち着いているようで安心した」

「用件はそれだけ？」澤山は愛想なく言って、茶をすすめた。「もう一つある。あんたの意見ば聞きたい」茶を飲みながら、緑の集団デモが見せた変な行動をかいつまんで伝えた。澤山は知らなかったらしく耳を傾けていたが、途中、何度か、薄笑いを浮かべた。

「そんなことか。君も敵の術中にはまったようだね」

「術中？　しかし、緑の集団の中に国際指名手配を受けたテロリストがいたばい。サツで仕入れたばかりの情報ばい」田所は半ば反論した。だが、彼は平然と述べた。

「緑の野球帽の件か。その情報も枝葉に過ぎない。人は見えるものしか信用しないからな。目撃とか物証とか、そんな表層事象の中で僕も右往左往してきた。だが、すべては仕組まれているんだ。巨大な悪を守るために。南公園でけがをして以来、僕は敵の駒となっていたように思えてくる。陰謀を探ろうとした青木が殺され、王寺もいなくなった。僕だけがなぜ生きているんだ。敵にとって利用価値があるからではないか」

「澤ちゃん、何ば言いようとね。もうすぐ特別サミットが始まるばい。要人が暗殺されるかも知れんというのに、術中とか、枝葉とか分からんことばかり言って」

「そうだろうね。人は経験則や五感に触れない以上、たとえ論理的であったとしても非現実的で妄想の類と思うだろう。だが、真実は人知が届かぬ所にあり、巨悪もまた他人には見えない所で常に動いているよ。心の底とか地の底とかで。もうこの件はやめよう。コーヒーでも飲もう」澤山はそう言って、また台所に向かった。

例の病気か。田所は心でつぶやき、居間のソファから腰を上げ、隣室をのぞき見した。机の上もきれいに片付けられており、パソコンも見当たらない。視線が本棚に触れた時、おや、と思った。整然と並んだ本の列に化学専門書や機器のノウハウ集、さらに爆発物の関係本が多数混じっている。なぜだろう、と思いながらソファに戻ると澤山がやってくるなり「君に渡したいものがある」と告げた。そして、先ほどの隣室に行き、押し入れから白っぽい紙で包んだハードディスクを取り出し手渡した。

「監視カメラは薬院の部屋にあるだろう。それもやるよ。お世話になったお礼だ」

「もう使わんとね。悪魔の装置はどうなったと?」と聞いてみた。しかし、彼は「ああ、その件ね」と言っただけで話題を昔話に変えた。田所は不思議に思えた。あれほどこだわっていたのに。口ぶりは終始穏やかで、態度も沈着である。だが、肝心の緑の集団についての意見は要を得ない。彼はやむなく引き揚げることにした。

別れ際、ハードディスクを脇に抱え、別れの握手をした時、恐ろしいほどに澄んだ澤山の目に一瞬、涙のにじみが見えた。親しみ深くて、それでいて悲しげである。「澤ちゃん、どうかしたと」思わず声が出た。澤山はただ黙って笑顔を作った。

「また会おう」田所はそう言ったものの解せないまま部屋を出た。何人かの住民とすれ違う。その近くには視界に入らぬ老人がいた。

細身のその老人は田所がタクシーに乗ったのを見届けると待機中の車に向かった。

「奴は知人のようだ」富田が鼻ひげに手をやりながらコチに報告した。

「客とは珍しいな。いずれにしろサワヤマは動きだす。これからだ」

タクシーの車内ではハードディスクを見ようと田所が包装紙を取り外している。その時、変なにおいが鼻腔に入った。車内灯をつけ、包装紙を見つめた。裏面に粘っこい感じの小さな茶色のシミが付いている。団子鼻を突き付けた。硝煙のような、硫黄のようなにおい。火薬？ 胸のざわめきを感じながら、なおも紙を調べた。端っこに化学式と数式の殴り書きが……。目を近づけた瞬間、血の気が引いた。数式横に「ＴＮＴ換算」の文字が見えた。まさか。澤山の悲しげな表情と本棚の書籍が脳裏に広がった時、田所は大声を出していた。

「運転手さん。県警本部へ。急いで」日は既に暮れている。

40　取調室での攻防——20X5・9・15〜9・16（FUKUOKA）

セゴユリの威力を少しでも体で感じたいと意気込んでいたＶＩＰたちだったが、和づくしの夕食を堪能した後の歓談で、発生の確率が高くなるのは翌一六日午後一時以降と聞くに及ぶと、三々五々個室に戻り、眠りにつき始めた。午後一一時には接待役のリチャードも社長室の仮設ベッドで、テールと美樹はビルの仮眠室でそれぞれ体を横たえた。しかし、地下の集中監視室ではクルトとムハマドが、一階のセキュリティー室にはアントニオとヒロシが、他の作業員と共に深夜の仕事に精を出している。聖域の床下にはクルトだけが密かに訪れ、セゴユリの状況をチェックする。様子見は常時ではないが、彼はもう一つ、ロベルトから新たな指令を受けていた。それは、澤山がビルを襲う前に、ＶＩＰを除く仲間を、少なくとも同志全員を避難させるというものである。避難の指示は未明までには届く公算が大きい。クルトは気が抜けない時間帯に入っていた。

センタービルから地下鉄で一駅の距離にあるホテル・ニューオータニ博多のスイートルームではロベルトがまんじりともせず時間を気にしている。日付が変わった午前零時を過ぎてもコチからは何の連絡も入らない。そろそろ動きだしてもよいはずだが、と思いながら携帯電話に手をかけた。その時である。手にした携帯が威勢よく鳴った。コチからだ。すぐさま声を出した。

「奴は動いたか」

「いや。その気配はない。それどころか、やばい感じがしてきた」

「何？　どうかしたのか」

「駐車場に治安機関らしい私服の連中がたむろしている。当初は二人、今はえーと、七、八人に増えている。出入口を固めるように分散しているようだ。マンションで何かあったのかも知れない」

「見張りは継続できそうか」

「場所を変えてみる。いや、引き揚げた方がよさそうだ。パトカーの赤色灯が周りに見え隠れしだした。サイレンは聞こえないが、これ以上は無理だ」とコチの上ずった声。その声の背後から突然、サヤカの叫び声が飛び込んだ。

「あっ、ポリスが来る！」携帯はそこで切れた。

ロベルトは胸騒ぎを覚えた。いたたまれなくなって椅子から立ち上がり、しばらく室内を徘徊した。歩くにつれ気が静まり、重心を取り戻した。危機に強い同志たちだ。不測の事態への備えは十分できている。むしろ問題は澤山だろう。こんな状況では動くにも動けないはずだ。

夜明けまでに決行できないとすれば、ネズミはもはや用無しと言ってもよい。ロベルトは歩みを止め、再び椅子に腰を下ろした。頭には処分の二文字が浮かぶ。だが、途絶えたコチからの連絡が復活すると、その文字は砕かれた。

「サワヤマがポリシア（警察）に連行された！　ロン兄貴、聞こえるか」いきなり息せきった言葉が鼓膜を突いた。

驚いたロベルトは「えっ！」と声をあげ「よく聞こえるが、間違いないか」と声高に問いただした。

「本当だ。今しがた目撃した。トミーやサヤカも見ている。いや、多くの野次馬も」

「そうか。分かったよ。ところで、君らは今、車の中にいるのか」ロベルトはわざとスローテンポで聞いた。コチの声が落ち着いてくる。

「車を遠くに駐車し、徒歩で戻ってきた。規制線が張られ、物々しい雰囲気だ。あっ、そうだ。ロン兄貴、先ほどは携帯を切って申し訳ない。ポリシアが来たからあわてた」

「コチらしくないぞ。あわてるなんて。職務質問を受けたのか」

「その件はトミーに替わる。彼が日本語で応対したので」

トミーが事の顛末《てんまつ》を報告した。警官がやってきたのは、車を移動せよとのことだった。この辺りは危険であり、警察車両の通行にも支障をきたすというのが理由らしい。トミーが危険の意味を問うと、彼は爆発物と一言漏らし、急いで立ち去るよう促したという。

「爆発物？　だから、歩いて再び現場に戻ったのだな。サワヤマが臭いと思って」

「その通り。報告が遅れたのは詫びるが」とトミーは自嘲気味に答えた。

「今、ポリシアがサワヤマの車に群がっている」再びコチの声に替わった。それを聞き流すとロベルトは彼に強く伝えた。

「ネズミはもはや我々の手から離れた。すぐにアジトに帰れ、長居は危険だ」ロベルトはそう言って携帯を切ろうとした。その時、トミーの声が割り込んできた。

「ちょっと話が」

ロベルトはしばらく耳を傾けた。そして返事した。

「了解した。サツに悟られぬようやってくれ」

それから彼は避難指示を待っているクルトに連絡した。「指示は撤回する。傍流策は中止し本流のセゴユリにすべてを託す」

そう言い終えると、ロベルトはふぅーと息を吐いてベッドに身を投げ出した。天井を仰ぎ見る彼の頭には先ほどのトミーの話が残っている。

それは、澤山の監視を単独で続けたいとの申し出であった。このまま澤山を見捨てるのは惜しいとの思いが言外に含まれていた。トミーはこうもささやいた。「澤山が自宅周辺にばら撒《ま》いたビラ『市民よ、避難せよ』は富裕層の陰謀を示唆している。その洞察力は弱者想いの視点がなければ生じないはずだ」と。

確かに、とロベルトは思った。富豪のジョンらが企てたセゴユリの意図を澤山は見抜いている。その眼力は我々の裏の策まで至っていないが、彼の勇気ある捨て身の行動力にはむしろ敬意を表したくもなる。しかし、世間は彼の言動を妄想の類として突っぱね、偏執症の病名を与えた。我々が触角として彼を利用したのもその病にあった。いや、病ではない。陰謀探りへのあくなき執着心にあった。気性は真っすぐで、己の信念を貫く揺るぎない性根《しょうね》は見上げたものである。もし、我々の世界観に彼が共鳴できるとしたら……。

ロベルトは今しがた頭に浮かべた澤山処分の愚かさを恥じた。そして考えた。澤山は鑓水美樹を慕っていたというではないか。今も多分そうだろう。彼を素晴らしい同志として育てる可能性は十分ある。だが、澤山はサツの手におちた。トミーがほのめかした奪還のチャンスは果たして訪れるだろうか。セゴユリが起動しているというのに……。

ロベルトの意識にモヤがかかり始めた。疲れているからだろう。いつの間にか睡魔が襲ってきた。つけっ放しのテレビの映像にニュース速報のテロップが流れ始めたのは、寝入ってから間もない午前三時ごろである。

「福岡市で16日未明、爆発物満載の乗用車を警察が発見、所有者の無職男を爆発物取締法違反容疑で現行犯逮捕した。サミットを標的に爆弾テロを企てた可能性もあるとして慎重に取り調べている」

澤山隆志の身柄を拘束した所轄署の南警察署には早朝から内外の報道陣が詰めかけた。爆弾テロの疑いがあるとして県警本部長指揮による事件となり、警察も色めき立っている。しかし、澤山の表情に動揺の色はなく、穏やかに取り調べに応じていた。取調官は陰気臭い目をした三〇代の公安警察だが、彼の素直な態度を見るにつけ、この分だと自供は近いとたかをくっていた。ところが肝心の部分になると意味不明の言葉を発するばかりである。口調は落ち着いているのだが、頬がそげ落ちた病的な顔立ちを見るたびに、精神鑑定が必要だろうと思うようになってきた。そんな矢先、澤山が告げた。

「話してもあなたには理解不能でしょう。これは天の声ですから。中央警察署の月小路警部か、公安調査庁の森川部長にお会いになれば分かると思います」

取調官はあ然とした。貴様は何様のつもりか。被疑者のくせに。

午後になると、人騒がせ事件で澤山を取り調べた中央署の月小路警部が加わった。

「澤山さん、今回は大変なことをしてくれましたね。車積載の爆発物はビルを吹き飛ばすほどの威力があるではないですか。一体、何のために」

「ご存でしょう。悪魔の装置を破壊するためです」

「まだ、そんなことを言っているんですか。そんな装置はありませんよ。我々が確認しました。あなたも知っているはずだ。本当のことを言ってはどうですか。特別サミットの破壊が目的では？」語気を強めた。

「それは悪魔の装置が狙っている。僕はそれを阻止するために立ち上がったのです。天命を受けて」

「バカな。爆発でもしたら、多数の人が死傷する。そんなことも分からないのか。何が天命か。あんたは重罪人だ」月小路は態度を一変させた。いまだ変わらぬ澤山の偏執症が憎たらしく思えた。

「僕も気の毒とは思う。その点は死をもって償う。でもやらなければG9の首脳をはじめ、もっと多くの人々が犠牲になる。大地震が起こってからでは遅い。重罪なのは、僕の警告を聞かないあなた方ですよ。目を開きなさい」

「澤山！　言葉を慎め。お前は今、自爆テロを示唆したのだぞ。お前独りの仕業《しわざ》ではなかろう。殺人未遂はもとより内乱罪の可能性だってある身だ」月小路が一気に語気を荒らげた。その時、ドアが開き、職員がメモ紙を手渡した。これを見た彼は「後は頼む」とそばにいた三〇代の取調官に耳打ちし、隣室の薄暗い小部屋に向かった。そこにはマジックミラーと隠しマイクを通して取り調べの様子をうかがっていた数人の私服がいた。その中の一人、県警警備部公安第三課にいる過激派担当の捜査員が月小路にささやいた。

「本部からの連絡では、澤山逮捕時の現場周辺に国際指名手配を受けたテロリストがいたようです。澤山が連行される一部始終を見守っていたと言います。澤山の仲間かも知れません」

「なぜ分かった」月小路は小声で聞いた。

「我々も現場に急行し、周辺の野次馬をこっそり撮影、観察していましてね。画像の数枚が顔認識システムにヒットしたそうです。白い鼻ひげの細身の老人。両脇にインディオ風の男と双眼鏡を手にしたアラブ風の男がいたようです」

「鼻ひげの男？　直近の捜査会議で知らされた日本人、名は確か泉昇だったな。分かった」一月小路は再び取調室に戻った。

その白い鼻ひげの男、トミーこと富田雄一はマスクでひげを隠し、南警察署近くの駐車場にいた。通信社名入りの軽自動車に乗って運転席から警察署前をじっと見つめ続けている。


公安調査庁の森川は照り付ける太陽の下、デモ隊のシュプレヒコールを聞きながら都心の天神にある禅寺に向かっている。澤山逮捕の情報が流れるや、宿泊先のホテルに本庁を含む内外からの問い合わせが殺到、深夜から一睡もしていない。それでも禅寺に向かったのは、かつての部下である警察庁警備局国際テロリズム対策課の樋口課長からの要請であった。「是非、お会いしたい。幸い静かな場所があります。そこで」

仁王像が凛々《りり》しい鎌倉様式の二層の山門を抜けると掃き清められた異空間が広がる。あまりにも静かな境内に森川は思わず感嘆し、しばし足を止めた。色濃い木々や総ケヤキづくりの鐘楼を見やりながら深呼吸を繰り返すうちに眠気が幾分遠のいた。本堂に隣接する玄関口には既に樋口課長が待っている。県警警備部の飛江田部長もいた。

「いい雰囲気だね」森川が挨拶代わりに言った。「官舎での会合はむさ苦しくて、ここにしました。私の菩提寺です。さあ、中に入りましょう」飛江田部長が案内した。本堂でお参りした後、三人は、誰もいない広い畳の間に入り、長い茶卓を囲んだ。

「事態が急展開しましたね。被疑者の澤山は森川さんの名を出しているそうです。彼とは面識が？」樋口が眠そうな半眼を向け、切り出した。朝一番の便で東京から急きょ舞い戻ってきたのだろう。口回りには剃り残しのひげがある。

「ああ、何度か会ったことがある。私が山口県警にいたころの記者だった。最近は偏執症が高じているようで」

「森川さんも妄想に付き合ったんですか。彼の背後関係をご存じではないでしょうか」樋口が聞いた。「うーん」森川が首をかしげていると飛江田がさびのある声を出した。

「澤山の逮捕現場近くにテロリストがいました。あの緑のデモ騒動で見つけた国際指名手配の泉昇です。澤山の行動と何らかの関係があるのではないかと」

「それは澤山の背後に支援のテロ組織がいるとの見方だな。つまり、爆弾テロ未遂は澤山自身による単独犯ではないということか」森川は腕を組みながら、かつて王寺が追っていた鑓水美樹を思い出した。澤山が恋い焦がれた愛しい女性と聞く。その美樹は泉と同様、デモで奇妙な行動をとった緑の一員、要警戒人物である。

澤山と美樹、二人の関係からも背後説はうなずけなくもない。だが、澤山の言動からはそんなにおいは感じとれない。むしろ、その逆である。彼の妄想は巨大なテロの陰謀を阻止することにあるのだから。

「どうも私には単独犯のような気がするな。彼は悪魔の装置を破壊することにしか目がない狂った偏屈人だ。テロリストだったら私と会うような危険なことはしない。そうだろう、飛江田さん。澤山を警察にタレ込んだのは彼の友人と聞いたが、何か言っていなかったかね」

「九州日報の田所ですか。背後組織はないと言っています。澤山の命を救いたいがための届け出で、病人だから慎重に取り調べてほしいと何度も訴えていたようです」飛江田はここで口を閉じ、しばらく間を置いてから、考えるように言葉を継いだ。

「ですが、森川さん、澤山の病気は巧みな偽装かも知れません。サミット警備の目をそらすために悪魔の装置をでっち上げた。我々の関心を何度も装置に引き寄せるために狂気を演じた。自爆テロも演出と言えなくもない」

「目くらまし工作か。特別サミットの首脳陣を襲うための。それを澤山が担った。テロ組織のコマとして」と森川は言ってはみたものの心にはストンと落ちない。

「それは憶測の類と思えるが……」

「だったら、なぜテロリストが逮捕現場にいたんでしょうか。しかも深夜に。外国人らを伴って見守っていたといいます。泉と澤山は仲間と見た方が自然ではないでしょうか」

今度は樋口が言った、その時、森川の頭には記憶の巻き戻しが起きていた。澤山が住むマンションでの盗聴器の発見。

「樋口君、その見立てはどうかな」とやんわり否定した。「テロリストは見守りではなく、澤山を監視していたとしたら。二人は仲間ではなく敵同士だとしたら。全く逆の見方が出てくる。ところでテロリストの泉だが、彼は白い鼻ひげの男だったね」

「そうですが」と飛江田が答えた。

「澤山が以前、公安に提出した監視カメラの映像にその男らしい姿が映っていた。急いで顔を認識してもらえないか」

森川の唐突な申し出に二人は「えっ」と驚いた。彼はそのいきさつを説明してこう述べた。

「泉だとすれば奴が部下の王寺を襲ったことになる。王寺は澤山の言葉を信じ、悪魔の装置を探っていた。それに泉が気付いた。ふと、今そんな気がしてならない」

「よく理解できませんが」と樋口が口を入れた。

「そうだろう。私も悪魔の装置などたわごとと思っていた。しかし、澤山の妄想が本当のことだとすれば、すべてつじつまが合う。テロリストらは以前から澤山を警戒し、見張っていたのではないか。彼は悪魔の装置の存在を訴えていたからね。一方、不可解な緑のデモは警察の捜査を常道に導くための策といえよう。サミット粉砕を盛り上げ、過激なテロが起こるような状況を作る。テロリスト潜入も現実味を持たせるために仕組まれたと言えなくもない。警察の目が会場や要人周辺に釘づけになるよう仕向け、別の無関係な場所で目的を達成する」

森川は独り言のようにしゃべり続けた。樋口は怪訝な顔をしている。しかし、飛江田は顔面を緩め、顎を引いた。「そういう見方もできますね。不思議なデモの動きも、その説なら納得がいく。別の場所とはあのグローバルセンタービルですね」

「そうだ。大地震を起こす悪魔の装置があるところだ。我々は常識や先入観にとらわれ、澤山の指摘を荒唐無稽の絵空事として一蹴《いっしゅう》してきた。どうやら見込み違いをしてきたようだ。これは手が込んだ巨大な陰謀と言える。背後にいる組織は恐ろしくでっかい」

「もしかしたら、その背後にいるのは、澤山がビラで訴えた財界の組織では?」樋口も納得したらしく顔を突き出す。もはや半眼ではなかった。

「ありうるね。世界の金持ちがグルになって仕組んだ陰謀かも知れない。今回の首脳会議には富裕層が最も激怒しているからな」森川も眠気が吹っ飛び、胸に熱いものを感じた。警察庁警備局でらつ腕を振るっていたころの動悸《どうき》の高鳴り。

「樋口君、それに飛江田さん。急いで捜査の在り方を組み立て直す必要がある。もう一度、ビルを調査、いや、今度は、ガサ入れ（家宅捜索）してくれないか。見逃している点が多々あるかも知れない。悪魔の装置が引き起こす誘発地震についても御用学者ではなく、真の専門家に聞かねばならない」

指示めいた口ぶりの森川だったが、自分の立ち位置にハタと気付き、苦笑いした。警察庁の幹部だったとはいえ、今は別組織の身ではないか。気まずそうに顔をそらした。鴨居《かもい》の上の質素な時計は午後一時過ぎを示している。

セゴユリが起動してから四八時間以上が経過した。いつ地震が起こってもおかしくない状況だが、午後二時を過ぎても大地には何の変化も訪れない。揺れはまだか、グローバルセンタービルの会議室ではジョン会長ら世界のビッグ・ファイブが身構えながら江藤博士の免震技術についての話を聞いている。「自然の巨大なエネルギーに打ち勝つ安全な建物はこの世に存在しません。免震技術の眼目は傷付き大破しても倒壊しない建物づくりです。いわば不沈艦のようなものです。その意味では防災というより減災の色合いが濃い。さて、日本の技術は……」

一方、世話役のテールと美樹はＶＩＰらが鹿児島の霧島に旅立つ準備の点検に余念がない。出発は遅くて午後七時、それ以前でも微弱地震が発生したらすぐにというのが、あらかじめ決められた計画である。チャーターした高級車は予備も含め六台。家族ドライブを装うために車種や色はバラバラで、既にビルの駐車場で待機している。秘書ら随員一一人はボスが宿泊した七階の各個室で、臨時に雇った通訳兼ガイドの五人はエントランスホールの接客コーナーで、それぞれ旅立ちの合図を待っている。

「抜かりはないようですね。後は連絡待ちか。サプライズが起こるといいですね」テールが言った。「ええ。でも体には感じないのでは」と美樹は答え、新しく手に入れたスマートフォンをそっとのぞいた。ロベルトから何の音沙汰もない。前震をつかめば、脱出のシグナルが来るはずだが。本当に大地震はあるのかしら。

そのころ、ロベルトとクルトは地下の集中監視室で大型ディスプレーの脇に表示中の揺れの波形と震度の数値を見つめていた。ビルの外周敷地に埋められた準高感度地震・震度計からの情報である。ナノメートル（一〇億分の一メートル）単位の振幅を伴った波形が画面に流れている。自動車や地下鉄の振動であろうか。いずれもノイズのようである。しばらくすると、少し高めの波形が出てきた。二人は見張った。震度計は０・２前後を行き来している。しかし、十数秒後には元に戻り、ノイズ状態になった。

「まだのようです」とクルトが丸顔のロベルトにささやいた。

「そうか、待つ以外ないな」ロベルトは眼鏡をかけ直し、再び画面に目をやり、おやっ、と小声を出した。「また出てきたぞ。波形の変化が」

その言葉にクルトの眼が光った。その時、宋一柱から携帯電話で連絡が入った。彼もまた、五キロほど離れた百道浜の滞在型ホテルでパソコンを前に同じ情報を目にしている。

「無感の極微小地震が発生しましたね。あと数回、断続的に続くと思いますが、セゴユリはどうします？　停止しますか」

「停止するにはもったいない。微小地震、せめてＷＥＡＫ（震度１～２）まで待ちたい気がするが」クルトは室内の片隅に向かいながら言った。

「圧力や流量を上げずにですか」

「そうだ」

偽の数値とは知らずにセゴユリの運転状況を把握している宋は、クルトの要望が不思議に思えた。しかし、このままでも震度1の揺れを誘発する可能性はゼロではなかろう。

「オーケー。当分、運転を続けます」

「そうしてくれ。しかし、午後七時には既定どおり停止だ」

電話を終えたクルトは室内の片隅にロベルトを手招きした。

「前震のようです。極微小地震がしばらく続きます。本震まであと数時間程度と思われます。そろそろ脱出指令の準備をしていた方がいいのでは」

「そうか。後は自動操作に任せるのだな」ロベルトの鋭い目が眼鏡越しに輝いた。が、次の瞬間、輝きは失せ、くぐもった声を出した。

「最後に残るのは、あのムハマドだな。水抜き担当の。大丈夫か」

ロベルトは中東の同志、ムハマド・アサド・イブラーヒムの身を案じた。

「ええ、本震前に脱出できると思います。彼の判断に任せていますので。水抜き装置は本震の第一波（P波）を感知すると同時に起動します。しかし、システムの水量が多量ですので第二波（S波）までに完全に抜けるかどうか心配していました。このため、事前に水量を減らすよう指示しています。それを確認次第脱出します。減水をいつやるかは、彼の判断に委ねているわけでして」

「ならばいい。あと数時間だな。見納めにビッグ・ファイブのツラでも眺めてくるか」ロベルトはニタリと笑って集中監視室を後にした。

41　誘発地震――20X5・9・16（FUKUOKA）

福岡市の地下深くで極微小地震が断続的に発生していたころ、東京永田町の首相官邸では定例の国家安全保障会議が開かれていた。首相、官房長官、外相、防衛相による四大臣会合である。会合冒頭では、先の緊急事態会合の件が話題になった。

「国際指名手配犯が潜入していたとは痛恨の極みだな。逮捕はまだのようだが」タカ派を自認する安辺首相が大きく息を吐いて、三船官房長官に目をやった。「関係者を拘束したとの報もあり、時間の問題かと。あの会合では塚田警察庁長官が手配犯の逮捕とサミット成功を確信していましたからね」三船が首相の不満を払拭するかのように口を開いた。

「塚田君は片山長官の跡を継いだ新人だが、なかなかのやり手ではある。ここは警察力を信じるとしよう。ところで周辺国の動向はどうかな」

「直近の情報では北朝鮮に動きが」昨秋、初入閣した前田防衛相が答えた。

「第二の半潜水艇事件ではあるまいな」安辺がぎょろ目をむき出した。

「いや、違います。核実験の準備を進めているようです。韓国国家情報院の見方では、サミット開催日に実施する可能性があるとしています」

「ゆゆしき事態だな。ＳＬＢＭ（潜水艦発射弾道ミサイル）の水中発射実験も行ったというではないか、警戒は怠らないように」

「もちろん、玄界灘は厳戒の海になっております」とだじゃれ含みに答えたが、誰もニコリとはしない。前田は照れ臭そうに天井を眺めた。その後、本題に入り、用意された資料を基に中東や中国情勢、とりわけ過激派組織の動静や南沙諸島の覇権をめぐる米中関係について審議した。ここでは寡黙な小河原外相が重い口を開いている。

審議が終わりに近づくころ、話が再び福岡特別サミットに向けられた。

「小河原外相、参加国から何か問い合わせはあるかな」安辺首相が聞いた。反対勢力の異常な動きは情報機関によって外国政府の耳にも届いており、議長国の総理としては気になるところだ。小河原外相は静かに答えた。

「今のところ、特段の注文や意見など寄せられてはいません」

「ですが」三船官房長官が口を挟む。「一八日に開く民間主催の世界経営会議の議論の行方が気になります。その場でサミットの主要議題である国際税制への反対決議が声高に叫ばれると火に油を注ぐことになりかねません」

これには前田防衛相がすかさず反応した。「その件は前の緊急事態会合でも塚田長官が懸念していましたね。だが、彼はそれを見込んでの治安態勢にあると力説していた。我が防衛当局も全く同じです」と強調した。しばらく沈黙があった。腕時計に目をやった安辺首相が「そろそろ時間だ」と言って姿勢を正そうとした。その時、目まいを感じ、上体がふらついた。周囲からあっという声が漏れたが、気にはせず会議を締めた。

「当面は特別サミットを無事に乗り切らなければならない。今回のサミットは資本のグローバル化によって存在感が薄れがちになっている主権国家の復活がかかっている。国家組織を預かるリーダーの想いは我々と同じだ。我が国の威信をかけて、要人の警護とサミット開催に万全を期していただきたい」

次回は、と三船官房長官が言いかけたところにドアが開いて、「失礼します」と官房副長官補が顔を出すなり、官房長官の耳元で何やら伝えた。三船の顔が急に曇った。「総理、長野でかなり強い地震が発生したようです。危機管理センターで情報収集を急いでいます」

「またか。くそっ」安辺は悪態をついた。大事なサミットが迫っているというのに自然までもが邪魔しやがって。彼は眉を八の字にして「被害状況の把握に全力を挙げてくれ」と口早に指示し、ふと、気付いた。あの目まいは揺れだったのか。関東もいずれ危ない。安辺の顔が歪んだ。

福岡市南区南警察署。取調室の月小路警部は、なんでこんな男と付き合わねばならないのかと、半ば嫌気がさしている。特別サミットまであと六日しかないのに、澤山は依然、従来の主張を繰り返すだけで、テロリスト、泉昇との関係は完全否認のままである。

「澤山、そろそろ自供してはどうか。お前がひとりでサミット爆破を目論んだとは思えん。泉らテロ組織が背後にいるのは明らかだ。泉昇は今、どこにいる！　奴は多数の市民を殺傷した爆弾魔だぞ」

「僕は何度も言っているように、その男は名前すら知らない。月小路さん、ここで声を張り上げるのは時間の無駄ですよ。早く悪魔の装置を除去しないと大変なことになる」

「何を言うか！」月小路は怒りをあらわにし、机上を思いっきりたたいた。澤山は一瞬、のけぞったが、表情は穏やかである。月小路の激怒した姿に、脇にいた陰気臭い取調官が「後は私が」と言って分け入った。逮捕時から澤山を調べていた三〇代の公安警察である。

「澤山さん、これは何ですか。あなたの所持品の中にあったのですが、万歩計とは違うようですが」彼はそう言って手のひらサイズの薄型のケースを机上に置いた。

澤山は一瞥して手にとった。それから画面を見せながら三桁の記号を打ち込んだ。78前後の数値が液晶に流れ出した。

「なんだ、そりゃ」月小路が背中越しに顔を突き出す。

「地震の予兆を知らせる数字です」澤山が振り返った。月小路がフンと鼻を鳴らした。

「地震の予兆だと。どうせガラクタだろう」

澤山は彼の雑言《ぞうごん》を無視し正面の取調官に向かって誘発地震の可能性について説明した。月小路は「また、たわごとか」と吐き捨て、椅子に戻った。正面の取調官が口を開く。

「なるほど、岩石破壊を引き起こす流体、つまり水の増減を示す数字ですか。その数値を送信する水位計がグローバルセンタービルの池に設置されているというわけですね。悪魔の装置があるところですね。で、水が減れば即地震となりますか」取調官が冷たい目を向けながら澤山に聞いた。

「いや。減水し続けてから二日以降です。減水の場合はアラームが鳴ります」

「今はどうなんですか。78前後の数字を示しているようですが」

「正常値です。しかし、サミット開催二日前には必ず警報音が鳴ると確信しています。その前に悪魔の装置を破壊しなければなりません」

「そうですか。開催二日前というと九月二〇日ですね。あと四日ですね。だから車に爆薬を積んで準備していたと」取調官はうなずき、月小路に目をやった。彼はふてくされたまま椅子にもたれている。

「よく分かりました。あなたの話が荒唐無稽ってことが。このままだと勾留延期となるでしょうね。精神鑑定の手続きをしましょう」

澤山は黙った。横から月小路警部のため息混じりの声がした。「なあ、澤山さんよ。いい加減に本音を吐いたらどうか。仲間のテロリストはどこなんだ」

江藤博士の講義が終わると世界のビッグ・ファイブはセンタービル会議室から七階の応接室に移動した。ソファに落ち着くなり、しばらくは寂寥《せきりょうかん》感に包まれている。大自然の営みからすれば、人間の英知がいかに無力に近いものか。講義を振り返りながら、科学に対する揺るぎない信仰がしぼんでいくのを感じた。それは、この地球が、果てしない大宇宙の中では点にも満たない小さな存在であることを知った先人たちの衝撃にも似ていた。

「人類よ、おごるなかれか」感慨に浸っていたフランス人がか細く言った。

「ならば、おごりを見せようではないか」黒縁眼鏡の米国人が威勢よく開き直った。「剣の一刺しで大自然を怒らせる。我々が無力ではないってことを知らしめるのさ」

「剣の一刺しとはセゴユリのことだね」ドイツ人が我に返った。

「そろそろですかな」英国紳士が腕時計を見た。一六日午後四時過ぎ。「あとまだ三時間ありますぞ」彼はジョンに退屈そうな目を向けた。

その時、軽やかにドアが開いた。リチャード、美樹が笑顔で入ってきた。そのあとに続いてテールがキッチンワゴンでシャンパン、ワイン、それにカナッペを並べた大皿を運び入れた。その間、リチャードがメモ紙をそっとジョンに手渡した。ジョンの顔が見る見るうちにほころんだ。

「皆さん、ハプニングが起きました。今しがた、地震が発生しました。WEAK（震度1）です。震源はこのビルの近く、地下五キロのところで……」

企業王たちは一様に顔を見合わせて驚いた表情をしている。メモ紙を渡したリチャードが思わず声を出した。「揺れにお気付きの方はいらっしゃるでしょうか」

「いや。全く気付かなかった。見事な建物だ」誰もがそんな感想を述べた。

ホストのジョンも満面に笑みをたたえた。「リチャード君、お客様も満足されているようだ。後で地震波の記録紙を届けてくれ」彼はそう言って、隅に立って控えているテール、美樹に視線を向けた。二人はテーブルに寄ってシャンパンやワインの栓を抜き始めた。そのさわやかな音を聞きながらジョンが再び声をあげた。

「当ビルの視察はいかがでしたでしょうか。思いも寄らず自然の地震に遭遇できたのは神のご意思かも知れません。乾杯しましょう」

ホストの声に皆、にこやかにソファから立ち上がり、グラスを重ね合わせる。リチャードは和やかな空気に充実感を覚えながらテール、美樹らを伴って静かに退室した。

三人が去ったのを確認したドイツ人がジョンに顔を向けた。「ハプニングとは、見事な演出ですね」ワイングラスを手にしたフランス人も楽しげに大きく顎を引く。ジョンは照れくさそうに鷲鼻を掻いている。その仕草を見ながら英国紳士が目を細めた。

「セゴユリの威力、十分確かめましたぞ」重々しい響きを伴っている。そばから黒縁眼鏡の米国人が声を入れた。「剣の一刺しは六日後の二二日ですね。特別サミットの消滅、大いに期待できますね」

「確かに。崇高な自由への介入は万死《ばんし》に値しますからな。事業活動にタガをはめ、わしらから金を奪って世界の分割支配をもくろむ権力者たちには消えてもらわねばなりません。政は常に商の下僕。いずれは国家という概念もなくなりましょうぞ。セゴユリによって。アハハハ……」英国紳士が珍しく笑った。

約五キロ離れた百道浜の宋一柱の声がクルト・ザイラーの携帯電話に届いたのは、会議室でVIPたちが祝杯をあげていたころである。聖域の床下でセゴユリと対面していたクルトは耳を傾けた。

「やっとWEAKが来ましたね。マグニチュードは2・3。もう運転はよろしいかと」

「そうだな。よくやった。停止指令を送信してくれ」

「了解」宋は早速、パソコンを操作した。しかし、指令の数字を打ち込んだ瞬間、画面がフリーズとなった。動かない。手順の違いか。彼は何度も試した。だが、再起動できない。日ごろ冷静な宋が声を荒らげた。

「パソコンがいかれた！　送信できない。そちらで停止してくれ。ちくしょう」

「ドクター・ソン、落ち着け。多分、指令系統のプログラムにバグがあったのだろう。心配はいらん。手動で運転を停止するからな」

携帯を切ったクルトはニタリと笑った。ウイルスが第二の行動を起こしたのだ。システムの水を圧入し続けるセゴユリの甲高い快音を聞きながら、彼はしばらくその場にたたずんだ。そして上着のポケットから一枚の写真を取り出し、本体にそっと声をかけた。

「息子よ。これが殺された母と妻子だ。積年の怨恨を晴らしてくれ」写真を押し当てた手がかすかに震えている。クルトはいつしか嗚咽《おえつ》していた。

そのころ、リチャードから震度1の波形記録紙を頼まれたロベルトは集中監視室で地震・震度計から送られてくる情報に目をやりながら、門外漢の部下に命じて記録をプリントアウトしていた。それが終わりかけたころ、大型ディスプレーの隅に流れていた波形が突然、高い線を描いた。またか、彼は目を見開いた。一七秒後には元に戻ったが、体には揺れを全く感じない。フロートシステムによる免震機能のためだろうか。機器の数字は震度2を示している。

彼は緊張した。「近いぞ」心が何度も叫んでいる。部下が「また地震ですかね」とのんきな言葉を吐いている。ロベルトは、はやる気持ちを抑えながら「そのようだね」と受け流し、少し離れたムハマドの所に立ち寄り、肩をたたいた。それからそっと携帯電話をいじった。「満開の予感、随時、外へ」同志への暗号メール、脱出を促す一斉送信である。

センタービルから西方二キロほど離れた福岡管区気象台の地震担当官は震度1に続く2の揺れに警戒の目を向け始めた。福岡西方沖地震の余震にしては大きい。新たな活動か。彼は上司に報告した。

震度2の地震波は南警察署にも伝わった。取調室の小さな窓がカタカタと音を立て、机が少し振動した。地震！　澤山は咄嗟に正面の取調官に声をかけた。「先ほどの携帯受信機を見せてください」

揺れに気付いた彼は無言のまま、手にしていた機器を放り投げるように机上に置いた。澤山はカバーを開け、記号を打ち込んだ。78。水位に何の変化もない。

「どうかしたのか」横から月小路の声がした。

「今の地震、悪魔の装置が働いたかと思って」

「バカだなあ、澤山。さっきお前は水位が下がって二日後に地震があると言ったばかりじゃないか。二日後はもっと先だ。でたらめを証明したようなものだな。教えてやろうか、今の地震はナマズの仕業だ」月小路警部にはもはや取り調べる気力がなくなっていた。その時、職員が入ってきて、ぼそぼそと彼にささやく。警部は驚いた。

「何だと、お偉いさんがここに」

脱出の一斉メールを受け取ったコチとサヤカは事前に用意していた二台の濃紺のレンタカーを運転し、薬院のグローバルセンタービル周辺二カ所の道路脇に停車した。車体の両横とリアウインドウには目印として、初心者用の双葉マークよりやや大きい花模様のワッペンが貼られている。三枚の白い花びら。その中心、雌《め》しべの根元辺りは淡い黄色をベースに紫色の斑点が描かれている。花の下には「UTAH　STATE　FLOWER　SEGO　LILY」と小さな字があった。セゴユリである。天神方面からだろうか。時折、警笛やスピーカーからの叫び声が流れてくる。風が運ぶデモの騒音をかすかに受けながらセゴユリの車はビルから出てくる同志たちをじっと待ち続けた。

午後五時になろうとしている。迫りくる本震に備えてロベルトは七階建てのビル内を見回っていた。西日が差し込む最上階の応接室では、先ほど渡した地震波形の記録紙をリチャードが愛想よくVIPたちに配っている。その後に発生したWEAK（震度2）には気付いていない様子だ。ジョン会長が手招きしたが、彼はやんわりと断り、個室続きのフロアへ向かった。ここでは随員たちがボスたちの旅立ちを前に荷物を整えている。中から世話役のテールが出てきた。

「副社長。ミキ、いやリサと会いませんでしたか」不機嫌な声である。

「いや。会っていないが」

「VIPらの出発が迫っているのに、連絡が取れなくて弱っています」

「そうか。会ったら七階に行くよう伝える」

ミキは離脱したとロベルトは感じた。それから階段を伝って各階に降りた。セキュリティーが厳しいテナント階はどこも意外と閑散としている。だが、一階は結構、ざわついていた。エントランスホールの接客コーナーには通訳兼ガイドの若い女性が思い思いに談笑している。警備員のミゲルもその話の輪に加わり笑顔を振り撒いている。近くには夕方にもかかわらず商談中のビジネスマンの姿もあった。

地下の集中監視室に入ると、ムハマドと門外漢の部下四人が厳しい目をして機器類を眺めている。張りつめた空気にロベルトはピンと来たが、あえて門外漢の部下に聞いてみた。

「どうかしたのか。皆、いかつい顔をしているようだが」

「あっ、ロベルトさん。いいところに来てくれました。実は、揚水用ポンプの出力が低下していまして、このままだと、一定の水量が保てません」

「何？　水位は十分じゃないのか」ロベルトは水担当のムハマドの方に目をやった。ムハマドが答えた。「悪いことにシステムに水漏れがありまして。ポンプで補水していたところそれも故障となり、今、必死で回復を試みているところです」

「クルトには報告したか」

「はい。彼は原因調査のためポンプ室に行きました。最悪の場合は河川ルートの水を利用せよとの指示を受けています」

「道路沿いのヤクイン・シンカワ（薬院新川）の水だな。分かった。大事には至らなそうだ」ロベルトの丸顔に安堵の色がにじみ出る。クルトも脱出した。もうすぐムハマドも後を追うだろう。「とにかく修理を急ぐように」彼はそう言い残し、螺旋階段を登った。その先にはセキュリティー室がある。

そこには、監視カメラからの映像を見張っているアントニオ・マリーノら三人がいたが、ヒロシ・ボイトラーの姿が見えない。「ヒロシがいないようだが」「ああ、彼ですか。夜勤だから遅出です。VIPの旅立ちには間に合いません。もうすぐですね、ひとヤマ越すのは。何事もなくてよかった」アントニオは微笑み、再び監視カメラの映像に目を向けた。と、突然、「おや」と声をあげ「この映像をメインの画面に移してくれ」と指示した。部下の手が動いた。大画面に切り替わった映像を見た彼は愕然とした。

「なんで奴らがここに。VIPの滞在に気付いたのか」

映像は緑の敷地にある監視カメラが捉えた数人の塊である。脚立《きゃたつ》、カメラ、ラフな服装。映像を見たロベルトの温和な表情も一瞬にして吹き飛ぶ。

「メディアの連中だな。勝手なことはさせない。俺がたたき出す」

「ちょっと待ってください。警備員を付けます」

室内を出ようとしたロベルトにアントニオが叫んだ。

中央区に隣接する南区の南警察署取調室では、月小路警部と陰気な顔立ちの取調官がすっと席を立ち、がっしりとした浅黒い顔の男を迎え入れた。取り調べを受けていた澤山が椅子から見上げると男は鋭い眼光を浴びせ「澤山さんだな」とさびのある声を出した。

「私は県警本部警備部長の飛江田だ。我々は君の仮説に従ってグローバルセンタービルを捜索することにした。同行願う」

澤山はびっくりした。さんざん否定してきたサツが動くとは嘘っぱちではないか。にわかに信じることができず言葉を失った。それ以上に目を白黒させているのが月小路だった。

「部長、なぜなんですか。彼の話は仮説ではなく誇大妄想ですよ。自分も彼の話に付き合って、悪魔の装置を調べたことがありました。しかし、そんな装置はありませんでした。一体何があったのですか」

「警部が驚くのも無理はないが、事態が急変した。被疑者が九州公安調査局に提出した防犯カメラの映像を再検証した結果だ」

陰気な取調官が口を出した。「映像というと、井戸の閉鎖現場を映したものですか。緑の野球帽と短銃を握った手。公安調査局の依頼で私も現場を調べましたが、あの時は何も」

「そうです。何もなかった。それが突然、再検証とは」今度は月小路が言い放った。

「あの映像を顔認識システムにかけたのだ。国際手配の泉昇がいた」

「えっ、ほんと！」二人はあんぐりと口を開けたまま飛江田を見つめた。テロリストの泉が井戸の閉鎖現場にいたとなると澤山とつるんでいると思っていた線が切れたことを意味する。仲間だったら泉が映っている映像を治安当局に届けるはずはない。月小路は予想外の話に気が動転した。

「もう説明はいいだろう。令状が取れ次第、一八時過ぎにガサを入れる。松本刑事部長らの班と現場で合流する。君らも一緒に来たまえ。それから被疑者は腰縄だけでよい。手錠は外すように」そう言って飛江田は被疑者の澤山をちらっと見て取調室を出た。ドアの外で待機していた部下が口を寄せる。「部長、現地には既にメディアが」

「感づかれたな」飛江田は渋面になり、署長室へ向かった。室内には警察庁国際テロリズム対策課の樋口課長と彼のかつての上司、公安調査庁の森川特任部長が待機している。

飛江田が去った取調室は乱気流を抜け出た直後の機内のようにシーンと静まり返っている。二人の取調官は放心状態で椅子に座り、澤山もいまだ半信半疑のまま天井を眺めている。空気のよどみで息継ぎをするかのようなため息が漏れる中、突然、ピッ、ピッ、ピッと小刻みな音がした。三人はハッとして澤山の所持品ケースに目をやった。陰気な取調官が無意識的に携帯受信機を取り上げ、澤山に手渡した。

「アラーム音か」月小路がやっと口を開く。

澤山はうなずいて、早速数値を見た。50前後を示している。

「水位が急減しています」

「ということは、二日後に地震か。お前の仮説が正しいかどうか、現場に行かねば。澤山も行くんだぞ」現実に戻った月小路警部が準備を命じた。澤山は顔をしかめた。なんで今、減水なのか。サミットはもっと先なのに。いや故障？　椅子から腰を浮かすと、取調官が腰縄に手をかけた。

薬院のグローバルセンタービルが騒々しくなってきた。予定より早く出発することになった企業王たちは、それぞれの個室に戻り、随員らと共に荷物の点検を始めた。ジョン会長も私設秘書の青年とボディーガードの中年男の世話を受けながら、あれこれ指示を出している。その様子を眺めていた四角い顔のリチャードにイケメンのテールが足早にやってきて「リサが消えた！」と興奮気味に告げた。そんなバカな、と思ったリチャードだったが、いきさつを聞くにつれ気になり、テールと一緒に彼女を探し始めた。

一方、地下の集中監視室では部下たちが浮き足立っている。ポンプ室に向かったはずのクルトの所在が分からない。彼を探しに行ったムハマドも戻ってこない。連絡がつかないまま、システムの水量が減り続けている。部下の一人が補水ルートを河川水に切り替えたが、減水分をカバーできない。乾燥続きで薬院新川の水が極端に少ないのだ。このままだと、ビルの免震性能が一気に低下する。彼らの苛立ちは頂点に達しようとしていた。

セキュリティー室のアントニオも警察からの意外な電話に頭が混乱していた。それは流暢な英語であった。

「福岡県警本部です。一八時過ぎにビルの家宅捜索に伺います。行方不明者捜査のためです。

管理者には待機を要請します」
「えっ、なんだって」と声を荒らげた。「令状による強制捜査です。あなたも待機してくださ
い」話はそれだけだった。不明者とはどういうことか。ここに遺体でもあるのか。アントニオ
は何が何だか分からなくなり「ロベルトを呼び戻せ」と大声を出した。
警備員と共に緑地帯に向かったロベルトは池の水がかなり減っているのに満足した。ムハマ
ドも無事に脱出しただろう。そう思いながら前方を見渡した。メディアの連中は奥の方にたむ
ろしている。その近くの駐車場から車種や色違いの高級車が相次いで出始めた。北側出口に向
かっている。いったん道路に出てエントランスホール前の車寄せに停車する予定だ。車の出庫
を見るにつけロベルトは苛ついてきた。本震はまだか、と焦りながら奥に向かった。メディア
の連中は高級車の列には興味を示さず、動く気配すらない。おかしいと思った、その時、トラ
ンシーバーを手にした付き添いの警備員が声を出した。
「連絡が入りました。ポリシアが来るので、すぐに戻るようにと」
警察？　ロベルトの目が飛び出た。

南警察署前には車両が待機している。夕方の家宅捜索とは異例ではあるが、特別サミットと
いう世界の大事を前に昼夜の区別はない。澤山は月小路と公安警察の取調官、さらに制服警官
の三人に挟まれて玄関口に立った。白い乗用車の付近に公安調査庁の森川がいた。スーツ姿で

ある。先ほど取調室で目にした飛江田と話している、そばには森川より若い背広男と署長らしい年配の制服男もいた。澤山は月小路らに連行されて、車列に向かった。途中、森川と目が合う。彼は澤山に軽く目礼した。それに気付いた飛江田らも澤山の方に顔を向けた。澤山は立ち止まって彼らに深々と一礼し、パトカーに乗り込んだ。

センタービル周辺の道路脇に分散し停車していたセゴユリの車二台のうち一台は既に去り、もう一台が城南線大通りに残っていた。後部座席に鐽水美樹がいる。運転席のコチは黙ってロン兄貴を待ち続けている。その位置から反対側車線沿いに一七階建て賃貸マンションがある。澤山が借りた一四階の北側の一室には田所与一郎が同僚二人とベランダに出て、センタービルの敷地を見つめている。ガサ入れはまだかと首を長くして。

霧島への旅支度を終えた企業王たちは再び七階の応接室に身を寄せ合い、ホスト役のジョンを交えて談笑していた。この間、随員たちは荷物を一階に運び、車寄せに入って来る高級車を待った。案内役のテールは手伝いながらも心は沈痛である。ミキは依然、見つからない。彼女はなぜ消えたのだろうか。テクノザイオンのリチャード社長も不思議でならなかった。そんな折、警察の捜索通告をアントニオから聞くに及んで、もはや、意識が混濁しそうになった。なんとか踏ん張って、優先すべきはＶＩＰらの見送りだと告げ、自らもエントランスホールに足を運んだ。

七階の応接室からエレベーターホールへ向かうＶＩＰたちの笑顔を廊下の監視カメラが捉える。それに目をやりながらアントニオは「早く早く」と祈った。警察は一八時過ぎに伺うと言っていた。あと一〇分しかない。サツが来れば、とばっちりを受け、うまくいった視察が土壇場で台無しになる。パニック状態のアントニオはロベルトが戻るのを今か今かと待ち続けた。

その時である。

緑地帯にいたロベルトの耳に葉擦れの音がしたかと思うと、一斉に飛び立った小鳥の群れが視界を横切った。おやっと天を仰いだ瞬間、ガタガタと音がし、土の臭いと共に下から突き上げられるような衝撃を受けた。

――来たか！

大地が震動した。それはいよいよ訪れた巨大なうねりであった。

彼は咄嗟に池に目をやった。水が見る見る消え、底が顔を出し始めた。それに合わせるかのように横揺れが激しくなった。

大気が乱れ、身を屈めた。地面がうねり、樹木が倒れんばかりにユサユサと動く。

人々の絶叫や何かの破裂音、車の警笛や金属音が耳をつんざく。

木々の枝葉やコンクリートの小片がパラパラと落ちてきた。

ロベルトは頭を手で覆い、周囲に目をやった。その目は驚きというより不気味な高揚感を伴っている。

――見てくれ、戦友たちよ。正義が地を開き、巨悪を飲み込むこの時を。

彼の丸顔に一瞬、狂気の笑みが浮かんだ。笑みの先には、青ざめた警備員がはいつくばっておどおどしている。遠くにはビルから飛び出し、緑地帯に身を伏せる多くの人々がいた。そのおののきは、アンデスの戦いで敵弾に倒れた無数の戦士のように彼には映った。

命をかけた不条理との戦い。血に染まった多くの同志が脳裏に浮沈し、目から無念の涙がこぼれた。しかし、それは、うっ積した怨念から解放されたうれし涙にも似て、むせいる声に笑いが伴った。

突然、空からバシッ、バシッと小刻みな飛散音がした。銃声か。彼は反射的に身構え、顎を上げた。左右に揺れるセンタービルの外装部分からキラキラした欠片《かけら》が降り注ぐ。夕陽に染まったダークガラスの小片だ。彼はひそかにつぶやいた。

「大地よ、もっと怒れ、もっと」

ジョンたちはエレベーターに乗っていた。ガタン、ギー、籠が急停止して室内灯が消えた。反動で老齢の紳士たちは頭や手足を強打し、転倒した。大揺れの籠の中で、何人かは意識を失った。ジョン会長は恐怖に震えながらも床に倒れた企業王たちに声をかけた。「大丈夫か」。非常灯の薄明かりの中で黙ってうなずく顔が見えた。ドイツ人であった。頭と鼻から血が流れている。

うめき声が聞こえた。英国人だ。呼びかけようとしたとたん大音響と共に熱風を伴った猛烈な煙が瞬く間に籠の中へ入ってきた。熱い！　ジョンはあわてて非常電話に手を伸ばしたが、ひどい揺れと煙に阻まれた。息ができない！　彼は激しく咳き込んで鷲鼻と口を両手で覆い、床にへたり込んだ。すすで黒ずんだ目元がピクピクと震え、手で覆った口元がパクパクと動く。

「早すぎる。これはセゴユリではない。自然の大地震だ。決してセゴユリではない」

心臓に激痛が走ったのだろう。蚊の鳴くようなその声が突然断末魔の叫びに変わり、ジョン・ウォーカー・スペンサーの体がのけぞった。


澤山の「別荘」で田所らはベランダの鉄柵を必死に握っている。あまりにも激しい揺れに言葉を失い、手すりがもげないように祈るほかはない。仲間のふたりも顔面蒼白になり、ひたすら揺れに耐えている。がくっと音がして窓枠の四隅に無数のクラックが走り、ガラスが割れた。同時に柱と梁《はり》の境からセメントが次々とはがれ落ちた。わっ、きゃっ、住民の悲鳴があちこちから飛んでくる。きな臭いにおいがした。見上げると上階のベランダから白い煙が立ち昇った。火災か、と思った、その時、強烈な衝撃波と轟音を受け、後方に吹っ飛ばされそうになった。耳がキーンと鳴り、顔面が急に熱くなった。

「あっ、前のビルが」同僚の大声がかすかに聞こえた。グローバルセンタービルが白や黒の煙に包まれている。外装が崩れ落ち、むき出しの窓からは赤い炎が噴き出て、外壁伝いに天に向かう。半ば吹っ飛んだエントランスホール前では、ＶＩＰ待ちをしていた高級車数台が大破し、折り重なっている。

ガス爆発？　煙と炎に包まれたセンタービルを目の前にして田所は胆をつぶした。

やっと揺れが収まった。もうもうと煙を吐き出すビルの緑地帯には引っかき傷のような地割れが走り、倒れた木々の間から立ち上がろうとする数人の男女が見えた。だが、多くは依然、地面にひれ伏したままだ。田所も茫然として鉄柵をつかんでいる。同僚が腰を屈めて恐る恐る室内に入った。散乱物を避けながら玄関に向かう。今度は声がはっきりと届いた。「ドアが開かない。柱に亀裂が」


「こちら本部、大地震が発生した。全車、現在位置及び被害状況を報告せよ。繰り返す……」

大破したパトカーの無線機から雑音の混じった声が何度も響く。運転席の警察官は血染めのエアバッグに顔を付けたままピクリともしない。フロントガラスは粉々に砕け、上部は大きくへこみ、瓦礫が飛び込んだ助手席側のドアはえぐられている。

澤山たちを乗せたパトカーはグローバルセンタービルの家宅捜索に向かう途中、激しい揺れに襲われた。アスファルトが急に波打ったかと思うと、車が歩道に突っ込んでブロック塀に激突した。後部座席にいた澤山は前に倒れ込んだ。足腰の痛みに顔を歪め、なんとか尻を真ん中の席に戻した。左隣の月小路はつんのめって前の座席にあごを突き出し、右側の三〇代の男は頭から血を流し、変形したドアにもたれ気を失っている。

無線機だけが緊迫した交信を伝えている。

「こちら博多4、JR博多駅前、駅ビル食堂街で火災発生……」「至急、至急、福岡124から本部へ、デモ隊に死傷者が出たもよう、場所は……」

しばらくして道路脇で避難していた無傷のパトカーが澤山たちの事故に気付いてやってきた。事故車と同様、家宅捜索に向かっていた警察車両の一台であった。

「こりゃ、ひどい。救急車を」

眼鏡の警官と若い警官がすぐに降り立ち、事故車の後部ドアをこじ開けた。その時、月小路がううっとうめいて、口から血を吐いた。意識が戻ったらしい。「動けるか」眼鏡の警官が声をかけ、月小路を抱えて車外に出した。続いて澤山も出ようとしたが、右足首に激痛が走り動けない。若い警官の助けを借りてどうにか歩道に出て、足をそっと伸ばし座り込んだ。右隣にいた三〇代の男も、ドライバーの警官も次々に車から運び出され、近くに横たわった。「救急車はまだか」眼鏡が運転席にいる同僚に大声で催促した。「要請が多くて無理です。自分らで病院に運ぶよう、本部は言っています」

警官が途方に暮れているところへ、もう一台の車が来た。白い乗用車であった。三人の男が飛び出し、歩道上の痛々しい様子を確かめている。

「あっ、澤山さん」強い声が聞こえた。見上げると、森川の顔があった。「大丈夫ですか」驚いた様子である。澤山はかすかにうなずいた。周囲にはうずくまった多くの男女がいた。目が恐怖で血走り、自失同然の女性もいる。建物から逃げ出した人々だ。

裂け目ができた車道には停止したままの車が多数ある。タイヤがはまって横転した車、遠くには散乱した看板に乗り上げたバスも見えた。水道管が破裂し、側溝から水が溢れている。しかし、意外と静かである。余震に備えているのだろうか。走る車はぽつりぽつりとしかなく、人々は動こうとはしない。まるで時の流れが止まったようである。

「さあ、病院に行きましょう」森川が言った。彼と一緒だった県警の飛江田と若い背広男は他の警官らと共に月小路たちを手当てしている。

「彼らは、どう、ですか」澤山は痛みを押し隠しながら途切れ途切れに口を開いた。

「かなり重傷のようです」と森川。

「急いで彼らを。僕は大丈夫、ですから」

そこへ、飛江田がやってきた。「おっ。お前か。足をやられたみたいだな。どれどれ」とさびのある声を出して右足首を持ち上げた。「うっ！」澤山は思わずうめいた。「かなり腫れているな。骨折だ」そう言って、体のあちこちをごつい手で触っては調べた。「擦り傷や打撲跡があるな。だが、安心せよ。命に別条はない。英雄は死なずだな」彼は皮肉まじりの言葉を吐いて森川に目をやった。

「森川さん。近くのビル内にけが人が多数出ているもようです。我々はそちらに向かわねばならない。月小路たちを民間の車で病院に運んでくれませんか。警察庁の樋口さんと」

「被疑者の澤山はどうする？」

「奴は後でいいでしょう。歩行ができないだけで危険な状態ではありません。自力での逃亡は無理とは思いますが、若い警官を見張りに付けます」

飛江田はそれだけ告げると、白い車に赤色灯を載せ走り去った。無傷のパトカーがその後を追った。赤いライトの点滅を見送りながら澤山が森川に痛みをこらえて聞いた。

「あの男、医者でもあるのですか、触診の手つき、プロの、ような」

「れっきとした県警幹部ですよ。親父さんが有名な外科医だったそうです。ここにいてくださいね。後で病院に運びますから」

森川たちが姿を消したころになって、墓場のような街に徐々にざわめきが戻ってきた。あちこちで緊急車両のサイレンが鳴り響く。歩道の人々も気を取り直したらしく、立ち上がったり、恐怖の体験を話し合ったりしている。澤山は辺りを見つめた。六車線の広い道路は放置された数台の車が片側を防いでいる。車は目の前の三車線を巧みに利用し、行き来している。一般車両に混じって救急車や消防車、パトカーも通り過ぎていく。

都心からこちらに向かってくる車の中に前照灯が一つだけの濃紺の車が目に入った。よく見るとフロントガラスがクモの巣状に割れ、ボンネットが大きくへこんでいる。地震で傷付いたのだろう。その車はゆっくりと澤山の前にさしかかった。

運転席にはインディオ風の男、助手席には額が広がった傷だらけの丸顔があった。どこかで見たような、と澤山は思った。視線が自然に後部座席に移った時、あっ、美樹先輩！　と思わず叫んでいた。

「なんだ」そばにいた若い警官が目をむき出した。車の三人は通り過ぎようとしている。澤山は懸命に立ち上がろうとしたが、激しい痛みで崩れ、うつ伏せとなった。顔を上げた目の先のリアウインドウ越しに黒髪が揺れ、先輩が振り返ったような気がした。ほりの深い知的な微笑みに三枚の白い花びらがベールのように覆う。緩やかな傾斜の後部ガラスに貼られた花模様のワッペン。清く甘美なユリのようである。

愛しい……。いや違う、僕を翻弄《ほんろう》した許しがたい毒花……。悪魔の装置を道連れに命を天に捧げるはずの澤山の心が激しく揺れた。もがきながらも、その花弁をつかむかのように手先を必死に伸ばした。愛への未練だろうか。それとも破壊への執念だろうか。

視界から消え去るその車の先に暮れなずむ大空が広がる。遠くに数機のヘリコプターが舞い、その下から幾筋かの黒煙が上がっている。と、突然、大きな揺れがまた襲ってきた。余震だ。倒れて来たブロック塀と街路樹が澤山と若い警官を直撃した。澤山の思考が一瞬、異空間を漂った。

「早すぎる。なぜか。なぜなんだ。いや、たまたまの大地震、そんな……」

意識がもうろうとなり、足の痛みが体内から抜けていった。遠ざかったセゴユリの車が百数十メートル先で止まったというのに……。

停車したその車にはコチ、ロベルト、ミキが乗っていた。そばの歩道脇には通信社名入りの軽自動車が待機していた。コチは車から降り、軽の運転手に声をかけた。

「トミー、君が伝えたようにパトカーは大破していたよ。澤山は歩道で倒れたままだ。今しがた確認した」

「携帯電話が何とか通じたおかげだ。ところでロベルトは？」

「けがをしているが、大丈夫だ。では気を付けな。あっ、そうだ。緑の野球帽はあるか」

「もちろん、ポケットに。我々にとってはお守りだからね。同志が見守ってくれたから成功したと思っている」

「そうだな。当分はしまっておくのがいいだろう。サツがうようよしているしな。では」

コチはマスクのトミーと別れ、運転席に戻った。負傷した隣のバレーラ・トュデラ・ロンベルュット（ロベルト）が痛々しげにつぶやいた。

「やれそうか？」

「ええ、ロン兄貴、街はパニック状態ですよ。誰も怪しまない」

ガルバン・モンテス・コチはゆっくりとハンドルを切り、車をUターンさせた。後部座席の鐺水美樹は無言のまま胸の高鳴りを感じていた。

42　謎だらけの明日――20X5・9・16〜20XX

最大震度7、マグニチュード（M）7・5。福岡西部地震と命名された。震央は福岡市中央区薬院から赤坂周辺の地下10キロと気象庁は発表した。都市圏を中心に死者一〇九七人、負傷者一万八三〇四人、家屋の倒壊三万余棟。都市直下型地震である。都心を走る警固断層がずれ、地層が地表に突き出た所や海岸部での液状化現象が多く見られた。幸い津波は発生せず、死者の多くは倒壊した建物の下敷きや火災による犠牲者である。佐賀市震度6弱、長崎、大分、熊本、山口、お隣の韓国・釜山市も震度4－5弱の揺れに見舞われ、死傷者が出たが、福岡市ほどではなかった。

予定された福岡特別サミット、それに先立つ世界経営会議は延期となり、墓場と化した福岡市の復興に世界の目が注がれた。それ以上にメディアが関心を寄せたのは、世界のビッグ・ファイブが震源地近くのビルで死亡していたことである。死因はいずれも火災による一酸化炭素中毒であった。免震性能抜群のビルを見学しながらの犠牲は何とも痛ましく、彼ら巨星の死は世界経済に甚大な影響を与え、株価は急落した。同時に数年後に予定されている地震国・日本でのオリンピック開催を不安視する国も出始めた。

震災から三カ月が過ぎた。街がようやく落ち着きを取り戻したころ、県警本部の本部長室で幹部らが震災で中断した捜査事案について協議していた。これまでも何度か行われているが、澤山の件については今回が二回目である。温厚な顔立ちの二階堂本部長が修理中の壁の亀裂に目を向けながら言った。

「前回と同様、意見は意見として承《うけたまわ》るが、今回の地震が謀略というのは暴論に等しい。気象庁や専門家も自然の地殻変動と捉えている。第一、悪魔の装置なる物証は何一つないではないか」

「しかし、爆発炎上したセンタービルの検証では、爆薬や可燃物の痕跡を検出していますよ。証拠隠滅のための爆破や放火ではないでしょうか。それに陰謀を探っていた王寺世紀の銃殺遺体が井戸と通じた横穴から見つかっています。井戸には地下に伸びた配管も残っていました」

タカのような鋭い眼光を放ちながら飛江田警備部長が疑問を呈した。そばで松本刑事部長が口を出した。

「それは確かだが、爆薬や可燃物の痕跡は倉庫内にテナントが保管していた薬品類と同種と判明している。大地震の揺れでこれらの危険物が自然発火、さらに都市ガスの爆発と重なって一気に炎上した複合説との見方も否定できない。一階のレストランも火元の一つと消防当局は見ている。何しろ大震災だ。現場が破壊されており、鑑識結果は不明瞭な点が多々ある。悪魔の装置と関連づけるのは無理があろう」

飛江田は一瞬、ムッとし、松本をにらみつけた。同席している公安調査庁の森川特任部長と警察庁警備局テロリズム対策課の樋口課長は口を閉じ、聞き入っている。唇を噛み締めた無念そうな彼らの表情をうかがいながら本部長が言った。

「王寺さんの件は殺人事件として既に捜査を開始している。犯人は国際手配犯の泉昇の線が有力だな。両部長そうだね」

「はい、そう読んでいますが、捜査はこれからです。それに何者かに連れ去られた澤山隆志の行方も追っています」飛江田が松本を押しのけて答えた。

「そうだ、彼だ。彼の妄想が我々を誘発地震に導き混乱させた。彼の件については不可解な事柄ばかりだ。だが、繰り返しになるが、地震を誘発するような装置はこの世には存在しない。いずれにしろ証拠主義による客観性が大切だ。森川さん、何かご意見はおありでしょうか」

二階堂の突然の誘いに森川は一瞬、戸惑った。同調を促しているのだろう。「ええ、言われることはよく分かります。ただ、澤山の仮説も無視できないような気がします。いや、むしろ彼の考えに従って我々は悪魔の装置を確認するため現場に向かっていたのです。だが、地震が予想より早く発生したことで、見込みが立たなくなりました。やはり、自然の地震が……」森川は頭を抱えた。

「ですが」と樋口課長が声を出した。「結果から見れば、澤山が主張していた動機、特別サミット粉砕ですが、それは延期によって成功した、と言えるんではないですか」

「そうだとしても、誰がやったかだ」松本部長が反論した。「彼はビラで財界の企てを唱えていましたね。だが、その代表のような世界のビッグ・ファイブが犠牲になったのですよ。富裕層らによるサミット粉砕の陰謀にしてはお粗末すぎると思いますがね」

沈黙が流れた。不毛の論議のように森川には思えた。それにしても澤山はどこに消えたのか。

地震直後、澤山は足首を骨折し、道路に横たわっていた。森川と樋口らが半死状態の月小路警部たちを病院に送り届け、戻った時には彼はいなかった。監視役の若い警官は余震で倒れた樹木やブロック塀の下敷きとなり、失神していた。目撃者の話では澤山も意識を失っていたようだが、車がそばに停車し、彼を運び去ったという。車は濃紺色で前照灯が壊れ、乗っていた人は外国人のようだと言っていた。当時、多くの民間の車が救急車代わりに救助活動をしており、不審とは誰も思わない。目撃者もパニック状態で状況を的確にはつかめていなかった。その後、森川や警察は被疑者逃亡事案として捜索しているが、何の手掛かりも得られないまま今日を迎えている。

二階堂がソファで足を組み直し、落ち着いた声で言った。

「この件は王寺殺害事件、国際指名手配の泉昇事件、澤山の逃亡事件として扱う。捜査の過程で緑の野球帽、つまり反貧困ウエーブとの絡みも出てくる可能性は否定できないだろう。また北の工作員捜査との関連もあるかも知れない。県警総がかりでやらねばならない。切れ目のない連携を怠らぬように。以上でいいかな」

本部長の捜査方針が固まった。飛江田、松本も納得した。参考意見を求められた樋口はやむを得ないと言った表情でテロリストの泉昇とホセ・ペトロ・アルマンの逮捕に総力を挙げてほしいと要望した。部外者の森川は口を閉じたままである。しかし、意識は巨大な陰謀説を完全には払拭できずにいる。誘発地震は起こる。科学技術の進歩は果てしないではないか。その装置があったとしてもおかしくはないと思っていた。

その時、ガタガタと音がした。また余震。皆、瞬時に身構えた。吊り天井の隙間からパラパラとほこりが舞った。弱い揺れか。安心した二階堂が森川に顔を向けた。

「いろいろお世話になりました。あすの本庁会議で本日の件を報告します。事前の打ち合わせでは塚田長官も私の方針に異論がないようです。誘発地震は流言飛語の類ですな。公安調査庁の方々にはご協力をいただき感謝申し上げます」


延期された中国参加の初の特別サミットは三年後の九月、上海で開かれた。内外から反対勢力が多数押しかけ、武装警察部隊と衝突する場面も見られたが、共産党政権の厳しい取締りと厳戒の中、無事に二日間の日程を終えた。貧富の格差是正に向けて参加国が協力する点では一致したものの、肝心の富裕税や金融取引税の新設、さらにタックス・ヘイブンの廃止や国際課税機関の創設など国際税制全般については、今後、分科会を設けさらに討議するにとどまった。しかし、財界や富裕層が猛反発する中で、何とか方向性を打ち出したことは大いなる成果といえた。

それは、国家財政の不足と国家主権の崩壊を恐れる主要国の危機の表れでもあった。もちろん、道のりは決して平たんではない。企業対国家の争いは人間の強欲と野望、さらには大国の我利が複雑に絡み合い、真の正義とは程遠い存在にあるからだ。それは泥沼のテロとの戦いのようにも見える。

そんな感想を抱きながら田所与一郎は北京支局に赴任していた。上海での特別サミット以来、初の異国での単身暮らしが続いている。しかも取材の大半が政治、経済とあって、多少、気が滅入ってもいた。あと一年弱の我慢か、彼は帰国への日めくりを頭に描いては、三日後に開かれる中国主導のアジアインフラ投資銀行（ＡＩＩＢ）定例会議の準備取材に取りかかった。そこには澤山の件は頭になかった。あったとしても、もはや歴史の一コマに過ぎない。そう、昨日のことさえも歴史なのだから。彼の関心は謎だらけの明日に向けられていた。

その明日に一抹の明るい正義の灯がともるのを信じながら……。

エピローグ

「たまには外で食事を済ましてきてよ。こちらは忙しいんだから」

福岡大震災から四年経ったこの日、森川雄治は東京文京区の自宅で妻の小言を耳に挟みながら夕食を待っていた。民間のN通信会社に天下りしてからは、激務続きの官僚とは違って規則正しい日々の生活にあり、この日も午後六時過ぎには帰宅していた。肩書きは特別顧問。役員に近い待遇と仕事内容だが、血沸き肉躍るような天下国家の事案があるわけではなく、その分、妻の方は夕食作りが増え多忙になっている。

「今夜、友人宅で絵画展の打ち合わせがあるの。遅くなるので後は適当にやってちょうだい」

彼女は食卓にわずかな皿を並べるとすぐに着飾って外へ出ていった。「男の余生は暗いな」と愚痴をこぼして食事を終えると、森川は皿を洗い、一息入れて風呂を浴び、居間のソファにどっかり座ってテレビをつけた。クイズ番組を流している。彼はそれをちらっと横目で見て台所に行き、冷蔵庫から缶ビールを取り出し、再びソファに戻ってリモコンのチャンネルボタンをいじくり回した。

早口でしゃべる司会者のリズミカルな声が流れ出てきた。

「さあ、お待たせしました。ここからは謎探りのコーナーです。科学では証明できない超常現象や霊の世界、さらには驚きの体験など摩訶《まか》不思議な世を紹介する時間です。信じるかどうかはあなた次第……」

「くだらない」とつぶやき、ビールを口に含んで、テレビを消そうと思った。その時、ふと興味をそそる言葉が耳に入った。

「……人間が引き起こした天変地異です。ゲストを紹介します」

映像には学者やタレント、自称、その道の研究家が着席し、有史以来からの奇妙な現象を次々と俎上《そじょう》にのせた。旧約聖書の出エジプト記にある「モーゼの海割り」や童話「花咲か爺《じい》さん」。開発による地滑りや温暖化による異常気象等、現実的な事柄も取り上げていた。初めて目にする珍現象も多々あり、憶測混じりの説明や反論が面白おかしく展開されている。

「では、ここで貴重な体験をされた方に登場していただきます」と司会者が宣言し「ブエノスアイレスの榊原《さかきばら》さん」と呼びかけた。

「ハーイ、今、午前九時を過ぎたところです。日本は夜ですね」日系の若い女性レポーターがにこやかに画面に登場した。

「紹介します。私の横にいらっしゃるのが恐ろしい出来事を告発された方です。仮名を希望されていますので、ここではタクさんとリサさんとお呼びします」

やはりまやかしだなと森川は思い、トイレに行った。それから再び台所に行き、ビールのつまみを探した。わずかだが、昨夜食べ残した枝豆と鮭トバの小皿があった。それを手に戻ってきたころにはブエノスアイレスからの中継は終わりに近づいていた。榊原という若い女性が「リサさん、その出来事を本にまとめられるようですね」とスペイン語で尋ね、自らが日本語にも訳した。

画面には学者風の紳士と、その横に栗色の髪をした知的な中年女性が映っている。

「ええ、タク先生のお力添えで、いわば共著です。強者が弱者を突き放し、足るを知らない彼らが、その母体である地球を痛め続ける限り、恐怖の状況は消えませんわ。あなたの街でも誘発地震が起こるかも知れません」

森川はドキリとして画面を見つめた。

「で、タイトルは何でしょうか」

「まだ言える段階ではありませんが」とリサがスペイン語で言った。その時、タクという眼鏡をかけた紳士がぼそぼそとささやいた。「はあ、もう一度」と榊原が尋ねるとリサが代わって答えた。その答えが訳された時、森川の心臓が一気に高鳴った。

「彼は『INDUCED EARTHQUAKES』あるいは『正義の装置』と言っています。でも未定ですわ」

まさか、あり得ない。悪魔ではなく正義ではないか。思い過ごしだろう。森川は決別したはずの前職をいまだに引きずる自分に苦笑しながら、つまらぬ内容だと自らに言い聞かせ、チャンネルを変えた。スポーツニュースに出合った。プロ野球の試合結果を報じている。と、突然、画面が替わり、チャイムの音が二度響いた。

「緊急地震速報です。三重県志摩市沖で地震、強い揺れにご注意ください……」

了

主要参考文献

『地震学がよくわかる』島村英紀　影国社
『大地の躍動を見る』山下輝夫編著　岩波ジュニア新書
『地震と噴火の日本史』伊藤和明　岩波新書
『異常気象と地震』ニュースなるほど塾編　河出書房新社
『ゲバラ　世界を語る』チェ・ゲバラ　甲斐美都里訳　中公文庫
『ゲバラ日記』チェ・ゲバラ　平岡緑訳　中公文庫
『父ゲバラとともに、勝利の日まで』星野弥生編著・訳　同時代社
『報道が教えてくれないアメリカ弱者革命』堤未果　新潮文庫
『資本主義の終焉と歴史の危機』水野和夫　集英社新書
『金融が乗っ取る世界経済』ロナルド・ドーア　中公新書
『グローバル恐慌』浜矩子　岩波新書
『資本主義はなぜ自壊したのか～日本再生への提言』中谷巌　集英社インターナショナル
『反グローバリゼーション民衆運動』ATTAC編　杉村昌昭訳　つげ書房新社

『ワールドインク』ブルース・ピアスキー　東方雅美訳　英治出版
『新・反グローバルリズム』金子勝　岩波現代文庫
『反・自由貿易論』中野剛志　新潮新書
『タックス・ヘイブン』志賀櫻　岩波新書
『巨大投資銀行（上下）』黒木亮　角川文庫
『テロ―現代暴力編』加藤朗　中公新書
『日本のインテリジェンス機関』大森義夫　文春新書
ウィキペディア日本語版及び西日本新聞

謝辞

自然の怒りは時として人間の営みが起因している場合があります。乱開発による土砂崩れや洪水、さらに温暖化による異常気象、そして戦争による生態系の破壊等々……。誘発地震もその一つです。もし、自然の怒りを挑発する装置が開発されていたとしたら……。そんな恐ろしい事態を否定しつつも筆を執りました。

執筆に当たっては多くの方々の助言をいただきました。なかでも医学については高宮紘士氏、地質・地震に関しては清崎淳子氏、善功企氏、建築・土木では樋口重人氏、吉留浩一氏、青木弘氏、そして最後まで叱咤激励してくれた椛浩氏と安部有樹氏の皆様に感謝申し上げます。また出版に際しては文芸社編集部の佐々木亜紀子氏に大変お世話になりました。重ねて御礼申し上げます。

二〇一五年秋　著者

著者プロフィール
山崎 隆治（やまさき りゅうじ）
1942年生まれ、福岡県出身。

誘発地震 正邪の人災

2015年11月15日 初版第1刷発行

著 者 山崎 隆治
発行者 瓜谷 綱延
発行所 株式会社文芸社
〒160-0022 東京都新宿区新宿1－10－1
電話 03-5369-3060（編集）
03-5369-2299（販売）

印刷所 株式会社フクイン

ISBN978-4-286-16716-9